KB021955

直指
나를 바로 알다

나를 바로 알다

1쇄 발행일 | 2018년 07월 31일

지은이 | 표성흠
펴낸이 | 윤영수
펴낸곳 | 문학나무

편집 · 기획실 | 03085 서울 종로구 동숭4나길 28-1 예일하우스 301호
이메일 | mhnmoo@hanmail.net

출판등록 | 제312-2011-000064호 1991. 1. 5.
영업 마케팅부 | 전화 | 02-302-1250, 팩스 | 02-302-1251
ⓒ표성흠, 2018

값 15,000원
잘못된 책은 바꾸어 드립니다
지은이와 협의로 인지는 생략합니다
무단 전재 및 복제를 금합니다
ISBN 979-11-5629-077-3 03810

※이 책은 경상남도 문화예술진흥원의 문화예술지원금을 보조받아 발간되었습니다

直
_지 _직
指

표성흠 장편소설

문학나무

직지란 진흙소를 타고 강을 건너는 일이다

『직지』는 일종의 로드 스토리Road Stories로 복합구성·복합시점·복합주제의 실험작이 될 것이다. 한 작가의 내부로 들어가 그 의식의 흐름 속에 천 년 세월을 맡겨 인물들을 뛰놀게 만든다는 것인데, 스토리의 극적 요소나 성격의 캐릭터 같은 소설의 중요 재미가 집중되지 않는 흠이 있기는 하다. 하나의 주인공에 기승전결의 단순한 스토리텔링을 바라는 기존 독자들에게는 자칫 앙꼬 없는 찐빵이 될 수도 있겠지만 항상 같은 소설형식의 틀을 깨본다는 데 의미를 둔다. 상품의 가독성이라는 면에서는 손해요인이지만 보다 문학적 표현이 될 것이다.

이야기 주제는 세 갈래다. 하나는 베트남 전에서 생산된 라이따이한, 무책임하게 버려진 이들을 거둬들여야 한다는 때늦은 책임의식이다. 이 책임을 소홀히 했기 때문에 지금 베트남에선 '한국군 증오비'가 서고 있다. 우리가 일본에 대한 위안부 책임을 묻듯 베트남 역시 그 책임을 물을 날이 있을 것이다. 또 하나는 세계최초의 활자 인쇄기술을 자랑하는 『직지심체요절』의 탄생과정이다. 지금까지는 책의 발굴과 인쇄, 그 자체에 대한 분석과 작품들은 많이 나왔지만 정작으로 그 내용과 저술에 관한 그럴듯한 이야기는 많지 않았다고 보고 그 과정을 소설화한다는 것이다. 또 하나는 우리나라가 얼마나 살 만한 나라가 되었는지를 보여주는 실례로, 외국에서 실시되고 있는 한글학교의 실태 같은 것을 보여주려 했는데 문예진흥원 지원 기금으로 내는 책이라 제책 분량상 상당부분 빼버려야만 했다.

소설의 배경은 캄보디아 베트남 중국 한국 등지가 된다. 아시아권을 겨냥한 시나리오를 염두에 두고 쓴 작품이기에 배경을 먼저 취재했다. 이 루트를 통해 〈직지〉가 들어왔고 이 소설적 실크로드를 따라 라이따이한의 귀환을 연계시킨다. 이러한 소설적 세계가 가능하다고 전제한 다음, 이 가상의 팩트 속에 앙코르 유적을 비롯한 수많은 힌두신전들과 힌두신화들을 등장시킨다, 이들 신전들에는 시바 신이 모셔져 있고 시바 신의 상징은 링가다. 링가는 결국 남근석이다. 다산의 상징이다. 신화를 통해서 인구절벽상태를 눈 앞에 두고 있는 우리 현실에 대한 대책도 좀 생각해보자는 것이다.

그러나 이 부분도 문예진흥 기금이 지원하는 출판 비용의 한도 때문에 많이 삭제해야만 했다. 애초 두 권 분량의 원고이지만 한 권으로 줄이다보니, 처음 구성했던 세 이야기가 아무 연관도 없어 보일 수도 있게 돼버렸다. 그러나 듬성듬성 빠져버린 행간을 뛰어 넘다보면 결국엔 하나로 귀결될 것으로 기대한다. 직지란 결국 너 자신을 똑바로 알라는 이이기이고 진흙소를 타고 강을 건너는 일 이다.

소설의 특성상 일일이 주를 달지 못했지만, 『직지심경 강의』(덕산 스님) 『직지 이야기』(박상진) 『앙코르와트, 월남 가다』(김용옥) 등 앞 선 연구자들의 저서와 네이버 자료를 원용하였음을 밝히며 고마움 을 표한다.

2018년 여름
풀과나무의 집에서 저자 표성흠 씀

차례

출국장은 붐비고 있었다

검색대 직원이 그의 배낭을 열고 플라스틱 통을 꺼내 들어 보인다. 한국 여행객들이 즐겨 휴대하고 다니는 장아찌나 멸치볶음인 것 같은데, 수없이 많이 적발하고 압수해 온 터라 내용물이 뭔지 뻔히 알고 있을 터인데도, 검색대 직원은 그의 코밑에까지 통을 들이대며 이게 뭐냐고 종주먹을 대고 있다. 이 촌놈아 여행하면서 그런 건 뭣 하러 싸들고 다니나, 뷔페 가면서 김밥 싸가지고 가는 꼴이라는, 노골적인 조롱의 눈빛이 여기저기서 쏟아진다. 반응이 자기편으로 쏠리는 눈치를 챈 검색대 직원은 더욱 기세등등하게 그를 몰아세운다. 그리고는 그가 아무런 이의를 달지 않자 무슨 세균덩어리이거나 유독성 화학물질을 다루듯 반찬통을 유유히 압수한다. IS테러가 워낙 기승을 부리니 그럴 만도 하겠지만, 그러나 저건 누가 봐도 위험물질이 아니다. 아마 저들은 압수한 물건을 가지고 가 잘도 먹을 것이다. 암시장에 내다 팔아 수입 잡을 물건도 아니고 보면 지들끼리 나눠먹을게 틀림없을 터이다. 한국 사람들이나 먹는 장아찌나 멸치볶음이 국고로 귀속될 리 만무하지 않은가. 검색대 직원이 하도 다그치는 바람에 그는 주눅이 들어 플라스틱 통 안에서 얼비치는 고추장 같은 시뻘건 얼굴을 하고 서 있다.

"태국은 탑승화물 무게를 20Kg으로 엄격히 제한합니다."

가이드의 말에 따라 일단 짐정리를 해 탁송하고 난 다음이다. 무게가 아니라 반입금지품목에 걸렸다. 그런데 이건 또 뭔가? 엑스레이에 잡힌 물건은 이게 아닌 모양이다. 여자 검색원이 배낭 밑바닥까지 뒤집어 공책과 연필 같은 문구류 사이에서 가위를 하나 들춰내, 찾는 물건이 이거라는 듯 의기양양하게 그의 눈앞에 내밀었다간 압수대에 놓여있는 푸른색 플라스틱 바구니에 담는다. 비닐로 포장까지 된 학생들 미술시간 실습용 가위 같은 것으로, 끝이 둥글게 돼 있어 별 위험성 있는 물건도 아닌 것 같은데, 여직원은 마치 테러무기를 색출해낸 듯 의기양양이다.

그는 이제 사색이 다 된 표정으로 사시나무 뜰 듯 떨기만 하고 서 있다. 보다 못한 가이드가 검색직원 둘이서 마구 꺼내 흐트려놓은 물건들을 챙겨 배낭에 주워 담아 그에게 건네주며 한마디 한다.

"그러게 탁송화물로 부치라 하지 않았습니까?"

그는 아무 대꾸도 없이 배낭을 받아 한쪽 어깨에 걸치고 면세점이 있는 곳으로 휘적휘적 걸어간다. 아마 무게조절을 위해 짐을 다시 꾸리며 휴대품목과 휴대할 수 없는 품목을 잘못 바꾸어 넣은 모양이다. 그렇잖았으면 저 가위가 인천공항을 통과할 수 없었을 일이 아닌가? 아마도 그때는 탁송화물에 들어 있었을 것임이 틀림없다. 재수가 없어도 너무 없다.

검색대를 통과하는 다른 사람들에게는 그저 재밌는 구경거리였지만 창피를 당한 장본인인 그는 여행 내내 불편할 것이다. 일행들로부터 고문관이란 소릴 들을 것이 뻔하다. 그런데 압수당한 가위는 무엇 때문에 휴대했을 것인가? 멕가이브 칼 같은 다용도 물품이라면 또 모를까 문구용 가위는 무슨 용도람? 외국 나가며 공책과 연필 같은 학습도구는 또 무엇 때문에 챙겨 넣었을까?

그에 대한 궁금증이 일었지만 나는 곧 그에 대해 잊었다. 면세점에 들러 대용량 USB를 하나 사야 했기 때문이다. 스완나품공항의 면세점 가격이 만만하다. 서울서 사는 것보다 훨씬 싸다. 때문에 직항 편을 이용하지 않고 갈아타기를 하면 USB 하나 값은 떨어진다. 캄보디아를 자주 들락거리는 지인의 정보였다. 장기전을 펴자면 이런 알뜰여행의 기술이 필요하다. 그런데 왜 저 사람들은 시엠립으로 직항하지 않고 환승 편을 이용하게 만들었을까? 항공료 차익이 되면 얼마나 된다고 여행객들을 불편하게 만드는 것인가? 아니지, 이미 1박을 항공기와 공항에서 하게 되는 셈이니 돈이 되기는 한다. 그렇다면 여행사의 농간임이 분명하다. 아하, 그런 수도 있었구나.

"얼마나 있을 거예요?"

"한 일 년 있게 되지 않을까? 그 정도 돼야 무언가 찾아내지."

"당신 성질에 일 년을 어떻게 버텨?"

"그런 소리 마. 나도 이제 성질 다 죽였어. 그리고 이번엔 착한여행에 봉사활동 하러 가는 거잖아?"

아내는 봉사활동이라는 말에 가출을 허용했다.

가출이라 암호명을 붙인 이번 여행의 목적은 대충 이렇다. 캄보디아에 한글학교를 하나 만들어 선교센터에 도움을 준다. 이왕 지어놓은 교회에 한글학교 선생을 겸할 수 있는 사람이 파송될 수 있다면 좋지 않을까? 잘만 되면 교회 봉사자가 한글학교 선생을 겸할 수도 있고, 수당도 지급 받을 수 있다는 계산이 깔려 있었다. 하여, H 사이버 대학교 한글학과장으로 있는 김 교수와 합작하여 시소폰 경제대학과 업무협약을 체결하였다. 그 일에 동참해 이미 MOU현장을 다녀온 바 있다. 우선 일이 원활히 진행되려면 KOICA나 세종학당의 승인을 받아야 한다. 그러기 위해서는 미리 현장학습을 시켜야 하고 승인신청서를 내 심사를 통과해야 한다. 이미 파견교사가 수업을 하고 있는 중이고 나는 두 번째 파송교사가 되는 셈이다. 그 한 가지 일만 할 것이냐? 앙코르 유적지를 두루 답사하고 그 여행기를 책으로 내자, 출판사와 계약까지 했다. 그뿐인가? 덤으로 여행기를 신문에 연재하자, 영남일보사와 연재 약속까지 했다. 그렇지만 그것만으로는 부족하다. 소설가가 소설작품을 써야지 기껏 여행기로 족할 것이냐? 대하장편을 하나 쓰기로 했다. 일석삼조다.

이 정도 목적은 있어야 마누라에게 재가를 받을 수 있다고……. 허풍 치고 나선 여행길이다. 다목적 여행이시네요? 정당여행 = 착한여행, 그럴듯한 핑계다. 결국은 집안을 벗어나는 자유, 여행을 하자는 것일 텐데 명목 하나는 잘 세웠다. 여행은 남의 경험을 빌려 쓰는 일이다. 남이 한평생 이루어놓은 지혜를 그대로 훔치는 일에 다름 아니다. 타인의 지혜를 훔치는 합법적 방법으로 독서와 여행이 있다. 독서는 간접체험이고 여행은 직접체험이다. 이 체험이 사람을 풍요롭게 한다. 둘 다 돈과 시간을 투자해 마음의 풍요를 얻는 일이다. 여행은 독서보다 한결 나은 대박이다. 다른 사람들이야 어떻든 너는 늘 이런 철학을 가지고 로드 스토리(Road stories)를 쓰고 있는 사람이니까 이번 여행도 희망이다.

　너는 이렇게 해 또 한 번의 자유를 누리게 됐다. 여행기는 지난번 MOU체결 때 찍어간 사진들을 자료로 이미 연재를 시작했다. 그 여행기가 인기가 있어 작가를 알아보는 독자들도 있어, '착한여행'이 뭐냐 '정당여행'이 뭐냐 묻는 열성팬들도 생겼다. 하여 착한여행을 준비하고 떠나겠다는 팀들의 반응도 있었다. 착한여행이 뭐냐? 한마디로 현지인들에게 도움을 주는 여행이다. 주로 후진국에서 행해지는 여행의 한 패턴이지만 현지인들에게 기부할 물건을 가지고 가 나누어주자는 것이다. 그게 물질이 됐건 재능이 됐건 현지인들에게 보탬이 될 수 있는 도움여행을 하자는 것이다. 유니세프 활동을 하는 사람들의 여행패턴이 바로 그런 것이다. 혹시 그가 그러한 네 기사를 읽고 그걸 준비 해 가는 중이라면? 기대할 걸 기대해라, 작가님, 꿈도 야무지시네요. 요즘 같은 세상에, 그것도 젊은이가 아닌 노인네가, 누가 그런 꿈같은 기사를 행동으로 옮기겠습니까? 그래, 작가는 가끔 환청을 듣지. 그 환청이 창조의 원동력이 되기도 하지…….

　그런데 그는 무엇 때문에 배낭을 메고 길을 나섰을 것인가? 혼자 단체여행에 낄 나이도 아니다. 더군다나 그가 휴대한 물건들이 수상쩍다. 공책과 연필 가위 따위라면 여기 어딘가에 그걸 선물할 아이들이 있어야 한다. 혹시 캄보디아 며느리를 두었다면, 그리고 그 손자손녀 녀석들이 보고 싶어서 찾아오는 길이라면……. 그렇더라도 손주가 한국에 있어야지 왜 선물을 들고 이리로 찾아올 것인가? 그게 만약 현실이라면 파국이다. 그러면 안 된다. 며느리가 친정에 와 있다면, 그 며느리가 데려온 손주를 찾아 학용품을 사들고 찾아오는 상황이라면 비극적 상황이다.

작가는 사사건건 모든 것들을 소재로 본다. 관찰력이 작품을 만든다. 관찰된 것은 일단 메모로 남긴다. 요즘은 핸드폰에 음성녹음 장치가 있어 수첩을 꺼내 쓸 필요가 없다. '출국장은 붐비고' 있었다. 이 음성메시지만 들어도 당시 상황이 파노라마로 떠오를 것이다. 너는 작가다. 고로 메모를 한다.

며칠 후 그를 다시 만났다.

참으로 우연하게 그는 앙코르 톰의 남문에 조각된 코끼리 아이라바타 앞에 앉아 있었다. 이른 아침인데 그는 혼자 성벽 위를 가로지르며 끽끽거리는 원숭이들에게 먹다 남은 빵조각을 던져 주고 있었다. 떠오르는 아침 햇살을 배경으로 아이라바타를 촬영하려던 나는 그 앞에 앉아 있는 그에게 좀 비켜달라고 다가갔던 것인데 그가 먼저 나를 알아보고,

"여기서 다시 만나네요?"

반색을 하는 바람에 움찔 놀랐다. 아무리 관광객이 많은 앙코르 톰이라지만 여기서 한국말로 하는 인사를 들을 줄이라고는 생각지

도 못한 일이었기 때문이다. 그것도 그날의 즐겁지 못한 해프닝을 고스란히 보고, 당한 나로서는 또다시 황당한 일이 일어날 것 같은 불안감이 앞섰다. 그날의 해프닝이란 검색대 압수사건 외에 또 하나가 더 있었다. 면세점에서 USB를 하나 사가지고 와 노트북 사진을 그리로 옮기고 있는데 그가 와서 잠깐 화장실을 다녀올 테니 배낭을 좀 봐달라며 옆에 놓고 사라져버렸다.

탑승시간이 임박해 탑승구를 통과해야 할 마지막 순간까지도 그는 나타나질 않았다. 눈에 익은 환승객들이 다 탑승구를 들어갔는데도 그는 나타나지 않았다. 그런데 이게 웬일인가, 그는 나보다 먼저 비행기에 와 앉아, 천연덕스럽게 좌석벨트까지 매고 있는 것이었다. 덕분에 두 개의 배낭을 들고 메고 탑승하는 수고를 아끼지 않았는데도 그는 그저 히죽이 웃으며 자기 배낭을 선반의 짐칸에 올려 넣기까지 지켜만 보고 있을 뿐이었다. 게다가 창가 좌석을 차지하고 앉아 자기 좌석이 가운데 자리이니까 나더러는 그 자리에 앉으라 했다. 복도 쪽에는 낯선 피부의 거구가 버티고 앉아 가운데 좌석의 팔걸이를 다 차지하고 있는 상황이었다. 한마디로 파렴치한일 수밖에 없는 그런 인물이었다.

그러한 그의 조끼 호주머니에서 껌이 하나 나왔다. 비행기가 이륙을 하고난 한참 뒤였다. 언제 꺼내 씹다가 만 껌이었든지 포장지가 쪼글쪼글하게 구겨져 있을뿐더러 뜯어진 봉지를 통해 꺼낸 껌은 하나밖에 남아 있지 않는 끼쥐쥐한 것이었다. 그는 그걸 반으로 쪼개 내게 내밀며 씹을 것을 권했다. 그러면서, 이제야, 겨우 배낭을 그렇게 떠맡긴 일이 미안하다는 말을 했다. 그러면 일부러 그랬단 말예요? 뭘 믿고……. 하는 말에 '뛰어봤자 벼룩이'란 상스럽지 않은 말을 썼다. 내가 착실해 보여 짐을 맡겼다가 아니라 이미 내가 자기 옆 좌석이라는 것을 알았다는 것이었다. 그리고 태연스럽게 짐을 함부로 버리고 올 인물이 아니란 것까지 알았다했다. 그는 이미 나에 대해서 꿰고 있었고 이번 여행은 전적으로 내가 주창한 착한여행을 하기 위함이라는 말까지 덧붙였다. 나는 내 기사의 파급효과가 이렇게 현실화 되는 것은 꿈에도 생각지 못한 일이라 내심 놀라웠지만 입국심사대를 거치는 과정에서 헤어지고 말았다. 캄보디아는 비자수속이 까다로웠기에 순서가 따로 없다. 원 달러, 원 달러, 중얼거리듯 되뇌는 출입국사무소 직원에게 원하는 팁 1$을 얹어주면 빨리 통과시켜주고 그렇지 않으면 입국이 더디다.

— 이것도 다 인연이라면 인연이지요.

그는 인연이라는 말을 썼다. 세상 모든 일은 인이 있기에 연이 있다했다. 원인과 결과는 우리가 몰라서 그렇지 이미 그렇게 되도록 진행돼 간다는, 예정설에 근거를 둔 허무맹랑한 소리를 했었다. 그리고 껌 반쪽으로 자기가 한 행동에 대한 면책특권을 행사하려 했다. 여행길에서 만나 할 수 있는 이야기로는 그래도 괜찮은 주제였고 행동이었다. 정치나 종교 이야기가 나왔다면 십중팔구는 맞지 않는다. 인연으로 시작해 선덕을 쌓자는 화제라면 가만히 입 다물고 있는 것보단 낫다. 또한 아무것도 안 주는 것보다는 먹다 남은 껌이라도 보상을 해주면서 하는 사과가 낫기는 하다. 비록 껌 반쪽이라 하더라도 성의를 보였으니 그나마 다행인 일이었다. 그와는 그렇게 쌓은 인연이 있긴 있었다. 그런데도 선글라스와 모자를 벗어 먼저 인사하지 않았다면 못 알아볼 뻔한 모습이다. 그는 대다수 한국여행객들이 입는 반바지에 등산용 T셔츠가 아닌 캄보디안 전통의상인 사롱(Sarong)을 입고 있었다. 내가 그의 아래위 의상을 훑어보고 있자 그는 겸연쩍은 듯,

"하나 사 입었어요."

하고 묻지도 않은 말을 한다. 그는 여행을 하면서 그 나라 옷을 입고 그 나라 음식을 먹고 그 나라 문화에 빠져드는 것을 원칙으로 삼는다고 했다. 그런데도 왜 반찬통을 들고 왔냐는 질문에는 '줄 사람이 있어서'라고 말했을 뿐 그 이상의 해명은 하지 않았다. 나도 그 이상은 묻고 싶지도 알고 싶지도 않았다. 스완나품공항에서 시엠 립까지 짧은 비행시간에 그와 나는 서로에 대해 어색해하면서도 인을 맺은 것은 사실이었다. 그런데 오늘은 또 어떤 인과 연이 있을 것인가? 나는 점점 소설 같은 이 만남에 대해 빠져들고 있는 자신을 발견한다.

"예, 어쩐 일로 혼자 계세요?"

"모두 돌아갔어요."

그는 처음 시작은 단체여행객으로 따라왔지만 혼자 떨어져 남은 호텔팩이라는 이야길 한다. 호텔팩을 할 정도면 혼자서도 잘 해낼 수 있는 여행경험도 있을 것이고 아는 것도 많을 것이다. 어쩌다가 배낭을 잘못 챙기거나 두고 가버리는 경우를 유발시키는 손상된 뇌세포가 있다손 치더라도, 또 다른 손상되지 않은 뇌세포 속에는 그동안 축적된 지식과 수많은 경험들이 있을 것이다.

"알츠하이머 증세가 있긴 하지만……."

그는 스스럼없이 치매증상이 있다는 이야길 스스로 끄집어냈었다. 그러나 사람들이 보는 그런 인물은 아니란 자기변명도 했다. 건망증 정도이지 심각한 상태가 아니란 이야기였다. 그러한 그가 내 기사를 읽고 자기도 한번 착한여행을 해보고 싶었다. 톤레사프 호수 어촌마을에 가서 아이들 사진을 찍어주고 선물도 나눠주고, 그렇게 한번 해보고 싶었다는 것이다.

"그래 착한여행은 해봤어요?"

"선생이 주장한 그 착한여행, 알고 보니 '죽림산방'에서 진행하더군요?"

"아, 거기 따라 갔었어요?"

"그 팀들 따라 시골학교 가 일일교사도 하고 어촌마을 아이들 사진도 찍어주고 재미난 시간을 보냈지요."

재미난 인물이다. 개가 사람을 물면 뉴스가 되지 않지만 사람이 개를 물면 뉴스거리가 된다는 소설 입문서가 있다. 이게 바로 네가 찾는 소설적 인물이 아닌가? 결국 따지고 보면 소설은 새로운 인물을 찾는 일이기도 하다. 새로운 인물을 찾으면 새로운 소재는 자연적으로 따라온다.

너는 사진보다는 이 인물에 관심을 더 기울이기 시작한다.

"여기는 어떻게 앉아 있었어요?"

"화두가 남아서요."

"화두요?"

"풀리지 않는 화두가 있어요."

화두라? 치매환자치고는 거창한 화두다. 너는 갑자기 인물 하나 만났다 싶어 '오늘의 화두는 무엇인가요?' 하고 묻는다.

"이게 뭔지 압니까?"

"코끼리 아이라바타요?"

"알기는 아는구먼?"

그는 아까부터 네 사진 찍는 모습을 지켜봤다며 이게 뭔지도 모르고 자리를 비켜달라고 했으면 안 비켜줄려고 했다는 엉뚱한 이야기를 한다. 뜬금없이 이게 무슨 선문답 같은 소리인가? 아까부터 사진 찍는 걸 지켜보고 있었다, 그걸 훼방 놓고 싶었다, 그러면서 남의 앎과 인내심을 시험하고 있었다? 이렇게 되면 이쪽에서도 허허실실작전을 펼 수밖에 없을 노릇이다.

"그건 왜요?"

"요즘은 멋도 모르는 것들이 너무 설쳐대기만 하거든요?"

이 사람 확실히 맛이 간 사람임이 틀림없다. 정상적인 대꾸를 했다간 오히려 큰코다치기 십상이다. 이럴 때는 허허작전이다. 동문서답에 철저하게 상대를 무시하거나 추켜 세우기다.

"맛이 안 간 사람은 어떤데요?"

"바로 당신 같은 사람……."

"허어, 나 같은 사람이요? 나 같은 사람이 뭐 어떤 사람인데요."

너는 사실 환청 속에 사는 사람이라 참소리를 잘 알아듣지 못한다. 이 현상이 사실인지 아닌지조차도 애매하다. 그러나 너는 그의 소리에 귀를 기울이고 있다. 귀 기울이는 정도가 아니라 이미 빠져들었다. 꿀단지에 든 파리처럼 그의 소리에 귀를 기울이고 있다. 그는 몇 차례에 걸쳐 앙코르 톰을 방문했으며 거기서 신기한 것을 하나 찾아냈다고 한다. 그러면서 묻는다.

"앙코르 톰이란 어느 곳을 두고 하는 말입니까?"

앙코르 톰을 이야기할 때는 개념설정이 필요하다.

앙코르 톰이라는 말을 분석해 보면, 앙코르라는 말은 이 일대, 고대 크메르 제국의 수도가 위치했던 도시를 뜻하는 고유명사이고 톰이라는 말은 크다는 뜻이다. 이어붙이면 크메르 제국에서 가장 큰 도시 앙코르라는 말이 된다. 한양이나 서울이라는 말하고 일맥상통한다. 서울에 시대를 달리하는 수많은 유적들이 산재하듯 앙코르 톰 역시 수백 년 동안 각기 다른 왕조가 만든 건축물들이 남아 있다.

"앙코르 톰을 더 정확히 말한다면 앙코르 성곽도시라 불러야지요."

한양이라 일컬을 때 산성과 사대문으로 둘러쌓은 그 테두리 안을 의미했던 것과도 같다. 그 성곽도시 안에 산재해 있는 바이온 사원, 바푸온 사원, 코끼리 테라스, 문둥왕 테라스, 피메나카스…… 등이 있다. 이들 건축물들은 각기 그 축조연대도 다르고 목적도 다르다. 그러니 앙코르 톰이라 통칭하는 것과 어느 건축물을 지칭하는 것은 구분되어야 한다는 지론이다. 지금 우리가 앉아 있는 이곳은 앙코르 톰성의 남문에 해당된다. 남문 앞에 넓이 백 미터의 해자가 있고 그 해자를 건너는 다리가 있다. 해자의 다리 난간에 악신과 선신으로 상징되는 두 무리들이 기나긴 밧줄을 잡은 형상으로 도열해 있는데 이를 두고 나가 상이라 한다. 나가란 사원 앞을 지키는 일종의 수호신 같은 것으로 뱀으로 상징되는 곳도 있고 우유바다 휘젓기에 등장하는 신들의 형상으로 나타나기도 한다.

"그거 알아요?"

"뭐요?"

"나가 신앙이요."

나가는 앙코르 유적을 이해하는 첩경으로 '유해교반'으로 일컬어지는 '우유바다 휘젓기'를 먼저 알아야 한다. 힌두경전 '베다'라는 책에 나오는 이야기다.

옛날도 아주 옛날에 착한 신들의 왕인 인드라가 시바 신의 아바타인 '돌바시스'를 경멸한 탓으로 저주를 받게 되었다. 그 뒤부터 인드라 신을 비롯한 모든 신들이 힘을 잃어 세상이 붕괴하기 시작했다. 그러자 이때다 하고 악한 신 아수라들이 온 세상을 휘젓고 다니며 행패를 부리기 시작했다. 놀란 선신들이 브라흐만 신에게가 구원을 요청하자 그는 '불사의 신이며 창조자인 비슈누 신에게가 간청해 보라' 하였다.

브라흐만, 비슈누, 시바 신은 힌두신들 중에서도 3주신으로 3위일체다. 브라흐만은 우주의 정신이고 비슈누는 악을 제거하고 정의의 회복을 유지하는 평화의 신이며, 시바 신은 창조와 파괴를 맡고 있는 신이다. 신들은 비슈누 신에게 찾아가 구원을 요청하게 되었고 비슈누는 '우유바다에 약초를 넣은 다음 만다라산을 휘젓는 막대로 삼고 큰 구렁이인 아난다를 밧줄로 하여 휘저으면 생명의 이슬을 얻을 것이라' 하였다. 그런데 한 가지 조건이 있다. 아수라들을 설득해 이 일에 동참시키라는 것이었다. 처음엔 이 일을 함께 하기를 꺼리던 아수라들도 영생불로약이 생성되면 공평하게 똑같이 나눠줄 것을 약속하자 이에 응하였다. 만다라산을 뽑아 와 우유 바다에 넣고 뱀으로 하여금 밧줄을 삼게 하고 이를 돌리기 시작했는데 뱀의 아가리 쪽을 아수라들이 잡고 꼬리 쪽을 선신들이 잡았다. 양쪽에서 밧줄을 잡아당기자 아난다가 입에서 불을 뿜어내 아가리 쪽을 잡고 있던 악신들은 화상을 입고 크게 부상을 당한다. 그러나 꼬리 쪽을 잡고 있던 선신들은 피해를 입지 않았다. 이에 부아가 난 악신들은 이 일을 그만두려 하였지만 영생불사약을 얻을 욕심으로 참는다. 이렇게 하기를 천 년을 하였다. 그 사이 우유 바다에서는 희망을 주는 암소 '스라브하'가 솟아났고 이어 빙글빙글 도는 눈알을 가진 주신(酒神) '비루니' 여신이 태어났다. 뒤를 이어 꽃향기를 뿜어내 온 세상을 향기롭게 만드는 '바리쟈타' 나무가 떠올랐으며 애교스럽고 우아한 천상의 여인 '압사라'가 태어났다. 마지막으로 달이 떠오르자 시바 신은 달을 자기 이마에 갖다 붙였는데 그 달에서 독물이 흘러나왔다. 시바 신은 독물을 꿀꺽 삼켰다. 워낙 독성이 강해 목이 파랗게 타들어갔다. 그 뒤부터 시바 신을 파란 목의 신이라는 뜻의 '나라간타야' 라고 부르게 되었다. 이윽고 영생불사약 암리타가 생성되고 비슈누 신의 부인 락슈미가 활짝 핀 연꽃을 타고 솟아올랐다. 여신은 시들지 않는 꽃으로 치장하고 천상의 보옥으로 장식했다. 신들은 환희에 찬 노래를 불러 이들을 찬양한다. 하늘의 거대한 코끼리가, 물의 요정 갠지스가 가지고 온 맑은 물을 받아 여신을 씻긴다. 여신은 이윽고 시바 신의 품에 안겨 제신들을 바라보며 행복한 웃음을 짓는다. 신들은 찬송가를 지어 노래한다. 축제분위기로 한눈파는 사이 악신들이 영생불사약을 훔쳐 달아났다. 그러나 아리따운 천녀로 변장한 시바 신에게 다시 이 약을 빼앗기고 만다.

이게 힌두 창제신화다. 앙코르 왓의 모든 벽화는 이 신화에 근거를 둔다. 이 한 토막토막들의 스토리가 조각품으로 남아 오늘날 앙코르 유적이 된 것이다.

그는 지금 앙코르 유적의 뿌리를 캐고 있다. 지금 건너온 저 해자 다리난간을 장식하고 있는 나가 상은 우유바다 휘젓기에 등장하는 줄 당기기가 그 모티브가 된다. 악신과 선신이 서로 줄 당기기를 하는데, 앙코르 왓의 벽화에서는 일렬로 서서, 서로 양쪽으로 줄을 당기고 있지만 여기서는 다리 난간 양쪽에 서서 평행으로 당기는 것이라고 설명한다. 그 파격의 창조적 가치를 보라는 것이다. 어떤 건축물의 모델이 되는 전범을 깨기란 그리 쉽지 않다. 모든 사찰에 사찰 건축양식이 있듯 신전에는 신전의 양식이 있고 신화의 예술화에도 일정 양식이 있다. 일단 정해진 양식의 틀을 깨기는 그리 쉬운 일이 아니다. 이미 일직선상으로 그려진 우유바다 휘젓기를 다리 양옆 난간에 나란히 배치하게 만든 형식은 이전의 양식에 대한 도전이며 혁명이라는 것이다. 그는 지금 이 정도의 상식이 없다면 앙코르 유적을 봐도 헛본다는 말을 하고 싶단다. 어디서 많이 듣던 소리다. 도올이 그의 앙코르 기행문에서 한 말이다.

"이 코끼리는 보통 코끼리가 아니란 말씀입니다."

신들이 타고 다니던 코끼리를 성문의 문지기로 만들어버렸다는 것은 그 신에 대한 모독에 다름 아니다. 애초에 코끼리들은 하늘을 날아다녔다. 또한 시바 신의 부인 락슈미가 세상 밖으로 나왔을 때 신성한 갠지스 물을 떠다 씻기기까지 한 충성스러운 시자다. 따라서 코끼리는 신성한 동물이고 신들의 탈 것이 된다. 그러한 코끼리를 성벽에다 처박아 넣어 문지기로 만들다니, 왜 그랬을까? 이는 힌두신화를 깡그리 무시한 처사다. 선대왕들이 모셨던 신성에 대한 모독이다. 신성모독을 할 정도의 배짱을 가진 자야 바르만 7세는 누구인가? 크메르 제국을 재건한 인물이다.

그 이전에 앙코르 왓으로 대변되는 힌두신화 시대가 있었다. 앙코르 왓을 건설한 수리야 바르만 2세는 철저한 힌두교 신자로 앙코르 왓에 비슈누 신을 봉헌했다. 따라서 사방 벽에다 힌두교 신들의 이야기를 조각한다. 총 길이 8백 미터가 넘는 앙코르 왓 벽에 부조된 조각상들은 전부가 이 힌두 창제신화를 모티브로 하고 있다. 반면에 앙코르 톰의 바이욘 사원을 만든 자야 바르만 7세는 불교신자로서 모든 건물을 불상으로 조각하였다. 그는 지금 이 차이를 먼저 알아야 앙코르 유적을 제대로 이해할 수 있다는 메시지를 전하고 있다. 그 정도는 너도 이미 알고 있는 지식이다. 그런데 그가 놀라운 사실을 하나 더 이야기한다. 남의 나라 역사 이야기가 아니라 우리와 직접 관련되는 사실이라는 것이다.

"바이욘 사원을 제대로 알려면 이걸 봐야 합니다."

그와 나는 어느덧 누가 먼저랄 것도 없이 바이욘 사원 동쪽 회랑의 벽화 앞에 와 있었다. 거기 천 년 전의 생활상을 고스란히 엿볼 수 있는 조각들이 있다. 안내서마다 참족과의 해상전투 장면이니 시장풍경이니 하는 설명을 붙여놓은 조각상이다.

"나는 여기 흥미를 느껴요."

흥미를 느낄 정도가 아니라 완전히 매료되었다. 세상의 모든 조각품들은 신이거나 왕 혹은 영웅들이 주를 이룬다. 아니면 역사적 인물들이 주인공이 된다. 그런데 바이욘의 이 조각들은 주목받지 못한 일반 서민들에 초점을 맞추고 있다. 따라서 그는 이들 조각그림들을 두고 바이욘의 풍속화라 부른다. 거기는 전쟁에 나가 싸우는 전투장면도 있고 시장 풍경, 일반 가정의 모습, 식당, 학교, 투전꾼, 군인, 공병……. 세상에 있을 수 있는 거의 모든 현실적 사회현상들을 풍경화로 담고 있다. 마치 단원이나 혜원의 풍속도를 보는 느낌이다. 그것도 천 년 전 모습 그대로…….

"나는 여기서 획기적인 것을 발견했어요."

그는 나를 끌다시피 한 조각상 앞에 세웠다.

"저게 대체 누구인 것 같아요?"

그는 수레바퀴 아래 꿇어 엎드려 밥을 짓고 있는 사람을 고려인이라 주장한다. 여러 안내 책자에, 불씨를 살라 밥을 짓고 있는 참족 군인이라 소개된 그 조각상이다. 커다란 수레바퀴 아래에서 두 무릎을 쪼그려 앉아 목을 길게 뽑고 젖은 나무를 입김으로 불어 불씨를 살리려 애쓰는 모습이 역력하다.

"나는 저 인물을 고려 사람이라 보고 싶어요."

그가 고려 사람이라 주장하는 그 머리에 상투가 얹혀 있다. 여러 해설서에는 참족의 군인이라고 소개된 인물이다. 참족의 군인들은 상투를 좇고 옷을 입었다. 소위 말해 의관정제를 해 예의를 갖추었다는 이야기다. 반면에 크메르 군사는 칼과 방패를 들었을 뿐이지

웃통을 벗은 채 훈도시만 차고 귀가 큰 것이 특징으로 나타난다. 그런데 이 밥 짓는 사람은 상투는 틀었지만 옷을 입지 못한 벌거숭이다. 참족 중에서도 낮은 신분의 인물이다. 한 말로 무기를 들고 전투를 할 수 없는 시원찮은 인물이다. 때문에 밥이나 짓는 취사병이 된 것이다. 일종의 노역꾼이다.

"저게 원나라로 끌려간 고려 사람이라는 것입니다."

당시 원나라는 고려에서 수많은 노예를 끌고 갔다. 역사적인 기록이 있다. 이를 공녀라 했다. 조공으로 바친 인물은 남녀 구분이 없었고 이를 담당하던 부서까지 있었다. 고려 공민왕 대에는 결혼도감에서 한 일이 바로 원나라로 보낼 노예들을 공출하는 일이었다. 목은 이색이 처음 관직에 나가 받은 직책이 바로 그 일이었으니 시기적으로도 맞아떨어진다. 목은 이색은 나라를 위해 큰일을 하려고 관직에 나갔지만 처음 맡은 일이 공녀를 공출하는 일이라며 차라리 이런 관직은 그만둘까보다 하고 말한 적이 있었다. 당시 크메르 제국을 침공해 전쟁을 일으킨 참족은 베트남 남부지역에 자리를 잡고 있던 족속들이다. 그 무렵에는 참파라고도 불리었고 고려 문익점이 참파 사신으로 갔다 오면서 '운남풍토기'라는 기록을 남겨 당시의 상황을 적기도 했다. 비록 책의 내용은 전해지지 않고 있지만 미루어 짐작컨대 원나라가 복속한 그 참파국임에 틀림없다. 그렇다면 크메르 제국을 침공한 참족이라는 게 참파국을 무너뜨린 원나라 군사라는 가설도 가능케 한다. 너는 그러한 배경의 소설을 쓴 적이 있다. 소설 문익점 〈목화〉다. 삼국지에 등장하는 '오월동주'라는 말의 어원이 되는 '월'나라, 즉 남월 참파국을 점령한 쿠빌라이는 그 여세를 몰아 지금의 인도차이나 반도를 전부 장악했던 때가 있었으니까 그 연합군이 크메르 제국을 침공했다는 가설은 충분하다. 기록에 의하면 쿠빌라이가 이끄는 원군이 코끼리 부대에 참패당하고 질병에 시달렸다는 사료가 남아 있다.

그는 지금 앙코르 톰의 중앙사원인 바이욘의 벽화에 새겨진 주인공, 수레바퀴 밑에서 밥 짓는 저 인물이 고려 사람이라면, 고려 사람인 걸 입증할 수 있다면, 얼마나 신이 날 것이냐는 이야길 한다. 모름지기 밥 먹고 할 일없이 남 욕이나 하는 것보다는 이런 일이 백 배 더 신나지 않겠느냐는 것이다. 동감이다. 나 역시 비싼 밥 먹고 흰소리나 하는 것보단 이런 거짓말 같은 참말 만들어내는 일이 더 즐거워 이러고 다닌다한다. 드디어 손바닥이 마주쳐진다. 그가 알고 있는 지식을 끄집어내기 위해서는 적당히 맞장구도 쳐주어야 한다.

그는 이미 나를 훤히 알아, 나보다도 더 나를 꿰뚫고 있었다.

"당신은 학자가 아니기 때문에 근거를 댈 필요도 없고 그냥 쓰기만 하면 되요. 소설가 좋다는 게 뭐요?"

소설은 상상의 소산이다. 그러려니 상상해 봤다는데 누가 뭐랄 것인가? 합리적인 변명거리까지 다 갖다 준다. 그건 그렇다. 앙코르 톰에 있는 바이욘 사원 조각품이 고려 사람을 모델로 했다더라. 그야말로 '카더라 통신'을 만들면 된다. 그렇다고 문화재를 도굴해 가는 것도 아니고 훼손하는 것도 아니다. 게다가 앙코르 유적 어느 곳을 가도 확실한 역사적 전거를 댈 만한 기록이 남아 있질 않는 현실이다. 그렇다면 새로운 가설을 만들어내면 그만일 터, 입증할 만한 근거확보에 주력하는 척만 하면 된다. 그러면 또 어느 어설픈 학자가 나타나 그걸 입증할 만한 자료라는 것을 대기 마련이다. 지금까지 현실이 그렇다. 소설이나 영화 드라마 속 인물이나 무대가 진짜 역사의 한 장으로 둔갑한 예가 어디 한두 군데인가. 관광 상품이 되는 데에는 소설이 그 근간이며 기치가 된다. 따라서 문화 콘텐츠 만들기에 혈안이 된다. 네가 지금 추구하고 있는 이 소설도 따지고 보면 그 기초 작업을 다지고 있는 일에 다름 아니질 않은가.

"여기 있는 인물들이 고려 사람이라 칩시다. 그래서 뭐가 달라진답니까?"

"그럴까요? 달라지는 게 없을까요!"

그는 일단 이 조각에 나타난 상투쟁이들이 고려 사람들이라면, 취사병이건 장군이건 여기 있는 인물이 고려 사람이라면 판도가 달라진단다. 굳이 여기서 고선지 장군이나 '왕오천축국'을 쓴 혜초 혹은 '운남풍토기'를 쓴 문익점 같은 주연급 인물을 만들어내지 않더라도, 이들을 고려인이 아닐까라는 의혹만 제기해도, 그 자체로 획기적이라는 것이다. 지금까지 그 누구도 앙코르 톰의 조각상들이 고려인이라는 상상을 해 본 적이 없다. 그 고려인 중에서 한 인물을 골라 주인공으로 삼으면 그게 소설이 된다는 것이다.

"그것만 해도 한 줄로 선 우유바다 휘젓기의 인물을 두 줄로 세운 것과 같은 혁신이에요."

발상의 전환이 필요하다. 아무도 확실한 증거를 갖고 있지 않은 이 인물들에게 신분증명서를 만들어주는 게 소설가의 할 일이 아니냔 그의 주장은 설득력이 있다. 매혹적이다. 역사는 승자의 것이지만 야사는 약자의 기록이며 소설은 철저히 야사에 의존한다는 것이다. 나도 동감을 한다하자, 그는 안타깝다는 듯이,

"소설가의 상상이 거기까지밖에 못 미쳐요?"

이제부터 야사를 하나 만들어내자 한다. 주인공들은 만들면 만드는 만큼 생겨난다. 저 조각상의 인물들을 주인공 삼으면 소설이 여러 수십 편 나올 수 있단다. 그 말엔 공감이 간다. 공감이 갈 정도가 아니라 욕심이 날 정도다.

"어떤 주인공이 나올 수 있을 것 같아요?"

"아예 나한테 소설을 써달라고 하시지?"

앙코르 톰이 전성기였을 때 중국 사람 주달관이 이곳을 다녀가며 쓴 기행문이 있다. 그 '진납풍토기'에 의하면 이곳은 황금으로 장식된 탑들이 있었고 궁전과 사원엔 황금기둥이 있었다했다. 이 대목을 잘 되짚어보면 이 도시에 살던 주민들의 생활수준을 짐작할 수 있다. 저녁밥을 짓는 굴뚝에 연기를 볼 수 없었다던 저 경주 서라벌의 풍요를 연상할 수 있다. 왜 굴뚝에 연기가 나지 않았을까? 젖은 생나무를 땔감으로 사용한 게 아니라 마른 숯불을 연료로 썼다는 것인 바, 서라벌에 황금 사원과 기둥이 있었던가를 비교해 보면 알 일이다. 그러한 앙코르 톰 주민들과는 달리 젖은 나무에 불을 붙여 밥을 짓는 저 상투쟁이야말로 천민 중의 천민이었던 것이다. 적군이건 아군이건 저 천민들에게 희망을 주는 것이 무엇이었을 것인가? 종교다.

신앙이란 그 희망의 등불이다. 프놈 바켕을 만들고 앙코르 왓을

만들고 바푸온 사원을 만들어 힌두 신들이 살던 메루산을 그대로 옮겨 성스러운 제단을 쌓던 크메르 제국은 내란에 휩쓸려 풍전등화가 되었다. 이를 평정해 민족중흥을 외친 이가 자야 바르만 7세요, 그가 새롭게 든 기치가 바로 불교다. 새로운 군왕은 지금까지 신왕들이 신봉하던 힌두교를 폐하고 불교를 앞장세워 민중의 왕국을 만들었다. 자야바르만 7세는 마치 이조를 세운 이성계와 비견될 만한 인물이다. 고려불교에 염증을 느낀 이씨조선이 유교를 새로운 종교로 신봉한 것과 마찬가지로 자야바르만 7세는 힌두교에 염증을 느낀 나머지 불교를 숭상한다. 그러면서 세운 새로운 사원이 바이욘 사원이다. 때문에 사원의 탑신마다 대자대비의 상징인 불상을 새겨 모신 것이다. 그러면서 그 불상의 형상을 자신의 얼굴로 환치시킨다. 이 역시 앙코르 왓을 축조한 선왕들이 저들 자신을 신격화 시켜 자신의 모습을 조각에 새겨 넣은 것처럼 자기 얼굴을 탑신에 새기게 한 것이다. 그는 이만큼 물러서 바이욘 사원의 탑들에 새겨진 사방 불(佛)을 가리킨다. 그중 한 불상이 유난히 밝은 빛을 받아 두드러지게 나타나 보이는 지점에 이르자,

"저게 누군지 아십니까?"

한다. 자야 바르만 7세다. 몰락의 위기에 처한 크메르 제국을 재건시킨 장본인 자야 바르만 7세는 전쟁에 시달리고 안으로 썩어빠진 정국을 바로 세우기 위해 힌두교에서 불교로 국교를 전환시킨다. 억불숭유 정책을 쓴 태조 이성계를 떠올리게 하는 역사의 한 장이다. 한 나라의 군주가 되자면 변혁도 필요하다. 국정쇄신을 위해서라면 무슨 일이든 할 수 있는 용단이 필요하다. 이 시대적 요

청에 부응해 신격화 된 코끼리를 수문장으로 세우고 그 성문을 통해 들어온 백성들에게 누군가 본으로 보일 만한 상징물을 내걸 신성한 효시가 필요했을 것이다. 그게 바로 신전이며 신전 꼭대기를 장식한 조각상이야말로 만민이 우러러 섬길 수 있을 인물이어야 할 것임은 틀림없는 사실이다. 이러한 시대적 요청에 의해 건축된 것이 지붕꼭대기를 장식한 사방불상이다. 새로운 개념의 신을 창출해낸 것이다. 대자대비 관음보살상은 만백성들의 지지를 얻기에 충분했다. 당시 크메르 제국 국민들에게 있어 관음보살은 시바 신의 아홉 번째 아바타이었기에 낯설지 않았고 거부감을 일으키지 않았다.

"이런 맥락에서 본다면 저 관음상을 자신의 이미지로 만들려고 했던 군주의 전략도 괜찮은 편이잖아요?"

자고로 군주란 민을 이용하는 재주가 있어야 한다. 따라서 정치란 일종의 매직이기도한 것이다. 백성들의 눈을 가리지 않으면 안 된다. 그 눈가림으로 신전을 건축하고 신의 목소리를 이용하여 자신의 신념을 펴는 것이 고대 통치술이다. 지금도 그렇지만, 잘 살게 해준다면, 배불리 먹을 걸 준다면, 찍 소리 없는 게 일반민중이다. 자본이 곧 신이 된 현대인들에게도 이 논리가 먹히기는 마찬가지다. 신을 믿게 되면 신의 목소리를 거부할 수 없게 된다. 신의 목소리는 해석하기에 따라 달라질 수 있도록 애매모호하고 광대무변하게 만들어져 있다. 이의 해석은 전적으로 통치자의 발아래 엎드려 움직이는 제사장들의 손에 의해 움직인다. 신권이 곧 왕권이고 왕권이 곧 신권이다. 요즘은 돈이 곧 신권이 되었지만 천 년 전은 다르다.

"궁예가 미륵불을 자처했던 것처럼 자야바르만왕도 스스로 불성임을 자처하면서부터 망조가 든 거죠."

그는 바이욘 사원보다 훨씬 이전에 건축된 국가 중앙신전인 바푸온의 개축과정에서의 붕괴와 자신의 아버지와 어머니를 위한 사원 프레아 칸과 타 프롬 건축에 대한 이야기를 한다. 나라를 평정시킨 왕은 자신의 혁명과업을 합리화시키기 위한 작업으로 '신성한 칼'이라는 뜻을 가진 사원인 프레아 칸을 건축하고 어머니를 위해서는 '지혜와 슬기의 여인'이라는 뜻의 타 프롬을 건설한다. 모두 자신의 정체성확립을 위한 위장술이었다. 그는 적통이 아닌 자로 왕위에 오른 콤플렉스를 정당화하려 수많은 지역에 사원을 세워 자기합리화를 위한 홍보활동에 들어갔지만 마음의 평정을 얻었을까? 이 이야기는 좀 있다 하기로 하고, 결과론적으로 너무 무리한 건축과정에서 국고를 탕진하고 말았다. 그래서 망국의 길로 접어들었다.

"건축 붐이 일면 나라는 망합니다."

그는 모래밭에서 바벨탑처럼 솟아난 두바이의 버즈 알 아랍호텔과 낙동강 보, 서울 부산 등지에 새로 세워지는 고층빌딩들을 이야기 하다가 갑자기 입을 다문다. 낯선 여행지에서는 정치 · 경제 · 사회 이야기는 안 하는 게 좋다는 여행수칙이 떠올랐기 때문일까? 사치와 낭비가 팽배하면 그 사회는 망한다. 아무튼 앙코르 왓과 앙코르 톰 같은 걸작을 만들었던 크메르 제국도 결국 사치를 부리다가 외침을 당해 정글 속으로 묻혀갔다. 그는 천 년 전 이 일대의 상황을 눈으로 보듯 설명을 한다. 간단한 로드맵으로 전체를 이해할 수 있게 만든다. 그리고는 날름 바이욘 사원의 웃는 보살상으로 날아올라 그의 눈썹이 된다. 그러더니 파르르 떨며 나비가 된다. 우화등선이다. 나는 문득 지금까지 내가 만난 인물이 현실적 인물인지 현실 밖의 인물인지 종잡을 수가 없다. 마치 장자의 나비 꿈을 꾸는 것 같다.

그러는데 한 관광객이 지나가다가 그 나비를 향하여 손가락을 곧게 펴 가리키고 있는 것이 아닌가? 저것 봐라. 꽃이다. 손가락을 곧게 뻗어 가리키다. 직지! 나는 문득 직지라는 단어를 떠올리며 염화시중의 미소를 동시에 떠올렸다.

그토록 찾아 헤매던 '직지'의 소재를 여기서 만난 것이다.

직지라는 말이 우리나라에 처음 등장한 것은 황악산 직지사에서 찾아볼 수 있다. 너는 그 소설 〈모례의 집〉을 쓴 적이 있다. 신라에 불교를 처음으로 전해준 아도화상은 지금의 선산 도리사 토굴 앞에 좌선 대를 만들어 참선을 하며 신라 포교의 기회를 엿보고 있었다. 때는 신라 눌지왕 대로 왕의 딸인 공주님이 몹쓸 병에 걸렸지만 백약이 무효라, 누구든지 이를 낫게만 해준다면 소원을 들어준다는 방이 내걸렸다. 묵호자로 자칭한 아도화상이 이 병을 치유하고 신라에 최초로 불교를 전했다는 로드맵이다. 작품 발표 당시 아도화상이 머물던 도리사에는 박정희 대통령의 첫 부인이었던 보살이 시주하고 있던 곳으로, 진신사리가 발견됐다면서, 적멸보궁을 신축한다는 핑계로, 멀쩡한 소나무를 베 도로를 내고 산림훼손을 해, 매스컴의 직격탄을 탄 적이 있었다. 도리사 옛터 아도화상 참선 대에서 까마득히 바라다 보이는 서쪽에 황악산이 있고, 아도화상은 손가락으로 그곳을 가리키며 거기에다가 절을 세우라 했다. 직지사 창건설화다. 그러나 직지사는 그리 유명하지 못했다.

직지사는 말은 '직지'라는 금속 활자본으로 남은 책이 발굴돼 일약 유명해졌다. 고려 시대 때 만들어진 이 책은 프랑스에 가 있다. 그 과정도 소설이지만 이 금속 활자본 책은 세상에서 유일무이한 보물로 세계적 문화유산이 되었다. 그런데도 그 뿌리에 대해선 잘 알려진 바가 없다. 때문에 이 책의 처음과 끝을 헤아릴 수 있는 실마리가 필요하다. '직지심체요절'로 불리게 된 이 책의 족보를 캐 문화콘텐츠로 사용하기 위해 현상금까지 내걸었다. 신통한 추적자가 없었든지 지금까지도 이 방이 나붙어 해마다 현상공모를 하고 있다. 서부 활극에서의 추적자처럼 프로정신이 있는 작가의 출현이 필요하다. 서부극에서의 추적자는 끝까지 따라가 현상금 붙은 범인을 붙잡고 만다. 그처럼 과연 이 포스타를 더 이상 내걸지 않아도 좋을 최후 종결자가 나타날 것인가?

그는 지금 그 수수께끼를 풀 첫 열쇠로 앙코르 톰의 고려인들을 주목하고는 나비처럼 날아 대자대비부처님 눈썹이 돼 버린 것이다. 이게 정녕 환영인지 진짜인지를 알 수가 없다. 그가 정말 공항에서부터 동행을 했던 건지 단순히 처음부터 네 환영 속에 있는 영상인지를 알 수가 없다. 한 가지 분명한 사실은 그로부터 떨쳐버릴 수 없는 계시를 하나 받았다는 것이다. 이는 분명 소설가만이 가질 수 있는 영감임에 틀림없을 일이다.

무언가 시작해야 할 때다. 폴 발레리는 '바람이 분다. 살아야겠다'는 시구로 이 시작의 종을 울렸다. 소설은 단초만 찾으면 그다음은 쉽다. 첫 단추만 끼우면 그다음은 더듬어나가도 된다. 이제 그 첫발상이 떠올랐으니 다음 단추는 구멍들만 찾아 끼우면 될 일이다. 소설은 단추 끼우기이다. 드레스를 입히건 작업복을 입히건 그 주제는 목적에 따라 달라진다. 대개는 목적 없이 만들어져 그 옷을 껴입을 주인을 찾지만 이미 목적이 정해진 바에야 그 목적에 철저히 부합하는 감과 색을 기워내면 될 일이다.

갑자기 스콜이 밀어닥친다.

눈을 떠보니 아무도 없다. 여태껏 혼자 우두커니 조각상을 바라보고 있었던 것일까? 너는 신이 나 노래를 흥얼거린다…… 비가 오는데 바람 부는데…… 이게 아닌데? 이게 아니지! 비가 오는데 어딜 가세요? 나는 유치원에 갑니다. 비가 오는데 바람 부는데…… 나는 유치원에 갑니다…… 너는 비를 피해 사원 안으로 뛰어드는 관광객들을 보며 빗물 속에 유치원을 향하는 손녀들의 환영을 본다. 노랑 장화를 신고 빨간 우산을 펼쳐든 손녀들이 깔깔거리고 웃는다.

아마 아내는 저들을 돌봐주러 서울에 가 있을 것이다. 친구는 그러한 너를 부러워했다. '너는 그래도 손녀들이라도 있으니 얼마나 행복하냐?' 친구는 월남전에 투입돼 남성을 잃었다. 그의 오매불망 소원은 월남에 뿌려둔 아들을 찾는 것이었는데 아직 그 꿈을 이루지 못했다.

"이거 다 어떻게 하지?"

친구는 가진 것들을 남겨줄 후손이 있어야 한다는 주장이었다. 어딘가에 있을지 모르는 핏줄을 찾기만 한다면 모든 걸 바쳐도 아깝지 않다했다. 그러면 차라리 입양이라도 하라했지만 그게 무슨 소용이야, 자기 핏줄이라야 한다는 강박관념을 가지고 있었다. 까짓 재산 그거 뭐라고? 사회에 환원하라, 숱한 권유를 했지만 그것도 소용이 없었다. 꼭 월남에 낳아둔 자기 자식을 찾아 그에게 물려준다는 것이었다.

"이번에 가거든 내가 일러준 거기도 꼭 가봐."

친구의 부탁이었다. 그동안 나름대로 수집한 정보를 몽땅 네게 준다며 이번이 마지막 기회라는 말을 몇 번씩이나 하였다. '살면 얼마나 더 살겠니?' 그러니 그 일도 소홀히 할 수는 없다. 바쁘다 바빠! 두 가지 소설을 동시에 써야하는 숙제를 안고 뛰어야 한다. 그렇지만 일단 마음만 먹으면 불가능한 일은 아니다. 저 벽화의 구성이 아래 단은 물속과 죽은 자 -서민층 이야길 담고, 중간 단은 군인과 전투장면 -보통 인간들의 생활상, 제일 상단은 지배층 -군주와 신화의 세계를 담은 것처럼, 벽화가 삼단구성인 것처럼, 한 단은 친구의 아들 라이따이한을 찾는 일, 또 한 단은 소설 〈직지〉를 구상화하는 일, 나머지 한 단은 보고 듣고 느끼는 여행기를 쓰는 일로 하면 될 일이다. 이제부터 너는 3단구성 작가로 뛰어야 한다. 돌멩이 하나로 세 마리 새를 잡아야 한다는 이야기이다.

경한이 직지를 얻다

 고려도 말기로 내려오면서부터는 나라가 안팎으로 어수선하였다.

 원나라 쿠빌라이 칸은 고려를 복속시킨 여력을 몰아 왜국 정벌에 나섰지만 뜻밖의 신풍 가미가제로 인해 실패했다. 다시 한숨을 돌린 칸은 남쪽으로 눈을 돌려 남월을 정벌하는가 하면 그 아들들을 각기 만호장으로 삼은 전투군단을 꾸려 참파국을 점령하는데 성공하였다. 내친 김에 아유타 크메르 미얀마까지를 정벌할 꿈을 꾸었다.

 지금까지 고려를 사위의 나라 부마국 정도로밖에 생각하지 않았던 원나라에선 자기네 나라 영토를 넓혀가는 전쟁을 치루면서 그 노역꾼으로 고려인들을 끊임없이 조달해 갔다. 노예차출이었다. 고려에서는 이 명을 받들기 위해서 결혼도감 내에 '공녀'라는 이름을 내건 인력공출 담당 특별 부서를 둘 정도로 이 일은 중차대한 일이 되었다. 한 번 잡혀가면 돌아올 줄 모르는 황천길 같은 이 노역에 붙들리지 않기 위해 조혼을 서두르거나 아예 식솔들을 이끌고 산으로 피신해 들어가는 백성들이 속출할 정도였다. 이 탈주자들의 머리에는 현상금이 걸리기까지 했다.

그런데 이 노역을 자청하고 나선 사람이 있었다. 하루 이틀 부역이나 몇 달씩 벌어지는 성벽 쌓기 같은 노역에는 혹간 아버지나 형을 대신해 나오는 사정 딱한 형편들이 있어 봐주기라도 했지만 이건 아주 이국 만리타향으로, 그것도 한 번 끌려가면 다시 돌아올 수 없는, 죽음이나 다름없는 전장터에 가는 줄 뻔히 알면서도 부역을 자청했다면 피치 못할 사정이 있어도 단단히 있을 일이었다.

사는 게 너무 징글징글하였다. 전라도 고부에서 태어난 그는 어려서 출가를 했지만 순전히 굶어죽는 걸 면하기 위한 수단으로 절에 들어갔을 뿐, 그 자신은 물론이고 어미나 아비 역시 불심이라고는 없는 사람들이었다. 그는 삭발을 하고 경한(景閑)이라는 법명을 받았지만 그게 무슨 뜻인지도 몰랐고 또한 관심도 없었다. 입에 풀칠만 하면 그만이었다. 굴혈을 파고 사는 생쥐도 먹을 것이 있건만 그의 집안에는 쌀 한 톨 옥수수 한 알도 없는데다가 제비 입같이 주둥일 내미는 목구멍이 자그마치 열둘이나 되었다. 그러니 절에 얹혀사는 입장이 되어 땅 팔 일만 있었어도 그게 좋았다. 그런데 절간 역시 배 불리 먹고 편히 잘 곳이 못 되었다. 여기서도 배가 고팠다. 설상가상으로 이 절에도 누구든지 한 사람을 공출하라는 이 공녀 차출 명이 떨어져 마지막 식객으로 올라붙었던 그가 자진해서 절간을 떠나주지 않을 수 없는 입장이 되었다.

"거기 가면 배는 안 곯도록 해주겠지요?"

이게 경한의 소원이었고 노역시장에 자원한 직접적 동기였다. 이 세상 어디 가건 밥만 먹여주면 더 이상 바랄 것이 없는 시절이었다.

그러한 그가 운 좋게도 백호장 밑에 들어가 그의 전용취사병이 된 것은 특출한 요리솜씨 덕분이었으니, 하늘이 준 기회였다. 경한은 절간에 있으면서도 늘 허기진 배를 달래기 위해 개구리건 뱀이건 먹을 수 있는 것들은 닥치는 대로 잡아 간식으로 배를 채웠던 것인 바, 뱀을 잡고 굽고 요리하는 데는 이력이 나 있었다. 하루는 남몰래 이 뱀을 잡아 굽고 있었는데 백호장에게 딱 걸렸다. 마침 군량미 조달이 잘 안 돼 먹을 게 떨어진 판국이라 이 뜻밖의 별미를 맛본 백호장은 벌은커녕 이 일을 무시로 시켰다. 본시 몽골 초원에는 뱀이 그리 많지 않아 이걸 비상 전투식품으로 생각지 못했던 백호장은 즉시 정글 속의 뱀들을 잡아 식량을 대신할 것을 명했고 배가 부른 군사들은 사기가 올랐다. 뱀을 요리하는 데는 특별한 기술이 필요 없다. 그저 구워 먹으면 될 일이었다. 그러나 많은 식구들이 먹는 방법으로선 탕이라는 방법이 있었다. 몽골군은 본시 철모를 벗어 고기를 데쳐내는 샤브샤브를 즐겨 먹었지만 구수한 뱀탕 맛을 본 뒤로는 끼니때마다 뱀탕 타령이었다. 탕은 대량으로 끓여야 제맛이 난다. 그러다보니 뱀 껍질이 쌓이게 되었고 그는 그걸 이용하는 데 성공하였다. 그는 뱀 껍질을 이용한 장식품을 만들 있다. 뱀은 그 머리 턱뼈를 잡고 가시로 모가지를 따내 껍질을 벗겨 내린다. 그 뱀 껍질은 생각보다 질기고 단단하다. 어떤 뱀은 그

껍질색깔이 찬란하다. 이 찬란한 색깔의 껍질을 칼집에 씌워 말리면 훌륭한 장식품이 된다. 꽃뱀 같은 것은 그 무늬도 찬란하였지만 위엄을 드높이는 데에도 한몫했다. 그저 장난삼아 했던 일이 백호장의 눈에 들어 관심을 끌게 되자 그는 백사와 흑사의 껍질을 꼬아 만든 말채찍을 만들어 선사함으로써 또 한 번의 관심을 모았다. 이어 이 부대는 머리를 땋아 상투를 묶는 끈까지도 뱀가죽을 이용하게 되었고 말고삐까지도 뱀가죽을 사용하는 객기를 부리게 되었다. 좀체로 땀에 젖지 않는 뱀가죽의 시원한 기운이 이들을 뱀 부대로 만들었다.

원나라의 부대는 열 사람 백 사람 천 사람 만 사람 단위로 묶는 호장 제도가 있어 그 우두머리를 십호장 백호장 천호장 만호장이라 불렀다. 만호장은 점령지를 다스리는 호장이며 작은 왕이 된다. 수도 서울인 대도에는 황제로 불리는 대 칸이 있고 점령지 행성에는 만호장에 해당하는 작은 왕이 있다. 이 호장제도는 점점 정비가 돼 팔기제라는 군사제도로 정립이 돼 역사에 길이 남는다. 경한이 배속돼 있는 백호장 원세기는 성질이 포악하기로 이름 나 있었지만 식사당번 경한에게만은 특별한 아량을 보였다. 백호장 역시 배곯는 게 싫어서 들어온 군대였다.

"여기는 모두 배고파서 나온 사람들이다."

그러니 부하들 배곯지 않게 하는 일이 취사병 경한의 임무라는 것이었다. 군량미가 조달 되건 안 되건 먹거리를 책임지라는 이야기였다. 칸의 군대는 전부 말을 타고 다니는 기병으로 예비 말이 있다. 일단 유사시에는 이 말을 잡아 군량으로 쓰지만 밀림에는 먹을 게 많다. 나가 사냥만 하면 멧돼지며 사슴은 물론 원숭이까지 훌륭한 양식이 되었다. 그러나 밀림에서 가장 손쉽게 구할 수 있는 식재료는 역시 뱀이다. 크기가 사람 키 서너 배가 되는 대형도 있어 한 솥에 다 넣지 못할 경우도 있다. 이런 뱀탕은 기름기가 많아 구수하기까지 하다.

그러나 경한의 머릿속 한구석에는 늘 일천스님의 말씀이 가시지 않는다. 살생은 죄악이다. 게다가 뱀을 잡는 것은 신성모독이다. 뱀은 부처님을 지켜 몸 바쳐 헌신한 존재다. 뱀의 왕 무차린다는 부처님이 수행하는 보리수 아래 비가 내리자 그 큰 코브라 대가리를 펴 비를 막고 몸을 감싸 안아 따뜻하게 이불이 되고 우산이 돼주었다. 그러니 어찌 이를 신성시 하지 않을 수 있을 것이냐, 뱀이 좀 징그럽게 보인다 해서 함부로 잡아서는 안 될 일이다. 그런데 이를 잡아 보양식을 하고 있다.

경한은 한동안 잊고 지내던 황해도 해주 안국사를 떠올린다. 그가 태어난 곳은 전라도 고부 땅이었지만 이 절간 저 절간을 흐르고 흘러 겨우 안주하게 된 곳이 호국사찰 안국사였다. 이제 게송이란 게 뭔지도 좀 알게 되었고 겨우 불목하니를 면해 안정된 수도생활을 하는가했는데 그것도 여의치 못하게 되었다. 색계에 빠진 것이다. 비구니 시주 묘덕에게서 여인의 향내를 맡게 되었고 거기 빠져 악업을 쌓았던 것인데, 그게 들통이 나 결국에는 이 절에서는 가장 쓸모없는 인간, 파계승이 돼 공녀선(貢女船)에 몸을 싣지 않으면 안 되게 되었다. 그때로서는 피신이 최선의 선택이었다. 비록 악업을 쌓고 절에서 쫓겨나듯 했던 경한이었지만 큰스님 나옹화상의 마지막 말씀을 아직 기억하고 있다.

"심기악법 여사탈피 불위욕오 시위범지."

마음의 온갖 나쁜 법을 버리되 뱀이 허물을 벗듯하여 욕심에 물들지 않는 사람 그를 범지, 즉 바라문이라고 한다. 그러면서 스승은 또 이렇게 말했다.

"우리들을 생존에 얽매이게 하는 것은 집착이다. 그 집착을 조금이라도 갖지 않은 수행자는 이 세상도 저 세상도 다 버린다. 뱀이 허물을 벗듯."

뱀은 허물을 벗어던짐으로 늘 새롭게 태어난다. 잘못을 뉘우치고 새 옷을 입으란 말씀이었다. 잘못을 저지르지 않는 사람은 없다. 그러나 그것을 깨닫고 진정으로 참회를 하는 사람은 드물다. 뱀이 허물을 벗어 새로운 옷을 갈아입듯 악습을 타파해야 한다. 하지만 한번 길들여진 악습을 벗어던지기란 뱀이 허물을 벗는 것처럼 그리 쉽지만은 않다. 사람이 죽어서 육도윤회를 하고 살아생전에 탐욕이 많고 세간의 생활에 애착심이 많으면 구렁이로 태어나 집안을 지킨다고 한다. 이 구렁이를 집안의 '업'이라거나 '지킴이'라고 부르는 까닭이 여기 있다. 뱀이 오래 살면 구렁이가 되고 구렁이가 더 크면 이무기가 되며 이무기가 여의주를 얻으면 용이 된다. 용이 되기 위해선 온갖 세월을 다 겪으며 정진해야 한다. 그 정진의 모습은 각양각색일 터, 그런데 밀림 속에는 이 이무기가 다 된, 네 발 달린 뱀들도 산다. 등껍질이 통나무 같은 악어란 놈도 있다. 발이 달린 걸 보면 틀림없는 이무기의 과정을 거치는 녀석들인 게 틀림없다. 이제 그는 이 이무기들을 잡아 요리하는 식재료로 쓴다. 아직 용을 잡아본 일은 없지만 고려에서는 볼 수 없는 이무기들이다.

경한은 때로 '수타니파타'의 뱀의 비유 '사품(蛇品)'을 떠올려본다. '무화가 나무 숲속에서 꽃을 찾아도 얻을 수 없듯이 모든 존재를 실체가 없는 것이라 보는 수행자는 이 세상에 저 세상을 모두 버린다. 마치 뱀이 허물을 벗듯' 그러면서 '무소의 뿔처럼 혼자 가라'는 후렴구가 붙어 노래처럼 부르게 만드는 경전이다. 거기 또 이런 구절이 있다. '모든 생명체에 대하여 폭력을 쓰지 말며 모든 생명체 그 어느 것이라도 괴롭히지 말며 출가수행자는 자녀를 갖고자 하지 말라. 하물며 친구이랴, 무소의 뿔처럼 혼자서 가라' 모든 생명체를 괴롭히지 말라 했는데 오히려 그 생명체를 죽여 일용할 양식을 삼고 있다. 살생이다. 살생이 곧 생살인 셈이다. 생살은 삶이다. 살고 봐야 한다. 무얼 어떻게 하든 먹고 살아야하는 문제가 가장 시급하다.

경한은 시시때때로 떠오르는 경구를 생각하며 지금 내가 뭘 하고 있는 것인가, 하는 자책을 할 때가 있다. 그러나 지금은 그런 걸 생각할 한가로운 때가 아니다. 전쟁을 치루는 전장의 한가운데에서 병사들의 밥을 짓고 저들 몸의 양기를 북돋아줄 책임을 지고 있는 취사병이다. 주방장이 열병에 걸려 죽자 주방장의 자리에 오른 경한이다. 백호장을 위시한 백 명의 군졸들에게 먹일 음식을 매일같이 준비하고 그 식재료를 마련해야 한다. 그래도 다행스러웠던 것은 톤레사프 호수 전투에서는 대승을 거두었고 호수에는 물보다 고기가 더 많아 먹거리가 풍부했다. 밀림도 마찬가지였다. 밀림에는 손만 뻗으면 먹을 것들이 있었다.

그러나 저들의 도성인 앙코르 톰에 들어오고 난 뒤부터가 정작으로 어려운 때를 맞아야했다. 흉년이든데다가 앙코르 주민만 해도 수만 명에 육박해 먹을 것이 절대적으로 모자란다. 아무리 초근목피로 연명을 한다지만 이들의 입을 덜어 다 죽이기 전에는 먹을거리를 해결할 수가 없다. 때문에 여기저기서 보급투쟁을 위한 학살이 자행되고 있었다. 그러나 경한은,

"이게 얼마요?"

강제로 징발을 해도 될 일이지만 시장에 나가 시장 물건을 사들였다. 전쟁통에도 암시장을 장악할 수 있는 물건은 대도로부터 가져온 비단이 단연 우세였다. 물물교환이었다. 여자들은, 특히 귀부인들은 비단이라면 사족을 못 쓰고 대들었다. 비밀리에 감춰둔 양곡을 빼내는 데에는 비단만 한 게 없었다.

바푸온 사원은 하늘을 찌를 듯 높은 탑을 쌓았고 그 첨탑은 황금장식을 해 눈부실 정도였다. 왕궁 역시 황금으로 기둥을 감쌌고 지붕에도 황금장식을 한 바래기기와를 올려 그 위용을 높였다.

앙코르 톰에서는 점령자로서의 자부심을 가진 승리의생활을 할 만 하였건만 그렇지가 못했다. 대 칸의 수도 대도와는 달리 습기가 차고 매일같이 쏟아지는 비와 더위가 병사들을 지치게 만들었다. 한번 복속시킨 점령지에 뿌리를 박고 살자면 저들과 유화가 되어야 하는데 이곳 사람들과는 그것도 잘 되지 않았다. 서로 믿고 사는 신앙의 대상이 달랐다. 사람은 무엇을 믿고 사느냐에 따라 그 바라보는 길이 다르다. 원나라나 고려에서는 불교를 믿었지만 앙

코르 사람들이 믿는 것은 힌두교의 시바 신이었다. 이제 막 그 신앙의 대상을 시바에서 붓다로 바꾸었고, 시바 신의 아홉 번째 화신이 붓다라 하였지만 잘 이해가 가지 않는 앙코르 사람들이다. 이렇듯 종교적 혼란에 빠져 있는 와중에 전쟁까지 겹쳤으니 정신 차릴 여유가 없는 앙코르 톰의 주민들이다.

시바는 파괴와 창조를 일삼는 신이다. 그는 열 번의 변신을 하는데 아홉 번째 화신이 붓다의 몸으로 온 석가모니의 모습이라 했다. 붓다는 몸소 고행을 겪는 수행을 해 세상 사람들에게 가르침을 주어 모두 성불하기를 바랐다. 그러나 사람들은 그의 말에 귀를 기울이지 못했다. 머잖아 종말의 날이 올 것이며 그날에는 이 세상 최후종결 자가 백마를 타고 창을 든 모습으로 나타나 죄업을 심판할 것이라 하였기 때문이다. 그가 바로 시바 신의 열 번째 화신인 깔낀(kalkin)이라는 것이었다. 최후의 심판자 깔낀이 올 때까지 선업을 쌓아야 한다. 그런데 좋은 업을 쌓기는커녕 전쟁을 하고 있다. 전쟁은 살생이다. 전쟁은 무슨 수를 쓰든 이기고 봐야 한다. 전쟁에 승리하자면, 어떻게든 먹고살아야 힘을 얻고, 힘을 얻어야 싸운다. 어떻게 하든, 무슨 수를 쓰든 살아남아 돌아가야 한다. 돌아가 묘덕을 만나야 한다. 병사들은 너 나 할 것 없이 살아남아 만나야 할 제 나름의 묘덕이 있다. 그러고 보면 뱀을 잡아 삶는 일도 그리 죄 될 일은 아니질 않은가?

"그런 건 걱정 마. 산 사람은 어떻게든 살고 봐야지."

경한은 스스로에게 위로의 말을 건넨다.

"그래라, 살고 봐야지."

죽으면 무슨 소용인가? 수없는 사람들이 죽어나간다. 산다는 것은 숨 쉰다는 것이고 못 먹으면 숨도 쉴 수 없다. 목숨줄을 놓지 않기 위해서는 무엇이고 붙잡고 늘어져야 한다. 머나먼 고려 땅에서부터 이런 타지까지 왔을 때부턴 다른 건 생각할 필요가 없다. 그저 목숨 부지해 돌아갈 꿈만 꾸면 되는 것이다. 그러한 경한에게 호두가이는 더없이 좋은 현지 안내자이며 소식통이다.

경한은 호두가이로부터 또 하나의 이상한 이야기를 듣는다.

아득히 높이 쌓은 층단 위에 옥탑방이 있는 왕궁이 있는데 천상의 궁전이라는 것이었다. 이름이 '피미아 나까스'라는 이 궁전에 머리가 아홉 개 달린 뱀이 살았다는 좀 기괴한 이야기였는데 그 대충은 이렇다. 이 뱀은 밤이면 여인으로 변신해 왕과의 동침을 요구한다. 하루라도 왕이 이를 거절하면 나라에 큰 재앙이 닥친다. 때문에 왕은 매일 밤 뱀 신과 동침을 한 후에라야 왕후의 침실로 들거나 다른 볼일을 본다는 것이다. 또 그 옆에는 문둥이가 된 왕의 왕궁이 있었는데 사람들의 이야기로는 포악한 왕이 문둥병자를 처단하는 과정에서 병이 옮았다는 이야기도 있고 뱀 신과의 동침을 거부해 뱀의 저주를 받아 문둥병에 걸렸다는 이야기도 있다. 아무도 안 본 이야기이니까 어느 게 진짜인지는 알 수 없다. 앙코르 톰의 건축물들에는 이런 이야기들이 수두룩하다.

이 이야기를 들려 준 석공 호두가이는 이 문둥왕 테라스를 직접 만든 조각가의 아들로 돌을 떡 주무르듯 깎고 조각하고 그 속에 담긴 의미들을 잘 알고 있었다.

"이건 바슈키라 하는 짐승이지라."

바슈키는 나가의 왕이다. 우유바다 휘젓기를 해 영생불로 약 암리타를 만들 때 입에서 불을 토해 우유바다를 불바다로 만드는 실수를 저질렀지만 여전히 신들의 사랑을 받는 탈 것이 되고 있다. 신들의 탈 것으로는 코가 세 개나 달린 코끼리 아이라바타도 있다. 이들은 둘 다 하늘을 날고 구름 높이 이 세상 어디로든지 이동이 가능했다. 시바 신의 탈 것으로는 흰 소 난디도 있다.

호두가이는 이러한 조각품들을 만든 석공으로, 장차 조각을 할 일이 있으면 경한의 모습도 그려 기념으로 삼겠다하였다. 그러면서 뱀가죽 끈으로 묶은 상투를 강조해 넣겠다한다.

"너는 그 상투가 인상적이야."

"고려 사람들은 다 상투를 좋아."

경한은 신체발부는 수지부모라는 말을 한다. 우리 몸은 부모님으로부터 물려받은 것이기 때문에 잘 간수할 의무가 있는 거라, 머리털 역시 고이 지키기 위해 곱게 빗어 땋아 상투를 좋는 것이라 했다.

"그 위에 갓을 쓰지."

지금은 전쟁터라 갓을 쓰진 않지만 상투 위에 망건이나 탕건을 쓰고, 외출할 땐 갓을 쓴다는 이야길 한다. 호두가이는 갓 쓴 모습은 상상이 안 간다했다.

"앞으로 또 조각할 일이 생기면 반드시 네 모습을 그려 넣을 거야. 그런데 갓은 상상이 안 돼."

"나도 아직 갓은 써 본 적이 없어."

갓은 양반이나 쓰는 모자고 어른이 된 뒤에야 쓰는 물건이라 했지만 호두가이는 양반이 뭐하는 건지 알 수 없다 하였다.

"여기에 왕족이 있고 브라만이 있는 거나 마찬가지야."

"너희 나라 고려에도 그런 계급이 있단 말이야?"

"있잖고? 안 그러면 내가 왜 여기까지 왔겠어?"

경한은 승려였지만 이렇게 노역을 한다는 이야기를 하며 석공 호두가이와 친구가 돼가는 중이었다. 병사 백 명을 먹여살려야 하는 급식 책임자인 경한에게 현지 물건을 조달해주는 공급책인 호두가이는 아주 요긴한 인물이었다. 호두가이로서는 호두가이대로 유일하게 돈을 만질 수 있게 해주는 경한이 귀중한 존재였다. 대원나라 쿠빌라이의 정책은 점령지의 초토화 작전보다는 점령지 현지인들과의 친화를 우선으로 했다. 따라서 먹을 것은 약탈이 아니라 정당한 가격을 지불하고 사서 먹어라하는 식이었다.

참파국을 점령한 원정군의 원수 사도(唆都)는 거기 이미 행성을 설치하였다. 기본적으로 원의 정책은 일단 한곳을 점령하면, 그곳 점령지를 다스릴 행중서성(行中書省)을 설치해 호부만호(虎符萬戶)와 금패천호(金牌千戶)에게 그 일을 일임하고 다른 전장을 향해 이동을 하기 마련인데, 이곳 남월(南越) 지역들은 밀림 속으로 숨어들어간 잔병들을 토벌하기 전에는 마음 놓고 이동을 할 수가 없게 되었다. 숲속에 숨어든 잔병들이 언제 어디로 다시 나와 퇴로를 끊어버릴지 모르기 때문이다. 따라서 호랑이 대가리 모습의 금호패를 찬 호부만호는 참파 행성에 두고 금패천호와 참파에서 귀순한 병사들을 엮어 만든 연합군을 전장에 투입시켰는데 적지에 기근이 겹친 데다가 열병까지 돌아 고전을 면치 못하고 있는 중이다.

― 그래, 그 전쟁의 와중에 백호장 휘하의 병졸들 식사를 책임지고 있는 주방장 경한이 앙코르 톰을 만들던 석공 호두가이를 만나 교유하고 있다는 이야기를 로드맵으로 삼는다, 이거지? 그래, 그래서 그 경한이라는 고려인을 모델로 삼은 그림이 바이욘 사원에 조각으로 남게 되었다……. 이거지? 그런데 상상이 너무 지나치지 않나?

비약이 심하다. 소설이 아무리 상상의 소산이라지만 너무 터무니없는 이야기로 점철 돼 있는 것 같지 않나? 그리고 경한이라는 인물을 '직지심체요절'에 억지로 꿰맞추려고 한 것 같은 인상을 지워버릴 수 없어. 이제 겨우 불목하니를 면하고 게송을 읊을 정도의 초심자가 저렇듯 경문에 깊은 조예가 있을 수 있을까?

너는 그에게 묻고 그는 나에게 답한다.

"그런 디테일한 부분은 나중에 손보면 될 일이니까, 우선 큰 동선을 생각해 봐. 뭐냐면 고려인이 한 사람, 공녀로 끌려가 구사일생 천우신조로 목숨 부지해 살아남는다. 마침 운이 좋아 주방장까지 되었다. 그와 친분을 튼 현지 석공의 머릿속에 잠재적으로 들어가 있다가 나중에 사원 벽의 조각상으로 남게 된다. 이게 가능한 일인가 아닌가만 짚고 넘어가면 돼. 소설의 구성은 타당성 여부이니까."

"그래? 그 정도라면 별 무리가 없는 것 같은데……. 그 정도 상상이야 용납이 되지. 그게 네가 알고저하는 보편타당성 문제 이냐?"

"빙고! 바로 그거야. 소설에선 보편타당성이 있느냐 없느냐가 가장 우선시 되거든? 어떤 사건이건 보편성이 있나 없나를 따져야 하니까. 보편타당성이 있다면 그 문제는 됐고, 그런데 버전이 문제야. 그렇게 쉽게 이야기하듯 풀어나가면…… 느낌이 없지."

"소설은 설명이 아니라 묘사라는 거 잊었어?"

"또 그 묘사가 문제군."

"설명문은 소설에 적합하지 않아. 어쩐지 아전인수 격이 돼 버리잖아?"

"정통적 소설기법을 가져와야겠다, 이 말씀이지?"

"당연하지. 역사소설이잖아. 어느 정도 근거도 있고 그 사실 위에 상상력이라는 매직을 뒤집어씌워야지."

"설정에 무리가 있다는 말인가?"

"그건 아니야. 경한이라는 인물이 등장하는 건 괜찮아. 전라도 고부 땅에서 태어난 한 아이가 입에 풀칠을 하기 위해 절간에 불목하니로 들어갔다가 삭발을 하고 계를 받는 것까지는 이해가 가. 당시 상황으로서는 비일비재한 일이었을 테니까. 그리고 이건 지금까지 추적해낸 '직지'의 요지이니까."

"그러면 뭐가 문제야?"

"우여곡절 끝에 전장에 나가는 것까지도 있을 수 있는 일이야. 그런데 백호장 밑에 주방장이 돼 출세하는 장면이 너무 안이해."

"그게 무슨 출세야?"

"그래도 그렇게 쉽게 인정을 받고 주방장이 될 수는 없지. 그것도 그 안에서는 특혜를 받는 셈인데. 더구나 크메르 제국의 주도인 앙코르 톰에서 석공을 만나 친구가 돼 가는 과정은 너무 평이해."

"극적 필연성이 없단 말이지? 그 점은 나도 인정해."

"그게 설명문의 단점이란 말이야. 할말이야 쉽게 다 할 수 있지. 그렇지만 소설이란 건 읽으면서 느끼는 감정이 중요한 거지, 설명이 필요한 게 아니거든?"

소설의 당위성이 떨어진다? 소설은 작가 맘대로 쓰지만 아무리 사소한 일이라도 당위성이 있어야 한다. 필연적이어야 한다는 이야기다. 감정은 당위성에서 온다. 한 올 한 올 실올들이 모여 짜낸 비단 폭 같은 무늬물결이 있어야 한다. 만남이나 헤어짐에는 필연성이 불가결한 요소가 된다. 그렇게 되지 않으면 안 될 인과성이 있어야 한다는 이야기다. 요즘 수많은 소설들이 이를 무시하고 사건의 진행에만 치중한다. 소설의 재미를 떨어뜨리고 독자를 잃게 만든 주범이다.

"보편타당성 있는 당위성이 필요해. 만약에 그렇게 맺은 석공과의 인연으로 바이욘 사원의 조각에 고려 사람의 모습이 남게 되었다면 획기적인 사건이야. 이 역사적 사건이 아무런 근거 없이 만들어지나?"

"그 부분이 미약한 건 사실이야. 보완을 해야지."

"그 부분만 가지고 영화 한편은 찍어낼 수 있을 만큼 사실적이어야 하지 않겠어?"

"동감! 그러면 그 부분으로 다시 간다."

설명조가 아닌, 사실적 묘사로……. 호두가이와의 만남에서부터 다시 킴백. 활동 사진기를 돌리듯 타임머신을 돌린다.

"아니다. 그 이전에……."

"뭐?"

"전염병이 돌아 경한이 죽는 것처럼 돼 있는데?"

"그런 장면은 없었는데?"

"내가 잘못 봤나?"

"걱정 마셔. 주인공이 죽으면 직지심체는 누가 만드나?"

"오우 케이. 그것까지는 돼 있다, 이 마씀?"

"소설가를 뭐로 보세요? 첫 장과 마지막 장은 항상 구성돼 있답니다. 그 점 염려놓으세요. 전체 분량 때문에 경중경중 뛰다 보니 무언가 빠졌나 보니, 이해하시게나."

"체제에 너무 얽매이지 말아요. 아직 대하장편 쓰는 사람도 있어요."

"알았다. 감 잡았다 오버……."

그렇다면 톤레사프 해전으로 다시 되돌아가야 한다. 마치 명량해전 같은 전투장면을 구사해 내야 한다. 촬영을 하듯 섬세하게 그려나가야 한다. 영상으로 되살아나지 않는 소설의 장면은 죽은 소설이다. 누군가는 영어로 번역될 수 없는 글은 소설이 아니라 했다는데 영상으로 떠올릴 수 없는 글은 소설이 아니다. 글을 읽음으로 독자의 머릿속에 영상을 남길 수 있어야 한다. 문자는 부호이지만 영상으로 재조합되는 매직이기도 하기 때문이다.

……해가 지도록 싸움은 계속되었다.

피아간 흘린 피가 호수를 붉은 핏빛으로 물들였다. 여기에 지는 햇살이 내려앉으며 만든 붉은 노을이 처절함을 더했다. 크메르족들이 탄 배는 겨우 고기잡이나 하던 배로 화살을 피할 아무런 장치도 없다. 방패로 이를 막아내는데 전력을 다했고 지형지물에 익숙한 이점을 이용해 치고 빠지는 작전을 펴 겨우 전몰을 면할 수 있었다. 호수의 양안에는 맹그로브 숲이 있었고 거미줄처럼 얽힌 수로가 있다. 미리 전쟁 준비를 해 상인으로 가장한 참파 군대는 지붕을 인 판자로 화살을 막는 대비를 했지만 크메르 군의 이 지형지물을 이용한 물귀신 작전에는 당할 수가 없었다. 한쪽은 전투력이 막강한 대신 또 다른 한쪽은 익히 아는 물길을 이용하는 전술을 부렸다. 막상막하의 판국이다. 드디어 물귀신 작전이 수행되었다. 물귀신 작전이라는 것은 물속으로 잠수해 들어간 잠수부들이 배의 밑창을 뚫어 구멍을 내 배를 갈앉히는 전대미문의 작전이었다. 배가 침몰하면 물속에 있던 고기밥이 되고 만다. 그중에서도 악어란 놈은 턱이 강하고 이빨이 날카로워 산 자도 찢어먹을 수 있는 제3의 적이었다. 이놈은 피아간을 가리지 않고 산 자와 죽은 자도 가리지 않고 사람을 먹어치웠다. 심지어는 배 밑창을 뚫고 있는 잠수부까지 먹어치우는 통에 물귀신 작전이 중단되기까지 했다. 어쨌거나 이 해상 전에서는 누구의 승리랄 것도 없이 피아간 희생자만 수없이 내고 말았다. 사상자들은 물고기 밥이 되었고 톤레사프 호수는 시체의 더미로 쌓였다.

"이것도 설명이겠죠?"

"그렇다네. 그런 설명조의 소설은 얼마든지 있다네."

"문장의 차별화이군요?"

"소설은 문체다. 소설의 문장은 객관화 된 묘사문이어야 한다고 가르치지 않았나?"

"예, 저도 그렇게 배우고 가르쳤습니다."

"그런데 왜 그렇게 쓰지 않나?"

"다시 해 보겠습니다."

……날이 저물고 어둠이 깔렸다.

물속에서는 물고들이 입맛을 다시는 소리가 쩝쩝 나고 수면을 치며 뛰어오르는 가물치 꼬리가 물장구를 쳐 올렸다. 정적을 깨는 그 소리가 멈추자 어디선가 노 젓는 소리가 들렸다. 군선은 아닌 게 분명하다. 엄밀하게 말하자면 노 젓는 소리가 아니라 자그만 고깃배를 움직이는 대나무가 풀잎을 스치는 소리다. 기나긴 장대로 물밑 땅을 밀며 나가는 작은 거룻배는 전투용이 아니다. 그렇다면 밀정이라도 타고 있는 것일까? 이미 끝난 전장터에서 무슨 염탐을 해 갈 것이 있을 것인가. 그리고 여기는 사원을 둘러싸고 있는 해자다. 동서남북 성문을 지키는 군대가 있는데 해자를 통해 동문 옆까지 배를 타고 들어올 첩자는 있을 수 없다. 그러니 함지 배를 타고 들어오는 그림자 같은 인물이 간자이거나 위험인물일 리는 없을 일이다.

"누구냐?"

횃불을 들고 배 가까이 다가가 불빛을 들이대자,

"저 호두가이입니다."

어둠에 휩싸인 낯선 그림자가 대답을 했다.

낮에 시장에서 익히 봐 오던 얼굴이다.

"이 밤에 웬 일이냐?"

"돼지를 구한다기에……."

돼지를 한 마리 잡아 왔다는 호두가이다. 취사를 맡은 경한으로선 더없이 반가운 일이었지만 번번이 빼앗듯 얻어먹기만 하는 형편이 미안스럽다. 아무리 점령군이라 하더라도 의당한 대가를 치러주어야 하는데 그게 잘 안 된다. 그게 안 되면 노략질인 것이다. 전쟁을 하면서 이런저런 따질 계제는 아니지만 경한의 심중은 그랬다. 얼마간이었지만 절에서 배운 법도였다. 이 법도를 벗어난 길을 걷는다는 것은 마치 심장이 고문을 받는 것과 같은 심정이다.

"번번이 이거 얻어먹기만 해서, 미안해서 어쩌나?"

"아닙니다. 그날 우리 식솔들을 구해준 덕택에 이렇게 살아 있지요."

식량 보급을 위해 가가호호이 집을 뒤지고 있을 때, 한 병사가 호두가이의 저장고를 발견하고는 그를 죽이려는 것을 말려 살려준 일이 있었다. 호두가이는 그날의 호의를 잊지 못한다며 이런 식의 감사를 표시했고 경한은 그러한 그에게 현지 식품조달의 임무를 맡겼다. 물론 거기 따른 정당한 대가를 치러주지는 못했지만 호두가이는 호두가이대로 현지인들에 대한 막강한 권력을 행사하게 된 것이라, 어느 쪽에도 손해 보고 밑질 장사는 아니었다. 하지만 백부장의 생일잔치를 위해 일부러 돼지를 잡아온 호두가이의 속셈은 무엇이었을까?

전쟁의 승패는 전투병들의 전투능력에도 달려 있지만 그들의 힘이 되는 밥그릇에도 달려 있다. 우선 먹어야 기운을 차리고, 힘이 나야 전쟁도 하는 것이다. 먹을 걸 내놓게 하는 방편으로 파괴와 살육이 자행된다. 오늘도 칸의 군대들은 신전 입구의 신도를 따라서 있는 석상들을 파괴했다. 특히 왕의 궁전이기도 했던 프레아 칸의 신도 양옆에 서 있는 석주들의 몸통에 새겨진 조각상을 하나 빠짐없이 깨고 부셨다. 세워진 석상은 시바 신의 상징인 링가로 다산을 축원하는 상징물이다. 남근상을 본 떠 만들어진 석상들을 훼손시킨 것은 저들에게 공포심을 심어주고 말을 잘 듣지 않으면 크메르족속을 멸절시켜버리겠다는 경고가 담겨져 있었다.

거기 신전의 석상들을 쪼고 갈고 닦은 호두가이로선 죽을 맛이었을 것이다. 윗대 선조로부터 조상 대대로 석공일을 맡아온 호두가이네 집안이고 보면, 오늘 깨 부신 석상들도 호두가이의 할아버지나 선친이 만든 조각품임이 틀림없을 것이다. 그런데 그러한 적개심을 다 누르고 적국의 취사병에게 돼지를 잡아다 대 주는 이 행위는 어떻게 해석해야 할 것인가? 단순히 살아남기 위해서인가, 아니면 일단 칼자루를 쥔 자의 손에 붙어 이득을 더 취하자는 것인가?

"남 몰래 이런 것들을 갖다 주면 미움 사지 않겠어?"

적군을 도와 식량을 대 주고 나중에 보복을 당하는 경우는 얼마든지 있다. 그간 누비고 다닌 전장 터에서 수없이 보고 들은 경험이 있는 경한이다.

"걱정 마십시오."

"나야 좋지만 자네를 생각해서 하는 소릴세."

"그러니 밤에 오질 않았습니까?"

"낮말은 새가 듣고 밤 말은 쥐가 듣는다는 우리 고려속담이 있네."

경한은 호두가이를 칭찬하면서도 걱정하는 자신을 알 수가 없다. 당장 내일 아침 고깃국을 먹을 병사들을 생각하면 어깨가 으쓱해지지만 이 전쟁도 오래가지 않을 것이란 생각을 하면 호두가이의 뒷일이 걱정되는 것이다.

그러나 호두가이는 이런 현실과는 거리가 먼 이야기를 한다.

"전부 다 기억해 두겠습니다."

머릿속에 하나하나 남김없이 기억해 두었다가 벽화를 그려 조각할 때, 그때 상세하게 그려 이 사실을 기념해 남기겠단다. 신전에 조각을 새겨 넣는 일은 천 년 후를 내다보고 하는 일이다. 당장 오늘 내일 먹고사는 일이 아니라 천 년 후를 내다보는 역사적 기록이라는 것이다. 때문에 석수장이들은 돌가루를 마시면서도 기쁘게 일을 한다. 그러면서 아직까지 이런 다양한 모습의 사람들을 직접 본 사람이 없다는 것이다. 윗대 할아버지 한 분이 계셔 조각에 솜씨가 있었는데, 그분이 삼보 쁘레아 쿡의 신상을 조각했다 한다.

"그때 아라비아 사절단이 왔지요."

할아버지는 그 아라비아 사람들의 모습을 신당 지붕의 사방 모서리에 조각해 넣은 것으로 유명하다한다. 그 조각은 통합된 크메르 제국이 생기기 이전의 작품으로 외국인이 조각그림으로 남은 처음 인물이라 했다. 경한은 전조 신라 땅에 있던 원성왕의 무덤 괘릉 앞에 세워져 있던 눈이 퉁방울만 했던 아라비아 사람의 석상을 떠올리며 고려에도 그런 이민족의 조각상이 있단 이야길 한다.

"우리 고려에도 이민족상이 있어."

"그래요? 거기까지 아라비아 상인들이 갔던 모양이지요?"

호두가이는 이렇게 다양한 이민족들의 모습을 본 게 처음이며 상상도 못할 일이라고 감개무량해한다. 전쟁이 아니면 어떻게 이렇게 많은 조각의 대상을 볼 것이냐는, 놀라운 발견이라는 이야기다. 그리고 이 이국 사람들의 모습을 조각할 꿈에 부풀어 있다. 크메르 사람들은 벌거숭이 그 자체로 겨우 훈도시만 차고 다닌다. 거기 비하면 의관정제에 가까운 차림을 한 원나라 병사들의 모습이 신기하기는 할 것이다.

"한마디로 호기심이라는 거죠. 호기심이 작품을 낳아요."

"그러면 호두가이도 내 얼굴 모습을 벽화에 조각해 넣겠다는 말씀?"

"그럼요."

그러면서 그는 앙코르 왓의 벽에 그려진 벽화 역시 그러한 소재를 찾아 그린 조각이라 한다.

"우리 할아버지들은 신화의 내용을 조각했지만 난 어쩐지 사람들이 더 좋아요."

이 전쟁이 끝나면 언젠가는 이 전쟁의 기록을 벽화로 남기게 될 것이고, 그날이 오면 자기가 할당받은 구역에는 반드시 참족들을 그려 넣겠다고 한다.

"참족의 투구는 정말 멋있어요."

참족의 장수는 금속투구를 썼고 갑옷을 입었다. 병사들의 상투를 튼 모습 역시 이색적이다. 반면에 크메르족들은 벌거숭이 맨 몸에 방패를 들었다. 그 대조적인 모습이 재미있다는 것이다.

"나는 참족이 아니야."

"고려인이라 했잖아요?"

"그래, 고려 사람……. 나도 전쟁에 끌려온 사람이야."

경한은 자신의 지난날을 이야기했고 호두가이는 지난했던 경한의 지난날을 경청했다. 배곯지 않기 위해 자식을 출가시킨 예는 얼마든지 있다. 여기서도 마찬가지란다. 호두가이 집안에서도 스님이 된 형제들이 있단다. 그러면서 그는 그 형제들이 공부하던 책을 한 권 가져왔다며 건네준다. 이제 막 들어오기 시작한 새로운 경전이란다. 여기 사람이 사람답게 사는 규율과 법도가 적혀있다는 것이다.

"부처님의 가르침이에요."

경한은 공부에는 별 취미가 없었지만 호두가이가 주는 경전을 받아 넣는다. 알아볼 수 없는 글씨였지만 언젠가는 한번 이 나라 글을 배워 천천히 읽어볼 작정이다. 아니면 큰스님에게 갖다 보여줄 요량인 것이다. 큰스님 나옹화상이라면 이 글도 충분히 읽어낼 것이라는 생각이다. 나옹화상은 견식과 학식이 두루 넓어 여러 나라 말과 글을 익혀 알고 있었다. 그러한 큰스님이 말했다.

'경한아, 너는 앞으로 대단한 일을 할 사람이다.'

면상에 그렇게 쓰여 있다는 것이었다. 사람은 관상만 봐서도 그 앞날을 척 내다 볼 수 있다는 것이었는데 경한은 남다른 상을 타고 났다는 것이었다. 그게 구체적으로 무슨 일인지는 말 해주지 않았지만 이미 남다른 상을 타고 났다는 말씀이었다. 희망을 주는 말이었다. 왜 갑자기 큰스님이 떠올랐을까? 경한은 갑자기 온몸이 불타듯 뜨거워지는 느낌을 받았다. 큰스님은 식사공양을 하다가 갑자기 상추쌈에 묻은 물을 털어 십리 밖 절에 난 불을 끈 신통력을 발휘한 적이 있었다. 그러한 큰스님이 불현 듯 온몸으로 파고드는 느낌을 받은 경한은 품었던 책을 꺼내 바닥에 놓는다. 그러자 그 뜨거운 불길 같은 느낌이 갈앉는다. 다시 품어본다. 뜨거운 기운이 다시 솟는다. 이 신비에 가까운 영험을 무엇이라 해야 하나? 글자 하나하나가 머릿속으로 들어가 각인되는 느낌이다. 호두가이가 말한다.

"이 책은 직지인심을 가르쳐요."

"무슨 뜻인가?"

"교리를 캐거나 계행을 닦지 않고, 직접 사람의 마음속에 들어있는 진리를 알게 하여 불과를 이루게 하는 것이래요."

이게 오늘날 앙코르 톰에 퍼져있는 불교사상이라 했다. 그렇지만 교리도 계행도 닦지 않고 어떻게 불과를 이룰 것인가? 이는 원효와 의상의 차이이기도 하겠지만, 저 고려의 불교와는 달라도 너무 다르다. 고려에서는 수행을 통하여 도를 닦아야 했다. 따라서 달마존자를 본 받아 면벽을 해 게송을 읊어야 했고 수없이 많은 계율을 지켜야 했다. 따지고 본다면 경한이 이리 내쳐진 것도 그 계율을 깬 업보가 아니던가.

"우리 고려에서는 안 그런데?"

호두가이는 고려가 어디쯤인지 궁금하단다.

"고려는 어디쯤 있어요?"

"나도 모른다네. 벌써 집 떠난 지 여러 석삼 년이나 되었네. 그동안 수없이 많은 곳들을 다녔으니 해가 어디서 떠 어디로 지는지도 모르겠는걸?"

그렇다. 경한은 지금 동서남북도 분간할 수 없는 밀림 속에 갇혔다. 그 갇힌 속에서도 숨을 내쉬고 있다. 숨을 내쉬니까 살아 있는 것이지 살아 있는 것이 아니다. 사람 목숨이 파리 목숨보다 못할 때도 있다. 전쟁이라는 것은 언제 목숨을 앗아갈지 모른다. 때문에 대를 이을 후손의 번성을 도모하는 일이 최우선이다. 사원마다 다산을 기원하는 링가를 두고 숭앙하게 만든 까닭이 여기 있다.

"오늘 제가 구경을 한번 시켜드릴까요?"

"구경이라니?"

"형님, 여기 앙코르 톰에 와도 저자거리만 다녔지 사원 구경은 못했을 것 아닙니까?"

호두가이는 능청스럽게 경한을 형님이라 부르며 사원 구경을 간다.

"앙코르 톰에서 가장 먼저 만들어진 신전은 바푸온 사원이지라……."

바푸온은 도시 중심부에 만들어 세운 피라미드다. 신들의 거처 메루산을 옮겨놓은 신전으로, 신전 속에는 신성한 링가가 모셔졌다. 링가란 시바 신의 상징으로 정교하게 다듬어진 마제 남근석이다.

"이 남근석이 왜 여기 모셔졌는지 아십니까?"

호두가이의 질문에 경한은 답하지 않았다. 이미 몇 번이나 했던 질문이요 답이었기 때문이다. 대신에 '네가 아무래도 까마귀고기를 먹은 듯 하구나'하고 나무랐다. '형님 그게 무슨 뜻인데요?'하고 호두가이 물었고 경한은 '잊음이 헐복하다는 뜻이다'라고 말한다. 이 어김없는 순서의 말들은 이미 이전에도 했던 말들의 되풀이이다. 살다보면 이런 일들이 일어난다. 이전에 했던 말이나 행동을 똑같이 되풀이하는데도 한 사람은 그걸 모르고 한 사람은 똑똑히 기억하고 있다. 어째서 이런 일이 일어나는 것인가? 경험의 반복이다. 똑같은 경험이 반복되고 있는 대도 한 사람은 그걸 기억하고 다른 한 사람은 송두리째 그 기억을 잊어버리고 되풀이한다. 어떤 때는 별 다른 행동이나 동기 없이 기억만 떠오를 때도 있다. 심한 경우에는 그 기억이 너무나 또렷하고 구체적이어서 남의 생을 엿보는 듯한, 아니면 남의 생을 그대로 옮겨놓은 것 같은 경우도 있다. 예컨대 이런 것이다. 어떤 사람이 십 년 전에 죽은 사람의 말이나 손짓 같은 것을 흉내낸다. 지금 이 말과 몸짓을 보는 사람들은 죽은 사람의 지인으로서 죽은 사람이 살아생전에 했던 그 말과 행동을 기억하고 있다. 그런데 그 말과 흉내를 내는 산 사람은 죽은 사람을 본 적이 없다. 이럴 때 사람들은 죽은 사람이 되살아 온 것이라고 말한다. 이럴 때 붙이는 말이 빙의나 환생이다. 윤회의 고리에 꿰어 죽은 사람이 다시 살아나고 산 사람이 죽어서는 또 다른 윤회의 사슬을 만든다는 것이다. 링가는 그러한 삶의 되풀이를 의미한다. 한 알의 낱알이 썩어 다시 열 배 스무 배의 알곡으로 태어나듯 생명은 되풀이 된다. 사원이란 다산과 풍요를 기원하는 곳이다. 매일같이 저 링가를 봄으로 생산에 대한 의욕을 갖게 되는 것이다. 본다는 것은 결국 흥심을 일으킨다는 것이고 흥심이 일어야 생산이 촉구된다.

"이제 이 사원은 막을 내렸어요."

새 왕은 이러한 링가신앙을 버리고 자비를 택했다. 인구 칠십 만의 대도 앙코르 톰에서는 더 이상 인력이 필요 없게 되었다. 인간은 차고 넘친다. 이제는 인간의 개수가 문제가 아니라 그 인간들을 유지시키며 먹여 살릴 부처님의 자비가 필요하게 된 것이다. 하여 새로 만든 사원이 바로 바이욘이다. 바이욘 사원의 모든 첨탑을 대자대비하신 부처님의 두상으로 장식한 것도 그 때문이다.

"이리 와 보세요."

호두가이는 바이욘 사원의 벽을 장식하고 있는 벽화를 보여준다. 아직 그리다 만 조각상들이 대부분인데 벽은 3단으로 구성돼 밑그림이 그려져 있다. 지금까지 그려진 조각들은 외적을 신나게 물리치는 크메르족들의 승리도다. 톤레사프 전투를 승리로 이끈 선왕들의 영웅적인 모습들이다. 이미 몇 번씩이나 치른 타이족과의 전투였고 그때마다 승리를 거둔 크메르 제국이었다. 이번처럼 장사꾼을 위장한 참족원군을 맞지 않았더라면 참패를 당할 이유가 없는 전쟁이었다.

"나는 여기다가 형님의 모습을 그려 넣을 거란 말입니다."

호두가이는 조각된 벽의 빈자리를 가리키며 거기다가 경한의 모습을 그려 넣고 싶다하였다. 그것만이 만남의 의미를 두고두고 되새길 수 있는 우의의 길이라 하였다. 항상 그렇듯이 전쟁은 언젠가는 끝나게 마련일 것이고 그날이 오면 보다 완성된 사원을 위하여 공사는 다시 진행될 것이라는 호두가이다. 지금까지도 그래왔고 또 앞으로도 그럴 것이라는 느긋한 관측이다.

"그렇게 해서 이 바이욘 사원에 고려인이 조각되었다?"

그가 너에게 물었다. 그는 너의 가장 유력한 조언자로 너의 소설을 좌지우지하는 존재다. 대답을 신중히 해야 할 것이다. 그런데 너는 불쑥 이렇게 답해버리고 만다.

"안 될 거 있어요? 상상은 자유라면서요."

"상상은 자유겠지만 받아들이는 수용자의 입장은 자유롭지 않지."

"수용자라면 출판사를 말하는 겁니까? 아니면 독자들을 뜻하는 겁니까?"

"독자나 출판사나……."

"하기야, 그게 그것이기는 마찬가지네요."

출판사와 독자는 곧 하나다. 마찬가지로 출판사와 작가 또한 하나다. 이 셋은 하나 된 삼위일체다. 어느 하나라도 반대의사를 표시하면 그 작품은 죽고 만다. 그게 바로 소설이 요구하는 보편타당성이다. 지금 너는 그 보편타당성을 저울질함에 있어 주의를 기울일 필요가 있다. 독불장군이란 있을 수 없다. 무조건 독자를 따라오라할 수는 없을 일이다. 읽을 이 없으면 무용지물인 게 소설이다. 묻혔다 백 년 후에 다시 살아난다? 독자의 수준이 못 미쳐 그런 거다? 불후의 명작은 다 당대에 버림받았다가 백 년 후에 빛을 본다? 그건 논리에 맞지 않는 궤변에 지나지 않는다. 당대에도 읽히고 백 년 후에도 읽히는 작품이 좋은 작품이다. 그렇다면 누구나 이해할 수 있는 보편타당성을 지녀야 한다. 그래, 천 년 전 고려 사람이 당시로서는 종주국이었던 원나라에 부역꾼으로 끌려가 전쟁에 투입된다. 좋아, 거기까지는 있을 수 있는 일이다. 그렇다면 무엇이 문제인가? 그가 크메르 제국까지 온 게 잘못인가? 아니다. 그것도 잘못 없다. 그러면 무엇이 잘못인가? 전쟁터에서 석공을 만난 게 잘못인가? 그것도 잘못 없다. 그러면 무엇이 잘못인가? 그가 석공을 만나 사원을 구경하는 일이 잘못인가? 그것도 잘못 없다. 그렇다면 전부 다 있을 수 있는 일인데 무슨 문제인가? 누가 문제가 있다 했나? 이의를 제기한 사람은 없다. 있을 수 있는 일이다. 그렇다면 이 소설에 아무런 하자가 없단 말인가? 하자는 없다. 단지 너무 우연스럽다는 생각이 들지 않는가? 그렇다면 소설적 용어로 필연성이 없다는 이야기인데 우연을 가장한 필연도 있지 않을까? 우연스런 만남도 얼마든지 있을 수 있으니까……. 따지고 보면 모든 만남은 우연을 가장한 필연에서 오는 것이다. 단지 억지로 꿰맞춘 작위성이 드러나지 않는 한 우연은 존재하는 것이다. 그렇다면 이 소설에 작위성이 있다는 말인가? 아니다. 그것도 발견되지 않은 상태다. 그렇다면 이대로 진행해도 된다는 이야기인가? 그렇진 않다. 뭐야, 아무 문제 없다 해놓고 그렇지 않다니? 결정적인 하자가 뭔가? 하자는 없네, 너무 요상한 구성이 탈이긴 하지만. 그렇다고 너무 의식하지 말고 쓰기를 바란다는 말을 하고 싶네. 무얼 의식하지 말란 이야기인가? 눈치보지 말란 이야기일세. 지금 그대가 구상하고 있는 이 구성법이 다소 생소한 독자들도 있겠지만 차츰 읽다보면 이해를 하게 될 거라는 이야기라네. 뭐야, 놀랐잖아? 여기까지 써놓고 버릴 뻔 했잖아. 이런 의식의 흐름을 타는 소설이나 복합적 시점이 자취를 감춘 지가 오래라 그런가 보이. 애초에 선언하지 않았는가? 삼단구조를 통해 세 가지 이야기를 직조해내겠다고…….

"좋아. 요점정리 들어가 본다. 지금까지 진행된 이야기는 경한이라는 인물이 크메르 제국의 왕도 앙코르 톰에 입성했다는 거 아닌가?"

"그렇죠. 이제 겨우 주인공 하나가 등장한 셈이지요."

"어떤 식으로 등장했느냐는 중요하지 않아요. 그가 무얼 어떻게 하느냐가 문제죠."

"그렇죠? 작품은 시·공의 분할이니까요."

"작품은 시간과 공간의 분할이다? 원론적인 이야기네. 그건 그림에서 주로 하는 이야기이지만……."

"시공이 분할되었으니까 이제 행동이 중요하겠지요? 소설은 액션이잖습니까? 더군다나 드라마나 영화를 전제로 하는 작품이라면 드라마틱한 장면이 많이 연출되어야 하겠지요?"

"갈 길을 알고 가는 자는 발걸음도 당당하리."

너는 이렇게 해서 겨우 인물 하나를 등장시켰다. 그렇다면 소설 다 썼네, 시작이 반이고 인물등장 시켰으니 반반이고……. 그렇다면 이 인물을 주 동선으로 그걸 엮어주는 횡적 인물만 등장시키면 될 일이다. 이 인물이 천 년 전 인물이라면 대비인물은 현대적 인물이어야 할 것이다. 그러면서도 그와 종횡으로 얽혀야 할 것인바, 천 년 후의 그의 아바타? 아니다, 그러면 너무 빤한 이야기가될 것이다. 어떤 의미로 소설은 작가와 독자의 상상력싸움이다. 결론을 추리할 수 있는 구성이라면 재미없다. 독자가 전혀 예상치 못한 결론으로 치달아야 흥미를 끈다. 때문에 낯설게 하기라는 문학적 용어까지 등장했다. 결말이 예상 밖이 아니라 독자가 전혀 예상하지 못한 장면 장면이 연출되어야 한다. 천편일률적으로 흘러가는 평면구성이 아니란 이야기다. 앞과 뒤가 맞지 않으면서도, 앞뒤사이에 아무런 연관성이 없어 보이면서도, 나중에 보면 하나가 되는 원의 세계가 이루어져야 한다. 그런 구성법이 필요한 것이다. 적어도 이 소설은 그렇게 나아가야 한다. 그러나 작위성이 드러나면 안 된다.

그가 너에게 말한다.

"아무튼 성공하길 빌어요."

"지금 절 놀리는 건 아니죠?"

"놀리다니요? 우리는 어차피 한배를 탄 사이인데."

"그렇죠? 의식과 무의식은 하나죠?"

그는 의식과 무의식은 이어도 같은 것이라 한다. 드러날 때는 섬이고 아니 드러날 때는 그저 망망대해일 뿐인 산호초다. 일본은 남지나해의 산호섬 하나를 거대한 군사기지로 만들었다. 중국도 마찬가지다, 우리는 이어도에 겨우 점을 하나 찍었을 뿐이다. 이 산호섬을 위하여 싱상의 개똥벌레들이 모인다. 모여서는 빛을 발한다. 어두운 밤하늘을 운행하는 별들의 성운이 어둠 속에서만 보이듯 어둠을 밝히는 개똥벌레들이 빛뿐만 아니라 소리를 낸다.

"점묘법이라는 것도 있지. 무수한 점들이 모여 선을 이루고 그 선들이 모여 시·공을 분할하여 하나의 형태를 이룬다면 그게 바로 그림이 아니겠느냐? 그 모자이크 된 선 속으로 빛을 통과시키면 어떻게 되겠느냐?"

그 찬란한 광휘를 위하여 말 하나하나를 모아야 한다. 소설이란 결국 언어의 집결체다. 그 속에 스토리를 새겨 넣는 작업이다. 영화적인 기법에서는 연결고리를 원하지 않는다. 시간과 공간의 사슬을 만들어 스토리를 꿰던 시대는 지나갔다. 상상을 먹고 자라는 의식은 무의식까지를 꿰는 연금술사로 시공을 초월한다. 따라서 스토리의 맥을 중요시 하지 않는다. 의식의 흐름은 자유롭다. 자유로운 상상 속에 주인공을 풀어놓으면 된다. 초원을 뛰노는 말 떼를 연상해 보라. 저들이 메인 데가 있던가? 그저 제 맘대로 뛴다. 그걸 배경으로 사진가는 사진을 찍고 그림 그리는 사람은 그림을 그린다. 때로 그걸 타고 싶은 사람이 있어 말안장을 얹는 사람도 있다. 누구든 어떤 방법으로든 제 방식대로 그 환경과 조건을 누리면 그만인 것이다. 형식이란 거추장스런 것이다. 그냥 지나며 두고 보든 영상으로 남겨 추억으로 삼든 그걸 타고 달리든 제 맘대로 하고 싶은 대로 하면 될 일이다. 그림을 그리는 사람이 하얀 도화지 위에 공간을 분할해 나가듯 그리고 채색을 하듯, 너는 하얀 백지 위에 주인공 하나를 내세우는 작업을 했다.

"벌써 시간이 이렇게 됐네?"

그가 시계를 들여다보며 혼자 중얼거린다.

해가 머리 위에 떠 있다. 앙코르 유적을 보는 사람들은 대개 이 시간이면 그늘을 찾아 쉬기 마련이다. 한낮의 뙤약볕을 쐬면서까지 관광을 하는 이들은 체력이 좋은 사람이거나 당일치기로 앙코르 유적을 다 보고 싶어 하는 사람들이다. 그 사람들 결국은 남는 시간 지체 못해 마사지 받으러 다니거나 평양랭면 집 들러 쇼 본다. 정오를 앞뒤로 두세 시간 정도 쉬고 다시 구경을 하는 것이 상책이다.

우리는 쉬기 위해 코끼리테라스를 지나 한길로 나선다.

"저기도 아이라바타가 있네요?"

코가 세 개나 달린 코끼리 아이라바타는 하늘을 날던 기개를 꺾고 코끼리테라스의 벽에 붙어 제단을 떠받치고 있다. 제단이라는 말에는 어폐가 있을지 모르겠다. 제단이 아니라 연단이나 사열대라고 해야 할까? 광장을 가득 메운 코끼리부대 병사들을 독려하기 위해 누군가가 저 사열대 위에 섰을 것이고 그는 제국의 번영을 위해 헌신할 것을 주창하였을 것이다. 누구를 위해 싸웠을 것인가? 제국의 번성을 위해, 가족의 안위를 위해, 목숨을 바쳤을 것이다. 그게 천 년 전 이곳의 모습이었을 것이다. 그런데 문제는 이 코끼리테라스를 만든 인물의 생각이다. 무엇 때문에 신들의 탈 것인 아이라바타를 조형물로 삼아 이 연단을 장식하게 했을 것인가? 거기엔 아이라바타만 있는 것이 아니라 또 다른 신의 탈 것 바슈키도 포함돼 있다. 뿐만 아니라 원숭이 왕 하누만의 몸체도 제단을 떠받드는 연단기둥으로 장식돼 있다. 이들 신격화 된 아바타들을 발아

래 밟고 선 저 왕은 도대체 어떤 인물이었을 것인가? 알려진 바로
는 자야바르만 7세라고 기록돼 있다. 자야바르만 7세는 크메르 제
국의 가장 강력한 왕권을 쥔 자로서 영토를 확장하고 제국의 번성
을 가져온 자다.

그렇다면 우리의 주인공 경한이 여기 온 시기는 언제가 적당할
것인가. 그 이전인가 이후인가? 아니면 바로 그 당시인가? 앞서
이야기 전개로 봐선 사원의 벽화를 아직 다 완성하지 않은 단계였
으니까, 그래서 석공이 그 속에 경한을 그려 넣기로 작정을 했다는
이야기였으니까, 그 이후의 시기로 잡아야할 것이겠지만, 그 이후
라면 이미 나라가 망해가야 할 판이 아닌가? 망한 나라의 사원에
누가 그림을 그려 조각을 할 것인가? 문둥이 왕의 궁전을 가는 테
라스에 아직 미완성품의 조각상들이 있는 것을 보면 시기를 그렇
게 잡아도 될 것 같긴 한데 그게 문제다. 아무튼 중요한 건 이미 이
시대는 힌두의 제신들에게서 민심이 떠나 불교의 신에게로 기울어
졌다는 점이다. 때문에 경한이 접한 왕국은 불교일색으로 변해가
는 와중이었다는 점이다. 변한 뒤가 아니라 변하고 있는 전환기인
것이다. 여기서 중요한 점은 경한이 호두가이로 부터 얻은 경전이
라는 점인데, 이 경전이 나중에 직지심체요절로 다시 태어나게 된
다는 가설인데, 과연 이게 타당한 설정일까? 너는 다시 고민에 빠
진다. 소설을 쓰면서 가장 힘든 부분이 바로 이 대목이다. 역사소
설에 있어서의 인물설정과 사건의 개요설정에 있어 가장 중요한
점은, 그게 설사 사실이 아니라하더라도 사실인 것처럼 속아 넘어
가게 만드는 매직인데, 그 마술적 힘이 바로 보편타당성이다. 지금

은 경한이라는 인물이 이 앙코르 제국에서 경전을 하나 얻어간다
는 점에 마술을 걸어두어야 하는 시점이다.

킬링필드 · 톤레사프 · 보트피플

캄보디아에선 한 달에 한 번씩 해외여행을 다녀와야 한다.

보통 사람들의 비자가 한 달 간격으로 종료되기 때문이다. 관광 비자 이외의 상용비자를 발급받자면 프놈펜이나 시엠 립 같은 대도시로 나가 웃돈 주고 몇 달 더 연장된 비자를 발급 받을 수 있지만 번거롭고 까다롭다. 그것도 옆에 서 있어 확인하지 않고 한 눈 팔고 있다 보면 원 웨이Oneway라는 푸른색 도장이 찍힌 편도 비자를 받기 쉽다. 이 편도비자는 잠시 이웃나라로 나갈 일이 있어 갔다 오면 그것으로 끝이다. 비자피를 다시 내고 입국비자를 재발급 받아야 하는 불상사가 일어난다. 비자피도 2014년 말경에 예고 없이 하루아침에 올라 한 달 관광비자가 20$에서 30$이 되었다. 6개월이나 1년 치는 부르는 게 값인 기관도 있다. 한국에 있는 대사관에서 장기비자를 발급받으려 해도 헛수고다, 현지에 가서 해결하라는 대답이다. 덕분에 나 같은 사람은 매달 한 번씩 해외여행을 하게 되는 불편한 호사를 누린다.

"장 선생, 나 내일 프놈펜 가는데 같이 가실래요?"

"좋죠. 그러잖아도 어떻게 지내시나, 전화 드리려던 참이었는데……."

최 목사는 차가 있다. 심심할 만하면 그는 나를 불러냈고 나는 그의 차에 얹혀 동행을 했다. 딱히 목적지가 있는 여행이 아니고 보면 그의 전도 길에 편승해 구경을 하고 이야기를 듣고 사진을 찍는 것도 괜찮은 여행방법이었다. 그러자면 기름값에 식대를 전담해야 하니 돈은 더 들었다. 혼자 다니며 대중교통을 이용하면 자유롭고 훨씬 경제적이다. 그렇지만 길 위에서 듣는 그의 해박한 지식과 그동안 구축해놓은 현지인들과의 유대관계에서 생긴 노하우가 웬만해서는 체험할 수 없는 취재원이기도 했다. 그는 이미 캄보디아 생활 10년 차다. 각양각색의 CEO나 NGO들과 교분이 있어 많은 인사들을 만나 대단위 산업시설이나 남농미 농사를 짓는 집단 농장도 견학했다. 그러한 그를 따라 다닌다는 것은 배낭여행자로서는 일종의 행운이 아닐 수 없다. 보통 사람들이 갈 수 없는 국경지대나 지뢰제거가 한창인 외부인 출입금지 지역을 들어가기도 하는 그의 도움으로 국영의 소재를 파악하기도 했다. 국영이란 아이는 영국의 피붙이임이 분명한 것 같았다. 확실한 걸 알자면 유전자 검사라도 해봐야 하겠지만 여러 가지 정황으로 봐선 거의 백 프로 영국의 혈육임이 틀림없을 일이라 한다. 이차 저차 그를 만나야 했었는데 그가 먼서 전화를 했다.

"비자 갱신 때문에 그래요?"

"예, 그렇기도 하고⋯⋯."

베트남은 한 번 들어갔다 나오면 한 달 동안 입국금지다. 급히 재입국할 일이 있는 사람은 할 일 없이 국경을 넘나들 일이 아니다. 정작으로 필요해 들어갈 일이 생겨도 갈 길이 막히게 된다는 이야기다.

"설마 돌아가시는 건 아니지요?"

나는 귀국길에 오를 때 베트남을 여행한 후 중국을 경유 배를 타고 입국할 작정임을 최 목사와 상론한 일이 있었고 일정을 그렇게 잡았었다. 그런데 갑자기 베트남 행을 감행하겠다니 혹시 그동안 무슨 변동이 있어 귀국할 것인가를 묻는 것이었다.

"아니요. 목사님 프놈펜 가신다니⋯⋯."

"따라 장 간다?"

"예. 그러다 차편 만나면 베트남으로 월경해보려고요."

월경이라면 좀 이상한 말로 들리겠지만 국경을 넘는다는 뜻이다. 유럽여행을 하면 더 그렇지만 인도차이나반도에서도 국경이란 별 의미가 없는 그저 편의상 나눠놓은 행정구역 같은 것에 불과하다. 삼면이 바다로 둘러 싸였고 겨우 트인 나머지 한 면마저 철조망으로 갈라놓은 한반도와는 달라도 너무 다른 국경의 의미라 월경이라는 말에 특별한 뉘앙스를 둔다.

"그야말로 자유여행가로시군요?"

"발길 닿는 대로 다니는 거지요. 그런데 목사님은 프놈펜에 뭐하러 갑니까?"

"한국어능력시험이 있어서요."

교인들 중 한국에 가고 싶어 하는 사람들에게 한국어능력시험도 치르게 하고, 교회연합회 모임도 있고 해서 이참 저참 가는 길이란 다. 캄보디아에서 한국 취업비자를 얻으려면 먼저 한국어능력고사에 합격해야 한다. 결혼을 하려해도 마찬가지다. 언제부터 생긴 제도인지 몰라도 캄보디아 현지인들에게는 큰 고민거리 중 하나다. 시험이 까다롭고 어려워 웬만큼 공부해서는 합격하기 힘들다. 때문에 한국어 학원이 생기고 능력고사에 대비한 특별 입시준비반까지 등장하는 추세다. 각 대학에 한국어 교육 프로그램이 설치되고 강좌가 개설되기까지 했지만 합격의 고지는 드높기만 하다. 재수 삼수는 물론 포기하는 수험생들도 생긴다.

최 목사는 내일 있을 고사장에 학생들을 실어다 줄 목적이지만, 너는 자유여행을 만끽할 작정이다. 네가 가르치는 학생들은 아직 시험 칠 실력을 갖춘 응시생이 없다. 적어도 일 년은 배워야 겨우 응시할 실력이 된다는 게 한국어평가실력의 기준이다. 한결같이 한글은 어렵다 한다. 너의 이번 여행목적은 한글교사와 영국의 혈육 찾기다. 이제 한글교육은 '안녕하세요'가 '좀리 업수와' 라는 말과 같다는 것과 '고맙다'라는 말이 '억꾼'과 같다는 인사말 정도이니 진도가 나가지 않는다. 취재여행은 석 달 동안 벌써 타일랜드, 라오스 등지를 돌았으니 잘 하고 있는 편이다. 그런데 석 달이 넘도록 막상 해야 할 일 한 가지를 잊어버리고 있었다. 영국의 부탁인, 그의 아들 찾기다. 가장 중요한 여행목적 중의 하나였는데 자일피일 집중할 수가 없었다. 그렇다고 영 아무 일도 안 한 건 아니다.

최 목사가 운영하는 선교원 학생으로 국영이라는 아이가 있었다 했다.

"국영이라는 이름자 뒤에는 '이'라는 성이 붙어 있었어요."

캄보디아에선 보통 성을 이름 뒤에 붙인다. 예컨대 '쎔 응'이란 이름이 있다면 뒤에 붙은 응이 성인 것이다. 이들 형제로 '비찌까 응'이나 '나릇 응'이 있는 것을 보면 뒤에 붙은 응이 성임에 틀림 없다. 그런데 이들 형제 중 '샤벗 농'이 있다. 이건 어떻게 된 건 가? 이복형제란 말인가? 아니다. 샤벗은 할머니를 좋아해서 할머니 성씨인 '농'을 따왔다. 말하자면 할아버지나 할머니 중 제가 좋아하는 인물의 성을 따 붙인다는 것이다. 할아버지나 할머니가 없으면 부모의 성도 마찬가지다. 부모 중 누구의 성씨를 따오건 마음대로라는 이야기다. 그런가하면 '쎙 챙 마잇'이라는 여자애 이름이 있는데 이 애의 성은 쎙이다. 중국계인 것이다. 중국계 캄보디아인은 성씨를 앞에 붙인다. 그러니 어느 게 이름이고 성씨인지 구분하기 힘들다는 이야기다. 영어식으로 '주어진 이름'을 가지고서는 혈통을 따질 수 없다는 게 캄보디아의 족보다.

"한마디로 말해 정체성이 없는 민족들이군요?"

"그렇다고 봐야지요. 우리네 기준으로 본다면……."

"자기네들 기준으로 보면 전통이고?"

"그게 문화의 차이 아니겠어요?"

때문에 캄보디아 땅에서 성씨를 가지고 혈족을 찾는다는 것은 무의미하다. 그런데 국영이라는 이름 뒤에 붙은 '이'가 수상하다는 것이다. 이는 분명히 한국이나 중국 혹은 베트남에서나 있을 '이'

가라는, 성에 쓰이는 '이'자임에 틀림없다는 최 목사다.

"이를 뒤집어놓으면 이국영이 되는 거 아닙니까?"

최 목사는 그의 이름자에 주목을 했다. 이러한 전통은 오래전으로 거슬러 올라간다. 우리가 흔히 부르는 '월남'이라는 말은 춘추전국시대에 부르던 '남월'을 뒤집은 말이라 한다. 삼국지에 나오는 '오월동주'라는 말의 오는 오나라, 월은 월나라로 곧 이 월나라가 남월이라는 것이다. 남월은 남쪽에 있는 월나라라는 뜻인데 이를 뒤집으면 월남이고, 이 월나라가 곧 앙코르 제국을 쳐들어왔던 참파족과 한 통속인 남월 사람들이다. 지금도 월남엔 중국식 이름이 많은데 특히 거리이름이나 지명에 많다. 하노이의 랜드마크로 전설적인 환검호가 있다.

전설에 의하면 15세기 하늘은 '리 타이 또'에게 하늘의 비검을 내려 베트남에서 중국인을 몰아내 자유를 찾게 하였다. 전쟁이 끝난 어느 날 그는 배를 타고 호수에 나왔다가 거대한 황금거북이 한 마리를 만났다. 그 거북은 검을 가로채 물속 깊이 사라졌다. 그 이후 그 거북이 검을 하늘로 되돌려주었다 해서 '호 호안 끼엠' 즉 환검호라는 이름을 붙였다. 환검호라는 어법상 순서와 호 호안 끼엠은 어순을 뒤집어놓은 것과 같다는 것이다. 영어에서 부모로부터 주어진 성씨라는 뜻의 '기븐 네임'을 뒤에 붙이는 것이나 한글에서 성씨를 앞에 붙이는 것과 같은 문화적 차이를 말함이다.

이국영이라면 영국이 찾는 피붙이와도 분명 무슨 연관성이 있는 것이다. 영국을 뒤집어 놓으면 국영이다. 어째서 이런 이름을 붙여 놓았을 것인가? 최 목사는 내 여행목적 중에 라이따이한인 영국의 아들을 찾는다는 데 특별히 관심을 보이고 있었다. 그 역시 월남참전용사로 당시의 죄업을 씻기 위해 선교활동에 나선 사람이라 했으니까…….

— 월남 가서 죄 많이 지었어요.

생사람 많이 잡았다는 이야기일 텐데 그 구체적인 이야기는 언급하지 않았다. 나도 그걸 굳이 캐묻지 않았다. 캐묻지 않아도 능히 짐작하고도 남을 일들이다. 양심고백하고 참회할 일은 많다. 군이 전쟁터에서 일어난 일이 아니더라도 고백성사할 일은 많다. 누군가 전쟁은 학살이라 했다. 차마 말하기 싫은, 말할 수 없는 치부인 것이다. 일본이 위안부 문제를 거론하기를 꺼려하는 것과 마찬가지이다. 뿐인가? 인터넷에 뜬 기사를 보면 참전용사의 월급과 전투수당을 떼 내어, 말은 경부고속도로니 국가재건에 다 썼다고 했지만, 그 일부를 프랑스은행에 넣어 숨겨두었다 한다. 가히 셀 수도 없을 만큼 많은 액수의 돈을 최근에 누군가의 이름으로 계좌이체를 했다한다. 자기가 직접 그 일에 관여했다는 일종의 양심고백 같은 기사였는데, 아무도 이에 대한 반응이 없는 현실이다. 이미 반세기가 지난 일들이라 그런. 역사의 한 장으로나 기억될 일이지 이슈가 될 사안은 아니라는 것인가. 과연 그럴까? 지나간 일이라고 잊어버리고 말 일인가. 이는 참전용사들 개개인의 문제가 아니라 역사적 문제가 아닐 것인가. 역사를 바로 세우자면서…….

영국의 말로는 수많은 여성들이 피해를 입었고 애꿎은 남자들이 자기 가족과 여자를 지키려다가 희생당했다고 했다. 그중에서도 아리랑이 같은 아이는 행운아였다고 했다. 아리랑이는 전 중대원이 좋아했고 결국에는 누구의 애인지도 모를 라이따이한을 낳아 길렀다. 이를 안타까이 여긴 마음 약한 의무대 정 병장이 결국 그 아이의 아버지가 되기로 하고 결혼을 했다.

"정 병장은 전역 후 현지에 남아 전기기술자가 돼 종전이 될 때까지 거기 살았다는데 그 이후 소식은 몰라."

사이공이 함락 될 때 미처 피신을 하지 못한 정 병장의 후일담을 아는 사람은 없다. 어떤 소식통에 의하면 호주행 마지막 배를 탔다는 사람도 있고 메콩강을 따라 톤레사프로 들어갔다는 사람의 증언도 있었다.

"그런데 톤레사프 보트피플 중에서 정 병장을 닮은 사람을 봤다는 거야."

"그건 어떻게 알았는데?"

"참전용사 사이트에 떴다는 거야."

"보트피플이 어디 한둘이야? 그 지역만 해도 프놈펜 방향의 츠녹 트루부터 시엠 립 쪽 프놈 크롬까지 수만 명이야. 호구조사가 안 될 정도니까."

해외로 나간 인도차이나반도의 망명자 숫자가 1백만에 이른다는 보고서가 있다. 이 보고서에 따르면 미국이 8십만 명으로 가장 많고 오스트레일리아가 10만 명, 프랑스 독일 캐나다 영국 일본 순으로 이어진다. 월남전이 종식 된 후 메콩강을 따라 캄보디아로 들어간 보트피플의 숫자는 파악이 잘 안 된다. 파악을 할 수가 없다. 너는 중국에 아직 외국인들의 여행이 자유롭지 못하던 시절에 취재를 간 적이 있었다. 어느 소수민족을 취재하러 갔었는데 웃지 못 할 광경을 목격했다. 마침 관청에서 호구조사를 나왔는데 집 안에 아이들을 다 피신시키고 애들을 둘만 남겨놓았던 것인 바, 그 관리는 그 집 아이들을 둘로 적어갔다. 그런데 나중 알고 보니 그 집 아이는 다섯 명이나 되었다. 나머지 세 아이는 호적에도 오르지 않았으니 학교도 갈 수 없었고 아무런 혜택도 받을 수 없었다. 학교는 동생과 형이 번갈아 다녔다. 소수민족의 자녀수를 제한하고 있었기 때문이었다. 중화인민공화국 주민인 한족은 아이 하나, 나머지 소수민족은 둘로 산아제한을 했기 때문에 국민 된 자로서의 혜택은 받을 수 없던 시절이었다. 톤레사프의 보트피플의 현실이 이와 흡사한 형태다. 정확한 숫자가 파악된다하더라도 이들에게 돌아갈 혜택이라고는 없을 캄보디아 현실이지만, 어떻든 이들은 인간적 대우를 못 받고 살고 있다. 하늘과 물만 바라보고 호수에 의지하여 산다.

"난 요즘 그런 기사들만 보면 미치겠어. 분명이 거기 어디 콴이 있을 것 같은 막연한 환상에 사로잡혀 살아도 산 것 같지가 않아. 그러니 네가……."

가서 꼭 그 아이를 찾아보란 간곡한 영국의 부탁이었다.

콴은 그가 아직 부상을 당하기 전에 만난 처녀 '꽁가이'였다. 아직 어린 나이였지만 성숙한 티가 나는 여자라 부대원이면 누구나가 눈독을 들였다. 그러한 콴이 하루는 부대원이 전부 작전 나가고 없어 당직을 서고 있는 중대본부로 그를 찾아와 수류탄을 하나 달라고 했다. 뭐하려고? 장난삼아 한 말에 콴은 누군가를 콱 죽이고 그 자신도 죽고 싶다 하였다. 그는 장난삼아 비실비실 웃으며 그렇게 죽고 싶으면 여기서 죽으라며 총을 내주었다. 물론 실탄이 장전되지 않은 빈 총이었다. 그런데 총을 받자마자 콴은 총을 거꾸로 잡고 제 가슴을 향해 방아쇠를 당기더라는 것이다. 놀란 영국이 그를 달래느라 혼이 났다는 이야기를 몇 번이고 한 적이 있었다. 그러면서 그를 달래기 위해 '자살'의 반대말이 '살자'라는 말이라며 글자를 써가면서 죽는 것은 무의미하다 했다. 말로만 해서 안 될 것 같아 외출할 때마다 맛있는 것을 사다주며 삶의 의욕을 북돋아 주었다 했다.

"그렇던 애가 임신을 했어야. 그대로 낳으라고 했지."

그때 심정으로선 제대 후 거기 눌러 살 생각이었다. 현지에서 일할 자리가 많아서 돌아와 빌빌하는 것보다는 현지회사에 들어가 취업하는 편이 훨씬 좋은 직장을 갖는 길이기도 했다. 당시로선 해외진출이 없던 때로 지금의 대기업들이 된 회사들이 건설공사며 전기공사에 뛰어들어 일할 곳이 많았다. '월남에서 돌아온 새까만 김상사'며 '동백아가씨'가 유행을 타기 시작하던 때였으니 그럴 만도 했다.

"내 이야기만 써도 소설이 몇 편 나온다."

영국은 빈탄의 야자수 숲이며 퀴논의 바닷가에서 나눈 로맨스, 꾸멍 고개의 구정공세 전투, 비행기에서 살포하는 고엽제를 시원한 빗물로 생각해 웃통 벗고 맞던 이야기며, 후송생활 중 콴과의 사랑이야기를 소설화 해보라고 권하기도 했다. 너는 그 비인륜적인 전쟁이야기는 쓰지 않겠다고 했었다. 대신에 몇 편의 시로 남겼다. 따지고 보면 신춘문예에 당선돼 너를 글쟁이로 이끈 시 '세 번

째 겨울'도 베트남이 배경이고 반전 이야기다. 그러던 때였으니 둘
도 없는 친구가 반쪽이 돼 돌아온 그 전쟁 이야기를 소설로 쓸 수
는 없었다. 그리고 그 이야기에 더욱 흥심을 잃게 하는 것은, 후송
생활을 하고 있던 중 갑자기 귀국선을 타게 돼 콴과는 이별 할 시
간도 없었다는 게 영국의 이야기였지만 너는 아무래도 옹색한 변
명처럼 들릴 뿐이었다.

"자식을 낳았으면 책임을 졌어야지?"

"솔직히 말해 '이대로 떨어져라' 하는 심정이 없었던 건 아니었
지. 내 몸이 이런데 무슨 의욕이 있었겠어?"

영국은 무자식 상팔자라는 소리를 입에 달고 살았다. 그런데 늙
고 병들어 지금 생각하니 그게 아니라했다. 집안의 대를 끊는 것이
가장 큰 불효라는 공자님 말이 진리라는 것이었다. 어떻게 해서든
지 입양이라도 해서 집안 기둥뿌리를 하나 길렀어야 했는데 때를
놓쳐버렸다. 이제는 입양도 불가한 나이가 되었고 그 자신이 외동
자식인데다가 위암말기판정을 받고 보니 더욱 절박한 심정이 돼
지금은 지푸라기라도 잡고 싶은 심정이라 했다.

"그때 그 사람을 그렇게 무정하게 떨쳐버리는 게 아니었어."

"아니었으면?"

"함께 남아 있었어야 하는 거였어."

영국은 의무대 정 병장의 용기에 대해 가끔 이야기 했었다.

그로부터 반세기가 지난 지금 그런 친구의 흔적을 찾아 소설을
쓰겠다는 의욕을 가진다는 게 묘하긴 하다. 회한하게도 최 목사는
이 일이 마치 자기 일인 것처럼 적극적이다. 가끔씩 너는 최 목사

가 그때 그 정병장이 아닌가하는 얄궂은 상상을 할 때도 있다. 익명의 시대다. 그리고 여기선 명함을 주는 일이 거의 없는 곳이다.

"내가 희망을 갖는 건, 국영의 할머니가 그의 아버지를 두고 영국아, 영국아 하고 불렀다는 겁니다."

그가 만약 영국이의 아들이라면 자신의 아들에게 국영이라는 이름을 붙여줄 만도 하잖아요? 게다가 영국이 콴과 처음 만난 때부터 이런 말 뒤집기 놀이를 했었다면 충분한 개연성이 있을 거라 생각해요. 그런데 할머니는 또 다른 자녀들을 여럿 가졌다 했다. 그러니까 국영에게는 여러 명의 삼촌과 숙모가 있었다는 이야기겠다. 이야기를 종합해보면 콴은 영국이뿐만 아니라 다시 다른 남자를 만나 여러 명의 자녀들을 두었다는 이야기가 될 것이다. 그거야 당연지사 아닌가? 무정하게 떠나버린 한국 남자에게 무슨 미련이 있어 수절과부 노릇을 할 것인가. 콴이 다른 남자 만나 아이들 낳았을 것은 자연스런 일이다. 더운 나라 사람들은 정조관념이 부족하다. 그렇다고 해서 자기 자식인 영국에게, 제 아비 영국과의 불장난 같았던 사랑이야기를 안 했다고는 볼 수 없는 일, 그러니 영국이 제 아들을 낳아 이름을 국영으로 붙였을 것이라는 추론도 충분히 가능하다. 그런데 그 후에 일어난 사건들이 정작으로 소설 감이다.

크메르루주가 한창 기성을 부리던 시절 영국은, 아니, 한국의 영국이 아니라 영국이가 뿌린 씨앗인 주니어 2세라고 불러야 맞을 톤레사프의 영국은 크메르루주에 의한 부역꾼으로 끌려가 트레퐁 터머 호수 건설사업에 투입된다. 크메르루주는 바탐방과 트레퐁 터머에 대단위 저수지공사를 펼쳤다. 캄보디아에서 가장 큰 인공저수지로 일대 농경지에 가뭄 없이 농사를 지을 수 있도록 해 준 역사적 대공사였다. 지금도 이 인공저수지 담수로 수많은 농민들이 가뭄 걱정 없이 농사를 짓는 혜택을 누리고 있다. 그러나 이 공사는 학살의 현장이 되기도 하여 국제사회의 비난을 받는 계기가 되어 킬링필드 같은 영화를 만들게 했다.

여기서 잠깐 크메르루주에 대한 개념을 정리하고 넘어가야 한다. 크메르라는 말은 크메르 제국에서 따온 말로 캄보디아를 지칭했다고 보면 될 일이다. 루주란 말은 여자들이 입술에 바르는 화장품의 빨간색을 의미한다. 이 두 말이 합성되면서 상징되는 뜻은 캄보디아 빨갱이 정도로 해석된다. 6·25 전쟁 이후 한국에서 사용되던 빨갱이라는 말을 떠올린다면 그 속에 공산주의라는 뜻이 하나 더 내포될 것이다. 쉽게 말해 월남전이 끝나갈 무렵을 전후해서 생긴 캄보디아 빨갱이들이라 생각하면 될 일이다.

사이공이 몰락하기 2주 전인 1975년 4월 17일 프놈펜을 점령한 크메르루주 군은 급진적이고 야만적인 형태의 사회를 구축하게 되는데 이들의 목표는 '캄보디아를 무엇에도 오염되지 않은 거대한 농업협동국가를 만드는' 데 있었다. 지금도 캄보디아 전역에 내걸려 있는 기치는 '캄보디아인을 위한 캄보디아인의 파티'다. 자주독립을 함의하고 있는 말이다. 무엇으로부터의 독립인가? 이들은 오랜 기간 동안 프랑스 식민지 시대를 겪어왔다. 또한 왕권주의의 잔재가 남아 있었다. 크메르루주는 자기들의 나라 이름을 민주캄푸치아로 바꾸는 한편 프놈펜과 지방 도시의 인구를 전부 내몰아 시골로 강제 이주시켜 농사일을 하게했다. 농자천하지대본을 국가이념으로 내세운 것이다. 이들은 하루 12~15시간의 강제노동을 시키며 반항하는 자들을 즉결처분하는가하면 지식인들을 모조리 제거하기 시작했다. 지식인을 가려내는 기준으로 안경을 쓴 자나 손바닥이 부드러운 자들을 선별기준으로 삼았을 정도였다 하니 노동자천국이 되었을 법 하지만 그것도 아니었다. 어린 나이의 철모르는 크메르루주 군을 조직하여 체제에 불응하는 자들을 무차별 학살하는 우를 저지르고 말았다. 하여 지금도 캄보디아에서 눈이 나빠도 안경을 쓰지 않는 어른들이 많다. 1975년 캄푸치아 원년부터 시작된 이 학살은 1979년 1월 7일 월남군이 프놈펜을 해방시키기까지 약 4년여 동안, 학살된 인구만 2백만 명에 이르는 것으로 추산된다.

크메르루주의 지도자 폴 포트는 쌀 로트라는 사람으로 젊은 시절을 파리에서 유학까지 하고 온 학교선생 출신으로 급진적인 마르크 레닌주의를 받아들였고 이를 차츰 모택동주의로 발전시키면서 극단적으로 변해갔다. 그의 지배 아래 놓였던 캄보디아 전역은 아이에서부터 노인에 이르기까지 강제노역으로 인한 굶주림과 질병에 시달려야 했다. 베트남 땅에서 미군을 물리치고 일단 평화를 얻은 베트남 군이 1979년 프놈펜을 장악하자 폴 포트 세력은 서쪽 타일랜드 국경지역으로 도망을 가, 진지를 구축하고 저항했으나 1998년 폴 포트의 마지막 항쟁지 안롱 웽과 쁘라삿 쁘레하 비헤아 선투에서 패해 결국 막을 내리고 말았다. 이 폴 포트 시대를 캄보디아 사람들은 생의 가장 끔찍한 지옥시절로 기억하고 있다.

국영은 이때 끌려가 트레퐁 터머 저수지에서 노역한 콴의 아들인 영국의 아들로 태어났다. 콴은 그의 아들을 지아비인 영국의 이름을 그대로 따 영국이라 불렀고 영국은 그의 아들을, 자기 이름자를 뒤집은 국영이라는 이름으로 불렀다. 그러니까 쉽게 계산하자면 국영은 영국의 손자가 되는 아이다. 아이가 아니라 이젠 성장한 청년이 되었다. 영국의 계산에 따르면 콴이 낳은 아들이 67년생쯤 될 테니까, 그가 낳은 아들은 대충 스무 살 안팎이 되어야 맞다. 여기 사람들은 대개 스무 살 안팎에 아이를 낳아대기 시작하니까 한 세대를 20년 정도로 잡으면 된다. 벌써 반세기가 지났으니까 그 아이가 또 아이를 낳았을 수도 있는 세월이다. 그가 영국이고 그 아이가 국영이라면, 어찌하여, 무슨 경로로, 최 목사의 선교원까지 연결이 되었을 것인가. 최 목사는 이를 두고 기적이란 말 대신에 섭리라 했다. 바닷가 모래알처럼 많은 세상 사람들 중에 어떻게 단 한사람 영국의 핏줄을 만날 수 있었단 말인가.

"그분의 뜻은 아무도 모르니까요!"

최 목사는 이를 두고 분명한 섭리하고 말했다. 너는 섭리라는 말보다는 인연이라는 말에 더 익숙해져 있다. 아무튼 최 목사가 있는 선교센터에는 시골에서 올라온 학생들이 여럿 자취를 하고 있고, 트레퐁 터머 지역 교회가 추천해서 보낸 학생들 중에 국영이 끼어 있어 선교센터 장학금을 받아 한국인이 경영하는 신학교를 다니게 되었다고 하니 인연이 있어도 보통 인연이 아닌 게 틀림없다. 이제 그 아이를, 아이가 아니라 그 청년, 영국의 손자를 볼 기회가 온 것이다. 국영은 그동안 프놈펜에 있는 신학교를 다니고 있어 못 만났는데, 드디어 프놈펜을 갈 기회가 온 것이다. 가서 만나 보면 그간의 수수께끼들이 풀릴 것이다. 영국에게는 아직 연락하지 않았다. 보다 확실한 족보가 정리 될 때 상세한 내막을 전할 작정이다.

최 목사의 차는 주황색 픽업이다.

너는 주황색 픽업을 찾아 이 구석 저 구석 눈알을 굴린다. 아마 토요타였을 것이다. 그는 일제 차를 모는 것에 대해 일종의 미안함을 느꼈는지, 가스와 휘발유 겸용이라는 이점과 국산차보다 훨씬 싼값에 구입할 수 있는 것이 일제 차이며 부속도 쉽게 구할 수 있다는 점을 들었다. 그만큼 일산차가 대중화 돼 있기 때문이다. 여기까지 와서 국산품 애용 같은 구호는 필요 없을 일이었지만 그는 애써 변명을 했었다. 국산차는 한국에서 쓰던 차를 가져오려 해도 관세가 너무 비싸 차 한 대 사는 값이 더 든다했다. 혹자는 차를 분해해 고철로 들여와 다시 조립하는 편법을 쓰기도 한다지만, 여기서는 중고차 값이 워낙 싸 자전거 한 대 값도 안 되는 것도 있다했다.

"여기요, 여기."

일제 토요타가 아닌 한국산 봉고차에서 손을 흔드는 최 목사의 모습이 보인다.

차 안엔 이미 자리가 없을 정도로 많은 학생들이 타고 있다.

"안녕하세요!"

일제히 쏟아지는 학생들 인사에 너는 가슴 뭉클한 감동을 받는다. 아마도 최 목사가 시킨 일이긴 하겠지만 이들에게 무언가를 베풀 수 있는 위치에 놓인 한국 사람으로서의 우월감이랄까 긍지에서 오는 자부심 같은 게 생기는 것 같았다. '억꾼!' 너는 고맙다는 캄보디아 말로 인사를 받는다. 최 목사가 이분도 한글학교 선생님이니까 가면서 한마디 회화공부라도 해 이번만큼은 낙방을 면하라는 충고를 준다. 아마 시험과목 중에 듣기, 말하기, 평가가 따로 있어, 토플시험 치는 과정과 같은가보다 하는 생각을 들게 하는 대목이다. 너는 아직 시험위주의 한글공부를 시키지 않아 이 낙방거사들의 어려움을 잘 모른다.

"차를 바꿨어요?"

"아니요. 빌렸어요."

최 목사는 시험 치러 가는 학생들 수송을 위해 집단농장을 경영하는 NGO에게서 큰 차를 빌려, 운행을 자처했다한다. 이들이 개인적으로 프놈펜을 다녀오자면 경제적 부담이 너무 크다. 교통사정이 안 좋기로는 아마 세계적으로 뒤에서 몇째 갈 캄보디아다. 버스도 많지 않은데다가 이동인구는 많다. 개인 자가용이 영업용 택시를 대신하는데 다섯 명 정원에 보통 여덟 명이 탄다. 심하면 열 명도 포개 앉는다. 그것도 승차 인원이 다 차야 출발하기 때문에 출발시간과 도착시간이 따로 없다. 엔진 덮개와 화물칸 덮개는 물론 지붕 위에까지 화물이 가득한 것은 물론이다. 봉고차 뒤에는 오토바이 서너 대를 매다는 것은 예사로운 일이다. 캄보디아나 동남아의 주요 교통수단으로는 가까운 거리나 혼자는 오토바이 택시, 좀 먼 길이나 두세 사람이면 뚝뚝이가 있다. 출퇴근 시간에 외곽 사람들이 이용하는 임시 통근버스로 경운기가 등장하는데 짐칸에 막대기를 걸쳐 앉게 만들었다. 이름하여 로모다. 여기도 족히 사십 명은 태운다. 영업용 택시가 표시 돼 있는 차는 대도시에서나 볼 수 있고 버스 역시 마찬가지다. 시험 치러 한 번 프놈펜에 갖다오 자면 이 온갖 교통수단을 다 이용해도 사흘은 걸린다. 한국 총각과 결혼을 하려해도 이 온갖 시련을 다 거쳐 한글능력고사시험에 합 격을 해야만 하니 이제 옛날 같지 않다고 한다. 이 봉고차 안에는 취업목적이 아니라 한국으로 시집을 가기 위해 한국어능력시험을 치러가는 예비신부도 있다한다. 장래 집단농장 감독원이 될 청년 도 있다. 어디나 꼬레아 물결이다.

"이 많은 학생들이 꼭 프놈펜 가서 시험을 치러야 하나?"

전국 각지에서 전부 다 프놈펜에 가서 시험을 치르자면 그 경비 도 보통이 아닐 것이다. 경비뿐만 아니라 시간과 수고에 대한 대가 가 너무 크다.

"그거 시험지 내려 보내, 지역에서 시험 치르게 하면 안 되나? 무슨 국가고시도 아니고……."

"그러면 저들의 권위가 안 서지요."

"저들이라면……. 영사관 소관인가?"

"관리들 욕할 필요는 없죠. 우리나라 사람들 미국이나 호주 가 영주권 따는 것에 비하면……."

여기 이 고생은 약과라는 최 목사다. 그 역시 그 고초를 겪고 호 주 영주권을 딴 사람이다. 호주 영주권 이야기가 나오고 보니 또 의무대 정병장이 떠오른다. 너는 불현듯 보트피플 이야기를 해보고 싶었지만 꾹 눌러 참는다. 갑자기 남의 뒤를 캐묻는다는 것은 좋은 태도가 아니다. 더구나 여행 중에 사적인 과거이야기는 금물이라는 게 너의 원칙이다. 낯선 곳에서의 낯선 사람은 개개인의 프라이버시가 있다.

"그 아이는 한국말 잘해요?"

"조금은 해요. 의사소통이 될 정도로."

"그건 누가 가르쳤어요. 목사님이?"

"예. 나 한국 가서 한국어교육 자격증 따 나왔어요."

"그랬어요? 대단하세요. 여기 나와 있는 선교사들 전부 애국자세요. 그런데 국영이는 어떻게 찾아냈어요?"

"어쩐지 생긴 모습이 한국 사람 같더라고요."

"그래요?'

최 목사는 국영을 처음 만나던 순간부터, 첫인상이 뭔가 이상하다는 느낌을 받았다 한다. 어디라고 꼭 꼬집어 말할 수 없지만 얼굴생김새가 베트남이나 캄보디아 사람들 상판이 아니었다는 것이다. 베트남이나 캄보디아 사람들은 콧날이 우뚝하지 않고 약간 퍼져 있다. 게다가 국영은 몽고반점이 있는 특징도 있었다.

"애가 몽고반점이 있더라, 이겁니다."

최 목사의 말이다.

"그건 또 어떻게 봤어요?"

교회 마당에 간이 풀장을 하나 만들었는데 다른 애들은 다 없는데 국영이만 손바닥 만한 몽고반점이 있더란 것이다.

"혹시 흉터인가 싶어 물어봤어요."

그랬더니 이건 할아버지 도장이라는 할머니의 말이 있었다는 이야기를 하더란다.

"그때는 그게 무슨 말인지 몰랐었지요. 장 선생 이야길 듣고 나서 곰곰 생각해 보니……."

이게 다 하나로 연결되는 연결고리라는 생각이 확고해졌다는 설명이다.

"만약에 그렇게 된다면 금방이라도 애를 데려갈 거 아닙니까?"

"그러겠지요? 그 친구도 마음이 다급해 있으니까요."

생의 마지막 순간에 가장 절실한 일이 혈연을 찾아 자신을 의탁하는 일이라면, 살아도 잘못 산 인생임에는 틀림없다. 흔한 말로 시간 줄을 놓으면 만사 그만일 일에, 무엇 때문에 후손을 잇대려 하는가? 뿌리를 찾을 일이 따로 있지 재산을 넘겨주기 위해 뿌리를 찾는다는 일은 무의미하지 않는가? 너는 몇 차례나 이에 대한 논쟁을 벌인 바 있다. 차라리 그럴 돈 있으면 사회에 환원할 것을 권하기도 했다. 그는 미국 같은 나라에서나 기부문화가 환영받지 우리나라에서는 안 통하는 일이라 했다. 그러면서 기부하고도 세금 문제 이야기를 한다.

그러나 그는 논리정연하게 이렇게 말했다.

"이건 재산의 문제가 아니야."

사람이 짐승하고 다른 점은 책임감에 있다했다. 그 책임 중 하나가 종족번식이라는 것이었다. 고스톱을 칠 때 아무짝에도 쓸모없을 성싶은 쭉정이를 따지 않으면 '피박'을 쓰듯 기본 피는 모아야 한다는 것이었다. 자신은 피를 한 장도 따지 못한 꼴이니 인류에 해악을 끼치는 존재라는 궤변 같은 논리까지 내세웠다. 처음에는 궤변으로 들렸던 그 소리가 차츰 논리로 변해갔다. 사람이 태어나는 것은 내 뜻대로 되지 않는다. 하늘이 점지해 준 대로 부모님의 사랑의 결실로 태어난다. 일단 생명을 부여받고 태어난 존재가 된 이상 그 존재의 멸절을 면하기 위해 노력해야 한다. '바닷가 모래알처럼 창성하라' 는 명령에 순종해 존속을 위한 노력을 해야 한다. 그게 신의 뜻이라는 것이었다. 여기까지는 그런 대로 들어줄 만한 이론이었다. 한 번 더 곱씹어보면 태어난 값을 하는 것 중 하나가 후손을 보는 일임에는 반박의 여지가 없을 일이었다. 그런데 그는 '마사다보고서'를 내세웠다. 마사다 보고서는 일본의 한 학자가 발표한 논문인데 인구감소를 심각하게 지적한 내용으로, 전 일본은 물론 우리나라에까지 그 우려의 여파가 몰아닥쳤던 때가 있었다. 한국은 2018년부터 인구감소가 일어날 것이라 예측했다. 미래학자들은 2075년이면 대한민국에서 40%의 인구가 사라지고 2095년이면 지금 인구가 절반밖에 안 남고 이대로 계속 나가다간 2천 3백 년이면 인구멸절 사태가 올 것이라는 전망이다. 옥스퍼드 인구문제 연구소에 따르면 지구상에서 가장 먼저 소멸될 나라를 한국으로 꼽았다. 그 이유로 청년들의 결혼기피와 결혼을 해도 아기를 낳지 않으려는 저 출산율을 꼽았다는 것이다.

"그게 어떻게 네 책임이냐?"

인터넷에 떠도는 단순기사라고 반박해보았지만 그는 그렇지 않다 했다.

"모두 다 그렇게 생각하기 때문에 문제가 더욱 심각해지는 거야."

모두가 아니라고 할 때 그렇다고 하는 용기가 필요하단다. 말은 맞다. 어느 광고에도 나왔던 구호다. 그러면 월남에 뿌려둔 씨앗을 거두어온다고 인구감소를 줄일 수 있는가. 그런 것도 아니다. 그러면 뭐냐? 네 환상에 지나지 않는 일이지 않느냐? 떠나 올 때까지도 그 일로 논쟁했다.

"그런데 왜 하필이면 그게 너여야 하느냐 이 말이다."

"심각한 문제 아냐? 이런 중차대한 문제를 나 말고 누가 또 풀수 있어?"

자가당착이다. 이 정도면 완전히 미쳤다. 미치지 않고서야 이렇게 답할 수는 없을 일이다.

"그래도 미쳐도 곱게 미쳤으니까 다행이다."

그러니 날 좀 도와 다오, 하던 그였다. 그가 여비를 마련해 억지로 등 떠밀어 보낸 여행이다. 그저 미친놈으로 치부할 수 없는 까닭이 또 하나 있다. 인구멸절을 염려하는 미친놈을 위해서가 아니라, 너 자신을 위한 일이기도 하다. 너도 이제 무언가 할 만한 일을 해야 할 시점이다. 작품 몇 편 써놓고 평생 작가할 수는 없는 노릇이다. 뭔가 하나 써놓고 '이것 봐라. 그러므로 나는 작가'다 할 수 있어야 한다. 주어진 일을 마무리해야 편한 마음으로 눈을 감을 수 있다. 작가에게 작품다운 작품이 없다는 것은 독자에 대한 빚이다. 이번 이 소재가 별로 걸작이 될 것 같지는 않지만 그래도 실제로 있었던 인물의 라이따이한을 찾는 과정은 역사의 한 장이 될 일이기는 하지 않는가? 한때 월남전 이야기가 베스트셀러가 되던 때가 있었다. 이제 한물 간 이야기라고 아무도 거들떠보지 않는 소재가 되었지만, 어떤 의미로는 이제 차분한 눈으로 되돌아볼 수 있는 시간적 여유를 가질 시점이기도 하다. 객관적 관찰자의 눈으로 돌아보는 월남전의 의미를 생각해보라. 그때 무슨 일이 있었던 것인가? 진정한 관찰자의 시점이 필요하다. 아무도 요구하지 않지만, 요구하지 않는다고 문제가 없었던 것은 아니기에, 이 문제에 대한 작품이 필요할 때다. 우리가 위안부 문제의 해결을 요구할 때 우리가 베트남에서 한 짓에 대한 반성도 함께 해볼 필요가 있다는 것이다. 굳이 여기서 결자해지나 뿌린 대로 거둔다는 말 같은 걸 쓰지 않더라도 양심에 손을 얹고 생각해본다면 한 번쯤은 짚고 넘어가야 한다. 너는 이 일을 조속히 마무리 짓고 자유로운 여행을 하고 싶은 것이다. 이는 앙코르 톰의 벽화 조각에서 '직지'의 뿌리를 찾아보려는 소설적 발견하고는 또 다른 일이다.

국영의 증언에 따른 이야기 몇 토막

그날 저녁을 먹으며 국영을 만나고 호텔로 돌아와 영국이와 통화를 했다. 아들이라 여겨지는 영국은 이미 고인이 되었고 그 아들의 아들 이름이 국영이라 하자 그는 혹시 혈액형을 확인해 봤냐고 물었다. 얼굴 생김이 너와 한판인데다가 혈액형조차도 너와 같은 AB형이라니까 지금이라도 좋으니 당장 데리고 들어 오라한다. 내가 할 일이 한두 가지냐, 그럴 수 없다하자, 정 그렇다면 자기가 나오겠다한다. 그 몸으로 나올 수 있겠냐하자 문제없다한다. 통화가 길어졌다.

"내가 보기엔 틀림없는 네 손자 같은데 아들도 아닌 손자가 너한테 무슨 소용이겠냐?"

너는 단도직입적으로 물었다.

"너는 모른다."

"뭘 몰라?"

그는 혈족에 대해 설명을 했다. 전에도 들어왔던 레퍼토리다. 대를 끊어서는 안 된다는 것이었다. 조상 뵐 면목이 없다는 논리다. 죽어 저승 가서 조상 뵙는다는 그의 신념을 켜켜 먹은 낡은 발상이라고 몰아 부칠 수만은 없을 일이다. 아무리 무자식 상팔자라 했지만, 자식 없는 사람의 그 허망함을 아주 무시해버릴 수는 없는 일이라는 걸 너는 이해한다. 이해할 뿐더러 동조하기에 애초부터 '영국의 혈연 찾기' 프로젝트에 동참한 것이다. 그러니 그런 근원적인 문제를 두고 더 이상 왈가왈부할 필요는 없다. 남의 생각을 고친다는 것은 불가능하다. 차라리 내 생각을 고치는 편이 쉽다. 너는 오랜 경험을 통해 타협이 아닌 발상의 전환을 터득한 바 있다. 그게 나잇값이다. 이제는 뭐든지 내가 고친다. 역지사지다. 내 주장은 언제나 편견일 수 있기 때문이다. 내 주장을 버리고 상대의 주장을 사주면 원만한 소통이 이루어진다.

　"이미 한 단계를 뛰어넘은 셈이잖아?"

　아들을 데려다 손자를 보게 하는 과정을 생략하고 바로 손자를 보게 됐다는 그의 지론에 너는 웃고 말았다. 그래, 그럴 수도 있는 일이겠다. 양육비도 들이지 않고 손자를 얻었으니 그만큼 돈 벌었다는 이야기까지 했다. 최근 어느 유명한 목사네 집안에 친자소송이 일어나, 목사의 아들은 제 아들이 아니라고 우기는데 할아버지는 손자의 그동안 양육비와 어미에 대한 위자료를 대주겠다고 한 사건이 있었다며, 이왕에 다 큰 손자를 얻는다는 것은 경제적이기까지 하다는 이야기를 한다. 그러면서 영국은 자신의 뿌리에 대한 이야기를 또 끄집어냈다.

"난 화산 이씨야."

　화산 이씨는 월남에서 귀화한 성씨로 알려져 있다. 월남은 '안남'이니 '교지'니 여러 이름으로 불리던 나라로 이씨 성을 가진 이들이 많다. 천 년 전에는 이씨 왕조가 월남을 다스렸고 화산 이씨의 시조가 된 이용상은 이씨 왕조의 7대 왕 고종의 동생이었으나 베트남 역사상 최초의 여황제가 된 펏낌(佛金)이 일곱 살 나이로 등극하자 나라 안에는 걷잡을 수 없는 혼란이 일어, 그 난리를 피해 배를 타고 망명길에 오른 것이 고려의 황해도 옹진에 있는 화산이었다. 이 부분에 대한 좀 더 자세한 내용은 작성자가 비공개로 돼있는 인터넷 사이트의 한 기사가 아주 쉽게 풀어주고 있어 인용해 본다. '이용상은 1174년 베트남 리왕조의 수도 탕롱성에서 영종의 일곱째 아들로 태어났다. 1213년에는 조카 혜종이 즉위하여 이군필 진일조와 함께 삼공이 되어 국정을 위임하기도 했으나 혜종의 외척 전전 지휘사 진수도가 정계에 진출해 혜종을 협박하여 혜종의 딸인 소성공주에게 양위 시킨 뒤 자신의 조카인 태종과 결혼 시켜 여제가 남편에게 선양하는 방식으로 본인 가문을 황제에 즉위시키는 사건이 벌어진다. 하여 이씨 왕조가 멸망하고 쩐왕조가 건국된다. 이후 정권을 잡은 진수도는 정적을 제거하게 되는데 이 과정에서 이용상이 도주를 했을 것으로 본다'는 기사다. 고려가 망하고 이조가 들어선 것과 같은 역성혁명의 소용돌이로 보면 될 일이다. 그 와중에서 망명을 했다? 그럴 수 있는 일이다. 그렇다면 그가 어떻게 그 당시의 교통편을 통해 고려까지 갔을 것인가? 많은 사람들은 육로가 아닌 해로를 지목한다. 무역풍을 타고 갔을 것이라는 추측이다. 이는 매우 중요한 사실이다. 나중에 네 소설에도 써먹을 경한의 귀로가 되기도 하기 때문이다. 네가 지금 이 부분에 대해 자세하게 언급하고 있는 이 자체가 앞으로 네가 쓸 소설의 복선을 깔기 위함이다. 그러한 그가 고려에 신임을 얻어 벼슬을 얻고 땅을 하사 받아 살았단 화산 이씨 시조 이야기인데 이미 소설로도 나와 있는 스토리다.

영국은 자신의 뿌리 찾기를 하면서, 자기만이 그 뿌리를 이어나가지 못하는 대물림을 하소하곤 했는데, 묘하게도 그 원인이 자신의 먼 고향과 같은 월남 땅에서 기인한다는 데 이르러서는 기이한 인연이라는 표현을 썼다. 그러면서 월남서 온 자신의 핏줄이 월남의 핏줄과 다시 섞여 하나가 된 후손이 생겼다는 것은 보통일이 아니란 것이었다. 영국은 다시 그 기이한 인연이라는 말을 하고 있다.

"이것도 기이한 인연 중의 하나이지?"

천 년 전 인연과 오늘의 인연 사이에 수없이 많은 또 다른 인과 연의 씨줄날줄이 얽혀 있었을 것이라는 망상 아닌 망상의 인연설에까지 이르고 있다.

"그건 모르겠다. 나는 인연 같은 건 믿지 않으니까."

말은 이렇게 했지만 너는 우연히 되는 것은 하나도 없다는 말을 되새기고 있다. 소설이 우연히 연결된 이야기가 아니듯, 우연을 가장한 필연적 사건이듯, 인생살이도 우연을 가장한 필연적 사건의 연속일 수 있다. 너는 운명론자는 아니지만 그러한 되풀이가 시간이며 그 시간의 기록이 역사일 수 있다는 생각을 한다. 허나 기록은 아무나 하는 것도 아니고 누구나 주인공이 되는 일도 아니다. 수만 가지 일 중에 기록으로 남는 것은 하나 정도일 뿐, 대개의 것은 잊혀지고 만다. 따라서 그 기록이란 것에 얽매이다보면 보다 큰 것을 놓치고 만다. 그 허울 좋은 기록이란 놈 속에 파묻혀 있는 행간을 읽어내야 한다. 기록은 승자의 것이지만, 승자의 기록은 미화될 수 있지만, 그 속에 숨은 이야기들은 진실인 채 남아, 진실 그대로 보여지기를 기다리고 있다. 역사가 미화된 기록이라면 소설은 숨겨진 행간 속 진실 같은 이야기다. 너는 지금 영국의 이산가족 찾기를 통해 전쟁의 비극을 이야기하려 하고 있는 것이다. 앙코르 톰의 조각에서 직지를 찾아내려했듯 국영을 통해 영국의 당시 상황을 찾아내려 한다. 한 개인사를 통해 역사를 복원하려는 시도다.

"그거야말로 만다라야."

영국은 이를 만다라라 했다.

너는 굳이 그 말을 반박하고 싶지 않아 화제를 돌린다. 그 이야기를 하자면 한이 없을 일이다. 만다라는 하나의 바퀴를 가진 법륜이다. 그 법륜을 굴리는 바퀴살 하나하나가 개개인 삶의 궤적이라면 영국의 바퀴살은 전쟁 때문에 망가져 전체 삶의 궤적을 뒤엉켜놓았다. 그것도 남의 나라 전쟁에, 영문도 모른 채 끌려가 바친 청춘이다. 그러한 그에게 남은 것은 불구의 몸과 고엽제 후유증뿐이다. 그는 비행기에서 뿌려대는 고엽제 에이전트 오렌지를 시원한 빗줄기로 생각하고 일부러 웃통 벗고 나가 맞았다했다. 이에 대한 이야기는 책을 쓰도 한 권이 넘을 거라 했지만 너는 못들은 척 해버렸었다. 지금도 그 이야기를 더 길게 하고 싶지는 않다. 너무 비극적인 이야기는 속을 상하게 하기 때문이다.

"반가운 소식이 하나 더 있어야."

"뜸들이지 말고 이야기해."

네가 머뭇거릴수록 그는 조급해한다.

너는 뜸들이지 않고 이야기한다.

"콴이 살아 있다는 거야."

너는 착 가라앉은 음성으로 다시 말한다.

"콴이 살아 있단 거야."

이번에는 한 말을 줄여 말했다.

"뭐?"

"콴이 살아 있다고."

영국은 잠시 말을 잇지 못했다. 아들은 죽고 그 어미는 살아 있다니? 이해가 잘 안되기도 할 것이다. 굳이 나이로만 따진다면, 죽음을 나이순으로, 순차적인 걸로 본다면 당연히 그렇다. 어떻게 그 어미보다 자식이 먼저 죽을 수가 있단 말인가? 너는 캄푸치아 시대의 노역 이야기를 했다. 영국은 캄푸치아 시대를 이해하지 못했다. 아니면 모진 학살의 현장에서 피해자가 되었다는 말을 선 듯 수용하기 싫은 모양이다.

"자세한 이야기는 전화로 다 말 못하니까 내가 국영을 데리고 가는 방향으로 추진해볼 테니까……, 그리 알고 있어라."

전화를 끊으려하자, 영국은 다시 통화를 해왔다.

영국은 사진이나마 미리 보여 달란다.

"나, 카·톡 배웠으니까……."

카카오 톡을 이용하면 통화료가 안 오른단다.

너는 저녁 먹으며 찍어두었던 국영의 모습을 전송한다.

금시 답이 온다.

"이럴 수가!"

한판이라는 것이다. 얼굴색은 비록 햇빛에 거슬려 검은색이지만 턱 윤곽이며 콧날이 영락없는 붕어빵이란다. 객관적으로 봐도 그렇다. 이래서 핏줄은 속일 수 없다는 것인가? 영국은 흥분한 상태다.

"내가 갈까?"

"건강이 허락한다면⋯⋯."

영국은 오다가 쓰러지는 한이 있어도 한시라도 빨리 국영을 보고 싶다한다. 너는 괜히 무리하지 말고 조금만 더 기다리라고 한다. 지금까지도 기다려왔는데 뭐가 급할 것인가, 내가 알아서 처리할 테니까 그동안 건강이나 잘 추스르라 한다. 그 말 속에는 집안 단속이나 잘 해두라는 뜻도 포함돼 있었지만, 그는, 그 말의 행간을 읽어내지는 못하는 것 같았다.

전화를 끊었다. 이렇게 이어지면 통화료가 천정부지로 오른다. 할말이 있으면 카카오 톡을 이용하라 일러둔다. 카카오 톡은 음성통화도 공짜로 된다는 말도 잊지 않는다. 영국은 두 번의 이혼 끝에 또 다른 계부를 두었지만 그녀 역시 돈에만 눈이 먼 여자였다. 뒤늦게 간병사로 들어와 눌러 앉은 대다가 자식이 둘이나 딸려 있다. 아직 정식 호적에는 안 올린 상태라 했지만 여태껏 동거한 기간을 따져 충분히 재산상속의 근거가 있음을 내세워 법적대응을 시도하고 있다했다. 한 말로 돈 보고 온 여자였다. 그렇게 된다면 영국이 죽은 후에도 연금혜택을 받을 수 있다. 아내의 몫으로 나오는 연금이 꽤나 되는 모양으로 그 구체적 액수는 말하지 않았지만 국가유공자와 고엽제 피해자 등을 합쳐 일반 참전용사들보다는 많다했다. 영국도 처음에는 그러한 혜택을 물려주고 싶어했다. 그렇지만 그 속내를 알고 보니 지금까지 잘했던 것들이 전부 가식이었다는 것이다. 몰래 빼돌린 것만 해도 헤아릴 수 없이 많은 데다가 이젠 법적대응을 하고 있는 꼬락서니를 보니 줬던 것도 빼앗아버리고 싶다는 것이었다. 그 판국에 손자라는 것이 불쑥 나타난다면 어떻게 될 것인가. 그 분란이야말로 불을 보듯 훤한 일이다.

"사람이 막판에 이르니까 이 지경이 돼요."

사방에 뜯어갈 사람만 모여든다는 영국이었다. 국가유공자 연금은 전체액수는 아니더라도 배우자가 일부 승계를 한다. 자녀들에게는 승계가 안 된다. 배우자가 없으면 그걸로 끝장이라 일부러 호적상 배우자를 만들어 그 연금을 나눠가지려는 자식들도 있다했다. 살아생전에 재산상속을 해주고 싶어 하는 이유가 여기 있다. 남 주기는 아까운 것이다. 아무리 한솥밥을 먹는 관계라고는 하지만 재산 탐내고 붙어 있는 간병인 아내의 하는 짓이 꼴사납다 했다.

"이래서 자식이 필요해요."

그렇다면 느닷없이 나타난 혈육에게 재산을 넘겨주는 데에도 여러 가지 법적절차가 따라야 할 것이 아닌가? 이런 현안문제를 감당할 처지가 못 되는 영국으로선 누군가 곁에서 이 일을 봐 줄 친구가 필요하다. 그러나 그의 주변엔 사람이 없다. 월남전 이후로 그는 원활한 사회활동을 하지 못했다. 겉으로는 아무런 표가 나지 않았지만 성기능장애라는 것은 그의 인생살이에 치명적인 오점을 남기기에 충분했다. 하여 오로지 돈 버는 일에만 치중했지 친구관계를 원만히 하지 않았다. 심지어는 초등학교 동창생 모임에도 한 발 걸치는 일이 없었으니 스스로 만든 울 속에 자신을 가둔 왕따일 수밖에 없었다. 그래도 너 같은 사람을 찾은 것은 너 역시 괴팍한 왕따였으니 가능한 일이었을 것이다. 극과 극은 통한다 했던가, 영국은 너한테만은 그래도 한다고 했다.

"나는 왠지 사람이 싫은 거야."

"나도 그래."

언젠가 둘이 나눈 이야기다. 그의 대인기피증은 너도 겪고 있는 현상이었다. 사람이 싫고 시답잖은 증상은 큰 고통을 겪고 난 후 생기기 쉬운 일종의 우울증 같은 것이다. 그 원인이 어디 있든 간에 이 우울증이 몰고 오는 후유증은 대단하다. 스스로가 쳐놓은 울타리 밖으로 나가지 않음은 물론 그 안으로 사람들을 불러들일 수도 없다. 스스로 쳐놓은 그물로 인하여 저 혼자 싸우는 투쟁을 계속한다. 이 싸움은 지쳐서 쓰러질 때까지 계속돼 제풀에 게거품을 물게 된다. 당사자로선 아무렇지도 않아 보이는데 옆에 사람이 죽을 지경이다. 따라서 하나씩 주변 사람들이 떨어져 나간다. 유유상종이라고 영국은 그러한 네게 손을 내밀었던 것인데 너한텐 유용한 구원투수가 아닐 수 없었다. 그 덕분에 공술 먹고 다녔다.

이제 막 샤워를 마치고 쉬려는 참에 카 톡. 카 톡…… 널 부르는 소리가 또 들린다.

— 콴도 만나 볼 거지?

영국은 일단 콴을 만나보라 한다. 국영을 만나 콴의 소재를 알았으니 그렇게 하마고 한다. 그런데 이제야 그녀를 만나 무얼 할 건가? 꼭 무얼 하기보다는 자기 대신 느껴보라는 것이다. 그 느낌을 전해달라는 것이다. 젊어 한때 그것도 반세기 전에, 잠시, 한 순간 만나 나눈 정을, 느껴보란다. 하지만 타인이 어떻게 남의 정인의 정을 대신 느낄 수 있을 것인가? 또한 그 느낌을 어떻게 전할 수 있을 것인가? 희한한 경우의 희한한 부탁이다. 그것도 이제 숨넘어가기 직전의 친구가 하는 마지막 부탁이다. 소설에서도 있을 수 없는 설정을 요구하는 영국의 말에 너는 건성으로 대답한다,

— 알았어욤.

— 지금 샤워 중이니까 끊어욤.

이게 SNS의 속성이다. 그래서 직접 전화통화보다는 문자 통화가 편리하긴 하다. SNS의 속성이라니까 생각나는 게 있다. 인터넷상에 떠오른 '한국군 증오비'라는 새로운 기사다. 지금 베트남에는 베트남전쟁 중에 일어난 학살의 현장에 전쟁 '증오 탑'들이 세워지고 있다한다. 그 장소들만 해도 무려 50~60곳이나 돼 정확한 숫자가 파악이 안 될 정도다. 그중 깜다이, 고자이, 빈호아 증오비가 한국군을 원망하는 목소리가 가장 높은 강도로 증폭돼 있는 증오비라 했다. 거기 이런 노랫말이 적혀 있다.

아가야 아가야 너는 기억하거라

한국군들이 우리들을 쏴 죽여

폭탄구덩이에 시체가 가득하구나

아가야 아가야 너는 커서도 이 말을 꼭 기억하거라

　빈호아는 당시 베트남 DMZ로 한국군 주력부대들이 주둔했던 곳이다. 그중 66년 12월 빈호아에서 포탄세례가 퍼붓는 가운데 6개월 된 아이 하나가 엄마 품에서 겨우 살아남았을 뿐 한 마을 주민 전원이 학살된 사건이 생겼다. 이때 태어난 지 여섯 달밖에 안된 갓난쟁이 도안응이아는 엄마 품에 안겨 구사일생 살아났다. 유일한 생존자다. 하지만 껴안은 엄마 품을 타고 흘러들어간 화약물이 눈에 들어가 시각장애인이 되었다. 이런 종류의 민간인 학살은 베트남 보고서를 통해 속속 드러나고 있어 역사유적지로 지정되고 있는 현실이다. 깜다이 증오비에 적힌 희생자 수는 58명 중 35명이 어린애로 무고한 학살임을 입증하고 있고, 63년 12월 5일 희생된 빈호아 증오비에는 14가구 36명 중 전부가 노약자 여성 어린애라 기록돼 있다. 66년 2월 26일 자행되었다는 고자이 위령비에는 한 시간 동안 380명이 집단 학살되었는데 강간과 윤간이 자행되었다고 적었고 아이를 산 채로 강물에 던져버렸다 했다. 그리고는 반공호에 수류탄을 던져 넣고 짚불로 태웠다 기록한다. 이런 일련의 사태들을 쩡툭(Chung Tich) 깜투(Cam Thu), '증오의 탑'이라는 이름의 건축물을 만들어 베트남 역사기록으로 남기고 있다. 그러면서 하늘에 닿는 이 죄악을 만대에 잊지 말 것을 아이들에게 당부하는 노래를 지어 남긴다. 지금 당장은 어떻게 할 수 없겠지만 후세에 전하겠다는 의미이다. 영국은 지금 네게 그 역사의 현장을, 자신이 참전했던 그 시간으로 돌아가, 그때 그 사람을 만나보라고 한다. 영국은 그 현장에 있었고 그 역사적 사건에 개입했다. 그게 본의건 타의건 그 역사적 현장에 얽혀 있었던 것이다. 그 누구도 자유롭지 못할 과오다. 참전을 했건 안 했건 현장에 있었건 없었건, 참전국 국민이라는 것 자체만으로도 동시대에 산 것 자체만으로도, 같은 하늘 아래 있었던 그 자체만으로도 부끄러워해야 할 일이다. 이 시작의 끝이 어디까지 갈지 모를 일이다. 6 · 25 전쟁이 몰고 온 그 학살의 끝이 보이지 않듯, 제 2차 세계대전이 가지고 온 위안부 문제가 끝이 보이지 않듯, 이 문제해결의 해결은 참으로 요원하다 할 것이다. 결자해지로 될 문제도 사과로도 용서로도 될 문제가 아니다. 때문에 전쟁은 있어서는 안 된다. 너는 애당초 전쟁에 대해선 반대인 사람이다. 너를 시인으로 만든 1970년 대한일보 신춘문예 당선작 "세 번째 겨울"이 바로 베트남 전쟁을 반대하는 반전성명서였다. 다시금 이런 시점에서 그 시를 떠올리는 것은 무슨 까닭인가?

세계 3대 화재로 1657년 도쿄화재와 1666년 런던화재 그리고 서기 64년의 로마대화재를 꼽는다. 그중 로마 대화재와 네로황제의 기독교인들에 대한 박해를 우리는 잊지 못하고 있다. '쿼바디스'같은 작품이 있기 때문이다. 그리고 잊지 못할 학살사건으로 유대인대학살사건을 꼽지만 이에 못잖은 비극으로 한국전 중 일어난 거창양민학살사건이나 노근리 학살사건을 기억한다. 너는 가창양민학살사건을 최초로 소설화한 6권짜리 대하소설 〈토우〉를 써 거창양민학살사건 위령비를 세우는데 일조를 했지만 인구에 회자될

별 주목은 받지 못했다. 베스트셀러가 되지 못했기 때문이다. 베스트셀러는 정치·사회현상과 맞물리는 대중성이 있어야 한다. 그런데 유대인 학살사건에 대해서는 이미 '에카르트가 없었더라면 유태인 학살사건이 없었을 것'이라는 명언이 나왔다. 에카르트는 히틀러의 스승이다. 스승이 제자를 잘못 가르쳐 사단이 벌어진 것이라는 책임론이다. 그러나 한국전에 있어서의 학살사건이나 월남전에 있어서의 학살사건에 대해선 책임질 자가 나오지 않고 있다. 책임 추궁론이 아니다. 이에 대해 인식조차 못하고 있다는 이야기다. 그런데 최 목사나, -그가 의무대 정병장이라는 가설 아래- 영국은 그 일말의 책임을 지려고 하고 있다는 점이다. 미미하지만 그 양심의 소리를 듣고 움직임을 보이고 있다는 이야기다. 이 움직임이 나비효과를 일으킬 수도 있을 일이 아닌가. 너는 지금 주여, 지금 어디로 가시나이까? '쿼바디스 도미네?'라고 물었던 저 센키에비치의 질문이 세상을 바꾸어놓았듯, 전쟁에 대한 화두를 던지고 있는 것이다. 화약고 같은 한반도의 전쟁위기에 대한 경각심을 생각해보자는 것이다. 전쟁의 역사는 곧 학살의 역사다.

— 내가 돈을 조금 넣을 테니까.

ATM에 가서 찾아 국영에게도 좀 주고 콴에게도 적당한 선물을 하라는 영국이다. 그가 할 수 있는 최대한의 배려다. 돈이라면 안 되는 일이 없는 세상이다. 돈이 없는 것보다는 돈이 있는 것이 훨씬 좋다. 일본은 위안부를 상징하는 소녀상을 철거하는 대가로 돈을 지불하겠다는 청을 넣었다. 이 둘을 비교해본다. 얼핏 잘못 생각하면 둘 다 모순이다. 한때 저지른 불장난을 돈으로 덮으려한다는 오해도 살 수 있겠지만 그건 아니다. 그러면 어떻게 하자는 것인가? 그렇게도 하지 않는 사람이 얼마나 많은 세상인데, 그렇지 않은가? 사가들은 로마대화재의 원인이 네로에게 있지 않다하지만, 네로에게 찍힌 낙인은 영원히 지워지지 않는다. 그렇다고 네로를 어찌할 것인가? 센키에비치 같은 작가가 이미 역사기록보다 더 영속할 작품으로 남겨버린 일을⋯⋯. 역사는 시대에 따라 달라질 수 있지만 일단 작품으로 남으면 그건 고칠 수도 지울 수도 없다. 시대를 넘어 봄바람처럼 가슴을 적시며 흐르기 때문이다. 너는 지금 그런 바람을 일으킬 작품을 구상하는 중이다. 너는 좋게 해석하려는 편이다. 이제 무슨 일이건 좋은 쪽으로 생각하고 싶은 것이다. 그게 긍정의 힘이다. 젊어 한때는 부정의 힘을 믿었었다. 무엇이거나 일단 부정해놓고 그 바탕 위에서 꼬치꼬치 캐물으며 찾아들어가던 때가 있었다. 이제 나이 들어 늙으니 긍정의 힘도 기대볼 만한 것이 돼버렸다는 이야기다. 늙은이는 지혜롭지만 편견으로 변질될 수도 있다.

— 그래라. 넣으려면 많이 넣어.

— 알았어. 가진 건 돈밖에 없는 사람이잖아?

너는 장난삼아 영국을 부추겨 세운다. 그러면서 돈 욕심을 내본다. 날강도 짓은 아니잖은가? 스스로 변명도 해본다. 그러면서 만약에 돈이 들어오면 국영에겐 얼마를 주고 콴에겐 얼마를 줄 것인가를 계산해 본다. 돈 앞에 정직한 사람은 없다. 누가 그랬던가? 정의는 배분의 문제라고⋯⋯. 배분이 제대로 이루어지면 정의로운 사회라고 했다. 이런 조그만 돈도 그런데 기업이나 나랏돈은 어떨 것인가? 정직한 배분을 기대할 수 있을 것인가? 없다, 다. 공의롭다 자처하는 너 자신이 그런데 어떻게 그 어려운 유혹적 요구를 이 사회, 이 나라에 바랄 수 있을 것인가? 너는 순간 너답지 않은 하나의 등불을 본다. 꺼져가는 일말의 양심이다. 국영은 이미 최 목사로부터 이야기의 전말을 들어서 그런지 그렇게 들떠 있어 보이지는 않았다. 아니면 세상에 대한 기대감이 없어 그런지 큰 희망도 갖고 있지도 않은 듯 보였었다. 그동안 얼마나 많은 세파에 시달려 왔으면 한창 꿈에 부풀어있어야 할 나이에 체념부터 먼저 배웠을 것인가? 한국에서 할아버지가 초청을 하면 갈 것이냐 묻자 '내일 칠 시험에 붙어봐야 안다' 하였다. 그는 그만큼 현안문제에 더 큰 비중을 두고 있었다. 그러한 그에게 '시험 같은 건 필요 없이 할아버지 일을 물려받으면 된다'는 망상을 심어줄 순 없었다. 영국은 지금이라도 당장 국영을 데리고 콴에게로 가라했지만 너는 '내일 시험 치고 나서' 간다했다.

— 여기 일은 내가 알아서 함세.

— 그래, 믿어. 너만 믿을게.

카카오 톡이라는 새로운 소통기구는 정말로 편리한 문명의 도구다. 쉬엄쉬엄 제 하고 싶은 대로 이야기 하면 된다. 얼굴을 보거나 목소리를 통하지 않고 문자로 소통할 때에는 얼마든지 가식을 깔수도 있다. 따라서 SNS를 통해 주고받은 내용은 옴팍한 진실일수가 없다. 인간은 이러한 문명의 이기를 발명함으로써 만물의 영장자리를 지키고 있다. 그리고 먹이사슬의 최고 위치를 고수하고 있는 것이다.

카카오 톡을 끄고 나니 할 일이 없다.

그러나 아직 잠들 시간은 아니다. 여기까지 와 '방콕' 할 수는 없다.

너는 할 일이 많다. 다만 그 일을 안 하려 들 뿐이다. 메모라도 해두어야 한다. 작가에게 메모는 낚시 줄이며 그물코다.

영국의 파월기간/ 67~68년 1월 구정공세 때 영국이 당했으니 영국이 2세가 태어난 건 68~69년일 것으로 추정.

영국이 2세가 징용당한 해는 79년도. 그의 나이 12세 정도, 크메르루주가 패망하던 해? 그러나 폴 포트 괴수 쌀 로트와 그의 잔당은 98년도까지 안롱 웽에서 마지막까지 저항하다 사살되었으니 거기 합류한 인물일 수도 있음.

국영이 16살이라니까 국영의 탄생은 90년도. 영국이 적어도 89년도까지는 생존해 있었음을 증명. 98년도 안롱 웽에서 쌀 로트 일당이 토벌당했으니 (그의 수하였다면) 그때까지도 생존 가능. 아니면 잠적했을 수도 있음. 이게 소설 감임.

의문점/ 12살 영국이 크메르루주에 징용당해갔는데 어떻게 (아이를 낳고 산 걸 보면) 당원이 되었는가? 영국이 어디서 어떻게 살다 죽었는가?

일단 여기까지. 그다음 문제는 콴을 만나봐야 알 일이다. 그렇다면 베트남 행보다는 콴을 만나는 일이 급선무다. 그렇다면 어쩌나? 비자갱신부터 먼저 해야 한다. 내일은 만사 제껴두고 불법체

류자가 되지 않기 위해 비자갱신부터 먼저 해 두어야 한다. 차일피일 미루다보면 잊어버린다. 잊어버리는 게 아니라 콴을 만나러 시골로 들어가게 되면 마음대로 움직일 수 없다. 그러자면 또 예상 밖의 지출이 생긴다. 뭐, 어때? 또 영국의 돈을 축낼 수밖에 없을 일이다. 다시 배분의 문제를 숙고할 때다. 고스란히 저들을 위해 돈을 찾아줄 필요가 있을까? 너도 좀 챙겨 써야 한다. 그렇게 해도 나무랄 사람 하나 없다. 당연히 일 해주고 일값 받는 거잖아? 돈 떼먹는 거 아니다. 그런데 얼마를 떼먹으면 날강도 소릴 면하지? 여기선 1$이면 한 끼 식사를 해결할 수 있다. 한국 돈 천 원이다. 잘 먹어도 하루에 5$이면 삼시세끼 해결이 된다. 대충 잡아 한 달에 150$, 한국 돈 십오만 원이면 먹고 사는 일이 해결된다. 나돌아다니지 않고 집 안에만 들어박혀 있다면 돈이 거의 들지 않는 게 캄보디아 생활이다. 게스트하우스도 5~10$이면 가능하니 여행을 하면서 먹고 자고 한 달 3백$이면 해결난다. 그렇게 따진다면 비자 피로 1할의 생활비를 날린다는 것은 아깝지 않을 수 없는 지출이다. 적어도 여기서만큼은 돈을 안 따질 수 없는 현실이다. 거지 같은 생활을 할수록 오래 버틸 수 있기 때문이다. 한국에서라면 한 달 자동차 기름값도 안 된다. 길바닥에 기름 돈을 쏟아 붓고 쏘다니던 사람이었지만, 너는 여기 와서 거지근성이 붙었는지, 언제부터 시시콜콜한 생활비를 따지고 있다. 하루라도 더 오래 있고 싶어서다. 여행의 자유를 누리고 싶어서다. 그건 부끄러운 일이 아니다.

그러고 보니 할 일이 남았다. 이 거지발싸개 같은 돈이라도 벌어

움직이자면 신문연재원고를 정리해 보내야 한다. 그래도 세월이 좋은 것은 어디서나 송고가 가능하다는 점이고 간 데마다 ATM이 있다는 점이다. 하이패드는 이럴 때 정말 요긴하게 쓰인다. 아무데서나 원고를 보낼 수 있다는 것은 환상이다. 통신두절일 때를 감안하여 미리미리 원고는 보내놓는 게 상책이다. 컬러사진을 포함한 원고를 송고할 수 있다는 것은 가히 기적이다. 뿐인가? 비자나 마스터 카드는 더더욱 소중한 존재다. 옛날에는 미국은행 소속의 AMEX카드를 소지하고 다녀야 했었지만 이젠 우리나라 은행 카드로도 해외 인·출금이 가능하다. 너는 그릇된 자본주의 문명을 싫어하면서도 문명의 이기를 사용하여 만물의 영장임을 누리는 여행을 하고 있다. 그보다 더 소중한 것은 네 머리다. 네 머릿속의 지식이다. 그간의 노하우다. 사람이라고 다 같은 사람은 아니다. 그 머릿속에 뭐가 얼마만큼 들어있느냐에 따라 사람값이 달라진다. 컴퓨터의 하드와 마찬가지로 소프트웨어도 중요하다는 이야기다. 사람들이 그런다. 참 좋겠어요! 지금까지 돈을 벌 수 있다는 게, 그 재주가 부러워요. 너는 그런다. 그렇죠? 전업작가, 특히 여행 작가 이거 괜찮은 직업이지요. 걸어 다니는 현금카드잖아요? 말은 그렇게 하면서도 너는 쓸쓸한 웃음을 삼킨다. 겉으로 화려해 보이는 이 일도 남모르는 고충이 있소, 하면서 그간의 남모르는 노력을 되새겨 보는 것이다. 여행기를 쓴다는 것은 그렇게 호락호락하지 않다. 더군다나 사진을 찍어 여행기를 돋보이게 하는 작업까지 곁들인다는 것은 남다른 노력을 필요로 한다. 여행은 관광하고는 다르다. 그저 눈에 보이는 것만 보고 듣는 게 아니다. 그 속에 든 행간을 읽어내야 한다. 그 시대 그 지역 그 문화를 이해해야 한다. 이해할뿐더러 글과 사진을 통해 표현해야 한다. 표현해야 할뿐더러 독자에게 그 느낌과 감동을 줘야한다. 그러자면 그만큼 읽고 보고 듣고 느껴야하는 훈련이 필요하다. 이게 여행의 기술이다. 이 기술 하나로 너는 원고료 받아 여행경비에 충당하며 밥값보다 비싼 커피 마실 수 있는 것이다.

— 이 기자님 원고 보냅니다.

너는 그동안 써두었던 원고 하나를 골라 보낸다. 너의 장점 중 하나다. 항상 원고가 준비 돼 있다는 것, 미리미리 글을 써둔다는 것, 네가 전업작가 생활을 유지할 수 있도록 해 준 가장 큰 장점 중의 하나다. 언젠가는 펑크 난 남의 원고를 메워 주기 위해 기자가 전철 타고 원고 받으러 오는 동안, 그사이, 집필한 적도 있다. 당시는 활판인쇄 시대였고 원고도 직접 원고지에 써서 주고받았다. 담당기자의 손을 거치지 않으면 안 될 일이 원고 주고 받기였다. 시간적 여유가 있다면 등기를 이용하였지만 대부분 마감에 쫓기다 보면 기자가 직접 작가를 찾아다녔다. 그 덕분에 서로간의 우의가 돈독해졌음은 물론이다. 잘 맺어진 이 두 관계는 평생을 간다. 지금 이 연재소설을 쓰게 된 동기도 따지고 보면 그때 그 시절 만난 기자와의 우의 덕분이다. 세월이 얼마나 변한 것이냐? 이국 타향에서 원고를 직접 송고할 수 있는 시대가 온 것이다. 그것도 컬러사진까지 함께 보낼 수 있는 디지털 시대가 도래한 것이다. 이렇도록 글을 써먹고 살아온 글쟁이가 지금도 글을 팔아먹고 살다니 희한하지 않은가? 너는 네 자신을 천연기념물이라 생각한다.

'어이, 천연기념물.'

너를 천연기념물이라 부르는 또 하나의 네가 있다. 네 속의 또 다른 그림자 같은 너다. 앙코르 톰에서 나비처럼 날아 대자대비 불 상 위에 날름 올라앉으며 직지의 발화점을 그어주던 그다. 그러한 네가 아바타처럼 불쑥 나타나 밤거리 구경이나 가자고 한다. '어 이, 이게 뭐야? 시시하게시리' 아무리 늙었어도 여기까지 와 '방 콕' 하는 사람이 어디 있느냔 힐난이다. 심심하단다.

'그래? 가자.'

너는 객기를 부려보기로 한다.

'어디로 가지?'

이왕 갈 바에는 갈 데까지 가보자? '갈 데까지 가보자' 라는 TV 프로가 있었지? '나는 자연인이다' 를 비롯해 산속에 묻혀 사는 사 람들 이야기다. 이미 문명된 속세를 떠난 자들의 숨겨진 사람을 엿 보는 프로다. 저들의 인생 속에는 세상사 부귀영화가 없다. 그저 물 흐르듯 살기를 원한다. 그게 만족이다. 만족이 곧 행복인 것이 다. 자연에 대한 복행이 행복인 것이다. 세상을 창조한 조물주는 복행을 원한다. 자연의 순리에 따르라는 말이겠다. 피조물인 인간 은 조물주의 뜻에 따르면 그만이다. 고집 피울 필요가 없다. 너는 그렇게 살기를 원했지만 아직도 호기심 하나만큼은 버릴 수 없는 욕심이 있어 이렇게 떠돈다. 떠도는 일이 복행을 거스르는 일은 아 닐 터……

'호기심을 찾아서'

밤거리로 나선다.

프놈펜의 밤은 그리 화려하지 않다.

톤레사프강을 따라 길게 뻗은 부두 길에 바람 쐬러 나오는 사람들을 제외하면 마땅히 배회할 곳을 찾을 수 없다. 그중에서도 사람들이 많이 찾는 곳은 왕궁과 국립박물관이 있는 광장 부근이다. 그곳보다는 왓 프놈이 어떨까? 너는 다시 프놈 사원을 찾기로 한다. 프놈이라는 말은 산이라는 뜻이고 왓 프놈은 산 위에 있는 사원이란 뜻이지만, 왓 프놈은 산이라기보다 언덕이 더 적합한 말이다. 하지만 해발 27미터밖에 안 되는 언덕을 산이라 부르는 데에는 그만한 까닭이 있다. 산이 귀하기 때문이다. 산이 귀할뿐더러 이곳을 가장 높은 곳으로 떠받들고 싶은 염원이 담긴 곳이라 생각하면 된다. 여기서 내려다보이는 곳에 메콩강과 톤레사프강이 서로 만나는 합수지점이 보인다. 이 두 강이 만나며 중간중간 여러 섬들을 형성하는데 프놈펜이라는 도시 이름은 여기서 연유한다. 전설에 따르면 펜이라는 여인이 메콩강을 따라 내려오는 불상 네 개를 거둬 모신 것이 그 시초라고 하는데 그때가 1373년이라니 역사가 깊다. 아마도 앙크르 톰을 중심으로 했던 크메르 제국이 멸망한 뒤 새로 세워진 도시가 아닌가 한다. 요즘은 이런 역사기행을 하는 사람이 드물다. 즉물적이다. 먹고 마시고 노는 쪽으로 기울었다. 그러나 너는 고집스럽게 때 묻은 역사를 찾는다.

천년 고도 프놈펜에서 왓 프놈을 찾기란 어렵지 않다.

툭툭이를 타고 왓 프놈을 대면 금방이다.

계단을 오르면 시내가 한눈에 들어온다.

사원의 승방 위하라 뒤에 펜에게 바쳐진 사당이 있고 그 사당 안에 불상이 있다. 불상을 보고 나오며 너는 한동안 잊고 지냈던 직지에 대해 생각한다. 불교의 전파를 위해 이들은 새로운 신화를 창조했다. 부처님이 인도에서 건너와 이 톤레사프강을 통해 앙코르 제국의 신산으로 들어갔다는 것인데, 단 세 발짝 만에 프놈 쿨렌까지 갔다고 한다. 그 첫발자국을 내딛은 곳이 프놈 끄라우라는 곳이고 두 번째 발자국이 프놈 바켕, 세 번째 발자국이 마지막으로 찍힌 곳이 프놈 쿨렌산에 위치한 앙 톰의 바위이다. 이 전설 같은 이야기 속에는 아직도 프놈 쿨렌에 부처님이 주석하고 계신단 뜻이다. 크메르 제국의 신민들은 프놈 쿨렌의 바위에 찍힌 부처님의 발자국을 믿는다. 그리고 거기 자연석에 거대한 와불을 만들어 세세토록 그를 영접해 모시고 있다. 모시고 믿을뿐더러 그 족적에 보시하는 걸 잊지 않는다. 너는 그 족적을 촬영하기 위해 프놈 쿨렌을 간 적이 있다. 그런데 프놈 바켕에서는 그 족적을 발견하지 못했다. 그 대신 앙코르 왓의 해자를 건너는 신도의 돌다리에서 알 수 없는 발자국 하나를 발견했다. 일부러 표식을 해 둔 곳이어서 유심히 살펴보고 사진도 찍었다. 그러나 톤레사프 어딘가에 있어야 할 프놈 끄라움은 어딘지조차도 찾지 못했다. 도대체가 아는 사람이 없다. 혹시라도 왓 프놈의 이 언덕 어디에 그 족적이 남겨져 있지 않을까? 너의 호기심을 채워줄 사람이 없다. 그나저나 이건 발자국의 문제가 아니라 뭣 때문에 그런 신화창조가 필요했을 것인가? 하는 점이다.

힌두교에서 불교로 국교를 전환하는 과정에서 생겨난 민심잡기에 틀림없을 일이었을 텐데 왜 하필이면 부처님이 세 발자국 만에 캄보디아 땅으로 들어오셨다고 했을 것인가. 3이라는 그 숫자를 주목해 볼 필요가 있다. 크메르 제국은 아직 힌두이즘에 사로잡혀 있던 때였으니까 힌두신화에서 믿는 숫자개념이 필요했을 것이다. 힌두에서는 1 3 5 7 9로 홀수는 길한 숫자로 여겼지만 2 4 6 8같은 짝수는 불길한 숫자로 여겼다. 홀수는 살아 숨 쉬는 생을 의미하고 홀수는 죽어 숨 쉴 수 없는 암흑의 숫자로 파악한 것이다. 따라서 집을 지어도 1층이다. 옛날 방식의 캄보디아 전통가옥은 전부 2층으로 돼 있어 2층인 줄 알지만 그렇지 않다. 아래층은 벽이 없는 나무기둥뿐이다. 그러니 층수에 계산 되지 않는다. 모양새는 2층처럼 보이지만 빈 공간을 제외한 층수인 1층이 되는 것이다. 2층 집을 지어놓고도 아래층은 빈 공간이니 층수에 들지 않는다고 우기는, 이러한 속신에 가득한 민중을 사로잡자면 거기 합당한 신화를 만들어 포교를 해야 했을 것이다. 그 포교의 방법으로 불자가 지녀야 할 덕성과, 덕성을 갖추어야 할 신자로서의 도리를 교육했을 것이다. 그러자면 거기 알맞은 교과서 같은 것이 필요하게 된다. 그 교과서가 바로 직지심체요절이라면 어떤가? 불자가 되기 위한 기본교육 지침서 같은 것이다. 직지란 직지인심 견성성불에서 온 말이다. 사람의 마음을 바로 보고 본래 마음자리를 깨닫는 것이 견성성불이다.

"가설은 세울 수가 있지. 그런데 그걸 뭐로 입증할 것인가?"

너는 왓 프놈 계단에 앉아 검은 강을 바라보고 있다. 저 강을 거슬러 올라가면 라오스 비얀마 중국을 거쳐 신들이 거처인 설산 메루에 이를 것이다. 저 아래로 강물을 따라 내려가면 베트남 동지나해를 거쳐 인도양으로 통하게 된다. 바다를 통해 강으로 이어지는 수로다. 불교는 그렇게 강물을 따라 전파돼 나갔다. 따라서 메콩강 유역에는 수많은 불교유적이 자리 잡고 있다. 힌두교에서 불교로의 전환되는 시점의 징검다리 같은 문화유산 앞에 너는 앉아 있다.

희미한 가로등불빛에 앉아 다시 소설 '직지'를 생각한다. 소설 직지를 써야 할 것인가 말아야할 것인가? 요즘은 쓴다고 다 되는 것은 아니다. 팽배해 있는 자비출판시대에 인세 받고 책을 낸다는 것은 하늘의 별따기다. 자비출판을 요구받을 바에야 뭣 땜에 소설을 쓸 것인가? 누구나 두 손 들었다. 죽은 시인의 사회는 이미 오래전 일이고 죽은 작가의 사회다. 노동조합에서는 월급이 적다고 데모를 하지만 작가들은 어디 대고 하소연할 수조차 없는 침묵의 신음을 내뱉고 있다. 팔 수 없는 원고는 쓸 필요가 없다. 작가는 자선사업가가 아니다. 좋은 '촉'을 하나 얻긴 했는데 상품이 될지 아닐지를 알 수가 없다. 구매자를 미리 구해야 하는 현실이다.

이국 땅 왓 프놈에서 한 소설가가 되뇌는 소리를 들어보라. 너도 한때는 청탁이 쇄도했던 작가다. 이젠 이렇듯 주문이 끊긴 현실이다. 설사 청탁이 있다손 치더라도 원고료를 준다는 곳은 없다. 니힐 니힐 니힐리스트…… 미닝리스! 에브씽 이즈 미닝리스…… meaningless! everything is meaningless. 프록코트를 입고 황무지를 노래하던 TS엘리엇을 찬미하던 때가 있었다. 그를 따라하던 낭만의 때가 있었다. 낯선 도시 차단한 불빛을 바라보며 너는 앉아 운다. 무엇이 너로 하여 울게 만드는가. 허망함이다. 이는 청춘을 낭비해 버린 바쁘용의 죗값이며 에덴의 동쪽을 바라던 제임스 딘의 분노와 열정의 허망함이요 킬리만자로의 눈을 읽지 않는 시대의 불운에 대한 눈물이다. 너는 울다 일어나 눈물을 씻고 걸어 나간다. 무소의 뿔처럼 혼자 당당히…… 경한의 발자취를 따라 메콩강을 거슬러 오른다. 지구를 한 바퀴 돌아 다시 모태의 강을 거슬러 오르는 연어처럼 알을 낳기 위해……. 작가는 누가 뭐라든 쓴다. 천일야화의 세헤라자데처럼 끊임없이 이야기를 만들어내지 못하면 죽는다. 팽이처럼 돌지 않으면 쓰러지는 존재가 작가다. 글이 돈이 되지 않는다 해도 출판이 어렵다 해도 써놓은 글이 문화콘텐츠로서의 이용가치가 없다 해도 작품은 써야 한다. '직지'가 어디 문화콘텐츠의 용도뿐이겠는가? 순수한 작품도 만들 수 있다. 이제 상업적 가치를 떠나, 어딘가에 있을 그 누군가를 위한 글을 쓰면 된다. 언젠가 어디선가 있을 독자를 위해서 작가는 글을 써야 한다. 상품은 되어도 좋고 안 되어도 좋다는 마음으로 글을 써야 한다. 그게 진정한 작가다. 작품으로 돈을 벌려면 장사를 했어야지. 너도 한때는 출판사와 독자와 영합해 글로 돈을 번 때가 있지 않았는가. 하루에도 열두 번도 더 변하는 이 마음을 어찌하면 좋지? 그래도 긍정적으로 변하니 다행이지 않나? 긍정의 힘! 긍정의 힘을 믿어보자고…… 니힐 니힐……, 술이 한 잔 들어가야 밤이 외롭지 않겠나? 캄보디아에선 얼음에 재운 찬 맥주 '앙코르'가 있다. 포차에 앉아 술잔을 기울인다.

마니차 · 옴마니반메훔

경한은 죽을힘을 다해 몸을 일으켰다. 천근만근 무겁던 몸이 수렁에서 빠져나오자 그는 저도 모르게 옴마니반메훔을 중얼거렸다. 몇 날 며칠, 아니 몇 달 몇 년을 걸었는지 모른다. 걷고 또 걷고, 걷고 또 걸어서 당도한 하무산(霞霧山)이다. 아득히 구름과 안개나 노니는 산이다. 어쩌다가 여기까지 왔는지는 모르지만 그는 여기서 석옥청공을 만났다. 석옥청공은 심법에 통달한 화상으로 만신창이가 돼 기어들어온 경한을 치유하는 방편으로 그의 심중 깊숙이 자리 잡고 뿌리 내린 공포와 적개심의 근원을 찾고 있는 중이다.

"말해 봐라. 무엇이 너를 두렵게 하는고?"

경한은 코끼리 부대를 만나 혼겁을 한 이야기를 한다. 코끼리는 몸체가 작은 동산만 한데다가 기운이 산을 옮길 정도여서 천하무적이었다. 애초부터 말은 놀라 겁을 먹었고 기병들은 마음대로 달릴 수 없는 밀림지대에선 무용지물이었다. 그런 여건 속에서의 전투란 그 결과가 불을 보듯 빤한 것이었다. 그런데도 싸움은 시작되었고 그간 패배에 패배를 거듭하던 크메르 군은 어디에 숨겨두었던지 대군의 코끼리 부대를 재편성해 앙코르 탈환작전에 임하고 있었다. 이제 겨우 승리의 기쁨에 도취해 있던 원군은 여지없이 분패하고 말았다. 참패에 또 참패로 군기까지 빼앗기고 만 원군은 산산조각이 난 채 패주해 달아나기 바빴다. 이 틈에 고려에서 잡혀왔던 노역자들은 자유의 몸이 되었다. 그러나 자유는 자유가 아니라 죽음의 길이었다. 앞뒤 분간도 할 수 없는 밀림의 길은 그리 녹녹하지가 않아 여기까지 오는데 얼마나 많은 세월이 흘렀는지도 알 수가 없다. 그저 살아 있다는 그 자체만으로도 놀라울 따름이다. 그래도 다행스러운 것은 호두가이의 배려로 쿨렌산으로 숨어들었다가, 거기서 부처님 진신 와불 조성을 하던 지공선사의 도움에 힘입어 마지막으로 당끄렉산맥을 넘어 메콩강을 건널 수 있었던 것인데, 그간 어디를 어떻게 헤매다가 여기까지 흘러들게 되었는지 마지막으로 천호암 승려에게 발견된 것은 기진해 쓰러진 그의 목에 걸린 염주와 품에서 발견된 불경 덕분이라 했다.

"너는 염주와 불경을 간직하고 있었다. 어디서 온 누구이더냐?"

벌써 몇 번째 되묻는 질문이지만 경한은 말이 없다. 너무 놀란 나머지 실어증이 걸린 것일까, 아니면 아직도 알 수 없는 두려움에 질려서일까.

"여기는 호주의 하무산이다. 두려워할 것은 아무것도 없다."

하무산은 이름 그대로 안개나 드나들 수 있는 산중의 산이다. 하무산은 수행하는 승려들이나 찾는 곳이지 싸움 하는 사람이 오는 곳이 아니다. 그러니 겁먹을 것 하나 없다. 청공화상의 끊임없는 설득과 위로에도 불구하고 경한은 아무런 반응이 없다. 허지만 머릿속에는 그 질문에 대한 해답이 맴돌고 있다. 나는 고려 사람 경한입니다. 인도의 지공화상이 이리로 인도했습니다. 인도의 지공화상이라? 화상은 또 어디서 만났는고? 쿨렌산에서 만났습니다. 쿨렌산은 부처님이 상주해 살아계시는 곳이라 했습니다. 부처님은 인도에서 세상 모든 연을 끊고 열반에 들었다. 그리고는 한달음에 쿨렌산을 향했다. 그때 내딛은 발자국이 프놈 끄라움과 프놈 바켕 프놈 쿨렌에 선명하게 찍혀 있다. 프놈 쿨렌은 자바에서 독립된 크메르 제국이 세운 수도 룰루오즈(Roluos)에서 벗어나 신설된 수리야 바르만 2세의 새 신국이었다. 서력802년 그는 스스로를 신왕(神王) 마핸드라파르바타(Mahendraparvata)임을 주장하며 새 제국건설의 기치를 드높였다. 이들은 이 산에서 생성되는 신성한 물줄기에다가 끄발 스펭(Kbal Spean)과 천 개의 링가를 새겨둠으로써 이 물을 마시는 앙코르 제국 신민들의 다산을 염원했다. 끄발 스펭은 힌두신인 시바의 상징이고 링가 역시 시바 신의 또 다른 아바타이다. 이들은 쿨렌산에다가 신시를 이루고 저들 자신을 앙코리안(Angkorean)이라 불렀다. 앙코르 왓은 시바 신을 봉헌했던 저들 앙코리안 시대의 유물이다. 유물은 신앙의 잔재이면서 그 역사의 흔적이다. 그러나 그 시대는 지나가고 지금은 그 신성한 쿨렌산에 시바 신상 대신에 불상을 앉히고 있다. 시바 신을 봉헌하던 제단은 캄보디아 최고의 와불이 모셔져 누운 채로 공양을 받는다. 집채보다 더 큰 자연석에 그대로 새겨져 있는 와불의 바로 아래엔 부처님의 족적이 뚜렷하게 남아 있어 그가 어떻게 이 바위에 와 눕게 되었는가를 직접적으로 설명하고 있다. 부처님은 성불에 들며 그 거처를 옮겨 쿨렌산으로 들어와 불성을 나타냈다. 그때 단 세 발자국으로 이 쿨렌산으로 거처를 옮겼다 하여, 그 첫 발자국을 남긴 프놈 끄라움과 두 번째 발자국 프놈 바켕, 그리고 세 번째 발자국이 찍힌 프놈 쿨렌산을 족적성지로 꼽는다. 앙코리안들은 이 발자국을 신성시 여겨 이 세 곳 전부에 사원을 세우고 숭앙의 대상으로 삼았다. 또한 마지막 발자국이 찍혀 있는 쿨렌산에 부처님이 영존하실 것으로 믿는다. 따라서 쿨렌산 일대를 성역화 해 부처님 전 불사를 일으키는 것은 당연한 처사라 할 것이다. 지공은 인도에서부터 그 발자국을 찾아 따라온 화상으로서, 이 일련의 불사를 도맡아 하고 있었다. 열반에 든 지 이미 천 년이 지난 세월에 무엇 때문에 그런 대업을 하기 시작했는가? 지공화상은 이렇게 말 했다. 불성을 온 누리에 알리고 보급하는 일은 불제자가 감당해야 할 당연한 소임이다. 그러니 '경한아, 잘 듣거라. 하무산 천호암에 가 석옥청공을 만나거라. 그러면 너에게 갈 길을 알려줄 것이다.' 아직도 맴도는 분명한 소리인데 경한은 말을 할 수가 없다. 게다가 지공화상은 그동안 품고 다니며 궁금해 했던 '직지'의 뜻을 풀이해 알려주었는데 그 내용도 머릿속에서만 맴돌 뿐 이야기할 수가 없다. 직지엔 과거칠불과 인도의 유명조사들의 게송이 들어있었는데 그 상세한 내용은 알 수 없었다. 지공화상의 법명인 지공의 '지'자가 바로 직지의 지라는 섯이었다. '指'는 손가락 발가락을 가리키는 말이니라. 손가락은 밥을 먹는데 사용한다. 그러나 어찌 육신의 밥뿐이겠는가? 마음의 밥도 있다. 손가락을 곧게 펴 잘못을 지적하고 마음의 밥을 먹는 일에 등한해서는 안 된다. 마음의 밥을 먹이는 데에는 너나가 따로 없다. 그 가리키는 손가락이 나를 향해 자신을 직시하는 일이 중요하다. 모든 것을 내 탓이라고 말할 때 상대에게 감응이 된다. 나는 잘못이 없고 상대만 잘못했다하면 오히려 반감만 사게 된다. 나부터 먼저 탓할 때, 용서와 사랑이 생기는 것이다. 직지는 그것을 똑바로 인지하라는 말이다. 알뿐더러 행하라는 말이다. 사람이 알고도 행하지 않으면 차라리 모르는 것만 못하니라. '空'은 빌 공으로 허상임을 뜻한다. 모든 것은 비어 있다. 비어 있음으로 가득 찰 수도 있는 것이다. 비운 만큼 채울 수 있다. 무엇으로 그 빈 공간을 채울 것인가? 불성을 주야로 묵상하고 행하라는 말이었다. 결국 자기수행이다. 수행 후 보시다. 보시란 대중을 향한 보시행을 뜻함이다. 배워 깨달은 자는 그렇지 못한 자를 일깨울 의무가 있다. 여기까지 수고로운 길을 걸어온 것은 그러한 임무를 부여받기 위해서라는 지공화상의 말씀이었다. 그런데 그 좋은 이치를 배우고도 어찌하여 말문이 닫혔는지 알 수가 없는 노릇이다. 답답하여 글을 써 나타내 보이고 싶어 하지만 글도 마음대로 쓸 수가 없다. 기억력은 남아 있는데 그걸 나타낼 길이 없는 것이다.

"답답하구나. 불서와 염주를 지닌 것을 보면 너는 불자로서, 분명 큰일을 하려하였건만 그간의 사정을 말할 길이 막혔구나."

경한은 지공선사로부터 받은 보리수열매 염주에 대해서 이야기하고 싶었지만 그 역시 허사다. 지공선사는 부처님 누워계신 그곳에 와불을 만들기 위해 돌을 쪼고 있었다. 거기 석공 호두가이가

동역했다. 군대가 패하여 뿔뿔이 흩어졌을 때 간신히 몸을 피신할
수 있었던 것은 순전히 호두가이의 도움 덕분이었다. 그는 이미 원
군은 패망했으니 이제 고려인인 당신은 자유의 몸이라며 신산 쿨
렌으로 이끌었던 것인데 거기 가면 거창한 불사를 만나 볼 수 있다
하였다. 그 거창한 불사라는 것이 바로 지공선사의 와불조성 사업
이었다. 호두가이는 이미 전쟁이 있기 전까지 그 불사에 관여하고
있었던 석공으로서, 경한이 고려로 떠나기 전에 꼭 이곳을 들렀다
갈 것을 당부하였다. 부처님 열반 후 이미 수많은 곳에서 진신사리
를 모시기 위한 싸움들이 진행되었지만 정작으로 그 진신이 와 누
워있는 이곳이야말로 미래불이 올 예비된 자리라는 것이 호두가이
의 말이었다. 그나저나 올 데 갈 데 없는 경한으로선 호두가이의
청을 거절할 이유가 없었다. 적국의 병사였던 자신을 고발하지 않
고 거두어주는 것만으로도 고마운 일인데 불국정토를 중흥시키는
그 현장에 데려가겠다는 호의는 백골난망한 일이 아닐 수 없었다.
경한은 잃어버렸던 불심을 되찾은 것 같았고, 거기서 보고 들은 것
은, 그리고 거기서 깨달은 것은 번갯불을 맞은 것 같은 충격으로
전신을 녹였다가 다시 강철 같은 쇠붙이의 형상으로 자신의 몸을
연단한 것 같다는 생각이 든다. 모든 것은 물 흐르듯 이루어진다.
그러나 물속에 불이 있다. 천둥번개 같은 뇌성이 있는 것이다. 이
뇌성이 돈오돈수의 깨우침을 준다. 경한은 지금 그 뇌성을 맞고 혼
절한 상태다. 그런데도 마음속 기억은 또렷하다.

성여 쿨렌신에는 앙톰(Ang Thom)이 있다. 앙코르 톰이 거대한 도
시를 뜻한다면 앙톰은 그보다 더 큰 도시, 신성한 도시, 성역화 된

도시, 불국정토를 의미한다고 보면 될 일이다. 저들은 쿨렌산 폭포 위에다가 정토를 위한 불단을 건설 하고 있었다. 폭포 주위엔 이미 수리야 바르만 2세가 만들어 세운 끄발 스펭이 있어 힌두의 신들이 자리하고 있다. 시바 신의 상징인 링가가 천 개나 조각돼 폭포수를 적시니 불성이 들어설 자리를 빼앗긴 상태다. 그러니 이들은 프레아 앙 톰(Preah Ang Thom)을 다시 건설해 세움으로써 불법을 통한 나라의 융성을 꾀하려는 시도를 한다. 불교야말로 나라를 재건할 굳건한 초석이라 믿었던 자야 바르만 7세였던 것이다. 한창 탄력을 받던 앙코르 톰의 바이욘 사원 건설 중 전쟁을 치러야 했었으니 아무리 신산이라 할지라도 이 쿨렌산의 재건에까지 신경을 쓸 여유가 없었을 것인데도 왕의 과업은 계속되었다. 왕은 바이욘 사원에서와 마찬가지로 여기서도 스스로를 광명정대한 대자대비 대보살로 민중의 어버이로 그려지기를 바랐다. 그러나 진공화상은 석불에다가 부처님 진신의 형상을 그대로 반영해버렸다. 일종의 반역이 아닐 수 없는 고집이었다. 부처는 부처고 왕은 왕이다. 그러한 고집쟁이 진공화상은 인부들에게 줄 돈까지 만들었다. 보통 모든 국가노역이 공짜인데 비해 진공화상은 일에는 반드시 품삯이 치러져야 한다고 믿었다. 적어도 불국정토 앙 톰에서만은 노예제를 폐지시켜버렸다. 신산 쿨렌에서 만큼은 상하귀천이 없는 평등 자리를 만들자는 것이었다. 적어도 여기 신산 쿨렌의 성도에서만큼은 불성에 힘입은 천지가 열려야 한다는 게 지공선사의 꿈이었다. 경한이 여기서 본 것 중 놀라운 사실 하나는 주조기술이었다. 저들은 그 산속에서 돈을 만들고 있었다. 철이 많은 산이라 칼이나

창 같은 무기생산을 하던 곳이기도 했지만 저들은 이미 탁월한 주조기술을 가지고 있어, 엽전을 만들어 화폐로 사용하는가 하면 글자를 주조해 종이에 찍어내는 기술을 갖추고 있었다. 그걸로 불경을 찍어 책으로 만드는 기술은 참으로 탄복할 만한 일이었다. 경한이 호두가이로부터 얻은 경전도 결국 이러한 과정을 거쳐 나온 인쇄본이었던 것이다. 고려에서도 목판본 책들이 있다. 팔만대장경도 있다. 그런데 이들은 나무판을 파 글자를 파는 것보다 수월하게 쇠를 녹여 글자를 만들고, 나무를 잘라 집을 짓는 이상으로 손쉽게 돌을 잘라 건축을 하고 있었던 것이다. 저들은 또 글을 읽을 줄 모르는 사람들을 위해 두루마리 경전을 만들었는데 종같이 생긴 모양새의 돌림판 속에 경전을 넣고 그것을 돌림으로써 불경을 읽는 것을 대신한다 했다. 앙코리안에서 글을 읽을 줄 아는 계층은 브라만 정도나 되는 상당한 계급에 있어야 가능하고 설사 브라만이 되었다 하더라도 일일이 이 경전을 다 갖지 못한 상태에서 여러 사람을 위한 경전이 필요했다. 옴마니반메훔, 옴마니반메훔. 이 옴마니반메훔 속에 기도의 염력이 들어 있다. 염불은 소망이며 희망이다. 하여 공공장소에서 여러 사람이 함께 이용하기 위해 경전을 넣은 뿔 통을 만들어 이를 돌리게 함으로써 경을 대독할 수 있게 만들었다. 이름 하여 마니차다. 마니차를 돌림으로써 그 안에 든 경전을 읽은 것과 같은 기도효과를 갖게 신앙하는 데에는 별 어려움이 따르지 않는다. 이 염불을 위해 사람들이 몰려드는 것을 직접 눈으로 보았다. 무엇이 이들로 하여금 하던 일을 멈추고 불전으로 몰려들게 만들었을까? 부처님의 힘이다. 부처님의 힘은 무엇인가? 골고

루 혜택 받는 세상이다. 경한은 그런 혜택 받는 자비의 세상을 위해 절에 의탁했었지만 고려의 절에서는 그런 혜택은 받지 못했었다. 명목상으로는 비구니 묘덕과의 부적절한 관계를 가져 구들막 농사를 지었다는 것이었지만, 막상 절을 쫓겨나 노역꾼으로 선발된 진짜 이유는 불공평한 처우 때문이었다. 고려의 승방에는 명문 자제들이 좋은 자리를 다 차지하고 앉아 있었고 올 데 갈 데 없어 의탁한 떠돌이 중들은 불목하니를 면키 어려웠다. 때로 승과에 급제해 출세하는 듯 보이는 승려들도 있었지만, 이 역시 음서들이 날뛰는 세상이라 그 출신신분이 승려의 자리도 결정지었던 것이다. 금수저는 어디서나 금수저였고 흙수저는 어디 가서나 흙수저에 지나지 않았다.

경한은 여태껏 겪은 이 일련의 일들로 혼란스럽다. 이 소용돌이가 그를 어지럽히고 있다. 호두가이를 만나 보고 들은 것과 성산 쿨렌에서 얻은 체험은 정말 그의 미래를 위한 새로운 예시였다 할 것이다. 그러나 쩽 하고 돋던, 그러한 모든 일을 망각의 상태로 몰아넣은 충격적인 일은 밀림을 헤치고 나오던 그 산속에서 있었다. 정처 없이 걷고 또 걸어 산 넘고 물 건너 돌아갈 고향 고려를 향하던 그는 뜻밖의 한 마을을 만났다. 산중이라 사람이 살 것이라고는 상상치도 못했던 곳에서 인가를 만났다. 저들은 나무 위에 집을 짓고 살았는데 짐승들의 공격을 피하기 위해서라고 했다. 집 안으로 뱀이 들어오고 지붕 위로 원숭이들이 끽끽거리고 다녔다. 그런데도 저들이 무서워 피하는 짐승은 따로 있었다. 바로 호랑이였다. 호랑이가 있는 것을 보면 원나라 지경에 가까이 온 것이 분명할

터, 그는 이제 대도(大都)가 한 걸음 한 걸음 가까워진다는 생각을 하게 되었다. 왜냐면 갈 때에도 이런 현상을 겪었기 때문이다. 나라와 나라 지경에서 호식을 당하는 수난을 여러 번 겪었고 남방으로 월경을 한 후에는 호랑이를 만난 적이 없었다. 호랑이는 습한 밀림보다는 바람 부는 산을 더 좋아한다. 초원을 부는 바람에 따라 사슴 냄새가 나기 때문이다. 호랑이는 초식동물인 사슴을 좋아한다. 경한은 그간의 모든 경험을 되살려 지금의 위치를 파악한다. 그러나 그날 밤 경한은 호랑이의 습격을 받았고 구사일생 살아나기는 했지만 혼쭐을 빼앗겼다. 호식을 당해 잡아먹히지 않으면 보통 사흘 안에 죽게 된다는데 경한은 죽지도 않고 그렇다고 온전히 산 것도 아닌 상태로 깨어났다. 그러면서도 걷는 일에는 도가 트여 축지법을 쓰듯 하루에도 수백 리 혹은 수천 리씩을 걷는 마력을 얻었다. 마치 호보를 얻은 것처럼 그의 발걸음은 가벼웠다. 때로는 백호가 그를 등에 업고 달리는 기분이 들 때도 있었고 그 호랑이가 주는 고기를 먹고 자고 호랑이 등에서 내려 이 골짜기 저 골짜기를 뛰어넘는 도술 부리는 신통력을 갖는 것 같기도 했다. 그런 신비한 힘으로 하무산을 찾아들었을 때 사지에 힘이 빠져나가는 걸 느꼈고 그는 통나무가 쓰러지듯 온 전신이 일시에 무너져 내리는 고통스런 황홀경을 체험하였다.

"나를 보아라."

석옥청공화상은 눈을 통해 마음을 읽으려 한다. 심법이다. 가섭이 보여줬던 이심전심의 소통이다. 말과 글은 겉으로 드러난 소통법이지만 그 이전에 눈을 통해 상대의 마음속을 읽는 심법도 있는 것이다. 마음과 마음을 잇는 심법은 기호전달체계 이전에 생겨난 소통 법으로 오랜 수행결과 가능한 심기운행법이다. 천체의 기운이 하나이듯 인체의 기맥 또한 하나로 움직인다. 그 맥을 짚어낼 줄 알면 그 속에 흐르는 생각도 짚어낼 수 있는 것이다. 그 생각이 말이나 글로 표현되는 것이기에 심법은 상대의 심중 깊숙이 있는 의식과 무의식의 기호체계를 읽어낼 수 있다. 경한은 그간 지공화상에게서 들은 성찰의 무한함을 생각하며 석옥청공을 바라본다. 그 눈 속에 자신의 마음이 담긴다. 머릿속 생각이 담긴다. 그 담긴 뜻을 눈을 통해 전달한다. 이심전심의 화법이다. 붓다가 아무 말 없이 연꽃을 들어보였을 때 가섭은 그 많은 제자들 중에 저 혼자 빙긋이 웃었다. 붓다가 든 연꽃의 의미를 알아차렸다는 뜻이다. 이를 후세 제자들이 '염화시중의 미소'라 이름하여 어록에 남겼다. 경은 그렇게 모아진 하나의 책이다. 이제 이들 두 사람의 묵언의 어록도 하나의 책으로 엮어질 수도 있을 것인즉, 석옥청공은 이미 경한의 머릿속 생각을 읽어냈고 경한이 후에 할 일까지도 간파한다. 세상의 인연이란 것은 인간이 알아차릴 수 없이 신묘한 구석이 있어 인간의 눈으로는 잘 보이지 않는다. 다만 신공을 통해 인지될 뿐이다. 지금 석옥청공에게는 경한의 미래가 보인다. 경한의 지금처한 형편상의 어려움은 한 가닥 인의 실마리일 뿐, 악인일 것 같으나 선한 인에 속한다. 장차 큰일을 해낼 끈인 것이다. 혜안이라 이를 인지한다고 끝낼 일은 아니다. 후일의 연을 맺어주는 일까지를 도맡아야 한다. 완전한 인연이라는 것은 이렇게 한 땀 한 땀 바늘로 꿰어낸 바느질처럼 기워가며 홀맺어진다. 석옥청공은 경한의 미래를 잠시 점쳐보고는 그에게 무언가 해줄 만한 일을 생각한다. 사람의 운명은 그 이름이 좌우한다. 이름에 따라 이름값을 하게 마련인 것이다. 예컨대 석옥청공이 돌집 속의 청옥이듯, 돌 속의 보배로운 돌이듯, 경한의 景閑은 그 어떤 벽이 있어 볕을 막고 있는 형상이니, 사방에 꽉 막힌 벽 속에 갇힌 경한을 풀어내줘야 한다. 자유가 필요한 것이다. 빛과 같은 마음의 자유가 필요하다. 지금껏 홀맺힌 끈을 풀고 훨훨 날 수 있는 마음의 자유를 얻을 이름이 필요한 것이다. 저 이름을 지어준 경한의 스승은, 누군가 있어 그 벽을 함께 허물고 줄탁동기 하라는 뜻으로, 병아리와 어미닭이 안팎에서 쪼아 그 단단한 껍질을 깨고 세상 밖으로 나오듯, 새로운 세상을 만날 것을 바라 그렇게 작명하였을 것이다. 그리하여 누군가가 있어, 적당한 시기에, 그 뜻을 풀기를 바라 한시적인 이름을 지어주었을 것이다. 그런 뜻으로 가두어 막을 閑 자를 써 작명하였다면 이제 그 어둠을 벗겨내 주어야 한다. 석옥청공은 시공을 뛰어넘는 혜안을 가지고 경한을 바라본다. 경한이 비록 말은 못하고 있지만 자야바르만 7세가 프놈 쿨렌을 불국정토로 탈바꿈시켜 불성의 빛을 발흥시킨 것처럼, 암흑세계의 그 어딘가에 그 광명이 될 만한 일을 꾀할 인물로 본 것이다. 그렇지 않고서야 경한에게 그런 역경과 고난의 길을 걷게 할 까닭이 없을 일이다. 이유 없는 시련은 없다. 단지 사람들이 그 연유를 알려하지 않아 지나칠 뿐이다. 인이 있으면 반드시 연이 있다. 이 둘을 적당히 풀어 엮어주는 것이 먼저 깨날아 앎에 도달한 선각자가 할 일이다. 석옥청공은 지금 경한의 심중에 고여 들끓고 있는 소리 없는 아우성을 듣는다.

석옥청공은 이미 예정된 불성의 도구 경한에게 경의를 표하며 나직이 이른다.

"내 너에게 호를 하나 따로 지어 불러주마."

석옥청공은 경한에게 '백운(白雲)'이라는 호를 붙여주었다. 마음 대로 떠도는 구름처럼 무념무상의 경지에 들라는 이야기다. 이미 말도 필요 없고 글도 필요 없는 자유로운 영혼이 되라는 뜻이다. 사람의 값은 그 인물이나 말과 글에 있는 것이 아니라 자신만이 깨달아 아는 느낌, 내면이 가지는 그 인품에 있다. 그 인품이 자유로워야 한다. 그러한 자유의 훼방꾼은 한 치 혀가 말하는 말과 잔재주가 부리는 글에 굴종한다. 차라리 아무것도 말하지 않고 나타내지 않는 절대 침묵과 절대 절필이 보다 온전한 자유를 보장한다. 묵언정진의 수행이 이래서 생긴 것이다. 달마의 면벽이 바로 이러한 수행법이다. 경한은 이미 어떤 까닭에서였든지 이런 수행 없이도, 말과 글에서 해방되었다. 아니면 이미 그러한 수행을 거친 전생의 업을 가진 것인지도 모른다. 말이나 글을 사용해 의사표시를 할 수 없으니 그간의 사연을 알 수가 없다. 그가 어디서 와 어디로 가는지조차 모른다. 몰라서 모르는 것이 아니라 알면서도 모를 모름이다. 모름이 곧 앎이요 앎이 곧 모름이다. 흩어졌다 모이는 구름처럼 형체에 있어서도 자유롭고, 비를 내리고 또 내려도 다시 비가 되는 영원히 모자라지 않는 꽉 채움으로 필요한 곳을 찾아 떠다니는 구름이 되는 것이다. 경한은 그러한 일을 해낼 존귀한 인물이다. 그러한 알 수 없는 인물을 만난 석옥청공의 눈에는 경한이 더없이 큰 존자로 보인다. 화상은 깨달음을 얻은 인물이다. 돌을 보는 눈은 돌을 본다, 물을 보는 눈은 물을 본다. 따라서 보는 눈이 선이면 선을 보고 악이면 악을 보게 되는 것이다. 화상이 보는 화상은 화상이다. 석옥청공이 보는 경한은 이제 백운이다. 석옥청공화상이 보는 백운은 그래서 당연히 백운화상이다. 등신이라는 말이 또 이래서 생겼다. 등신이란 말은 바보라는 뜻도 담고 있지만 똑같다는 의미도 지니고 있다. 누가 누구와 똑같은가? 보리수나무 아래 고행을 행함으로 이 절대 진리를 깨달은 불성과 같다는 이야기다. 깨달음을 얻는 것은 한 순간일 수도 한 평생일 수도 있다. 그렇다면 경한은, 아니, 석옥청공화상으로부터 '백운' 화상이라는 호를 새로 받은, 백운화상의 머릿속에는 도대체 무엇이 보였을 것인가. 돈오돈수를 얻은 경한이다. 그 머릿속 생각이 석옥청공의 눈에 되비쳐 살아난다. 석옥청공이 누구인가. 이미 심법을 꿰뚫은 화상이다. 화상은 그냥 화상이 아니다. 오랜 수행을 거쳐 무언가를 깨달은 선각자다. 그렇다면 어찌하여 석옥청공화상 같은 수행자의 눈에 경한이 백운화상으로 보였을 것인가? 백운화상은 이미 옛날의 불목하니나 주방장이 아니라 깨달음을 얻은 선각자다. 어디서 어떻게 깨달음을 얻었던가? 원효는 당나라 유학길에서 나뒹구는 해골단지에서 이를 깨달았고 의상은 오랜 공부와 걸식으로 깨달았다. 돈오돈수와 돈오점수의 차이다. 경한은, 아니 백운선사는 이를 호랑이 아가빠리에서 깨달은 호각이라 스스로 명명하고 있지만 이를 필설로 나타낼 수가 없다. 그는 지금 혼수상태라 지각되는 것이 없다. 그에게 있어 호랑이 입속은 생사의 갈림길이었으며 죽음 그 자체였다. 오랜 전장에서 죽을 고비를 여러 번 넘겼지만 호랑이 입

속에서 느끼는 바와는 달랐다. 죽음 앞에서의 부귀공명 따위는 부질없는 일이었다. 더더구나 세상에 대한 복수 따위는 하찮은 물거품에 지나지 않는 것들이었다. 원망과 욕심을 버리면 아무것도 남는 게 없다. 남는 게 없으면 그게 바로 해탈인 것이다. 온전한 깨달음이다. 그는 이미 이 버림의 깨달음에 들었으니 자신을 위해 더이상 따로 집착할 일이 없다. 만겁 번뇌를 벗어던진 것이다. 단지이 사랑을 전하는 일만이 그의 길이다.

　사람이 마음을 직시하면 그 심성이 곧 부처님의 마음을 깨닫는 것이다. 부처님 마음은 우주의 본체다. 그러니까 부처님도 내 마음속에 있다는 것이다. 결국 내 마음이 부처라는 말이다. 내 마음이 악하면 악한 부처를 만들고 내 마음이 선하면 선한 부처를 만든다. 누가 있어 부처를 악하게 만들 것인가. 수신오도(修身悟道)해야 할까닭이 여기 있다. 석옥청공은 이 말을 백운에게 게송으로 남긴다.

　― 직지인심견성성불(直指人心見性成佛)이니라

"그게 '직지'의 스토리가 된단 말씀이세요?"

"아마도……."

소설은 여러 가지 삽화로 이루어진다. 경한의 깨달음은 충분히 하나의 삽화로서의 역할을 할 것이다. 그런데 살펴보면 불과 몇 년 사이에, 아니면 몇 달 사이에 어떻게 화상의 눈에 화상으로 비칠만큼 깨달음의 경지에 올랐을 것인가? 저 신라의 고승 원효대사처럼 단박에 깨달았다고 말 할 수밖에 없다. 돈오돈수다. 순간적으로 깨우침을 얻어 득도의 경지에 이르지 않고서야 한낱 원군의 백호장 아래에서 일하던 주방장이 어떻게 이런 경지에 오를 수 있을 것인가.

"도대체 무슨 수로 돈오돈수의 기적을 만들지요?"

"그야 쉽지."

"쉬워요?"

"그러니까 작가지."

작가는 그럴듯하게 꾸며내는 거짓말쟁이다. 독자를 속이기만 하면 된다. 그럴듯하게 눈을 속여 마술을 부리는 마술사처럼 근사한 스토리를 만들어내면 그만이다. 거기엔 그 어떤 증빙자료가 필요 없다. 이미 소설이 그럴싸한 거짓이란 것을 전제하기 때문이다. 소설작법 첫 장에 나오는 이야기다. 소설은 본디 저자거리 이야기다. 시장바닥에는 온갖 허접한 이야기들이 나돈다. 이를 수집해 그럴싸하게 살을 붙여 인형 놀이를 하는 그림자극이 소설이다. 너는 지금 소설을 쓰고 있는 것이지 근거를 요하는 논문을 쓰고 있는 것이 아니다.

"잘도 피해 가는군요."

"그게 썰의 본질이니까요."

"그래도 조심해야 할 걸요? 요즘 독자가 보통 독자여야 말이죠."

"뭐가 걸리는데요?"

"너무 터무니없잖아요? 세계 문화유산으로 등재된 직지의 주조법을 여기 쿨렌산에서 보고 컨닝했다는 이야기라면…… 그런 복선을 깔기 위한 스토리 진개 아녜요?"

"김 교수는 소설을 너무 많이 읽어서 탈이야."

"뭐가 탈이라는 거예요? 지금 정 교수님 이야길 들으면 저게 분명 금속활자를 만들게 되는 복선이 뻔한데."

"맞아요. 저기서 힌트를 얻어 금속활자를 만들도록 전개가 돼 나갈 거예요. 그게 소설에 있어 당위성이라는 거예요."

소설은 당위성이 최우선이다. 사실여부나 진실보다는 당위성이 필요하다. 현실에서는 갑작스런 교통사고가 일어날 수 있지만 소설 속에서는 우연발생이란 있을 수 없다. 꼭 그렇게 될 수밖에 없는 필연성을 요구한다. 예컨대 주인공이 교통사고를 당하게 되었다면 그 이전 어떤 시점에 교통사고를 암시하는 삽화가 필요하게 된다는 이야기다. 출근을 위해 신발을 신고 신발끈을 묶는데 그게 끊어진다든지 신 주걱이 부러진다든지……하는 불길한 예시가 있어야 한다는 이야기다. 이 수수께끼를 풀어나가는 게 작가와 독자의 겨루기가 된다. 이게 또한 독서의 즐거움의 일부가 되는 것이다. 영화나 연속극을 보며 주인공의 앞날을 점칠 수 있게 되는 열쇠가 바로 이것이다. 지어낸 이야기에는 반드시 지어낼 앞날에 대한 복선이 깔려 있기 마련이다. 고전적인 작품에서는 소설의 첫줄이 전체 분위기를 상징하기까지 한다. 시종 음울한 분위기로 나가다 비극적 결말을 맺는 '여자의 일생'의 첫 장이 비 오는 음산한 날씨에서 출발하는 것처럼, 현대소설은 그렇게 엄격한 예시를 요구하지는 않지만 어떤 사건이 일어나기 위해서는 그 전조를 상징하는 복선이 있다. 그래서 거짓말 같은 참말이 되는 것이 소설이다. 이게 필연성이고 이게 당위성이다.

"이미 복선을 깔아 당위성을 얻었으니 아무런 문제가 없을 것이다?"

"문제없지요. 무슨 문제가 있을 게 있어요?"

"내 이 글 다 읽어 봤거든요? 지난번 글, 앙코르 톰의 벽화조각에서 고려인을 발견했다는 것에서부터 이번 글, 쿨렌산에서 직지의 주조법에 대해 복선을 깔았다는 것하며…… . 소설이라니까 더할말은 없지만, 이거 상상이 너무 지나친 거 아닌가 싶어요…… . 픽션에도 픽션의 룰이 있을 거 아녜요?"

"픽션에는 지나침도 치우침도 없지요. 픽션은 픽션일수록 재밌지 않을까요. SF소설이 왜 재밌겠어요? 역사소설도 허구이기에 재미를 더할 수가 있지요. 소설 읽고 사실여부를 가리려는 건……."

무리라는 이야기를 한다. 소설은 소설일 뿐이다. 영화나 드라마가 사실이 아니듯 소설도 사실과는 거리가 멀다. 소설에서 역사의 진실을 찾으려면 안 된다.

"자, 자 소설이야긴 그만하고. 여기 학생 이야기 좀 들어보지. 학생은 우리 하는 말이 무슨 뜻인지 다 알아듣겠냐?"

폭싸오 따이에게 묻는 김 교수의 질문이다. 폭사오 따이는 당연이 이 이야기들을 알아들을 수 없다. 그런데도 그런 질문을 하는 김 교수의 속셈은 따로 있음이 분명하다. 명색이 한글 가르친다고 와 있으면서도 여태껏 자기 일만 하고 있었으니 학생들 공부는 어떻게 가르쳤을 것인가, 하는 언중에 유골을 품은 말일 터였다.

"한국말 어려워요."

폭싸오 나이는 함께 왔던 학생들 다 돌아가고 난 뒤에 남은 마지막 학생이다. 혹시라도 돌아갈 교통편을 제공해 주기 위해 술도 마시지 않고 있는 착한 아이다. 그런 아이를 곤란하게 만들기 위해 김 교수는 엉뚱한 이야기를 꺼 집어낸다.

"이제 그 교실도 문을 닫으면 우리 학교 와서 배워라."

이건 또 무슨 말인가? 학생이 듣는 앞에서 학교 문 닫는다는 이 야기는 왜 하는가? 설사 일이 잘못돼 한글학교 신청을 못 하더라 도, 세종학당이나 KOICA의 지원을 못 받더라도, 공부는 계속 시 킬 것인데, 학생한테 그런 이야길 할 필요는 없을 일이다. 이는 필 시 끈 떨어진 연 같은 너를 두고 하는 힐난에 다름 아닌 이야기다. 그는 너를 노골적으로 시기 질투했다. 지난번 술자리에서도 취중 농담 비슷한 말로 작가들에 대한 험담을 했다. 자기도 처음에는 시 를 쓰려다 실패하고 소설을 쓰려 했는데 결국 창의성이 모자라 평 론을 하게 됐다고 실토했고 학장자리 못 차고 앉아 원정 왔다했다. 그러면서 지금은 확고부동한 자리를 잡았다 은근 자랑했다. 여기 까지 와 자리다툼 벌일 상대가 없을 것이란 이야기였다. 또다시 그 요지부동의 성주라는 이야기가 나오기 전에 자리를 정리해야겠다 는 생각을 한다. 너의 임계점이다.

"그런 이야긴 학생한테 뭐 하러 해요?"

"왜요? 제가 뭘 잘못 말했습니까?"

이미 술에 취한 김 교수는 굳이 자신이 속한 학교의 우월성을 나 타내려 하고 있다. 지원이 탄탄하다느니 한글학교가 아니라 한글 학과를 신설했다느니 장학생을 몇 명 더 뽑아 한국으로 보내야겠 다느니 하는 판에 박은 레퍼토리는 전번에도 충분히 들은 이야기 다. 그리고 그런 기반조성을 위해 현지법인을 만들어 집단농장을 만든 이야기까지 했다. 어디서건 돈이 있어야 힘을 쓸 수 있다는 이야기였다. 술판 처음에 한 이야기다. 그러한 돈의 위력으로 폭싸오 따이 오빠의 취직과 아버지에게 농지구입을 위한 자금지원도 약속했다. 그런데도 그 이야기를 자랑스럽게 다시 끄집어낸다.

"그걸 다시 리바이벌 할 필요는 없을 텐데요."

한국음식점 '대박'은 삼겹살 냄새와 소주냄새로 진동을 하고 너의 임계점 또한 한계를 넘어서고 있다. 평상시 같으면 자리를 박차고 발딱 일어설 일이겠지만, 폭싸오 따이의 집안생계를 부탁하기 위해 일부러 불러 만든 자리이고 보면 참을 수밖에 없는 일이지만, 이내 폭발할 것만 같은 기분이다.

"작가님 지난번 연재기사는 아주 재미있던데요?"

어색한 분위기를 눈치 챈 강 사장이 새로운 이야기를 꺼내는 바람에 너는 간신히 눌러앉는다. 그렇지만 강 사장에게로 분풀이가 돌아간다.

"뭐가 재밌어요?"

"작가님은 앙코르 유적의 대부분 신전을 다산축원의 장으로 해석하고 있는 것 같더라고요? 불교로의 이행 이전의 힌두신전은 전부 다 그런 건가요?"

강 사장은 앙코르 왓이 좋아 여기 눌러앉아 여행사를 차리고 게스트 하우스를 운영하며 정당여행을 주도 하는 학구파 가이드다. 그도 곧 앙코르 유적지를 두루 해설하는 안내책자를 낼 요량으로 준비 중이라 했다. 그러한 그의 관심사에 네 연재기사를 포함하는 것은 당연한 일이겠지만 어떻게든 이 분위기를 돌려보려는 심중임을 헤아려 너는 자리를 바로잡는다.

"시바 신의 상징이 링가고 링가의 상징이 남근상이라면 그런 해석도 가능하지 않을까요? 당시 시대상으로 보면 인구가 절대적으로 필요했을 테고."

천 년 전 앙코르는 일할 사람이 절대적으로 필요했다. 그렇다면 신전에 모셔둔 신상을 통해 다산을 축원했을 수도 있다. 이 역시 충분히 가능한 가설이다.

"그렇다고 힌두교 자체를 다산에다가 비출 필요가 있을까요?"

"힌두교 자체가 아니라 시바 신을 봉헌한 앙코르 사원들을 들여다보자는 것이지요."

"지금까지 우리는 신전에 봉헌된 신으로만 설명했지 그 남근상을 다산의 축원이라고는 생각지 않았거든요. 그런데다가 쿨렌산의 성지에다가 새겨놓은 천 개의 링가와 요니 상을 그 물을 먹고 마시는 신민들의 생명수로 해석한 것은 전혀 색다른 주장이라 보였어요."

"그렇지 않겠어요? 앙코르 주민들의 급수원에다가 천 개의 링가와 천 개의 요니를 조각해 넣은 것은 남녀합환의 물을 먹고 아들딸 많이 낳으라는 구체적인 포스팅 아니겠어요? 신화는 신화 그대로 볼 것이 아니라 상징으로 봐야 해요. 아까 낮에도 학생들 데리고 앙코르 왓에 가 그 이야기했어요."

앙코르 왓의 천지창제 신화의 핵심은 영생불사약 암리타에 있다. 암리타를 생성하는 과정에서 나온 천상의 무희 압사라는 남녀합환에서 생성되는 정충이다. 암리타는 단순한 불로장생약이 아니라 새 생명인 유전인자를 상징한다. 그 모양새를 춤으로 상징화하였지만 그 동작 하나하나가 꼬물거리며 돌진하는 정충의 모습이다. 불사약을 생성하기 위해 돌리는 중심축, 그게 바로 시바 신의 상징인 링가요 남성의 심볼이라면, 출산이야말로 영생불사를 의미하는 상징화된 기호로 성립된다. 불사약을 먹고 어느 특정인이 오래 사는 것이 아니라 생산을 통한 지속적 수명연장을 의미하는 것이 영생불사다. 그게 바로 시바 신상인 링가가 가지고 있는 상징성이다. 오늘날 우리가 관람하는 신화의 조각들은 예술품으로서의 의미와 함께 그 상징성에도 주목할 필요가 있는 것이다. 천상의 무희 압사라의 출현은 사랑의 묘약이다. 너는 그렇게 해석한다.

"춤이 뭡니까? 흥을 돋우기 위한 수작입니다. 춤동작 하나하나가 다 신바람이지요. 신바람이 나야 사랑도 하고 그 짓도 할 거 아닙니까? 신바람이 출산의 고통을 이기게 만드는 겁니다. 인류를 지탱하게 만드는 원천이지요."

이 오묘한 진리를 상징화한 것이 신화다. 신화를 신화 그 자체로만 본다면 아무런 의미가 없다. 신화는 인간이 만든 꿈의 총집합체이기 때문이다. 그 신화를 곳곳에 현실화시켜 설치해놓은 것이 앙코르 유적이다. 그중에서 너의 관심을 끄는 것은 스라 스랑이다.

"스라 스랑이라는 것이 궁중 목욕탕이라잖아요? 그 일하고 가서 씻으라는 거죠? 아니면 먼저 씻고 하라는……. 요즘 말로 하면 샤워장입니다."

한장 앙코르 톰이 번성하던 시대에 앙코르 톰의 여행기를 남긴 중국 사람 주달관은 스라 스랑에 몸을 담그고 있는 궁녀들 수백 명을 봤다고 기술하고 있다. 그렇다면 수백 명이 떼로 몰려 한꺼번에 몸을 씻으러 들어갔다는 이야기이니까 수백 명 신생아들의 생일이 같을 수도 있다는 이야기다. 고려 사람 경한이 이 땅을 밟았던 그 전후가 될 것이다. 요즘말로 스와핑을 했다는 이야길까? 술자리에는 어디나 음담패설이 나와야 제격이다. 음험하고도 은밀한 이야기들이 오간다. 다시 '참 이슬'이 '좋은 데이'로 바뀌면서 홍실망실 한다.

"저들에게 그런 위생관념이 있었을까요?"

"왜 없어요. 종합병원도 있었는데."

"동쪽 바라이요? 요즘으로 치면 스파 같은 곳이지요."

"거기는 병원이라니까 병원이라 치고 스라 스랑은 그게 뭡니까? 왕실 목욕탕이라는데 내가 보기엔 칼칼이 씻고 하라고 만든 샤워장으로 보여요."

"크크 칼칼이요? 칼갈이란 말이 떠오르네요."

"왜요? 칼 갈 일 있어요?"

"더운 나라이니까 샤워시설이 중요하긴 했겠어요."

"사원에는 어디나 저수지가 다 있거든요? 그게 그런 용도로 만들어졌다면, 사원 역시 그런 용도로 사용되었다는 이야기가 아니겠습니까?"

이쯤해서 밀교 이야기가 나오고 에로틱 아트가 나오고 섹스체위로써의 요가가 나온다. 인도의 조각품들을 보면 신화의 테마가 남녀합환에 있었음을 사실적으로 드러낸다. 크메르 제국의 조각가들은 한 수 더 떠서 출산의 고통보다는 순간의 쾌락이 우선임을 강조하기 위해 속살이 훤히 비치는 압사라를 만들어 분위기를 조성하고 신전 중앙에는 요니를 걸타고 앉은 링가를 모셨다. 인공목욕탕 스라 스랑을 만들어 몸을 씻게 하여 정화의식을 치르게 하였다. 허지만 천 년 전 사람들이 정말로 그런 깊은 뜻을 신전조각으로 남겼을 것인가, 그런 철학이 있었을 것인가, 갑론을박이다.

"아무튼 이들을 무시해선 안 됩니다. 천 년 전에 뭘 할 수 있었을 것인가, 폄훼할 필요는 없어요. 이들은 한없이 우수한 문화유산을 남긴 민족이에요."

"그런데요, 선생님. 앞으로 우리는 어떻게 설명을 해야 돼요?"

잠자코 소주만 홀짝거리고 있던 가이드 리의 말이다. 앞으로 각 신전의 신상을 보고 다산축원을 빌던 상징물이라고 설명해야 할 것인지 계속해서 힌두의 신들에 대한 신성을 이야기해야 할 것인지 혼란스럽다는 말이다. 거기까지는 그래도 괜찮은데 스라 스랑이나 바라이를 보고 합환이전이나 이후에 '칼칼이 씻어라'고 만든 목욕탕이었다고 설명한다면 그 반응이 어떨까 싶다는 이야기다. 그리고 그 물을 마시게 함으로써 출산을 장려했다면 어떤 반응들이 나올까 궁금하다는 가이드 리의 질문이다.

"여기에서 이제 밀교가 파생하게 됩니다."

너는 압사라의 몸짓이 정충의 움직임과 닮았다는 점과 인도의 밀교를 이야기한다. 그리고 언젠가 다시 가고 싶은 카주라호를 이야기한다. 카주라호 동서 양 탑들에 새겨진 수천수만 개의 조각상들을 뒤덮고 있는 수제는 전부 남녀합환의 자세다. 요가가 여기서 나온다. 요가는 보다 원활한 성교의 자세를 추구하기 위한 건강다

짐에 다름 아닌 동작들이다. 간다라미술품의 그 풍만한 육체들을 보러 관광객들이 모여든다. 여기 압사라나 앙코르 미술품들도 보다 원초적인 해설이 필요하게 되는 부분이다. 원초적인 설명을 배제하고 신화중심으로만 간다면 눈과 귀가 이율배반적인 느낌을 가질 수밖에 없을 것이다.

"앙코르 왓의 꼭대기 방에 있는 압사라들은 속이 훤히 비쳐 속살이 드러나는 옷을 입었어요. 그게 그냥 그렇게 된 것 같습니까?"

"그렇다면 작가님은 그걸 에로틱하게 보이려고 일부러 그렇게 했다는 말입니까?"

"난 그렇게 봐요. 힌두시대의 앙코르 유적들은 전부 링가를 중앙 신전에 모셨어요, 그 이유는 다산을 빌기 위함이라고요. 자야바르만 7세가 등극하면서 신전에 봉안되는 신상들을 불상으로 바꿉니다. 그 까닭은 국정을 쇄신해 국기를 바로잡기 위함이었겠지요? 거기 부응하는 새로운 종교가 필요했던 거예요."

"선생님 여행기에서 앙코르 유적의 핵심을 시바 신의 아바타인 링가에 초점을 두었기 때문에 그걸 읽은 상당수의 관광객들은 시바＝다산으로 상상할 거 같아요."

"인구절벽시대에 다시 한 번 상기해 볼 주제가 아닌가요?"

씨엠 립의 밤은 이렇게 깊어간다. 술에 취하면 별 이야기가 다 나오게 마련 아니던가. 그야말로 두서없는 홍실망실이다. 촌사람이 도시 나오면 이렇게 휘말린다. 이제 죽은 듯 엎드려 글이나 쓸 일이지 대처에 나올 일이 아니다. 너는 다시 각오를 다잡는다. 술 마시고 허송할 세월이 없다. 적어도 남은 시간들은 인생을 정리하는 데 바쳐야 한다.

　그런데 자고 깨어 일어나보니 시엠 립에 올 때마다 들려 이용하는 앙코리안 게스트 하우스가 아니고 앙코르 호텔이다. 낯설지 않은 헬멧과 백팩도 눈에 띈다. 그 위에 오토바이 열쇠도 얌전히 얹혀 있고, 천정에서는 십자 날개를 가진 회전 선풍기가 돌고 있다. 이게 대체 어찌 된 일인가.

입국장은 붐비지 않았다

오지말래도 굳이 오겠다는 영국을 영접하기 위해 입국장을 들어섰다. 비철이라 그런지 입국장은 붐비지 않았다. 그도 그럴 것이 이미 자정이 지난 시간이었고 집을 찾아드는 자국인보다는 외국인 관광객이 더 많은 시엠 립공항이라 입국장에서 기다릴 사람이 없다. 단체관광객도 뜸한 요즘이다. 이름을 적은 종이쪽지를 펴 든 여행사 직원이 입국장 문밖에 서 있다가 통관서류를 주머니에 넣으면서 들어서는 외국인 손님을 낚아채가는 모습이 가끔씩 눈에 띄었지만 미리 예약된 손님이라 그런지 요란스럽지 않다. 시즌 중에는 손님을 서로 픽업해가려고 경쟁이 붙은 저급호텔 삐끼들이 경쟁을 벌이는 꼬락서니를 목격할 수 있었지만 이날은 그런 사람들이 보이지 않는다. 밖에서 기다리는 오토바이 기사나 툭툭이 기사들까지도 안에 들어와 경쟁을 벌일 필요도 없이 자기 차에서 느긋하게 기다리다가 낱밥을 주어먹어도 충분할 만큼 이 시간에는 손님이 뜸하다. 그런데도 영국은 모습을 나타내지 않는다. 통관절차가 그리 까다롭지도 않았을 텐데 왜 이리 늦을까? 혹시 배탈이라도 나 화장실에 들른 게 아닐까 생각 중인데 저만큼 구부정한 영국의 모습이 나타난다. 연신 트렁크의 지퍼를 올리며 나오는 것을 보니 무언가 통관절차에 문제가 있었음을 짐작케 한다.

"아이, 짜식들……."

영국은 보자마자 대뜸 불만부터 터뜨린다.

"왜?"

"아이. 세관 짜식이 원 돌라 원 돌라 하기에 무슨 말인가……."

하고 멍청하게 서 있었더니 트렁크를 열어보라하더라는 것이다. 거기서 반찬통이며 문구류에 섞여 있는 학습용 가위를 가지고 트집을 잡더란 것이다. 이미 항행이 끝났는데 그게 무슨 문제가 될 것이냔 항변이다. 말로만 듣던 1$ 팁에 걸린 모양이다. 공항이나 국경검문소에서 팁을 요구하는 경우가 허다하다. 허다할 정도가 아니라 거의 공식화 돼 있는 실정이다. 여기 잘못 걸리면 시간을 허비하게 된다. 그런데 너는 스완나품공항의 출국장에서 겪었던 그때 그 일을 떠올리며 이런 게 꿈길이라는 걸 다시 한 번 느낀다. 꿈길은 무의식의 통로를 통해 의식으로 들어온다. 의식과 무의식의 블랙홀을 통하여 실재와 비실재가 공존하는 것이다. 이 여행이 시작되었던 그날, 출국장에서 보았던 그때 그 모습이 왜 지금 재현 돼 나타나는 것일까? 이상한 일이다.

"그게 이 나라 현실이니 어쩌니?"

"아이, 짜식들……."

"그러게. 안 와도 된댔더니 왜 왔어?"

"그게 내 마음인 걸 어떡해? 얘들을 이래 두고는 내가 눈을 편히 못 감아요."

이제 이러한 나라에서 제 살붙이를 구제하겠다는 영국이다. 지금까지 받은 양심의 가책만 해도 충분한 고통을 당했다. 이제는 똑바로 자기 자신을 들여다보고 거기 따른 행동을 해야 할 때다. 이제는 자기 자신의 가슴을 향해 겨누고 있는 바른 손가락 끝을 외면하지 않겠다는 말, 수없이 들어오던 이야기다. 직지란 자신을 향한 손가락질이다. 이는 시대에 따라 변한다. 그러나 변하지 않는 것이 있다. 그게 양심이다. 양심이 곧 불성이다. 그 불성을 찾아 영국은 마지막 공력을 쏟고 있는 것이다. 자신이 뿌린 씨를 거두려는 그 생각은 가상하지만, 그게 제 양심이라 하지만 거기에는 또 얼마나 많은 난관이 기다리고 있을 것인가? 초청장이나 가지고 여행을 할 목적이라면 또 몰라도 한국으로 데리고 가 호적에 올리고 자식으로 데리고 살 양이면 무수한 절차가 기다리고 있을 것이다. 너는 앞으로 할 일을 걱정하고 있는데 영국은 눈앞의 일이 더 궁금하다.

"왜 혼자 나왔어?"

봉고를 타고 호텔로 가는 길에 영국이 다시 묻는다.

"국영은 왜 같이 안 왔어?"

"응, 그게……."

너는 시원한 대답을 못한다. 국영이 같이 오기로 했지만 갑자기 할머니가 아파 병원에 실려 가는 바람에 함께 오지 못했다.

"그게 말이야, 할머니가 갑자기 쓰러지는 바람에……."

"할머니? 콴이 쓰러졌단 말이야?"

"그래, 좀 우선하다니까 너무 걱정은 안 해도 돼."

"콴이 쓰러졌다면 병원부터 먼저 가얄 거 아냐?"

"그래, 가야지. 그렇지만 일단 숙소에 들려 짐은 놔놓고 가야지."

그날 국영을 데리고 콴을 찾아간 것은 늦은 점심때였다. 국영이 한국 손님을 모시고 간다는 연락을 미리 해놓았다 했는데 콴은 집에 없었다. 아마 이웃집에라도 갔나싶어, 국영이 할머니를 찾으러 나간 사이 너는 집 안을 살펴보고 있었다. 집 안이래야 어두침침한 방 하나에 바깥 처마를 이용한 부엌살림이 전부였다. 방에는 옷가지가 두어 개 걸려 있고 부엌에는 거슬린 냄비와 접시 몇 개와 닳아빠진 칼이 전부였다. 이런 곳에서 어떻게 밥을 해먹고 살았나싶을 정도로 사람 산 흔적이 보이지 않을 정도였다. 그런데 벽 한쪽 구석에 걸려 있는 사진이 눈에 띄었다. 빛이 바래 흔적도 알아볼 수 없을 만큼 퇴색한 인물들이 있었는데 자세히 보니 군복을 입은 모습의 남자와 그 옆에 선 아오자이 차림의 여자가 눈에 들어왔다. 유리액자 속에 들어 있어 훼손을 최소한 막고는 있었지만 이미 빛이 바랠 대로 바랜 후 액자에 넣은 것이 분명하다. 구겨진 흔적이 역력하다. 유심히 살펴보니 그 남자 군인의 모습에서 영국의 형상이 살아나는 듯했다. 비록 군모에 가려 코 아래 부분만 약간 보였지만 구부정한 폼이 영락없는 영국의 모습이었고, 여인은 약간 웃는 모습으로 얼굴을 남자 쪽으로 약간 치켜 올리고 서 있다. 남자보다 기가 작나는 이야기다. 이미 윤곽의 티가 사라져 잘은 알아볼 수 없었지만 당시의 모습으로서는 퍽이나 예뻤을 것이라는 생각이

드는 얼굴이었다.

"할머니 왔어요."

사진에서 눈을 거두고 있을 때 국영이 그의 할머니를 데리고 들어왔다. 손님 오신다는 소릴 듣고 음료수를 사러 가게에 갔었다는 국영의 말을 입증이라도 하듯 할머니는 캔 맥주 한 개와 생수 통 한 병을 까만 비닐봉지 속에서 꺼내놓는다.

"안녕하세요."

이제 몇 가지 알던 한국말도 잊어버렸다 하면서도 콴은 그래도 인사말만큼은 알아듣도록 한다. 너는 두 손을 덥석 잡아 반가움을 표시했고 가지고 온 선물을 주었다. 영국은 우선 콴에게 옷과 먹을 것을 사다주라고 하였다. 옷을 살 때는 반드시 하늘색을 택하라 했다. 사귀던 당시 하늘색 아오자이를 즐겨 입었다 했다. 보통은 흰 색이나 검은색을 입는데 콴은 하늘색을 좋아해 하늘색 천을 특별히 주문해 옷을 지어 입을 정도로 집안이 부유했었다는 이야기를 했다. 그러니 하늘색이 그녀의 색깔이라는 영국의 잔재에 남아 있는 기억이었다. 이 나이에 그때의 취향이 아직도 남아 있을까, 했지만 너는 시키는 대로 했다.

"이거 영국이가 보낸 옷입니다."

그러면서 하늘색 옷을 받아든 콴의 반응도 유심히 살폈다. 그런데 콴은 영국의 생각처럼 그렇게 색깔에 대한 별다른 반응은 보이지 않는 듯했다. 그저 웬 선물이냐며 쑥스러운 웃음을 지을 뿐이었다. 그 웃음 가운데 그저 무식한 촌 노파의 웃음이 아닌 지성의 흔적을 발견하려 애썼지만 영국이 침이 마르도록 칭찬하던 그 지성미 같은 건 찾아볼 수 없었다. 영국은 콴이 프랑스 말을 쓰는 사립 학교에 다닌 엘리트라 하였다. 하지만 한 다리가 천 리라고 너는 영국이 느꼈던 감정을 느끼지 못했다. 느끼지 못했을 뿐더러 콴 역시도 옛 남자의 친구에게서 별다른 감흥을 느끼는 것 같지가 않아 보였다. 세월이 가져다주는 무력감이었을까 아니면 친구를 통해서 전달받는 그 느낌의 차이였을까. 하여간 친구의 연인이었던 콴과의 첫 만남은 이렇듯 어색한 가운데 이루어졌다. 두 번째로 그녀에게 찾아가서 생필품을 -영국은 집안 살림살이에 필요한 물건들을 사다 줄 것을 명령- 전할 때에는 좀 더 많은 이야기를 나눌 수 있어 그간의 행적에 대해서 들을 수 있었다.

콴은 어린 핏덩이를 안고 고향을 떠날 수밖에 없었다했다. 겉으론 우호적인 척했지만 속속들이는 민족의 가슴에 총부리를 겨누는 한국군에 대한 마을 사람들의 감정이 좋지 않았다고 했다. 그런 판국에 라이따이한을 안고는 고향사람들의 질시를 견딜 수 없었다. 아이를 버리고 싶을 때가 한두 번이 아니었지만 그래도 생명인데 싫어 악착같이 끌어안고 버텼다. 그 와중에서도 한 가지 바람이 있었다면 영국의 귀대에 대한 희망이 있었기 때문이라 했다. 영국은 부상이 나으면 다시 복귀할 것이라는 말을 했다한다. 그러고서는 말도 없이 후송병원에서 그대로 떠나버렸다. 그때는 죽이고 싶도록 미웠다. 그러나 세월이 지나감에 따라 그 미움은 원망과 배신감이 뒤섞인 그리움의 회한으로 뒤바뀌었다. 종전 이후 그런대로 고향을 지키며 사는 이웃들을 보면 자신에게 내려진 이 운명은 너무나 가혹한 것이었다. 만약에 영국을 만나지 않았다면, 그를 사랑하지 않았었더라면, 그녀의 일생은 평범한 한 여인의 생이었을 것이라는 이야기였다. 밤을 새워도 못다 할 이 이야기를 이제 와서 하면 무슨 소용일 것이냐는 그녀의 푸념이었다. 너는 그간의 발자취에 대해서 소상히 알고 싶었지만 덮어두기로 했다. 어차피 논픽션을 쓸 일이 아니고 보면 콩 난 데 팥 난 데 미주알고주알 따질 필요가 없을 일이다. 남의 불행한 과거사를 더 들춰 괴롭힐 필요가 없다. 어차피 소설은 픽션이니까 상상 속에서 그려내는 편이 더 리얼하다.

그러나 그녀가 낳은 영국의 행로는 알아둬야겠다는 생각에서 묻는다.

"영국은 어떻게 해서 그렇게 일찍 죽었어요?"

그 이야기를 하자면 길다.

"처음에 우리는 고향을 떠나 나짱으로 갔어요."

나짱이라 불리는 나트랑은 빈탄보다는 후방지역으로 비행대대가 있는 휴양지라 했다. 거기서 그녀는 미군을 상대로 물장사를 했다. 한국군 제 14비행대 옆이라 가끔씩 외출 나오는 한국군도 있어 영국에게서 배운 한국말을 써먹어 인기를 끌었다. 무엇보다 다행인 것은 아이의 출생비밀을 알지 못하는 나짱 사람들은 최소한 그녀에게 위협적인 존재는 아니었다. 그렇다면 고향에서는 왜 그녀가 위협을 받고 살아야 했든가? 그녀는 이 부분을 이야기할 때 힘들어했다. 순찰을 나갔던 한국군이 사상을 당하는 불상사가 일어난 마을에서, 마을 사람 전부를 죽여서 생매장해버리는 사건이 일어났다. 죽은 자는 베트콩이라 볼 수 없는 마을의 아녀자와 어린 아이들이 전부였으니 학살이 아닐 수 없는 일대 사건이 되었다. 그렇지만 이를 두고 왈가왈부할 수 있는 현실이 아니었다. 이에 대한 한국군에 대한 질시와 반목과 지탄이 자연스럽게 되돌아갈 수 있는 곳은 한국군의 아이를 낳은 여자일 수밖에 없었고, 애비 없는 정체불명의 아이를 낳은 콴의 집안은 더 이상 버틸 재간이 없게 되었다. 콴이 고향을 등지고 떠날 수밖에 없었던 배경이다. 그러한 내력을 알 수 없는 나짱에서의 얼마간은 그래도 행복한 생활이었다.

그러나 그 생활도 얼마가지 않았다. 미군은 항복 아닌 항복으로 월남에서 철수를 했고, 그 군인들에 빌붙어 생계를 꾸려가던 콴은 나짱에서도 발붙여 살기 힘들게 되었다. 전쟁이 끝나자 여기서도 달러를 벌어먹고 살던 전직을 트집 잡아 뜯어가는 사람들이 생기기 시작해 야반도주하다시피 가게를 비워야했다. 밀리고 밀려서 흘러간 곳이 톤레 샵호수의 보트피플이다. 그래도 가진 밑천이 좀 있어, 물고기를 사 젓갈 쁘로혹을 담그는 장사를 시작해 성수를 누렸다. 그러나 평화롭게 보였던 캄보디아에서도 크메르루주 시대가 도래해 온통 아수라장이 되었다. 두 발로 걷기만 하면 강제노역에 동원 돼 일을 해야 했다. 차출순위 1위가 도시지식인들이었고 2위가 부랑자에 가까운 월남 이민자 보트피플이었다. 크메르루주가 내세운 기치는 농업기반사업 구축으로 가뭄에 대비한 거대저수지 공사와 수로정비였다. 영국은 여기 붙잡혀 가 노역을 치렀다. 붙들려 간 것이 아니라 자원했다한다. 최소한 거기 가면 풀죽이라도 주니까 배고픔을 달랠 수 있을 것이라는 생각에서였다.

"그때 겨우 열두 살이었어요."

그 아래로 줄줄이 동생들이 딸렸는데 나짱에서 하나, 톤레 샵의 수상가옥에서 또 하나, 누구의 씨앗인지도 모를 아이들이 줄줄이 생겼다 했다. 이러한 코흘리개들을 업고 안고 걸리면서 콴은 부역에 끌려 나가 일을 했다. 차마 말하기 어려운 이야기이지만, 영국은 이러한 어머니의 자유를 위해 더욱 당에 충성을 했고, 열성당원으로 차츰 인정을 받기 시작해 끝까지 쌀 로트의 곁을 지켰다한다. 제 어미를 조금이라도 편하게 해주려고 당원이 되어 충정을 바쳤다는 이야기는 온갖 악행을 자행했다는 이야기와도 통한다. 이 부분에 가서 콴은 눈물을 내비치지 않기 위해 이를 악물었다. 그러니까 학살의 주역을 맡았었다는 이야기가 될 것이다. 크메르루주의 최고지도자 쌀 로트는 1998년까지 항전하다가 최후를 맞은 인물이다. 지금 국영의 나이 열여섯이고 영국이 쌀 로트의 측근에 있었다면 최소한 1989년까지는 생존해 있어야 국영의 출생이 가능해진다는 계산이다. 프놈펜의 호텔에서 메모를 해두었던 네 계산법이 대충 맞아들어 가는 대목이다. 그렇다면 영국이 낳은 영국이 2세가 폴 포트의 최고 지도자 쌀 로트와 함께 역사적인 학살을 자행한 인물이었단 말인가? 이런 귀결에 닿게 된다. 너무 소설적이지 않나? 그런데 이 부분은 논픽션이 아니라 콴의 증언이다. 그렇다면 영국이 세기의 학살을 자행한 쌀 로트의 수하를 낳은 셈인가? 어찌 그런 운명이 있을 것인가? 전생에 무슨 죄업을 지어서…….. 너는 얼핏 직지의 주인공이 된 경한을 떠올린다. 경한이 역시 얼토당토않은 캄보디아 땅과 인연을 갖게 된 고려인이다. 영국은 고려로 귀화한 월남 왕손의 후예다. 여기에 무슨 인과의 끈이 맞닿은 것일까? 너는 인과에 대한 연구를 해본 적은 없지만 흥미는 가지는 사람이다. 인연이란 시공을 뛰어넘는 어떤 운명에 의해 움직인다. 세상에는 사람의 상식을 뛰어넘는 광대무변한 불가사의들이 있다. 현대인들이 말하는 국경이나 민족 따위를 뛰어넘는 보다 큰 세계가 있는 것이다. 더 큰 우주가 있다는 이야기다. 인연이란 우주질서에 따라 움직인다. 그러니 인간의 좁은 소견머리로는 다 이해할 수 없는 것이 돼버린다.

"그래, 영국이와는 언제까지 함께 지냈어요?"

영국의 생몰 연대가 중요하다. 국영이 세 살 때까지 남몰래 집안에 들락거렸다한다. 국영이 세 살 때라면 1993년 무렵이다. 캄푸치아 정권이 무너지고도 한참 후다. 쌀 로트의 최후 항거지가 안롱 웽이고 보면 국영이 살던 트레퐁 터머까지는 그리 먼 거리가 아니다. 상상력을 동원한다면 안롱 웽에 최후 거점을 둔 영국이 자기 집에 들락거릴 가능성은 얼마든지 있다. 어머니가 보고 싶어 왔든지 자식이 보고 싶어 왔든지 보급물자를 주러왔든지 집을 찾아 들락거렸을 가능성은 얼마든지 있다. 그런데 이 시기라면 네가 앙크로 왓을 취재하러 왔던 그 시점이 아니더냐? 처음으로 앙코르 왓이 세상에 알려지기 시작한 것은 크메르루주들의 폭파 위협 때문이었다. 더 이상 자기들을 쫓거나 말살하려 든다면 크메르 제국이 세운 세계적 문화유산을 폭파할 거라면서 문화재에다가 폭약을 설치한 사건이 있어, 전 세계 매스컴을 탔고 이를 통하여 캄보디아가 관광수입을 올리기 시작한 계기가 된 것이다. 그렇다면, 그때 진즉

알았더라면 살아 있는 영국을 볼 수도 있었을 것이 아닌가? 적어
도 그 무렵까지는 영국이 살아 있었다는 이야기가 된다. 그런데 그
때까지 살아 있었다면 영국이 죽었다는 보장은 있는가? 너의 상상
력이 또 발동을 건다. 증거가 없으면 죽었다는 보장도 없을 일이
다.

"그래, 영국의 무덤은 어디 있어요?"

캄보디아 사람들은 무덤을 만들지 않지만 월남 사람들은 무덤을
만든다. 이 물음은 영국의 주검을 보았느냐, 시신을 찾았느냐, 죽
음이 확실하냐는 우회적 질문이다. 그러나 콴은 이 질문에 답을 못
한다. 시신이 없었기에 장사를 치를 수 없었다, 가 아니라 대답을
회피하고 있다. 그렇다면 한 가지 희망이 생기기도 한다. 영국이
죽지 않았을 수도 있다는 것을 암시하는 대목이다. 쌀 로트와 최후
를 함께 하지 않았을 수도 있었다는 희망이다. 아무리 탄탄한 조직
이라 하더라도 이탈자는 있을 수 있다. 무슨 투철한 사상이 있어서
가 아니라 어쩌다가 그 수하가 돼 시키는 대로의 일을 했다면 마지
막 배신을 때릴 수도 있다. 누군들 살고 싶지 않은 사람이 있겠는
가. 크메르루주 중에는 글자를 읽을 수 없는 문맹이 반 이상이었고
글자를 읽을 수 있었다 해도 저들이 숭앙해 마지않았던 모택동 사
상이 뭔지를 아는 사람은 더더구나 전무한 입장이었다 한다. 영국
이 목숨 바쳐 최후항전에 남아 있지 않았을 가능성도 얼마든지 점
쳐볼 수 있을 일이다. 그 대열에서 이탈해 멀찌감치 도망칠 수도
있었다는 말이다. 쌀 로트 일당이 자기 고향 땅 안롱 웽으로 잠입
해 들어가기 이전에 태국 국경지역인 프레하 비헤아에서 결사 항

전을 벌인 적이 있다. 이때 많은 수하들이 국경을 넘어 이탈했다. 그가 아마 목숨을 걸고 충성을 맹세한 열성분자가 아니라면 이때 태국이나 라오스로 잠행했을 수도 있다. 거기서 탈주하지 않고 쌀로트의 고향 안롱 웽까지 동행해 최후항쟁에 가담했다 하더라도 시신을 직접 확인해 거두지 않았다면 살아남았을 가능성은 있다. 기적이라는 것이 있기 때문이다. 실제로 산청·함양학살의 현장에서 살아남은 네 처고모님은 무릎에 관통상을 입고 남 먼저 쓰러지는 바람에 기적적으로 목숨을 건져 후일 네 소설의 모티브가 되기도 했다. 너는 기적을 바라진 않지만 만에 하나의 가능성은 배재하지 않는다. 이는 학살의 희생자와는 또 다른 경우다. 영국은 실제 처형자의 입장에 섰던 자다. 그러한 그가 고개를 쳐들고 돌아올 수는 없을 일, 그가 돌아오려면 최소한 콴의 또 다른 이주가 필요하게 되는 것인데 콴은 아직 여기 살고 있다. 기다리는 것일까? 아니면 기다릴 사람이 없어진 것일까? 왜 괜한 상상을 하는 것일까? 그런데 그 상상 속에는 영국의 생존여부에 더 관심이 간다. 관심이 가는 게 아니라 생존 쪽에 더 무게가 실린다. 너는 오랜 외항선을 타던 친구의 의문의 실종사를 안다. 그는 어느 날 갑자기 바다에 뛰어들어 죽었다는 통지서 하나를 남기고 이 세상 사람이 아닌 걸로 처리가 되었다. 물론 가족들에게는 보험금과 퇴직금 위자료 등이 지급되어 현실적으로는 살게 되었다. 그러나 시신을 거두지 못한 그의 존재는 여기서 봤네, 저기서 봤네, 하는 소문으로 떠돌다가 마다가스카르의 한 저택에서 그를 만났다는 목격자가 나타나, 거기서 잘 살고 있더란 이야기와 함께, 거기는 그런 정체불명의 사람들이 많더라는 이야기를 들은 적이 있다. 경우는 전혀 다르지만 시신을 거두지 못한 죽음의 경우에는 한 가닥 희망이 남아 있기 마련이다. 너는 섣부른 추측과 상상으로 영국이 살아 있을 가능성을 내비치진 못한다. 이후의 실망을 감당할 수 없기 때문이다. 네가 겪는 피상적인 아픔과 장본인들이 겪는 직접적 아픔은 비교 될 수 없을 것이다. 그래서 한 다리가 천 리라는 말이 생겼을 터, 너는 영국을 데리고 콴을 찾아가며 제일 먼저 이 일말의 희망에 대해 이야기 하고 싶지만 눌러 참는다. 좀 더 확실한 정보가 있을 때만 발설이 가능한 이야기다. 너는 콴에게 재차 다짐을 해 물었다.

"만약에, 만에 하나라도 영국이 살아 있을 것이라는 생각은 안 해봤어요?"

시신을 거두어 장사를 치르지 않았다면 영국이 죽었다는 증거가 없을 것이라는 생각은 안 해봤느냐는 너의 생뚱맞은 질문에 콴은 고개를 내저었다. 살아있다손 치더라도 그 아이가 돌아올 수 있겠느냔 것이다. 콴은 트레퐁 트머 인공저수지 공사 현장에서 영국이 수많은 부역자들을 처형하는 장면을 직접 목격했다. 그러한 만행을 저지르고도 어찌 살아 돌아올 수 있겠느냐는 부정이었다. 이 부정이 너를 더욱 애타게 만들었지만 더 이상 캐물을 수는 없는 일이었다. 아직 서로에 대해 잘 모르는 입장이 아닌가. 너를 뭐라고 전적으로 믿을 것인가? 네가 영국의 친구라는 말 한마디에, 선물 몇 개에, 속 깊은 이야기를 다 토해낼 수 있는 가족사일 것인가? 저 정도 세파에 시달린 여인이 너를 어떻게 믿고 자식의 생사여부를 함부로 발설할 것인가. 이 일은 영국이 직접 물어볼 일일 것이다.

너의 취재 아닌 취조는 그쯤에서 끝나야 했다. 이렇게 해서 유랑민이 된 사람들이 한둘일 것인가. 전쟁으로 인해 뿔뿔이 흩어진 가족들, 그게 설사 내전이라 할지라도 그 후유증은 이루 말할 수 없는 고통이 아닐 수 없다. 일테면 워 노마드(War Nomad)다. 콴은 자식이 사람들을 쏘아 죽여 다리 밑에 묻는 것을 직접 목격한 목격자다. 이 부분은 역사도 증언하고 있다. 트레퐁 트머 저수지 공사장에서 수백 명의 노역자가 처형당했고 이들의 시신들은 공사장 다릿발 아래 묻어 그대로 콘크리트를 쳤다했다. 이런 식으로 당한 학살자가 2백만 명에 육박한다고 역사는 기록하고 있다. 새삼 잊을 만한 일을 들춰냈으니 콴의 심사가 복잡하지 않을 수 없었을 것이다. 이런저런 심적 부담으로 콴의 건강이 악화되었을 것이라는 이야기를 너는 차마 영국에게 할 수가 없다. 친구 역시 항암치료를 받고 있는 중환자가 아닌가? 이러한 두 사람에게 무슨 말을 어떻게 해야 위안을 주고 희망을 주는 일이 될 수 있을 것인가, 그게 네일일 텐데 너는 속수무책이다. 참 말재주도 없다. 겨우 이렇게 내뱉을 뿐이다.

"아마 일시적인 충격일 거야."

"내가 온다는 걸 알렸나?"

"알렸지 그럼. 무턱대고 찾아 가냐?"

콴은 영국이 온다는 말을 듣고 놀란 나머지 심신의 피로감을 느꼈을지 모른다. 평소 지병은 없었다했다. 영국에게는 이 정도로 한다.

"지난번에 만났을 때만 해도 건강에 이상은 없어 보였거든?"

"그러니 결국 또 내 탓이네? 난 항상 남의 불행만 안겨주는 인간
이네……."

영국은 결국 자기 자신을 탓한다. 영국은 이제 모든 일을 제 탓
으로 돌리는 버릇이 생겼다. 이게 과연 참회의 길인지, 참회가 곧
각성을 뒷받침하는 깨달음인지 알 수는 없었으나 젊어 한때 가졌
던 오만과 허풍이 사라진 데 대해서는 고맙게 여긴다.

영국의 자책에 너는 쐐기를 박는다.

"그게 어찌 네 탓이야? 콴은 널 기다리고 있어야."

콴은 영국의 소식을 반가워했었다. 생사도 알 수 없는 일시적 스
침이 모래알같이 많은 세상사일진데 뒤늦게라도 이렇게 소식을 알
수 있다는 게 얼마나 다행스런 일인가. 게다가 자식을 찾아 데려
가겠다하고 또 직접 만나러온다는 데 반갑지 않을 일이 무엇인가.
그 오랜 세월 동안의 사무침이 일시에 밀려들었을 것이다. 그러나
지금까지 사생아로 내던져져 버림받았던 핏줄은 생사조차 모르게
되었으니 그 회한이 병을 일으키기에 충분했을지도 모른다. 병은
마음의 소용돌이에서 일어난다. 어떤 병은 병원균이 침식해 일어
나지만 또 다른 어떤 병은 마음을 다스리지 못하는 데에서 기인한
다. 마음이 평정을 잃으면 기운이 한군데로 몰려 불균형을 이룬다.
평정심을 잃어 얻는 병이란 그 원인을 다스리면 될 일이다.

"아마 널 만나 이야기를 하다보면 곧 풀어질 병일 거다."

너는 좋게 해석한다.

"그랬으면 좋으련만, 자꾸 죄책감이 들어."

이 죄책감이라는 말에는 너도 할 말이 없다. 스스로 느끼고 있는

마음의 뉘우침을 부정할 수는 없을 일이다. 그 마음속에는 좀 더 일찍 콴을 찾아 나서지 못한 때늦은 후회도 있을 것이고 그동안 내던져두었던 방치에 대한 미안한 감정도 섞여 있을 것이다. 만시지탄이 되긴 했지만 그래도 이 정도의 죄책감이라도 느끼는 건 인간된 도리로써 마땅하다할 것이다. 그렇지 못한 무책임한 인간들도 얼마든지 있다. 아무리 전쟁이었다고는 하나 월남전에서 저지른 죄과가 어디 한둘일 것인가. 그중에서도 헤아릴 수없이 많은 라이따이한에 대한 무관심은 지금이라도 더 늦기 전에 무슨 조처가 있어야할 일이 아니던가. 그 책임을 다 하려는 이 친구에게는 격려가 필요하다.

"너무 자책 마라. 끝까지 오리발 내밀고 버티는 작자들이 얼마나 많은 세상인데?"

통계조차 파악할 수 없는 라이따이한에 대한 이야기다. 미군이 베트남에 뿌려놓은 씨앗은 상대적으로 그리 많지 않다했다. 철저한 피임교육과 사전조처가 있었기 때문이다. 그러나 저들에 비한 한국군의 콘돔에 대한 인식은 극히 미미한 상태여서, 그 맛이 떨어진다 하여, 풍선을 만들어 불었으면 불었지 콘돔을 사용하지 않았던 것으로 나타나 있다. 낙타눈썹이 유행한 것도 이 때문이다. 구슬을 박은 포경수술도 이 무렵의 일이다. 수많은 한국의 노무자들과 기술자는 물론 영외거주가 가능했던 군속 혹은 특수층 군인들은 예사로이 현지여성을 곁에 두고 살았음을 알 수 있는데도, 이들은 출산에 띠르는 사후 대책을 염려하거나 책임지려 하지 않았다. 그저 즐기면 그만이었고 임신을 했으니 낳아야 했고 태어났으니 길렀다. 기르다가 종전이 돼 귀국선을 탔으니 그것으로 끝이었다. 후에 이를 수습하려고 노력했던 흔적은 전혀 보이지 않는다. 종전 후 현지사정이 오갈 수 없는 관계가 돼버렸다고는 하지만, 국교가 수립 돼 왕래가 자유롭게 된 이후에도, 라이따이한을 둔 대부분 애비들은 오히려 잘 됐다하는 식으로 방관해버리고 말았다. 영국이 역시 이 점에선 다른 사람들과 마찬가지다. 어쩌다가 제사 지내줄 후손이 필요해 뒤늦게나마 생각을 바꾸긴 했지만 다른 사람들처럼 후계자가 있었다면 굳이 이런 일을 벌이지 않았을 것이 아닌가. 너는 영국을 통해서 반세기 전에 일어났던 한 역사적 사건을 떠올리고 있다. 작가라면 당연히 상기해볼 만한 일이다. 지금 베트남에서 일어나고 있는, 과거 전쟁 당시 한국인들의 학살행위에 대한, 추모비가 아닌 증오비 건립과도 무관하지 않기 때문이다. 만약 저들이 들고 일어난다면 일본군위안부 문제와 같은 일들이 발생할 수도 있을 것이다.

"사람은 죄짓고는 못사나 봐."

"그건 또 무슨 말이야?"

"시종 마음이 편치 않아."

이제 세상 끝이 보이기 시작하니 지난 잘못들이 눈에 어른거린다는 영국이다. 너는 얼핏 최 목사를 떠올렸다. 그 역시 그런 속죄를 위해 봉사활동을 시작하게 되었다고 했다. 그러면서도 그는 국영을 만나게 된 동기와 국영의 아버지에 대한 이야기는 하지 않았다. 뭔가 알고 있는 것 같은 눈치가 보이긴 했는데 그가 먼저 말하지 않는 이상 굳이 캐물을 수도 없는 일이라 미루고 있던 사안이었다.

"너 혹시 최종달 목사라고 알아?"

"최종달? 그런 이름은 기억에 없는데."

"이름은 바꿨을지도 모르지."

"그 사람은 왜?"

"마지막 보트피플이 돼 호주로 건너갔던 사람이거든."

"보트피플하고는 군번이 한창 차이가 나. 우리는 작대기 둘 군번이니까."

월남에서 종전을 맞았다면 아마 작대기를 세워도 지평선 저끝까지라도 세울 수 있을 것이라는 영국의 계산이다.

"시기는 달라도 부대는 같았을 수도 있잖아?"

"그럴 수는 있겠지. 그런데 최 목사가 왜?"

"그 양반이 국영을 찾아 거둬주던 사람인데……. 참전에 대한 속죄로 여기서 봉사활동을 하고 있다 했어."

"그렇다면 월남에서 하지 왜 여기 와서 그 일을 해?"

"월남에선 차마 발붙이고 고개를 들 수가 없었대나? 꾸멍 고개 아래 지금은 허물어진 교회당이 하나 있어. 그걸 만들었던 사람인데……. 어쨌건 여기서 월남난민 출신들을 많이 도와주고 있어."

"꾸멍 고개라면 사령부가 있던 퀴논과 연대본부가 있던 쏭카우 사이인데? 그 사이에 있는 빈탄 면에……."

"빈탄 면사무소 뒤에 중대본부가 있었고 마이가리 병장 계급장을 단 이 영국이 행정반에 근무했었다는 이야기 이제 한 번만 더 들으면 백 번째야."

영국의 회고담은 더 이상 듣지 않아도 훤하다.

"빈탄에 야자수가 많았지."

"월남에 야자수는 거기 다 모였고?"

수없이 들었던 이야기다. 이제 영국의 레퍼토리는 꿰고도 남는다.

"그런데 보안대 지프차를 타고 음주하다가 꾸멍 고개에서 전복 사고 당했었다는 그 친구 이름이 뭐였지?"

"최수복, 수복인 왜?"

"난 아무래도 최 목사가 최수복이 아닌가하는 생각이 자꾸 들어. 얼핏얼핏 스쳐가는 말들을 종합해보면 그 사람도 거기 어디쯤에서 근무했을 것이라는 상상이 되거든? 너한테서 워낙 많은 이야길 들어서 그런지 중첩되는 내용들이 있는 것 같아."

최 목사는 보트피플이라는 이름으로 호주로 건너간 사람 중 하나다. 전혀 뜻밖의 삶이 시작된 호주에서는 시드니 서쪽 지역의 카브라마타 난민수용소에 격리되었다. 올 데 갈 데 없이 포로 아닌 포로생활을 한 이 기간 동안의 스토리는 소설책으로도 모자란다. 그는 '에보리진을 소탕하고 대륙을 탈취한 백호주의자들의 횡포와 멸시'는 필설로는 다 말할 수 없다. 나중에 자서전이라도 쓰게 되면 그때 풀어놓을 이야기라며 작가 앞에서는 함부로 발설하지 않겠노라고 소설가를 경계하기도 했다. 그러면서도 그 가운데서 찾은 게 '본시 하나님이 주신 심성'이라며 그 마음이 없었더라면 자기는 이미 이 세상 사람이 아니었을 것이라는 신앙고백을 하였다. 그는 속죄의 길을 걷기 위해 선교사가 돼 이리로 왔다했다.

"그래? 그 사람 한번 만나봐야겠네."

"왜? 기부금이라도 주게?"

"못할 것도 없지. 이 판국에 돈 됐다 뭐하겠니?"

"여기 선교사들 좋은 일 많이 해요. 아직 뚜렷한 성과를 보진 못했지만 아이들 교육이며 정신적 희망을 주는 일에는 아주 큰 역할을 하는 것 같아."

이런저런 이야기를 나누다보니 어느 듯 숙소를 잡아둔 게스트하우스에 도착했다.

"호텔 아니라고 섭섭해 하지는 말아. 여기서는 한국말로 통하니까 훨씬 편안할 거야."

한국 사람이 경영하는 게스트 하우스 '앙코리안'의 주인장은 네가 잘 아는 사람으로 이 바닥에서는 이미 정평이 난 사람이다. 여러 경로를 통해 정당여행을 주도 하고 있고 앙코르 유적지에 대한 안내책자도 냈다. 공항까지 차를 보내 준 사람도 그의 배려였고 콴을 실어다 병원에 입원 시켜준 사람도 그다.

"호텔에 가서 말 안 통하면 그것도 불편하지."

"그래, 한국 사람이 경영하는 곳이라면 편하겠다."

영국은 쉽게 숙소에 대해 동의를 한다. 한국식 아침을 준비해주기 때문에 그 점도 입맛에 맞을 것이라는 이야길 한다. 영국은 항암치료에 좋은 약식 몇 가질 가져왔다며 이 반찬들은 냉장고 보관이 필요하다 한다. 너는 방 안에 소형냉장고가 있으니 걱정 말라한다.

트렁크를 내려 게스트 하우스 안으로 들어간다.

국영이 벌써 와 로비에 앉아 있다. 너는 국영을 불러,

"인사드려라. 네 할아버지 되시는 분이다."

하고 인사를 시킨다. 국영은 두 손을 배꼽에 맞대 잡고 꾸벅 절을 하는 한국식 인사를 했다. 아마 콴이 그렇게 하라고 가르친 것 같다. 그러지 않고서야 허리를 굽혀하는 배꼽인사를 할 턱이 없지 않은가?

"네가 국영이가?"

영국이 얼빠진 사람처럼 국영을 바라본다. 국영은 아무 대답 없이 그를 빤히 바라다볼 뿐이었다. 상봉장면은 그것으로 끝이었다. 둘 다 아무 말도 아무 표현도 하지 못하고 그저 멀뚱히 쳐다만 보고 있었을 뿐이다. 너는 남북이산가족 찾기에 등장한 혈육들처럼 서로 끌어안고 울고불고 하기를 바랐던 것은 아니었지만 너무나 썰렁한 이 두 남자들을 뭐라 표현해야 할지 그 말을 찾을 수가 없다.

"얘가 네 손자라……. 듬직하지 않아?"

이 어색한 분위기를 정리하기 위해 국영에게 짐을 들게 하고 이층으로 올라간다. 방은 네가 시엠 립에 들릴 때마다 가끔 공짜로 대여받기도 하던 2호실로 창밖 야경이 옆집 벽에 가린 곳이었지만 더블베드에다가 TV는 물론 에어컨 빵빵하고 샤워시설이 좋아 냉온수를 골라 이용할 수 있는 특실이었다.

"짐 풀고 좀 씻고 그래 가자."

"씻으면 뭔 인물 나겠니? 그냥 가자."

"그렇게 보고 싶어?"

"사람 목숨 그거 별거 아니다."

영국은 갑자기 아픈 사람은 이승과 저승의 문턱이 없단다. 너무 긴장하면 졸지에 변을 당할 수도 있다는 불길한 소리를 한다. 문턱이라니까 문득 떠오르는 게 있다. 옛날 힌두신화에 문턱 이야기가 나온다. 창조의 신 브라흐마는 히란냐카시푸를 총애해 신이나 인간, 동물, 그 어떤 존재도 그를 죽이지 못하고 밤에도 낮에도 안에서도 밖에서도 죽지 않는 권능을 주었다. 교만해진 그는 악행을 일삼아 비슈누의 눈밖에 났다. 비슈누는 신도 인간도 아닌 존재인 반은 사자 반은 사람으로 변신하여 낮도 밤도 아닌 황혼 무렵에 집 안도 아닌 집 밖도 아닌 문지방에서 그를 살해해 여덟 토막으로 찢어 내버렸다. 이게 비슈누의 네 번째 아바타인 나라싱하의 현신인데 나라싱하는 문지방의 신이다. 문지방 신은 남 잘되는 꼴은 못 보는 질투의 화신이기도 하다. 뜬금없이 왜 나라싱하의 모습이 어른거렸을까. 앙코르 제국이 남긴 최고의 걸작인 반테이스레이에 전해지는 이야기다. 너는 펄럭거리는 박쥐날개 같은 그림자를 느끼며, 무슨 그런 불길한 소리를 하느냐, 영국을 나무랐지만 사람에게는 알 수 없는 직감이라는 게 있다는 말을 생각하곤 그의 말에 따르기로 한다. 어떤 사람들에게는 시공을 초월하는 영매작용이 일어나기도 한다. 서로 간절히 바라던 사람에게 이 촉매작용은 더욱 영험한 것이어서 수만 리를 날아온 그가 느끼는 그 느낌을 너도 느끼는 비현실적인 체험을 한다. 아까 공항 입국장에서 스완나품 출국장을 연상하게 된 것과 같은 일종의 환영이다. 환영이 아니라 카를 G·융이 갈파한 상징이다. 융에 의하면 꿈을 통해 나타나는 이 상징성은 무의식의 발로다. 꿈의 통로를 통하지 않고도 이 상징은 깨어 있는 상태에서 곧바로 달려올 수도 있는데 일종의 영감 같은 것이다. 영감은 불현듯 나타나는 전광석화와 같다. 일종의 선험적 체험이다. 그렇다면 영국의 이 선험이 적중하지 않기를 바라야 한다.

영국이 콴을 만나지 못하다

제목을 이렇게 붙여야 예감이 적중하는데 그렇지 못하다.

병실은 3등 선실 바닥 같았다. 여기저기 아무렇게나 뒹굴어 잠들어있는 모습들이 누더기를 덮어놓은 짐 덩어리 같다. 그래도 옆으로 누운 환자들의 엉덩이 부분 곡선이 인간인 것을 짐작케 하였고 코를 찌르는 소독 냄새와 뒤섞인 썩는 냄새가 살아 있는 생명체들이 여기 어디 있다는 걸 느끼게 한다. 이 냄새, 이 어두컴컴한 분위기, 대체 어디서 이런 풍광을 보았더라? 언젠가 한번 경험한 듯 직감적 영상을 부추기는 상황이다. 그래 그렇지, 저 인도 빈민의 빛, 마더 테레사의 집에서였다. 그녀가 노벨평화상을 받기 전, 그래서 환경이 개선되기 전, 너는 테레사 수녀를 만나기 위해 어둡고 침침한 콜카타의 뒷골목을 찾아간 일이 있었다. 앞 사람이 분간 안 될 정도로 어두침침한 암실 같았던 그 수용시설에서 나던 고약한 악취와 신음 소리, 흡사 그때 그 환경과 비슷한 입원실 속에 콴은 누워 있다. 그런데 콴을 찾기란 쉽지가 않다. 여기서 명패가 달린 우리네 병실 침상을 연상하는 것은 아무 소용없는 짓이다. 여기는 그저 던져져 버려진 물건처럼 던져져있을 뿐인 환자들의 윤곽이 보일뿐이다. 그래도 입원실을 얻어 누워 있다는 것은 다행이다. 입원은 하늘의 별따기다. 아무리 아파도 링거 꽂은 채로 링거 병 치켜들고 집으로 가 치료를 받아야하는 현실이다. 그렇다고 병실이 전무한 것은 아니다. 아무리 학교교실처럼 생긴 병원이지만 어딘가에는 침대도 있고 이름표도 붙어 있는 병실도 있기는 하다. 권력층 인사들이나 그 가족들이 사용하는 그런 특실도 있기는 있다 들었다. 그런데 콴이 입원한 입원실은 영화 속에서나 본 카타콤 안의 문둥병환자들 소굴 같아, 입원환자라기보다는 집단수용소에 수용된 것 같은 분위기다. 그러니 국영이조차도 제 할머니를 찾기가 쉽지 않다. 일일이 덮어쓴 모포를 걷고 보기 전에는 사람을 찾을 수가 없다. 너는 얼핏 '주여 어디로 가시나이까?'로 번역된 〈쿠오바디스〉의 한 장면을 떠올린다. 아직 어둠에 익숙하지 않은 눈을 두리번거리며 사방을 살피는 영국의 모습에서 카타콤으로 숨어든 리지아를 찾기 위해 지하무덤을 찾아간 비니큐스를 연상한 것은 또 무슨 엉뚱한 발상인가. 영화 〈벤허〉에서도 비슷한 장면이 있다. 이 영화는 아류다. 그렇다면 네가 이런 장면을 소설 속에 집어넣는다는 것은 아류가 아닐 것인가. 그런데, 그보다는, 이제 와서, 이런 곳에서 콴을 찾는 이유가 무엇인가. 속죄라도 해 마음속 앙금을 털어버리겠다는 거 아닌가. 자기만 속 시원하면 될 것인가. 긁어 부스럼 내는 짓이다. 막상 그 아픔의 장본인은 어떨 것인가. 미안하다는 사과 한마디로 끝날 일일까. 그것으로 치유가 될 것인가. 결코 용납될 수 없는 시간의 벽들이 가로막고 있다. 좀 더 일찍 찾았어야했다. 너는 객관적 관찰자가 되려한다. 전지적 작가시점으로 돌아가 이 사건을 객관화시키려 하고 있다. 몹쓸 작가. 남의 불운을 소재로 삼겠다는 약삭빠른 계산자. 너는 너 자신을 기계화시킨다. 컴퓨터의 자판을 두드려 글자를 입력시켜 문장을 만들 듯 너의 인지능력을 최대화해 이 사건을 분석하고 기록한다. 그게 작가의 운명이라고 되뇌며 합리화시킨다. 냉철한 인간. 작가란 존재는 냉혈한이 아니면 안 된다. 사실의 기록에다가 상상을 덧입혀 감정을 포장해내는 작업을 하자면 때로 비인간적인 비정한 눈을 가져야 한다. 관찰자. 기록자. 눈물을 보이지 말라. 동정도 하지 말고 사견도 섞지 말라. 있는 그대로 사실적 표현만이 독자와 소통할 수 있는 길이므로. 작가가 될 수 있는 유일한 길은 사진을 찍어 보여주듯 현실적 사실 그대로를 복사하는 것이다. 그 위에 상상과 사상을 덧칠하는 것이다. 사상은 없어도 좋다. 주어진 사실 그 자체에서 사상은 절로 우러나올 일이므로. 그러니 결국 사실적 묘사다. 묘사라는 말이 중요하다. 말은 결국 문장이라 사실적 문장이 필요하다는 말이다. 그렇다면 주관을 섞지 말라. 객관화 시키는 작업이 필요하다.

"여기요."

한참만에야 국영이 제 할머니가 누워있는 한 구석대기 자리를 찾아냈다.

"할머니 손님 오셨어요."

"손님?"

"할아버지 오셨어요."

콴은 이 한마디 말에 억장이 무너졌지만 할 말을 잃고 만다. 이미 영국이 온다는 이야긴 들어 알고 있었지만 막상 이러한 상태에서, 이렇게 만나질 줄은 생각지도 못한 일이라 미처 준비가 안 돼 있다.

"자네가 콴인가? 자네가⋯⋯."

영국이 역시 신파조의 말문을 열었지만 그다음 말을 잇지 못하는 것으로 봐, 영국이 역시 만날 준비가 아직 덜 된 듯하다. 불시에 일어난 이 면회사태에 놀란 환자들이 여기저기서 눈을 부스스 뜨고 일어나 앉는다. 앉기도 힘든 사람들은 누운 채 두 눈을 말똥말똥 굴린다. 그래도 체면을 차릴 줄 아는 사람들은 흩어진 몸 매무새를 바로 잡아 돌아눕는가하면 홀러덩 벗겨져 내려간 옷자락을 챙기는 이들도 있다. 남북이산가족 찾기에서나 볼 수 있었던 대성통곡이 나오지 않는 것만으로도 다행이라 생각하며 너는 중간다리 역할을 한다.

"여기서 이럴 게 아니라 잠시 밖으로 나가서⋯⋯."

다른 환자들에게 방해가 되지 않는 게 좋지 않겠느냐는 이야길 한다. 한국 병원처럼 링거를 꽂고 있거나 무슨 수속이 필요한 것도 아니어서 환자는 마음대로 바깥출입이 가능했다. 아직 밤중이라 하늘엔 어스름 달빛이 있었고 처마 밑에 매달린 외등의 불빛도 발을 헛딛지 않을 만큼 내비치고 있다. 다시 보니 병원은 한국의 어느 시골 분교 같은 모습으로 푸른색 칠을 했지만 언제 한 단장인지

칠이 다 벗겨져 나갔다. 그래도 시엠 립에서는 가장 큰 병원 중의 하나라 했다. 벤치가 몇 개 놓여 있었지만 이미 차지해 침대 삼은 노숙자들의 전용물이 돼버렸고 병실을 나온 우리 일행은 땅바닥에 그냥 앉는 수밖에 없었다. 너는 얼른 바람막이 점퍼를 벗어 땅바닥에 깔고 콴을 앉게 했다. 영국이 열장에 만 원 주고 샀다던 그 길거리 표 옷이었다. 몇 장은 학생들 주고 이제 마지막 바람막이를 걸치고 나왔던 것인데 때맞춰 적절하게 잘 사용되고 있는 중이다. 너는 또 갑자기 이 바람막이 옷을 펄럭거리며 오토바이를 타고 내달리는 폭싸오 따이를 떠올린다. 너는 그 펄럭거리던 바람막이 옷자락에 얼굴을 맞지 않으려고 그녀의 등에 얼굴을 갖다 붙인 채 허리를 꽉 껴안고 있었다. 그녀의 젊은 심장의 고동소리가 가슴을 통해 들렸다. 그날 이후 이 소리는 북소리처럼 네 심장을 울렸다. 젊은 피를 수혈 받는 느낌이었다. 어디 먼 하늘가에서 그 북소리가 들린다. 엉뚱한 시간에 엉뚱하게 들리는 소리다. 인간은 참 불가해한 존재다. 이런 시간에 왜 전혀 연관도 없는 일이 연상되는가.

"여기 앉으세요."

콴이 자리를 잡고 앉자 우리는 그 옆에 그냥 퍼들치고 앉았다.

"날 알아보겠는가? 나 영국이야."

"……."

콴은 아무 말 없이 영국을 바라다보았다. 그 퀭한 눈빛 속에 그간의 원망이 뒤섞여 있었으련만 아무도 거기 대해서 이야기하는 사람이 없었다.

"그동안 내가 너무 무심했지? 미안해."

영국은 계속해서 미안하다는 말을 되풀이 했다. 너는 무슨 국가 중대사를 발표하는 고위인사의 발표내용을 취재해 적 듯 영국의 말 한마디 한마디를 놓치지 않으려 애를 쓴다. 스마트폰의 녹음장치를 열어 녹음이라도 해둘까? 그래야 생생한 기록이 되지 않을까. 그러나 네 멋대로 생각하는 상상과는 달리 두 사람 주인공은 아무런 극적 요소 없는 대사로 반세기 만의 해후를 끝내버린다. 너는 '영국 씨' 혹은 '당신' 아니면 '여보' 같은 말을 기대했지만 콴은 아무런 호칭 없이,

"비가 오려나 봐요."

하는 엉뚱한 말을 첫마디로 열었다. 비가 오다니? 하늘에 별이 총총한데 무슨 비? 그러나 영국은 콴의 말이 떨어지기 무섭게,

"비는 그쳤어."

하는 것이었다. 이건 또 무슨 해괴한 화법인가. 둘이서 주고받던 무슨 암구호 같은 것인가? 콴은 오래 묻어두었던 첫마디를 끝으로 입을 다물었다.

"그게 무슨 뜻이야?"

네가 답답해 물었다. 콴을 처음 만나 일을 저질렀을 때 했었던 이야기란다. 그러면서 영국은 황순원의 소설 '소나기' 이야기를 한다. 첫 정사를 벌인 뒤 소나기를 만났고 소설 소나기 이야기를 해주었다. 그 뒤론 만날 때마다 암호처럼 '소나기' 그러면 '원두막' 하는 식으로 둘이서만 아는 비밀장소를 찾아갔다는 것이었다. 말이란 관계없는 사람들에겐 아무런 의미가 없지만 관계자들끼리는 깊은 소통을 갖게 마련이다. 두 사람은 이 한마디 암구호로 그간의

세월을 밀어내 보상받고 있었다. 그간 켜켜 묵은 막힘을 뚫는 도구로 암구호를 사용했다면 여간 치밀한 계산이 아니다. 그렇지 않다면 이미 치매가 진행돼 끊어진 필름 사이 한 토막 대사를 집어냈을 수도 있을 일이겠다. 과연 어느 쪽일까? 전자라면 콴의 기억력과 화술이 최고급일 것이고 후자라면 비극 그 자체일 수밖에 없을 일이다. 너는 간절히, 아주 잠깐 동안의 생각이었지만, 콴의 이 말이 전자에서 나온 계산된 발언이기를 바란다.

남북이산가족 찾기를 하고 온 네 고종사촌 동생이 이런 말을 했다. 치매에 걸린 어머니를 모시고 갔더니 북에서 온 아버지에게 대뜸 '저놈이 저거 내 속치마를 가져간 놈 아이가?'라 하더란 것이다. 그게 무슨 말인고 하니 열두 살 아이를 시집 보내놓으니 첫날밤에 속치마를 도둑맞았다고 운 적이 있다했다. 그걸 벗겨간 놈을 이제 다시 만났으니 아무리 치매라도 그 충격적인 기억만은 뚜렷이 살아났다는 이야기가 아닐 것인가. 치매는 불특정 사실을 특정하게 만든다. 언제 어떤 사건이 뇌리에서 불쑥 튀어나올지 알 수가 없다. 기억의 어느 한 토막이 끊어지지 않고 튀어나와 발언되는 것이 치매의 특성이다. 그렇다면 콴에게 남아 있는 기억의 마중물은 그때 그 첫 경험을 했던 그날이다. 그날의 날씨다. 그리고 그 날씨에 대한 영국의 이야기다. 이야기치고는 약간 고상한 이야기다. 고모가 고모부를 만나 처음 한 말이 속치마를 훔쳐간 도둑으로 기억되었듯, 콴의 눈에 비친 영국이 그날 내렸던 스콜로 떠올렸다면 퍽이나 소설적이지 않은가. 고모의 기억과 비교한다면 낭만적이기까지 하다. 고모의 기억, 그때 당시엔 미혼의 여성들을 마구 잡아 태평양전쟁에 끌어간다는 소문 때문에, 또 실제로도 그랬었지만, 조혼을 서둘러 첫날밤 남자가 속옷 벗겨가는 도둑놈으로 오해하는 어린 신부가 있었던 것인 바, 곰곰 따지고 보면 이해 가는 부분이 있지만 '비가 오려나 봐' 하고 '비가 그쳤다'라는 암구호의 두 사람 기억회로 속에는 영화 한편이 들어 있다. 영국이 언젠가 그랬다. 미군용비행기가 비를 뿌리는 줄 알고 고엽제를 웃통 벗고 일부러 맞은 적이 있다고, 콴은 지금 그때 그 시절 이야기를 하고 있는 것이다. 스콜이 아니라 고엽제의 비. 아마 두 사람 청춘사업을 끝내고 그 비를 맞았던 것임이 틀림없다. 그러면서 나눈 말이 언뜻 기억 속에 떠올랐을 지도 모른다. 그렇다면 콴은 치밀하게 계산된 옛 추억을 떠올리는 말을 한 게 아니라 기억회로의 가장 깊숙이 저장돼 있는 무의식 속의 저장물 하나를 끄집어낸 데 불과하다. 그렇다면 콴 역시 고엽제후유증을 앓고 있었던 게 아닌지? 그간의 고통이 저절로 분출돼 나왔을 것임이 분명하다. 기억의 저장고 속에는 가장 고통스러웠던 것들이 가장 먼저 용출된다. 즐거움보다는 아픔이 먼저라는 이야기다.

"두 사람 공통분모가 그것밖에 없어?"

"무슨 말이야?"

"함께 공유할 수 있는 기억 같은 게 없느냐고?"

무슨 말이라도 해 이야기를 나누라한다.

"오십 년 만에 만나 할 이야기가 그리도 없어?"

너는 영국을 채근해 콴의 입을 열어볼 궁리를 댄다.

"여기 온 후로 빈탄에 가본 적이 있어?"

영국은 우리가 함께 지내던 빈탄에 가본 적이 있느냐 묻는다. 빈탄은 중대본부가 있던 곳이고 콴의 고향집이 있던 곳이다. 영국의 이 말에 기억이 돌아왔는지,

"빈탄? 안 갔다."

빈탄은 가지 않았다는 짧은 대답이다. 그러고 보면 말문이 영 막힌 것은 아니다. 치매 때문에 기억필름이 끊어진 것도 아닌지 모르겠다.

"영국이는 어디 있는지 아나?"

영국이 한참 만에 한다는 말이 제 아들 영국의 소식을 묻는 말이다. 이런 자극적인 말은 나중에 했으면 했는데 영국이 불쑥 내뱉어 버렸다.

"영국이? 최 목사 데려갔다."

이건 또 무슨 말인가? 영국일 최 목사가 데려가다니. 너도 처음 듣는 이야기다. 몇 번 만나는 동안에 그런 이야기를 한 번도 한 적 없는 최 목사였다. 영국을 최 목사가 데려갔다니? 이건 또 금시초문인 이야기다.

"영국이 살아 있다는 말씀이세요?"

이번에는 네가 불쑥 물었다.

"살아 있다."

영국의 아들 영국이, 영국의 2세, 라이따이한 영국이 살아 있다는 이야기다. 아무리 치매에 걸린 노파의 헛소리라도 감히 할 수 없는 소리다.

"영국이 살아 있다고?"

"살아 있다."

콴이 살아 있다면 생존해 있을 수 있는 가능성은 얼마든지 있을 수 있다. 아직 시신을 거둔 적이 없는 사망자가 다수 있을 것이라는 이야기를 들은 적이 있다. 사실 쌀 로트의 부하가 몇 명이었는지조차 정확히 파악된 기록이 없는 상태에서 쌀 로트의 부하였다고 안롱 웽 소탕작전에서 다 죽었다고 말할 수는 없을 것이라는 게 네 추측이기도 했다. 일부 크메르루주들은 파일린으로 도주해 마지막 은거지로 삼은 바 있다. 지금도 파일린의 푸른산에 이들 집단이 잔존해 있다는 이야기들이 공공연히 나돌고 있다. 네가 파일린까지 가 확인해 본 바에 의하면 푸른산에 은거한 족속들은 베트남에서 피신해 온 몽족들로 종교적 박해를 견디다 못해 몬돌리끼 주에서 이리로 집단 이주해 왔다했다. 파일린은 잔존 크메르루주들에게 총을 버리게 하고 저들에게 할양한 지역이다. 일종의 특수 독립자치구다. 만약에 그러한 현실이 정당화 된다면, 그리고 콴이 한 말이 치매상태가 아니라 정상적인 생각에서 한 말이라면, 영국의 아들인 주니어 영국은 최 목사가 데리고 있든지 최 목사가 그 소재를 알고 있어야 한다. 이제는 최 목사에게 전화를 해 물어볼 일이다. 최 목사의 정체성에 대해 아직 정확히 잘 알지 못하는 인물이지만, 그동안 몇 번 만나면서 느낀 점은 비밀이 아주 많다는 점이었는데, 이런 엄청난 비밀을 숨기고 있을 줄은 미처 몰랐던 사실이다. 최 목사가 영국을 거두고 있다면 드러낼 수 없는 엄청난 비밀이 있을 수 있다. 너는 문득 자기 아들을 살해한 살인자를 한 가족으로 입양해 맞아들인 손양원 목사를 기억해낸다. '사랑의 원자

탄'이라는 자서전으로 유명한 그 책의 이야기에 따르면 손양원 목사는 여순반란사건 때 자기 아들을 죽인 공산당 청년을 용서해 입양까지 해 거둔다. 진정한 사랑은 용서에서부터 출발한다는 교훈이었다. 만약 최 목사가 영국을 몰래 숨겨 거두고 있다면 영국이한 캄보디안 학살사건을 용서하고 거둔다는 뜻이 될 것이다. 폴 포트 정권은 2백만 명에 육박하는 학살자를 내면서 그 집행자로 철모르는 십대 어린 소년병들을 이용하였다. 네 기억과 공부한 내용이 맞는다면 영국이 그 폴 포트 소년군인으로서 활약했을 가능성은 얼마든지 있을 것이고 그중에서도 열성분자로 마지막까지 폴포트 우두머리 쌀 로트 곁을 지키고 있었을 수도 있다. 네 상상력이 또 적중한다면 마지막 항전의 어느 전투에서 일찌감치 부상을 당해 내쳐져 살았을 수도 있고, 아니면 일찌감치 도주했을 수도 있다. 그런데 어쩌다가 그런 영국이 최 목사를 만날 수 있었을 것인가? 이게 바로 소설이다. 네 머릿속에는 온통 소설 생각뿐이다. 하기야 소재를 찾아 여기까지 온 일이고 보면 소설거리로 머릿속을채우는 일이 이상할 것 없다. 허나, 이 이야기에 사로잡혀 정작으로 큰머리를 두고 왔던 '직지'에 대한 소재발굴이 늦어지고 있다. 그렇다면 빨리 최 목사 만나 이 이야기부터 마무리 짓고 다음 장으로 넘어가야 한다.

너는 당장 전화를 한다.

"목사님, 저 장진기 올습니다. 밤늦은 시간에 죄송한데⋯⋯."

너는 허심탄회하게 콴의 이야기를 전한다.

"이게 대체 무슨 말입니까? 아무래도 콴의 정신이 좀 이상하지 않습니까?"

"아닙니다. 콴의 말이 맞을 겁니다."

콴이 무슨 말을 어떻게 했는지 모르겠지만 콴의 말이 맞을 것이라는 이야기다.

"그렇다면 영국이 생존해 있다는 말씀입니까?"

"이 사람이 그 영국인진 모르겠지만……."

국영과 함께 있는 채로 발견됐다고 한다. 실어증이 걸렸는지 도대체가 입을 열지 않으니 자세한 내막은 알 수 없다한다. 어쨌거나 그러한 인물이 있긴 있다한다.

"그런데 왜 제게 말씀해주지 않았어요?"

"묻지도 않았잖아요?"

"그랬었군요."

그러고 보니 그간 우리가 나눈 이야기들은 전혀 다른, 영국이나 국영과는 관계없는 것들뿐이었다. 너는 영국이 왔다는 이야기와 당장이라도 만나고 싶다는 이야기를 한다. 내일이 마침 주일이고 영국이 있는 곳으로 예배인도를 하러 가야하니까 동행하도록 함이 어떻겠느냐 현실적인 대안을 제시한다. 그러마고 했다.

"목사님 댁으로 찾아 갈게요."

옆에서 통화내용을 듣고 있던 영국이 지금 당장 퇴원수속 해 콴도 함께 데려가자 한다. 그게 그렇게 쉽게 될까? 콴이 차를 타고 장거리 이동을 해도 될 만한 건강상태를 유지하고 있을까?

"콴, 차를 타도 되겠어요?"

"또 어딜 가게?"

콴은 인생 전반의 행로를 이 짧은 말에 내포시키고 있다는 암시적인 말을 한다. 어디 한군데 정착하지 못하고 떠돌이처럼 떠 돈 인생행로, 아니면 그냥 아무 의미 없이 한 말을, 작가인 네가 그렇게 심오하게 해석하고 있는 건지도 모르겠다. 어쨌거나 두 사람 해후에서 너는 지나친 상상력을 남발하고 있다. 사실을 있는 그대로 보는 눈을 잃어버린 작가여, 상상력을 버리고 현실을 있는 그대로 직시하라. 직시도 직지다. 과대망상과 상상은 다르다. 긍정적 상상은 소설이 되지만 과대망상은 오류를 낳기 십상이질 않던가. 편견을 버려야 한다. 그러자면 두루 넓게 봐야 한다. 냉철한 객관화가 필요하다. 객관적 관찰자가 되라. 너는 여태껏 최 목사를 몇 번이나 만났으면서 영국에 대해 캐묻지 않은 것을 탓한다. 작가로서의 취재정신이 빠져버린 탓이다. 국영을 찾은 그 하나에 만족해 뒷일을 캐묻지 않은 부주의가 저지른 실수다. 취재가 튼실하지 못하면 작품의 리얼리티를 잃어버린다.

"국영이, 너 아버지가 있는 곳을 아니?"

이번에는 국영에게 영국의 소재를 캐물었다.

"⋯⋯."

국영은 눈을 들어 제 할머니 콴을 바라보며 이 말에 답을 해야 할지 말아야 할지를 망설이고 있다. 충분히 그러고도 남을 상황이다. 그간의 고통이 얼마였을 것인가. 너는 충분히 이 상황을 짐작하고도 남는 기억들을 가지고 있다. '너의 집안은 온통 빨갱이 소굴이야, 임마⋯⋯' 아직도 남아 있는 말이다. 그 빨갱이란 말 속에 담긴 의미는 알 수 없었지만, 그 말 하나 때문에 온 집안이 풍비박

산 나고 폭삭 내려앉은 사실은 기억에서 떨어지지 않는 마마자국처럼 남아 있다. 때문에 파월지원도 거부당하고 해외파견근무까지도 거부당한 세월을 살아온 너다. 일본유학생이었던 삼촌들이 죄다 좌익에 가담했고 전쟁을 치루면서는 소위 말하는 빨갱이노릇을 했으니 빨갱이 집안이라는 소릴 들어도 쌌겠지만, 남자들이야 또 그랬다 치더라도 아무것도 모르는 어머니는 무슨 애먼 짓을 당했던가. 연일 지서에 불려가 저들의 행방을 대라며 지지는 인두 불을 감내해야 했고 집안 살림을 빼앗겼다. 네 기억으로는 1년이 채 안 되는 사이에 우리 집 살림살이가 월천지서 지서장님네 살림살이로 둔갑해버렸다. 삼촌들이 즐겨듣던 사랑방 유성기며 유성기 판 같은 것은 물론이고 어머니의 안방살림살이였던 재봉틀 역시 지서장네 마눌님 것이 돼버렸다. 다행인지 불행인지 지서장 딸이 너의 반부급장이었고 급장인 너는 그 집에서 마음껏 뛰놀 수 있는 특권 같은 것을 누렸는데 살림살이들이 이전 돼 오는 과정을 똑똑히 볼 수 있었다. 우마차에 실려 오는 재물들은 우리 집 말고도 얼마든지 여러 집이 있어 그 종류만도 다양해 취미로 가지고 놀던 사치품들뿐만 아니라 육축은 물론 쌀가마니까지 포함돼 있었다. 그중에서 잊을 수 없는 장면은 압수해 온 고모부의 트럼펫이었는데 고모무가 방학 때면 와 뒷동산에 올라 불던 반짝반짝 빛나던 금속 악기였다. 그날 지서장은 딸아이를 불러 우리들이 보는 앞에 그 악기를 입에 대고 불었는데, 사실은 분 게 아니라 소리라도 내보려는 시도를 했었던 것이었는데, 그 의도와는 달리 벌겋게 부풀어 오른 볼과 튀어나온 입술이 방귀 끼는 소리만 내고 말아, 결국에는 악기를 집어던지는 체면구기는 사태만 벌어지고 말았다. 바보 같은 너는 그걸 주워들고 '영자 아부지 이거 나 해도 돼요?' 하고 엉뚱한 청을 했던 것인데 지서장은 무슨 생각이 들었든지 '그래 해라' 하고 선 듯 대답을 했다. 그렇게 남은 고모부의 유품은 지금도 고종사촌 누이동생이 가지고 있는데, 누이동생은 유복자로 태어나 온갖 고생을 하며 공부를 해 학교선생이 되었다가 이산가족 찾기에서 아버지를 상봉하는 행운을 얻었다. 제사상 모신 지 반세기가 넘어 북에서 먼저 이산가족신청을 해 와 만난 상봉이었다. 그런데 그 아버지가 '손자는 피아노 전공을 했다'니까 '피아노가 뭐고?' 하더란 것이다. 트럼펫을 불던 고모부가 태어나 여태껏 본 적이 없는 물건이 피아노라는 말이 상상이 안 갔던 때가 있었다. 너는 지금 영국의 생사여부와 소재를 알기 위해 나누는 이 일련의 이야기들 속에서 네 집안의 가족사 일부를 얼비쳐본다. 여기서도 그 빨갱이라는 말은 무서운 말임에 틀림없고 크메르루주에 대한 증오와 추적에 대한 집념은 재산탈취나 고문 그 이상을 것임을 상기한다. 때문에 이들이 이렇게 쉬쉬하며 영국의 생존을 감추려는 것을 이해한다. 그랬거나 말았거나 영국이 살아만 있다면 이건 기적이다. 그 기적을 붙잡고 싶은 것이다.

"우리는 한 가족이야. 가족끼리도 못할 말이 있니?"

너는 가족임을 내세워 얼어붙은 불신의 벽을 허물어 보려한다.

"할아버지는 가족을 찾기 위해 그 먼 곳을 날아오지 않았니?"

콴이 말한다.

"아버지가 살아 있단 말 안 했나?"

"할머니가 그 말은 절대 아무한테도 말하면 안 된다 했잖아요?"

그건 그렇다. 무심코 한 말이 밀고가 될 수 있다. 그때 지서장이 그랬다. '너 우리 영자하고 놀고 싶지?' 계속 우리 집에 와 놀게 해줄 테니, 아버지가 계신 곳을 대라했다. 너는 영악하게도 '우리 아버진 빨갱이 아녜요' 라고 했다. 그러면서 어른들의 하는 말을 주워들은 대로 '우리 아버진 코리안 셀러리 맨이에요' 라고 했다. 육이오 전쟁이 나고 피난길에 올랐다가 집으로 돌아오는 길에 아버지는 미군검문소를 만났다. 검문하는 미군을 향해 아버지는 '아이엠 코리안 셀러리 맨'을 외쳐 무사통과했고 그 한마디 영어 덕분에 임시 통역관이 되기도 했다. 아버지는 군청에 근무를 했고 그 영어는 삼촌들한테 얻어들은데 불과한 단문이었다. 그러나 우리는 늘 아버지를 영웅시했고 동네 사람들 역시 아버지를 높이 평가했다. 유일하게 아버지를 갈구는 인물은 한 동네에서 자라고 함께 큰 지서장뿐이었다. 그랬거나 말았거나 너는 영자와 놀고 싶은 욕심에 아버지가 숨어 있는 곳을 알려줘 버리고 말았다. 아버지는 늘 대밭골 감자 저장실 안에 은신해 있었고 어머니는 새벽 어스름을 틈 타밥을 날랐다. 아버지는 붙들려 왔고 너는 태연하게 그 일련의 사건들을 목격했다. 남의 일처럼. 그러나 아무리 권력이 막강했던 지서장이라 하더라도 아버지에게 함부로 죄목을 뒤집어씌울 수는 없었다. 빨갱이 짓을 한 건 유학을 하고 온 삼촌들과 고모부였지 아버지는 단 한발자국도 고향을 떠나본 적도 없는데다가 공무원이었던 것이다. 전쟁이 한창일 당시에도 군청을 지켰고 군청이 폭격을 당해 무너져 내렸을 때도 오히려 금고 속 돈을 부대에 담아 숨겨두었다가 나중에 고스란히 갖다 바친 양심가로 알려져 있어 민심이 아버지 편이었던 것이다. 그렇게 해서 아버지는 무사히 자유를 누리게 됐고 네 고발 아닌 고발은 오히려 아버지의 은신기간을 단축시키는 계기가 되기도 했던 기억이 있다. 지리산 아랫동네인 거기서는 전쟁 때보다 더 무서운 복수전이 펼쳐졌다. 전부가 사사로운 감정싸움들이었다. 그것도 명분 없는 세력다툼으로 오히려 잘난 인간들에게 일어나는 허세였지만 막상 당하는 당사자들이나 그 가족들의 피폐함은 이루 말할 수 없는 것이었다. 아직 어린 나이였었지만 그때의 기억들은 네 인생전반을 통해 몸서리쳐질 악몽으로 남아 있다. 너는 지금 국영의 망설임 속에서 그 옛날의 유년시절을 떠올리고 있다. 그런데 아버지의 생사를 걸 만큼 중요했던 그 영자는 어떻게 되었을까? 4·19혁명이 일어난 직후 지서장 네 가족들은 고향을 등져야 했다. 더 이상 발붙이고 살 수 없을 만큼 저들이 저지른 횡포와 부정이 컸던 것인데 혁명의 함성과 함께 그 집은 화염에 휩싸였다. 너는 그때 그 집에서 그 유성기판을 한 장 주워들고 나왔는데 이난영의 목포의 눈물이었다. 왜 이 현실에서 자꾸만 옛날 기억들이 떠오르는 것인가. 사람의 머릿속은 정말 알 수 없는 회로의 연속이다. 이 회로의 한 점 한 점의 연결이 한 인간의 인생행로를 이어가고 이 행로가 인생 그 자체가 된다. 한 가지를 보면 열 가지를 안다는 말이 있다. 그런데 이상하게도 그 연상의 끄나풀은 전혀 무관한 게 아니라 관계가 있다. 유사성을 매개로 조합된다. 이 조합체계기 힌 인간의 인성체계를 형성한다. 때문에 체험이 중요하게 되는 것이다. 한 인간의 인격은 그 경험에서 만들어진다.

환경과 교육의 중요성이 여기 있다. 너는 여기서 너라는 한 인간을 다시 보게 된다. 역사의 소용돌이 속에서 어쩔 수 없이 형성된 인격조합이 있다손 치더라도 그 근본은 사악하지 않다. 왜냐면 너는 지금 이 현실을 가장 적절하게 타결할 방법을 알고 있고 그 방법을 제시하려 하고 있기 때문이다, 경험으로 얻어진 노하우가 있다.

"자, 그럼 이렇게 합시다."

지금 당장 택시를 불러 최 목사를 찾아가는 것보다는, 그 시간이 중요한 게 아니라 아침 식사를 하고 정신을 차린 다음 움직이자는 현실적인 대안이다. 따지고 보면 모두 다 배를 채운 지 오래다.

"이러다가 우리 모두 지쳐 쓰러지면 안 되니까 일단 식사부터 하고 움직이는 게 좋을 것 같아."

금강산도 식후경이다.

"그래? 그러고 보니 나도 배가 고프다."

영국은 기내식도 먹지 않았다고 한다. 그러잖아도 당뇨가 있는데 이리 오래 굶으면 저혈당증세가 일어날 수도 있다.

새벽 어스름이 내리는 한길로 나서니 툭툭이꾼들이 새벽 영업을 하러 나가는 모습이 눈에 띈다. 앙코르 왓 일출을 보러가는 관광객들을 모시러가는 툭툭이꾼들은 부지런하지 못하면 먹고살기 힘들다. 각 호텔마다 버스나 봉고차가 대기하고 있어 단체손님들을 모셔간 다음 개인적으로 남은 손님들을 받자면 부지런을 떨지 않으면 안 된다. 다행히 어제 받은 손님과 예약을 해 둔 행운아들도 있지만 그것도 말이 통할 정도로 영어를 구사해야 가능한 일이고 그렇지 못한 툭툭이꾼들은 순전히 눈치로 때려잡아야 한다. 대형 호텔을 제외한 어중간한 호텔이나 게스트하우스를 돌며 손님이 나올 때까지 기다려야하고 나온 손님도 제꺼덕 툭툭이에 올라타는 게 아니라 흥정부터 먼저 하려 든다. 그러면 언제 날아들었는지 영어 깨나 구사하는 또 다른 툭툭이가 손님을 가로채간다. 국제 관광도 시답게 신사도를 지키는 동네가 아니라 간계와 부지런함이 유일한 재산인 툭툭이꾼들이다.

"어이, 툭툭이."

너는 지나가는 툭툭이를 불러 세운다. 새벽에 문을 여는 음식점을 찾으려면 툭툭이꾼들만 한 정보통도 없을 일이다.

"24시 식당."

너는 국영을 시켜 새벽식당을 찾으라고 이른다. 그것도 한국식당이면 더 좋겠다고 덧붙인다. 옆에서 듣고 있던 영국이 한식이 아니라도 좋다한다. 이왕이면 '평양랭면집'이면 더 좋겠지만 그게 아니라도 좋다한다. 국영이 제대로 이 말을 전했는지 툭툭이꾼이 알았다는 대답을 한다.

"전통한식집으로 밤새 영업하는 집이 있다는데요?"

"그래? 그리로 가자 해."

국영이 툭툭이꾼과 한참을 이야기 하고 난 뒤 그 집은 남자는 일본 사람이고 여자는 한국 사람이라 한다. 한국음식을 잘 한다한다.

"콴도 한국음식 좋아해?"

"부대에서 한국음식 해 먹었으니까 먹을 거야. 김치도 잘 먹었으니까."

"그때가 언젠데? 입맛이야 수시로 변하지."

이런 이야기를 나누고 있는 동안 국영이 한마디 거든다.

"할머니 김치 잘 담그세요."

집에서 가끔 김치도 담아 먹었단다. 음식문화는 그 집안의 내력을 말한다. 콴이 가끔씩이나마 김치를 담아 먹었다면 시시때때로 영국을 생각했을 일이고 아주 영 잊어버리지 않고 있었다는 증거다. 영국이 가끔씩 월남쌀국수 집을 들락거리며 향수를 달래었듯이 콴 역시 저 옛날을 추억하고 있었단 이야기다. 한 인간의 개인적 역사는 죽어 뗏장 집에 들어가기 전까지는 없어지지 않는다. 잠자코 잠자다가도 어느 한순간 불현듯 켜지는 등불 같은 기억이 있다면, 그 기억이 아련하고 슬프다면, 그런 사랑의 흔적이라면, 그런 기억의 소유자는 행복하다할 것이다. 그게 설사 아픔이라할지라도 추억은 아름답기 때문이다. 지금 아프도록 시린 행복의 추억을 실은 툭툭이 한 대가 새벽길을 달리고 있다. 반세기가 지나도록 무심코 흘러간 세월의 어둠을 뚫고 내달리는 툭툭이에 영국과 국영이 어깨를 맞대고 앉아 있다.

"정말 묘하지?"

"뭐가?"

"이게 상상이나 했던 일인가? 천우신조인 것 같아."

"하늘은 스스로 돕는 자를 돕는다잖아."

아무것도 하지 않으면 아무것도 이룰 수 없다. 무어거나 저질러 놓고 보라는 말뜻이 여기 있다. 이 일련의 일은 기적이다. 아무리 스스로 찾아낸 길이라고 하지만 여기서도 섭리가 따르지 않으면 이루어지기 어려운, 스스로 생각해도 믿기지 않는 일이다. 이제 영국의 생존여부도 어느 정도 윤곽이 그려졌고, 최 목사가 그 일을 숨기고 있는 데에도 그만한 이유가 있을 일이고 보면, 그 문제는 시간문제다. 그렇다면 네가 여기 온 목적의 절반은 달성한 셈인데 나머지 하나를 생각해야 할 때다. 작가로서의 할 일, 작품의 문제다. 너의 머릿속에는 항상 두 가지 세 가지 일이 얽혀 돌아간다. 이 일을 하고 있으면서도 저 일을 생각한다. 아름다운 정신분열증이다. 거기에는 어떤 계기가 작동하지만 지금 같은 경우는 통상적 분열로 염려할 것은 못된다. 다리 난간에 세워놓은 나가를 보는 순간, 그게 툭 튀어나왔는데 나가로부터 연상되는 힌두의 신들이다. 그리고 그 힌두 신들로부터 연상돼 들어오는 붓다요, 붓다의 어록을 정리한 경전이다. 그리고 그 경전의 전파를 위해 만든 〈직지〉다. 네가 쓰고자하는 소설이다. 밥 먹으러 가다가 왜 갑자기 소설이 튀어나오는가 이 말이다. 이렇듯 불쑥불쑥 분열이 일어난다. 그런데 그게 소설일 때는 즐겁다. 상상의 나래를 펴 맘껏 날면 되는 일이다. 상상을 하는데 시간과 돈이 드는 건 아니다. 그렇다고 한 몸을 둘로 쪼갤 필요도 없다. 이야기를 하면서도 상상은 하면 된다. 어떤 이들은 집중이 필요하다지만 너는 아니다. 분업이 가능하다. 한 손으로 젓가락 들고 다른 한 손으로 숟가락 들고 밥 먹을 때처럼 양수 겹장으로, 설정된 주인공들과 나누는 이야기와 저들의 행동거지를 남루하지 않게 다듬고 가꾸는 일은 그 무엇과도 비교할 수 없는 재미가 된다. 거기 양념처럼 네 주장을 섞어 버무린다. 그게 작중사상이 될 것이다. 그러나 소설은 사상을 위해 쓰서는 안 된다. 이념이 아니라 그저 스쳐 지나는 바람소리 정도의 이야기면 된다. 바람소리의 울림, 그 울림 속에서 인물의 의중을 찾아내도록 하면 될 일이다. 그렇다면 네가 지금 찾고 있는 인물의 의중은 어떤 것이어야 할 것인가? 직지의 백운을 통해 말하고자 하는 의중에 무엇을 담아야 할 것인가? 백운이 곧 영국이고 영국이 곧 백운이다. 이 두 인물을 하나로 일치시켜 묶는 작업이 중요하다. 영국이 자기 자신에게로 손가락 끝을 돌려 자책하고 용서를 구하듯, 그 용서로부터 화해를 청하듯, 백운 역시 버리고 떠난 묘덕을 향해 용서와 화해를 청해야 한다. 이제부터가 문제다. 이 두 인물이 둘이 아니라 하나임을 강조해야 한다. 이 통합이 문제다. 이 두 사건이 하나임을 알리는 기술이 필요하다. 이 소설의 복합구성의 묘미가 여기 있기 때문이다. 경한이 직지를 얻어 우여곡절 끝에 중국의 하무산에 당도해 석옥청공화상으로부터 백운이라는 이름까지 얻었는데 그는 꿀 먹은 벙어리다. 그다음은 어떻게 풀어나갈 것인가. 그렇다면 말문부터 열어 줘야하지 않을까? 그래야 소통이 될 것이다. 소통이 있어야 진행이 된다. 소설은 발단 전개 위기 반전 결말 등등의 기본공식이 있다. 이 공식에 대입하자면 작가 먼저 그 공식을 확실하게 알아야 한다. 작가는 처음과 끝을 알고 간다. 그런데 아직까지 수요자의 청이 없다. 이미 러브콜을 보냈는데도 답신 없는 소비자를 위한 생산이 필요할까? 그래도 써야 할까? 네 주장대로라면 항상 밥 먹듯 써야 한다는 것이고 작가는 천일야화의 세헤라자데처럼 끊임없이 이야기하지 않으면 죽을 수밖에 없는 존재다. 작가는 쉼 없이 돌지 않으면 쓰러질 수밖에 없는 팽이다. 누가 작품을 사든 안 사든 팔든 못 팔든 쓰는 게 일인 직업이다. 정말 그

192 直指

렇게 순전한 순정을 품고 작품을 쓰는 작가가 있을까? 자본주의사회에서 돈 안 되는 일에 시간과 정열을 투자하는 얼간이는 아닐까. 정말 작품은 죽어가는 자를 일으키고 죽은 자를 살릴 수 있을까?

너는 한 손으로 밥을 먹으며 또 다른 한 손으로는 새로운 지도를 펼친다. 지도야말로 작품의 근간이다. 이젠 스마트폰이 있어 시공을 초월한 여행이 가능하다. 그러면서도 간간히 저들의 이야기에 귀를 기울이고 가끔가다 말을 섞어 함께 동참하고 있는 것 같은 분위기를 연출하고 주인공들과도 말을 나눈다. 참으로 다중, 다양, 다층적인 전업작가 생활이다. 따라서 너는 한밤중 골방에 틀어박혀 글을 쓰는 작가들과 너 스스로를 구분한다. 글 쓰는 일도 일상 비즈니스라, 백 권이 넘는 책을 썼다. 한 편 쓰고 평생 예술가라고 하는 그 잘난 예술계와는 당연히 결별이다. 전업작가는 밥 먹듯 쓰지 않으면 안 된다. 그게 팔리든 안 팔리든 책을 내지 않으면 안 된다. 그래도 너는 '자살'을 '살자'로 만든, 집 지어 주는 독자를 만난, 사람 살리는 작가라는 자부심을 가지고 있다. 그렇다면 너는 다시 하무산으로 떠나야 한다.

백운 말문을 열다

하무산 안개는 옷을 적실 정도로 음습하다. 골짜기를 흘러내리는 계류를 타고 오르는 수증기라고 보기에는 너무 고밀한 물방울들이 골을 에워싸고 있다. 이는 하무산 온천이 내뿜는 입김이라는데 어떤 때는 한낮에도 이슬비에 가까운 는개를 내린다. 경한은, 석옥청공화상으로부터 백운이라는 새로운 이름을 얻은 경한은, 이온천수가 흘러내려 이룬 폭포의 물줄기를 마주하고 앉아 묵언정진에 들어갔다. 잡다한 온갖 만상을 떨쳐버리기 위해 두 눈을 감고명상에 잠긴다. 그러나 명상의 고요한 물결 속에 들기에는 너무나큰 소용돌이가 있다. 열길 물속은 알아도 한길 사람 속은 모른다는말이 하나 그른 게 없다. 마음속에 일렁이는 이 소용돌이는 처음먼 고려로부터 와 대도를 거쳐 참파국을 지나 앙코르 톰의 숲길로까지 기나긴 행렬로 이어져 밤낮으로 끊어내도 소용이 없다. 잘라내면 잘라낼수록 더 많은 머리를 추켜들고 대드는 뱀 대가리처럼 혀를 날름거렸다. 징그러운 혓바닥 속에는 죽어가는 병사들의 마지막 단말마와 부릅뜬 눈도 있었지만 해사하게 웃는 묘덕이 있었다. 한 가닥은 살인에 대한 기억이고 또 다른 한 가닥은 구들막농사에 대한 추억이었다. 기억은 단순한 상념이지만 추억은 그 속에 잊지 못할 얼굴이 있어 더욱 힘든 고통을 안겨준다. 사람에게는 떠안고 싶은 과거가 있고 냅다 버리고 싶은 과거가 있다. 둘 다 같은 과거지사이지만 하나는 정이고 하나는 치다. 치부는 버리고 싶은 부끄러움이 되고 정은 버리고 싶지 않은 그리움이 된다. 이 부끄러움을 떨쳐 버리지 못하면 새로운 기억을 만들어 담을 수 없다. 이미 꽉 들어찬 그릇에 물을 담을 수 없는 것처럼. 새로운 것을 담자면 묵은 것을 버려야 한다. 이 역시 언젠가는 묵은 기억이 될 것이지만. 기억이란 무엇인가, 고통이며 번뇌다. 고통과 번뇌가 없는 기억도 있다. 무언가, 자비심이며 자비행이다. 자비 그 자체도 버거울 정도로 빈 상태, 무념무상의 빈 상태를 유지하라. 석옥청공화상은 무념무상을 주문한다.

"색즉시공이며 공즉시색이라."

그러나 화상의 주문은 그리 쉽게 들어줄 수 있는 성질의 것이 아니다. 마음은 뻔한데 핫바지 똥 싸기다. 쉬울 것 같은데 쉽지가 않다. 이 수행법은 이미 고려에 있을 때부터, 불목하니로부터 동자승이 되고 게송을 제법 읊고 염불을 외던 청년 불자가 되기까지 수없이 되풀이했던 일이다. 제법 정진이 있었다 싶었던 그 무렵 묘덕을 만났던 깃인데, 묘덕을 만난 이후 모든 마음은 산산조각 나버리고 말았다. 큰스님은 색계에 빠졌다 호통을 쳐 죽비를 내려쳤지만 한

번 빠진 넋은 다시 찾아오지 못하고 말았다. 이제 얼마나 많은 세월이 흘렀건만 아직도 그 색계의 색에 대한 추억은 그를 놓아주지 않는다. 이게 기억과 추억의 다른 점이다. 기억은 단순 연상 작용이지만 추억은 자발적 의사에 의한 연상 작용이다. 이 의사를 끊어버려야 한다. 그러자면 잘 드는 칼이나 톱이 필요하다. 톱날 같은 공부가 필요한 것이다. 그 마음속 깊은 곳을 뚫어 끊어낼 수 있는 천공이 필요한 것이다. 누가 있어 마음 깊숙한 곳에 숨어 있는 비밀스런 추억을 제거해줄 것인가? 그 손가락, 그걸 똑바로 지적해 줄 수 있는 손가락, 검지의 끝은 어디 있는가? 뚫어볼 수 있는 통찰력, 그걸 지적해 줄 수 있는 바른 손가락, 곧게 가리키는 직지, 그 역시 마음속에 함께 들어 있다. 심안이다. 마음속을 들여다보는 눈이다. 이를 일깨워 일으키지 않으면 안 된다. 그러한 발심을 위해 염불을 왼다.

"아미타불……."

염불의 염력은 자기최면을 일으키는 효험이 있어 흩어져나가는 잡념을 한데로 집중시켜 모으는 역할을 한다. 백운은 이 염력을 이용하여 잡상을 떨치려 발심 또 발심이다. 지금까지 앙코리안에서는 옴마니반메훔을 염불했다. 고려에서는 관세음보살을 외었고 이제 다시 하무산에서는 아미타불을 염한다. 관세음보살 나무아미타불 옴마니반메훔…… 그런데 타불은 누구며 보살은 누구인가. 석옥청공화상은 부처님 이전에 또 일곱 부처님들이 있었다 한다. 과거불이 있어 현재불이 있고 현재불이 있어 미래불이 있을 수 있다 한다. 그런가하면 저 앙코르의 지공화상은 힌두의 제신들을 이야기하면서 범천에 대해 이야기를 하였다. 브라흐마라 불리는 범천은 시바와 비슈누와 더불어 힌두교의 세 주신이라 했다. 그가 맡은 일은 천지창조였지만 붓다의 출생과 출가 그리고 중생제도를 위한 모든 뒷바라지를 한 보조역할을 아울러 했다고 했다. 그러니까 이들 부처님들이 남긴 가르침과 깨달음을 얻어야 성불을 한다는 것이었다. 그래서 공부가 필요하다. 공부가 무엇인가? 배워서 익히는 것이다. 무엇을 배우는가? 선인들의 발자취를 따라 더듬어 길을 찾는 일이다. 저들이 무엇을 했으며 저들이 누구인가? 먼저 배운 자가 후에 배우는 자를 일깨우는 일이 공부다.

"석가모니 부처님 이전에 여섯 부처님이 계셨다. 그 첫째가 비바시 부처님이고 둘째가 시가, 셋째 비사부, 넷째 구류손, 다섯째 구나함모니, 여섯째 가섭, 그리고 일곱 번째가 석가모니 부처님이시니라."

부처님 이전에 또 다른 부처님이 있었고 앞으로 올 미래불이 또 있다는 이야기다. 이런 이야기는 앙코리안에서도 들었던 이야기다. 앙코리안에서 들은 이야기는 힌두교의 제신들 중에 한 분으로서의 붓다가 있어 순서대로 매긴다면 여덟 번째 현신이라 했고 아홉 번째 올 미래불은 백마를 타고 온다했다.

"과거불이 없으면 미래불도 없다. 그런데 그 미래불은……."

영웅호걸이 아니라 장차 변신하게 될 성불한 나 자신이 될 것이라는 가르침이다. 중생제도의 필요성이 여기 있다. 비록 미천한 중생이라 할지라도 자기성찰을 통해 불성을 얻어 성불을 할 수 있다는 것이다. 이게 희망이다. 이 소망 하나로 염불을 외는 것이다. 염불을 외듯 자기 자신을 들여다 볼 일이다. 자기 자신을 향한 깨달음 직지, 이것이 수행자가 할 일이다. 어제가 오늘이고 오늘이 내일이 되듯, 오늘 그대로의 내일이라면 그 내일이 바로 환생이다.

"극락은 따로 없다. 마음의 평정이다."

모든 것은 마음에서 비롯된다. 안정된 바른 마음을 얻는 것이 불심이다. 이 평정심은 고요한 물과 같아 있는 듯 없는 듯 빛을 만나면 빛이 되고 어둠을 만나면 어둠이 된다. 즉 모든 것들을 자기 것으로 만드는 힘을 가진다. 물아일체가 되는 것이다. 자연의 일부가 돼 자연과 하나되는 마음가짐이 필요하다. 그러자면 잘못 채워져 있는 모든 것들을 쏟아내 버리고, 빈 그릇 상태, 일체무아의 지경으로 들어가야 한다. 그리고는 본래 내 것이었던 착한 심성을 되찾아내야 한다.

"부처님들도 이 과정을 거쳤고 수많은 조사들도 다 이 과정을 거쳤느니라."

구류손 부처가 게송으로 말했다.

견신무실시불견
요심여환시불요
요득신심본성공
사인여불하수별

구류손 부처는 과거칠불 가운데 현재불의 첫 번째다. 칠불 가운데서도 비바시 부처, 시기 부처, 비사부 부처는 과거불이고 구류손 부처, 구나함모니 부처, 가섭 부처, 석가모니 부처는 현재불이다. 구류손 부처는 사람의 수명이 4만 겁일 당시 현현했던 분으로, 몸이 실체가 없음을 보는 것이 부처님을 보는 것이라 했다. 몸이 왜 실체가 없는가. 육신이 있어 마음을 그 속에 담고 있지 않는가? 몸은 마음의 집이다. 허나 마음이 거하는 집을 위해 마음을 빼앗겨서는 안 된다. 육신을 위해 화려한 궁전을 짓지 말라는 경계다. 육신이나 물질은 환상에 다름 아니다. 그러니 환상에 사로잡히지 말라는 이야기다. 그렇다면 마음은 어떤가? 마음 역시 마찬가지다. 마음은 바람 같아 한곳에 머물지 않는다. 시간은 흐르고 시간대에 따라 변하는 게 마음이다. 변하지 않는 마음을 진여라 해 붙들고 앉았으려고 하지만 이 역시 움직여, 변하지 않는 것은 아무것도 없다. 불변하지 않는 것이 없는 게 세상이치다. 이 이치를 깨닫는 것이 부처님의 깨달음이다. 그러자면 무아지경에 빠져야 한다. 마음조차도 버려라. 조석으로 변해버리는 게 마음이라면 그 마음이 무슨 소용이 있느냐. 이름하여 법이니 진리니 진여니 반야니 선이니 하지만 이런 불성들이 다 무슨 소용인가. 아무리 붙들고 앉았어도 변해버릴 텐데 참선은 뭐고 수행은 뭐란 말인가. 제행무상이다.

"그러니 들거라. 삼라만상 우주가 하나니라."

그 속에 하나가 되는 것이 부처 되는 길이다. 산을 만나면 산이 되고 물을 만나면 물이 되고 나무를 만나면 나무가 되고 소를 만나면 소가 된다면 그게 곧 윤회의 고리에서 끊어져 자유를 찾는 일이다. 바람처럼 구름처럼 아니면 개처럼 돼지처럼, 그도 저도 아니면 나무처럼 풀처럼 또 혹은 미세한 먼지가 되리라. 어디서 무엇이 되건 그 역시 우주의 일부라 생각한다면 장차 무엇으로 변하건 무슨 상관이랴. 좋고 나쁜 것은 마음에서 오는 것임을. 그러한 생각을 갖는 것이 참선임을. 어디서 들어본 듯도 하고 처음 듣는 소리인 것 같기도 한 설법이다. 백운은 석옥청공의 이 주옥같은 법문을 들으면서도 아직 말문이 트이지 않았다. 그렇지만 귀로 듣고는 있었다. 듣고만 있어서는 될 일이 아닌 문답시간이 와도 그는 입이 열리지 않았다. 석옥청공은 그러한 그에게 스스로 깨우치기를 바란다.

"네가 가지고 있는 그 불법서의 내용이니라."

석옥청공은 백운이 앙코리안에서 갖고 온 불서에 관한 이야기를 들려주고 있다. 언젠가 학덕 높은 큰스님을 만나면 물어보고 싶었던 내용이다.

"거기 무어라 적혀 있느냐? 직지라고 써져 있다."

직지라는 말의 뜻은 자기 자신을 똑바로 직시하란 의미다. 마음을 들여다보고 그 속에 담긴 불심을 찾으란 뜻이다. 불심은 곧 형상이 있는 것이나 형상이 없는 것이나 모양이 없는 것임을 알면, 물질이나 마음이나 모양이 없는 것임을 깨달으면, 그게 곧, 바로 봄이라는 것이다. 바로 보는 것이 직지다. 무엇을 바로 보는가. 심중을 꿰뚫어 내가 우주요 우주가 나라는 것을 깨닫는 일이다. 그러면 생사여탈이다.

"소중한 책이니라. 잘 간직했다가 돌아가거든 널리 보급해야 할 것이야."

이 책에는 불자들이 알아 행해야 할 법도가 적혀 있다. 그러니 언젠가는 쓸모가 있을 테니 그때까지 잘 간직하라 이르는 석옥청공화상이다. 그리고 '돌아가거든'이라고 말하는 걸 보면 돌아갈 길이 있음을 예시하는 것이라고 믿는 백운이다. 온 길이 있으니 갈 길도 있을 것이다. 백운은 지나온 길을 다시 한번 생각해본다. 쿨렌산을 떠나 다시 참파로 돌아가는 길에 메콩 강가에 세워진 '왓 푸'라 불리는 참파삭 사원을 보았다. 후일 앙코르 사원의 본보기가 되었다는 힌두 사원이었다. 이곳 역시 이미 불교화 돼 중앙신전에는 불상이 모셔져 있었던 것을 보았다. 거기서도 불경을 찍어내 메콩강의 물길을 따라 아래위로 보급하고 있는 것을 보았다. 메콩강을 건너 바다를 향하던 도중 호식을 당했다. 그리고는 호이안에서 배를 탔다. 호이안은 참파 왕국에서 고려로 귀화해 와 화산 이씨의 시조가 된 참파 왕족 이용상이 배를 진수시킨 곳이다. 그러니 그곳으로만 가면 돌아갈 길이 있으리라 생각했던 막연한 길이었다. 그러나 천신만고 끝에 얻어 탄 배는 원나라에 이르러 태호로 흘러들었다. 차를 수입하기 위해서였다. 그 이후 하무산까지는 작은 수로들을 이용해 들어왔는데 어떻게 찾아들었는지 그 뱃길은 모르겠다. 하지만 온 길을 되짚어 나가면 다시 바다로 나갈 희망이 있다는 것은 틀림없는 사실이다. 그러한 경한에게 백운이라는 이름을 주어, 이 책을 널리 보급하라는 석옥청공화상의 말은 무엇을 뜻하는 것일까. 고려에도 이미 불교가 전파돼 이런 서책들이 많이 보급돼 있다. 이미 이러한 백운의 심중을 꿰뚫은 석옥청공화상은 이 일을 위해 그 고생을 한 것이라 한다.

"이 세상에는 무의미한 게 하나도 없느니."

어쩌면 백운이 여기까지 와 이 고생을 한 것도 이 불법서를 전하기 위한 전도승의 운명을 타고났기 때문이 아닌지 모르겠다는 이야기를 했다. 이미 수많은 신라 고승들이 당나라를 거쳐 인도의 불서들을 가져다 날랐고 고려의 승려들 역시 원나라에 와 여러 가지 형태로 불법을 구해갔다. 그렇지만 지금 이 책, 불경 외의 불경, 경외경은 귀하디귀한 책이다. 게다가 직지처럼 인쇄를 한 책은 더욱 소중하다 한다. 인쇄야말로 많은 보급을 할 수 있는 방법이다. 아마 이 책의 인쇄상태를 보니 돌이나 흙에다가 글자를 새겨 탁본을 한 게 아닌가 하는 추측이 든다는 석옥청공이다. 그러면서 아라비아라는 나라의 흙 판에 새긴 글자 이야기도 했다. 백운은 호두가이의 돌 쪼는 솜씨에 대한 이야기를 했고 지공화상의 주조에 관한 이야기도 했다. 엽전을 만들 듯이 글자를 주조해 인쇄를 하면 보다 많은 책자를 만들 수 있지 않을까라는 막연한 말도 했다. 고려에는 이미 팔만대장경이 목판인쇄에 들어가 대량으로 만들어진 불경이 유통되고 있다. 그렇다면 동전주조법을 이용한 인쇄도 가능하지 않을까. 목판을 만드는 데 드는 시간과 비용에 비해 훨씬 저렴한 가격에 책을 만들 수 있을 것이다. 백운은 갑자기 불경을 만들어 전파하기 위한 전도승이 된 기분이다. 왜 갑자기 이러한 엉뚱한 생각이 떠올랐을까? 이게 바로 번갯불 같은 생각이 아닐까? 돈오돈수다. 각자가 할 일이 따로 있는 것이다. 이제 나의 할 일은 불서의 보급이다. 백운은 백일몽에서 깨어나기 시작한다. 봄비에 동토가 녹듯. 이러한 백운의 생각과는 무관하게 석옥청공은 직지의 내용에 대해 설명하고 있다.

"우리는 너무 오랫동안 세상에 얽매여 살아와, 세상 보는 눈으로 보기에 무엇이 불성인지를 깨닫지 못하고 있다. 이 묵은 때를 벗겨야 한다."

네가 곧 나다. 네가 나일진대 누가 너를 아프게 할 것인가. 네가 곧 나일진대 누가 너를 슬프게 할 것인가. 네가 곧 나일진대 누가 너를 헐벗고 굶주리게 둘 것인가. 여기서 자비행이 나올 것이며 자유와 평등 평화는 절로 생길 것이다. 그러나 그것은, 한순간에 번개 치듯 내려지지 않으면 오랜 시간을 통해 수련해야 얻을 수 있는 보물이란다. 번개를 맞았다 치더라도 그 각성은 영원하지 않다. 때문에 매일 밥 먹듯 수행을 하지 않으면 안 된다.

"불법은 무공과 같아서 가르치지 않아서 못 배우는 게 아니다. 번개를 맞아 일순에 깨우치거나 수련을 통해 연마하지 못하면 얻지 못하는 보물이다. 그래서 법보라 하는 것이다."

스스로 깨우치는 길에 참선이 있다. 결가부좌 명상에 들어 저 깊은 마음의 속을 들여다보는 일이다. 그 마음 밑바닥에 갈앉아 있는 앙금을 씻어낼 일이다. 알음알이를 두지 마라. 미련을 버려라.

"네 마음속에 무엇이 비치느냐?"

느닷없이 묻는 석옥청공의 말에 백운은 이렇게 답한다.

"묘덕입니다."

그런데 이 대답이 정말로 입밖으로 새어나온 말인지 혼자 속으로 중얼거린 말인지는 알 수 없다.

"개구로다."

그러나 석옥청공은 이제야 비로소 백운의 말문이 열렸음을 선언한다.

"선재, 선재…… 선재로다. 이제 백운의 말문이 열렸도다."

오랜 함묵을 깨고 말문을 열게 한 묘덕이 무슨 뜻인가? 거기 무슨 깊은 화두가 있을 것 같아 선문을 다시 한다.

"묘덕이라?"

백운은 그와 함께 구들막농사를 지었던 묘덕시주를 염에 두었지만 석옥청공은 전혀 엉뚱하게도 신묘한 덕성을 떠올린 모양이다.

"선재, 선재로다."

백운은 영주 부석사를 떠올렸다. 거기 선묘신각이 있다. 신라 고승 의상대사가 당나라 유학을 갔을 때 그를 흠모하던 선묘가 용으로 변신하여 신라까지 따라와 절집을 짓는 의상을 도와 신통한 재주를 부렸다. 처음 소백산 자락을 개산해 절을 세우려할 때 이 일대를 선점하고 살던 산적의 무리들이 절 공사를 방해해 훼방을 놓았다. 이에 선묘는 신통력을 부려 큰 바위를 공중으로 들었다 놓았다하여 그 힘을 과시해보임으로써 산적들을 굴복시켜, 오히려 산적들로 일꾼을 삼았다는 부석사 창건설화다. 백운이 늘 마음속에 품고 있던 의문은 이 두 사람의 관계다. 의상대사 같은 고승이 참말로 여자를 가까이 두었을 것인가? 선묘는 그저 전설 속의 인물에 불과했을까. 의상과 쌍벽을 이루었던 원효대사에게 여자의 몸을 빌려주어 설총을 낳게 한 요석공주가 있었던 걸 보면, 아무리 고승이라 할지라도 이 문제만은 피해갈 수없는 일이라는 생각이다. 단순한 색계 이상의 또 다른 차원의 문제가 있지 않을까? 순간적인 색욕이 아닌 그로 인해 이룰 수 있는 결과가 중요하지 않을까. 색이 색으로 그치면 색에 지나지 않았을 테지만 그 색으로 불전을 짓는다면 색도 필요하지 않았을까. 색은 생명의 탄생지이기도 하고 힘의 원동력이기도 하다. 백운은 창조와 파괴의 신 시바를 떠올린다. 파괴가 있어야 창조가 있다. 힌두교의 시바 신은 이 두 사역을 맡아하는 신으로 그 상징물은 링가라는 남근상으로 표현돼 나타난다. 시바 신이 봉헌된 각 사원의 정중앙에 자리잡은 링가는 무엇을 뜻하는가? 다산에 대한 축원이다. 생산이 없으면 사람은 어디서 오는가? 아무도 생산하지 않으면 인구멸절상태가 올 것이다. 힌두 신의 세계에서는 부처도 시바 신의 또 다른 현신이라고 했다. 그렇다. 부처 역시 여인의 뱃속에서 나왔다. 그렇다면 묘덕을 통해 아이를 생산해낸 것이 잘못이란 말인가? 그 일이 여기까지 내쳐질 만한 까닭이 되는가. 둘은 사랑했고 아이는 사랑의 결실이었다. 과연 절간에서는 사랑이 있어선 안 되는가. 백운은 시시때때로 이 엉뚱한 상념에 빠진다. 지금 또 이 소용돌이 속에 들고 만다. 이 생각을 할 때는 이게 번뇌로 느껴지지 않고 오히려 당당함으로 일어서는 것이 있다. 생각만으로도 굳어지는 물건, 지긋이 힘을 주면 자부심까지 생기는 이 뿌듯함을 어디다 비길 것인가. 그는 지금 그러한 근질거림을 온몸으로 느끼고 있다. 색욕은 무간지옥으로의 지름길이라고 수없이 배워왔지만 묘덕과의 그 일은 색욕과는 또 다른 것이라고 그는 믿고 싶은 것이다.

"모두 다 출가해 생산을 꺼린다면 사람은 어디서 나지?"

묘덕이 그랬다. 묘덕은 아이를 가져 공녀를 면하고 싶다하였고, 이왕 생산을 할 바에야 마음에 드는 남자를 자기 손으로 고르겠다고 하였다. 따지고 보면 경한은 이렇듯 영악한 묘덕에게 걸려든 셈이 되고 만다. 그렇지만 걸려들었다고 볼 수만은 없는 쌍방이 원했던 일이었다. 연등날 절을 찾는 수많은 시주들 중에 묘덕이 단연 경한의 맘을 사로잡아 간 유일한 처녀였기 때문이다. 사실 따지고 보면 애기를 가지기 위해서 백일기도를 드리는 여인네들 중에는 불씨를 받아가려는 사람들도 더러는 있었다. 이를 자비라고 생각 하는 승려들도 있다. 하물며 공녀차출을 면제받기 위해 씨를 받아 간 묘덕을 나무랄 수만은 없을 일, 왜냐면 장가들 남정네가 남아 있질 않는 현실이었기 때문이다. 아직 장가들지 않은 총각들로 전 장과 부역에 끌려가지 않은 남정네가 어디 있었던가. 절간을 찾아 들 수밖에 없는 현실이었다. 그중에서도 묘덕과 같은 인물은, 아무 도 거들떠보지 않을 난장이는, 아이를 낳아 유부녀가 되지 않았으 면 광대패로 팔려가지 않을 수 없는 현실이었다. 원나라 광대패들 은 몸이 좀 이상하게 생긴 기형들을 모조리 잡아다가 구경거리로 삼아 팔아넘겼던 것인 바, 묘덕도 그 패거리들에게 끌려갈 뻔한 사 건이 있었다. 그날도 경한은 절에 부식조달을 위해 시장엘 들렀었 고 시장을 휩쓸고 다니던 원나라 패거리들을 피해 달아나는 난장 이 묘덕을 부식을 실은 짐수레 속에 숨겨준 일이 있었다. 이리에게 쫓기던 토끼새끼처럼 불쌍한 묘덕을 구해준 일로 두 사람 인연이 깊어졌고, 묘덕의 부모님들로부터 정식 청을 받아 합환을 했던 것 인데 그 일이 나중에 화근이 될 줄은 미처 몰랐다. 출가한 승려가 해서는 안 될 짓을 하기는 했지만 그는 아직까지도 그 일이 왜 나 쁜지 이해할 수가 없다. 또한 승려라고 다 생산을 중단한다면 이 세상 중생은 누가 낳아 기른단 말인가. 때문에 힌두교에서는 생산 을 장려했다. 힌두신전의 중앙 탑에 봉헌된 시바 신상의 상징인 링가는 생산의 요체인 남근상이다. 다산의 상징인 것이다. 그렇게 본다면 묘덕에게 한 일은 오히려 자비행이라고 믿었던 신념이 더욱 깊어졌던 경한이다. 지금 경한은, 아니 백운이 되기 전 경한은, 적어도 그렇게 생각했었다. 그렇다면 백운이 된 경한의 생각은 어떠한가? 그래도 그것만은 여전하다. 그 일에는 잘못이 없다. 강제로 한 짓도 아니고 욕정에 사로잡혀 저지른 불륜도 아니다. 불륜이란 그 뒷일을 책임지지 않으려할 때 생긴다. 한 여인을 구제하기 위한 보시를 행했을 뿐이다. 단 앞으로의 일이 문제인 것이다. 그 아이를 어떻게 할 것인가? 나 몰라라 던져둘 것인가, 아니면 길러 보살필 것인가. 만약에 살아서 다시 고려로 돌아간다면, 저들을 만날 수 있다면 저들을 가족으로 맞아 함께 살 것인가, 출가한 승려라는 입장을 내세워 저들을 버릴 것인가. 백운이 아는 어떤 큰스님께서는 사하촌에 버젓이 자식을 두고서도 모른 채 입 닦고는 공염불을 하고 있었다. 그런 체면치레 속에서도 불성이 살아 있을 것인가. 속으로 그를 나무랐었는데 어느 날 약방에 들러 그 아이의 약을 지어가는 큰스님을 보고는 더욱 가슴을 저민 적이 있었다. 왜 갑자기 이날 아침 이런 생각을 하게 되었을까. 이게 과연 마음의 밑바닥인가. 마음의 밑바닥을 직시해야 한다. 마음의 소용돌이를 잡으려는데 석옥청공이 묻는다.

"무엇이 보이는고?"

"우물입니다."

길어내도 길어도 마르지 않는 우물이 있다. 결국은 다 마실 수 없는 물이다. 물은 흘러넘치게 두면 된다. 일렁이지 않게 잠재워 그 밑바닥을 들여다보면 된다. 그 밑바닥의 고요함을 취해야 한다.

"마셔라."

"마실 필요 없습니다. 갈앉히면 그만입니다."

흙탕물을 마셔 없애기보다는 그냥 두어 맑아지기를 기다리는 편이 쉽다. 이제 백운은 기다림의 미학을 깨친 것일까. 길어도 길어내도 샘솟는 물을 어찌 다 정화시킬 수 있을 것인가. 그냥 내버려두라. 그러면 흙탕은 저절로 갈앉아 정화될 것이다. 더 이상 흙탕물을 일으키지 않는 이상 그 물은 정화수로 남을 것이다. 휘젓지 않으면 된다. 굳이 과거를 들출 필요는 없을 일. 지난 일은 지난 일이다.

"선재, 선재로다."

두 사람 선문이 여기까지 이르렀을 때, 이제 꽃이 봉오리를 열어 개화를 시도하듯 말문이 트여간다. 우물이 고요하면 강도 바다도 고요하다한다. 그 말문이 중요하다. 이제 백운은 말문을 열어간다. 하무산에 온 지 석 달 열흘 만이다. 그 앞에 몇 년이 흘렀는지는 모른다. 여기서는 시간개념이 없다. 그저 해가 뜨면 낮이요 달이 뜨면 밤이다. 인생은 시간과 함께 흘러간다. 이 시간 줄을 놓으면 끝장이다. 안달복달할 필요가 없다. 도끼자루 썩는 줄 모르는 이런 곳에서는 바람처럼 흐르는 수밖에는 별 도리가 없다. 그러나 세상에 인연 줄을 달아놓은 사람에게 있어선 이 바람이 마냥 시원하지만은 않다. 미련이 끄잡아 당기기 때문이다. 미련에 끄들려 가다보면 환술에 사로잡혀 다시 번뇌 만상에 들게 된다. 비록 말문은 열렸지만 오만 잡상을 떨쳐내지 못한 백운은 아직 환술에 사로잡혀 있다. 그 만상을 버려야 한다.

"알음알이를 버려야 하느니."

알음알이를 버릴 때 정진에 들 수 있다는 석옥청공이다. 정진에 들어야 깨달음을 얻는다. 그 깨달음이란 무엇인가. 색즉시공이다. 그 모든 것은 없는 것이다. 없는 것을 있는 것으로 착각하는 것이다. 그런데 실제로 있었던 것을 어찌하리. 아무리 없다한들 있었던 것이 사실인데 어찌 없었던 걸로 하리. 이미 낳아놓은 자식이 있는데 이를 없었다할 수 있을 것인가. 아무리 공즉시색이라고 우겨봤자 색은 색이지 공이 아니다. 출가한 사람이라고 자기 식솔을 버리고 저 혼자만의 해탈을 염원할 것인가. 도대체 이게 무슨 경우인가. 사람이 할 짓은 아니다. 이미 지은 인을 끊어버릴 수는 없다. 인의 끈을 달아놓은 채로 다시 또 다른 인을 짓지 않는 게 상책이겠지만, 이미 홀맺어놓은 인을 인이 아니라고 부정하는 것은 비겁에 지나지 않는다. 그런 무책임이 어디 있을 것인가. 적어도 사람과의 관계를 그렇게 해선 안 된다. 나 하나만의 해탈을 위해 남을 희생시키는 것은 도리가 아니다. 가족이라는 것도 있다. 백운은 이럴 때 하필이면 더욱 열화같이 타오르는 묘덕과 그 아이에 대한 상념이 무겁다. 이 상념의 벽이 정진의 길을 가로막고 있다. 차라리 길을 둘러 다른 길로 가고 싶다. 그러나 길이 없는 막다른 길이다.

"용쓰지 마라."

용쓰지 마라니? 또 한 대를 얻어맞았다. 석옥청공이 용쓰지 마라는 말은 이미 백운의 심중을 꿰뚫었다는 이야기다. 용(用)이란 쓰임을 의미한다. 세상 보이는 모든 것은 쓰임이 있다. 쓰임이 있으니 필요로 한다. 필요로 하니 가져야 한다. 가져야 하니 욕심이 생긴다. 이 욕심이 화를 자초한다. 화근을 만들지 말라는 이야기다. 벌써 몇 번째 들은 설법이다. 용으로서 체(體)를 말한 것이다. 체는 깨달음의 세계다. 허깨비 같은 쓰임새의 세상에서 벗어나 그게 허깨비임을 보는 것이다. 보고 아는 것이다. 앎으로써 행하자는 것이다. 이 알음알이조차도 버리는 것이 제법무아다. 무념무상이다. 이 경지에 들어야 불성을 깨달을 수 있다. 깨달음이 성불이다.

"색즉시공이요 공즉시색이라."

석옥청공은 그 갈 길을 설파하고 있다. 있는 것이 없는 것이고 없는 것이 있는 것이다. 말장난 같은 이 말의 진의는 무엇인가. 우주만물은 시시각각 변하고 우주만물은 각각이 다른 것 같지만 결국은 하나라는 것이다. 여기서 생사란 그리 중요한 게 못 된다. 날 때 되면 나고 죽을 때 되면 죽는 게 자연의 순리다. 여기에 순응하면 그게 곧 해탈이다. 눈 있는 자는 보고 귀 있는 자는 들을지어다. 붓다가 시중들을 모아놓고 설법을 펼칠 때 연꽃을 들어보였으나 오직 한 사람, 마하가섭이 미소를 지어보였다는 염화시중의 미소를 설파하고 있는 것이다. 연꽃을 들어보이며 이것이 무엇이냐 물었을 때, 그것이 연꽃이라거나 꽃이라거나 했다면 이미 그것은 연꽃이 아니기 때문이다. 꽃대에 달려 뿌리의 자양분을 흡수해 올릴 때의 연꽃과 목 잘려 손에 들린 연꽃은 다른 꽃이기 때문이다. 다 같은 연꽃이긴 하되 하나는 살아 있는 꽃이고 하나는 죽은 꽃이다. 어차피 죽어 시들기야 하겠지만 그 시간의 차이는 이루 말할 수 없이 큰 것이다. 그 시간차를 마하가섭은 알아차린 것이다. 한 겹 더 들어가 보자. 연꽃이 만약 인간이라면 살아 움직이는 인간과 죽어 숨을 멈춘 인간이 같을 것인가 다를 것인가. 연못에 핀 연꽃이나 손에 들린 연꽃이 다 같은 꽃이듯 인간 역시 마찬가지로 인간이긴 하다. 그러니 살아 있을 때나 죽어 있을 때나 매한가지, 생사가 따로 있는 게 아니다. 시간에 따라 변화될 뿐이다. 이게 자연의 이치다. 이 이치를 깨닫는 것이 성불이다. 간단하지 않은가.

"꽃은 돌아가 어디로 갔습니까?"

간 것도 아니고 안 간 것도 아니다. 단지 변형되고 있는 것이다. 지금 석옥청공은 이 간단한 성불의 이치를 설파하고 있다. 집착하지 마라. 시간이 지나면 모든 것이 공으로 돌아간다. 때문에 있는 것이 없는 것이고 없는 것이 있는 것이다. 이 변화의 물결을 거스를 수는 없다. 우주질서에 역행하지 마라. 크게 생각하고 멀리 보라. 이게 정진이다. 공을 위해 공염불하지 말라는 이야기다.

"꽃은 돌아가 흙이 되고 바람이 되고 물이 되어 다시 꽃으로 피어납니다."

한번 태어난 것은 소멸되지 않는다. 이게 윤회다. 그렇게 돌고 도는 것이 우주법칙이다. 그러니 꽃이 곧 흙이요 흙이 곧 바람이며 바람이 곧 물이요 꽃이다. 이런 이치에서 본다면 사람도 마찬가지다. 우주만물 삼라만상이 다 하나다. 단지 시간이 문제다. 그 시간 동안을 잘 견뎌야 한다. 그래서 지금이 중요하다. 지금을 잘살아야 내일을 잘 사는 것이다. 잘사는 것은 무엇인가. 잘 먹고 잘 입는 것인가. 물론 그것도 중요하다. 하지만 보다 중요한 건 용의 세계에만 집착해 용쓰지 말라는 이야기다. 용의 이면에는 체도 있다는 걸 깨닫고 살라는 것이다.

"체면 차리고 사는 일이 참살이라."

얼굴 못들 일하지 말라는 석옥청공이다. 어디서나 누구 앞에서나 얼굴 떳떳하게 들고 살 수 있는 길로 중생제도를 설파한다.

"오늘은 마을로 내려가 시주님들을 만날 것이다. 특별히 행동거지에 신경을 쓰도록……."

백운은 산을 내려간다는 말에 약간 기분이 들뜬다.

"오늘이 무슨 날이야?"

"시주공양을 하는 날이지."

일 년에 한번 산문을 나서 마을로 내려가는 날, 시주들의 공양을 받고 대화를 나누는 시간이 있단다. 사월 초파일이다. 연등을 다는 날, 바로 이날 묘덕을 만났다. 묘덕이 사람들을 따라 절간까지 올라왔다. 새 옷을 갈아입고 있었다. 어린애처럼 아장아장 걸었지만 다 큰 처녀의 가슴은 숨길 수 없이 봉긋했다. 키가 작다뿐이었지 나무랄 데 없는 이목구비를 갖추고 있었다. 한껏 기분을 내느라 길가에서 딴 꽃가지까지 귓등에 꽂고 있었다. 이날따라 묘덕이 더욱 간절해지는 까닭은 무엇인가. 비 오는 날 아픈 곳이 더욱 욱신거리듯 이날이 바로 그날이었던 것이다. 사월 초파일, 연등 다는 날, 잊고 지냈던 날이다. 기억은 때와 장소를 가리지 않고 찾아온다. 그것들 잊어진 기억들은 은연중에 숨어들어 어느덧 온 마음을 침탈해버린다. 백운은 이 침입자를 내좇으려 하지 않는다. 침입자 역시 자연스런 삶의 일부이기 때문이다. 이를 떼어내려 할 필요가 있을 것인가? 부스럼흉터처럼 그냥 보고 있으면 될 일이지 그걸 일부러 긁어낼 필요는 없을 일, 과거는 과거대로 수용할 일이지 도려내려 애 쓸 필요가 없다. 물은 흐르는 대로 흘러가게 내버려두는 게 상 책이다. 지난 일로 자책할 필요가 없다. 그게 잘못임을 깨달았다면 다시 그런 일을 되풀이하지 않는 일이 중요하지 지난날 때문에 괴 로워하거나 그 일을 지우려 애쓸 필요는 없다는 이야기다.

"백운스님도 오늘 공양 나가실 거죠?"

아직 나이 어린 동자승이 상기된 얼굴로 백운을 찾아와 묻는다.

"저는……"

백운은 잠시 대답을 멈칫한다. 어디서 이 동자승을 보았더라? 흥국사에서의 자기모습을 거울에 비춰보는 듯 착각을 불러일으키 는 순간이다. 사람에게 있어선 꼭 어딘가에서 이와 같은 일을 했거 나 당했음직한 선험적 체험을 하는 때가 있다. 의식을 통한 무의식 의 발로다. 오늘은 왜 이렇게 마음이 산만해지는지 모르겠다. 무슨 일이 있으려고 이러는 것일까. 덜컥 염려가 되는 날이기도 하다. 갑자기 묘덕이 떠오르고 동자승에게서 저 옛날의 자기 자신을 발 견하고 지금 일어나고 있는 일련의 일들이 어느 한 옛날의 시간에 똑같은 경험을 한 것 같은 착각이 든다. 차마 떨쳐버릴 수 없는 것 들이 현현하는 것일까.

"왜요? 스님 같이 가요."

커다란 발우를 앞으로 메는 보자기 안에다가 감싸 안고 상기된 얼굴로 저자거리의 공양을 기대하는 동자승과의 동행을 차마 거절 할 수 없는 백운이다. 발우공양은 혼자서 하는 일이 아니다. 서로 짝을 이루어 두 사람씩 한 조가 되어야 한다. 한 사람은 발우에다가 음식을 받아 담는 일을 해야 하고 한 사람은 목탁을 두드리거나 염불을 해 시주승들에게 보답의 의미를 담은 축원을 해야 한다. 지금 이 동자승은 백운에게 이 청을 넣고 있는 것이다.

"그래, 그럼 같이 갑시다."

아직 어리다고 아무도 그와의 동행을 탐탁하게 생각하지 않는다면 자기 자신일 수밖에 없다. 어려운 지경에 놓인 사람을 돕는 일은 이제 백운에게 일상사가 돼버렸다. 꼭 그렇게 하자고 한 게 아닌 데도 일이 그렇게 돼버렸다. 스스로가 생각해도 참으로 대견한 태도다. 스스로 깎이고 깎여 풍상을 견디는 돌이나 바람이 되리라. 그리하여 얻은 이름처럼 떠도는 구름이 되리라.

"고마워요, 화상님."

꾸벅 절을 하고 환하게 웃는 동자승을 보며 그는 동자승이 자기를 놀리는 것이라 생각했다. 화상이라니? 화상은 깨달은 자에게 던지는 말이다. 여기서 무엇을 깨쳤다는 말이더냐? 그저 입 다물고 산 세월이 있었을 뿐이다. 비로소 이제 말문을 열었을 뿐인데, 시주공양을 가도 좋다 하고 화상이라 부르는 동자승이 생겼다. 시주공양은 네가 나 됨을 실행하는 일이기도 하다. 너, 나 돼보라고 입장 바꿔 생각하기, 역지사지의 날이다. 면벽참선이 자기 수행이라면 시주공양 수행은 중생과 함께 공동의 선을 이루는 날이다. 그렇다면 이 하무산에서 얼마나 많은 세월을 보냈단 말인가. 백운은 언뜻 허옇게 돋아나는 턱수염이 세숫물에 비치는 것을 본다. 삭도를 얻어 삭발을 한다. 한 무더기 구름이 물 위에 내려앉는다.

톤레사프호를 따라

샛강들이 얽혀 있다. 이 샛강들은 캄보디아 전역으로 거미줄처럼 연결이 돼 있어, 톤레사프호는 캄보디아의 심장이요 샛강들은 핏줄과 같은 역할을 한다. 평시 이 수로의 물은 톤레사프 호수를 거쳐 메콩강을 따라 바다로 흘러들지만 우기가 되면 역류가 돼, 되차오른다. 따라서 일 년의 반은 바다요 반은 호수가 되는 곳이 톤레사프 호수와 메콩강 하류다. 우기가 되면 그 면적이 네 배로 늘어나 호수 주변의 숲과 농경지들은 전부 수몰된다. 이 수몰지역에는 민물과 바닷물이 동시에 들었다 빠졌다하는 덕분에 각종 물고기들이 서식하기 좋아 물 반 고기 반이라는 명성을 얻고 있는 어업의 전진기지가 되기도 한다. 따라서 총크니에 수상가옥으로 대변되는 수상마을들이 생겨 이색풍경을 만들어내, 보트피플과 함께 관광 상품이 되기도 한다. 현지인들의 전통적 생활을 뒤바꿔놓는 새로운 변화의 물결이 일고 있는 것이다.

톤레사프호는 6천 년 전 인도차이나 반도의 지각이 내려앉는 지각층의 변동으로 생긴 동남아에서 가장 큰 호수다. 그 역사가 깊고 면적이 넓은 만큼 사는 사람들의 살아가는 모습도 각양각색이다. 여기에 맹그로브 숲속에 숨어사는 사람들이 있으니 이들은 치외법권적인 삶을 영위하는, 별천지 사람들로, 인간적인 인간이기를 거부한 사람들이다. 톤레사프호를 관장하는 수상경찰도 이들에 대한 감시감독을 포기한 별종으로 학교나 병원은 물론 시장까지도 보지 않는, 순 자급자족하는 원시부족이나 다름없는, 대인기피증에 걸린, 문명을 거부한 사람들이다. 이들을 최 목사는 맹그로브족이라 한다. TV에서나 나올 법한 '병만족'이나 아마존 정글 속의 한 부족 같은 집단이라는 것이다. 이들 속에 영국이 있다한다.

"낯선 이방인이 출입을 하게 되면 저들의 표적이 될 텐데……."

그렇게 된다면 영국의 신분노출이 염려스럽다는 최 목사다. 지금 당장 탈출시킬 계획이 없다면 그를 만나러 가는 것이 옳지 않다는 견해다. 예전엔 보트피플에 대한 관심이 별로 없었지만 지금은 그나마 치안이 바로 잡혀 일일이 간섭을 하려든다. 드나드는 모든 출입자가 감시 대상이다. 아무리 숨어들려 해도 내 배가 없는 이상 배를 빌려 준 배꾼들의 입이 무섭다는 것이다. 그러니 굳이 긁어 부스럼 만들 필요가 있겠느냐 이야기다. 모르긴 몰라도 당국에서도 캄푸치아 정권에 빌붙어 부역한 영국의 생존여부와 소재파악에 대해 어느 정도 촉각을 세우고 있지 않겠느냐, 아직도 생사를 알 수 없는 그 잔존들이 있어, 그들에 대한 추적을 하고 있는 중이라면, 그 가족의 움직임이나 동향은 관찰의 대상이 돼 있을 것이고,

섣부른 행동으로 괜한 의심을 제공할 수도 있을 것이라는 최 목사
의 말에 일리가 있다는 생각을 하면서, 너는 낙동강 하구 을숙도를
떠올린다.

　한때 을숙도 갈대밭은 치외법권적인 특별성역이었다. 너는 거기
한동안 숨어 지낸 적이 있었다. 군사정권이 한창 기승을 부리던
때, 삼청교육대라는 것이 생겨 저들의 눈 밖에 난 사람들을 마구잡
이로 잡아들여 인간재생창으로 몰아넣던 그때 그 시절, 너는 어쩌
다 저들의 눈 밖에 나 피신을 하지 않으면 안 될 절대 절명의 순간
을 맞아 을숙도갈대밭에 몸을 숨긴 일이 있었다. 처음엔 낚시꾼으
로 가장해 잠입하였지만 광복동-국제시장을 휩쓸던 족제비파 일
당들이 잠수 타는 사태가 벌어지고 나서부터는 그곳조차 더 이상
성역일 수 없었다. 대거 소탕작전이 벌어졌고 급기야는 갈대밭에
불을 질러 은신처를 소개하는 초토화 작전까지 일어났다. 밀수로
돈을 벌던 한 친구는 청바지 여섯 벌을 껴입고 세관을 통과하다가
넘어져 다시 일어나지 못한 촌극을 벌여 곤죽을 친 일이 있었다.
그 당시 최고인기 직종은 외항선원으로 세관 통과 시 입은 옷이나
팔뚝에 찬 시계 같은 것에 대한 관세는 붙이지 않았다. 통상 청바
지 세 벌 시계 일곱 개 정도는 휴대품으로 눈 감아줬고, 마약이 아
닌 이상 몸에 지니거나 어깨에 멜 만큼의 밀수품은 묵인이 되었다.
그런데 그 친구는 넘어져 일어나지 못할 만큼 청바지를 꿰입었으
니, 그것도 한두 번이 아니라 입항할 때마다 계속 그랬으니 눈 밖
에 날 수밖에, 결국엔 수배대상이 될 수밖에 없었다. 그러한 인물
이 네 낚시터 옆 자리를 차지하고 앉아 '갈대족'이 돼 을숙도의 도

민이 되었으니, 을숙도가 그런 인물들로 북적였으니 갈대밭을 태우는 소탕작전이 벌어지지 않을 수 없었던 시절이었다. 흡사 로마의 재건과 시상을 위해 로마시내를 불바다로 만든 네로 황제 같은 발상이었을까, 계엄당국에서는 기어이 초토작전을 폈고 카타콤에 숨어 있던 로마의 기독교인들이 붙들려가듯 을숙도민들은 끌려가지 않을 수 없었다. 이들의 최대약점은 가만 있질 못한다는 데 있다. 죽은 듯이 엎드려 있으면 설사 저들의 은신처를 안다 해도 모르는 척 지나칠 것인데 저들은 절대 그렇질 못했다. 뭐가 그리 궁금했던지 잠시도 가만 있질 못하고 나부댔다. 저 아프리카의 미어캣처럼 머리를 불쑥불쑥 쳐들어 기어이 자신의 위치를 드러낸 것이다. 그래서 그 당시 을숙도민은 다 잡혀 가 삼청교육대 혹은 벌금형을 받았다. 청바지를 밀수했던 그 친구는 삼청교육대를 졸업하고 개심해 새로운 돈벌이를 했고 너는 벌금형을 받았었다. 그의 죄목은 밀수였고 너의 죄목은 장발이었다. 장발도 그냥 장발이었으면 괜찮을 일이었으나 시국사범이 기르는 장발은 귀에 걸면 귀걸이 코에 걸면 코걸이로, 녹피에 가로 曰자가 돼 그 당시로선 중죄에 해당되는 국가사범이었다. 그때 그 시절을 너는 네 인생의 전환점으로, 너는 달라졌고, 그는 가발을 만들어 수출해 달러를 긁어모았다. 가발을 시작한 그 사업적 구상의 동기도 희한해서 잘라버린 네 장발에서 그 힌트를 얻었다하니 너도 그 창업주의 공을 취할 만도 한 일을 하긴 했다. 하여 시도 때도 없이 공술을 얻어마셨다. 을숙도 갈대 족속이 바로 영국이다. 너나 영국이나, 둘 다 맹그로브 숲으로 도망간 '도망족'에 대해선 더 이상 설명이 필요 없을 정도로 훤히 꿰뚫고 있다. 이게 경륜이다. 늙으면 힘이 없어지는 대신 쓸데없는 꾀만 늘어난다. 지금 이 경우는 그 반대가 되겠지만, 도망자들은 머리 쳐 박고 가만있는데 옆에 사람이 들쑤셔 사단을 내는 경우가 될 수 있질 않겠는가. 새들은 자신이 낳은 알에서 먼 곳에 착지해 숨은 걸음으로 둥지를 찾아든다. 적에게 새끼가 있는 둥지를 은폐하기 위해서다. 어떤 경우든 은신을 위해선 노출을 삼가야 한다는 것은 잠수의 기본원칙이다. 영국이 잠수 탄 신세라면 그를 위해서 그 근처에 얼씬대지 않는 것이 좋다.

"그 점에 대해선 백 프로 공감입니다. 그러나 영국은 만나야 하지 않겠어요?"

"물론 만나야지요."

만나는 데는 절대 지혜가 필요하다는 최 목사다.

"요즘은 톤레 삽도 경비가 체계화 돼 신고체제가 확고해졌어요."

낯선 이방인에게 배를 함부로 내주는 사람이 없다. 걸려도 크게 걸린다. 현지 사람들이야 출입이 예사롭지만 이방인들에게는 감시의 눈길이 있다는 것이다. 그러니 우르르 몰려가는 것보다는 영국을 몰래 빼내오는 편이 낫다는 이야기다. 너는 한때 크메르루주 잔당들이 파일린에 잔존한다는 소문을 듣고 거길 찾아간 적이 있었다. 파일린은 저들이 마지막까지 항거한 곳이긴 하지만, 지금은 총을 버리는 대신 저들에게 할양된 독립자치주 같은 곳으로, 여느 다른 도시와 마찬가지로 평온을 되찾은 지역으로 변화했다. 거기 푸른산이라는 큰 산이 있어 그 잔당들이 은신해 있다는 소문이 돌았지만, 헛소문으로, 저들은 크메르루주의 잔존이 아닌 베트남 몽족의 일단으로, 종교적 탄압을 피해 캄보디아 몬돌리끼주로 귀화해 살다가 푸른산 7단 폭포 아래로 이주한 족속들이라 했다. 저들 집단촌에는 일반인의 출입이 통제 돼 가 볼 수는 없었지만 폴 포트 정권의 수괴였던 쌀 로트의 수하들은 없는 것으로 알려져 있다. 만약에 영국이 크메르루주로 활약을 했고 마지막 남은 도망자라면, 지리산 마지막 빨치산으로 유명했던 정순덕이 같은 존재가 될 것이 아닌가. 정순덕은 공산주의의 '공산'이 뭔지도 몰랐지만, 남편이 군경에 살해당한 후 엉겁결에 도망 가 빨치산이 돼 맹활약을 한 인물로 알려져 있다. 너는 어린 시절을 정순덕이 이야기를 군것질 삼아 지내던 지리산 밑에 살았다. 학교에서는 노상 그 이야기뿐이었다. 군경토벌대와 딱 마주쳐, 이제는 잡았다 싶었는데 능선을 하나 넘고 보니 어느새 사라지고 없더라는, 나중에 보니 무덤을 파고 그 속에 숨었다 도망갔더라는, 은신술의 매구라는 이야기들이며, 또 혹은 정순덕이 보투를 나와 민가를 습격했는데 사람은 해치지 않고 양식만 가지고 갔다는 의적으로서의 영웅담이며, 신출귀몰한 여전사 정순덕, 그는 잡혀 옥살이를 하고 참회록까지 냈고, 그 모순의 세월을 담은 소설책도 나왔었다. 비교할 건 못되지만 영국이 그러한 모순된 삶을 살았다면 그 진실은 밝혀져야 할 것이다. 그것도 남이 아닌 영국의 아들인 영국 2세의 인생 노정이라면 작가인 네게 또 다른 일이 주어지는 셈이 될 것이다. 그 일을 위해 너는 여기 와 있음이 아닌가. 어쨌거나 이러한 현실 속에서, 네 소설의 주인공이 될 수도 있는 영국을 빼낸다는 것은, 흥미로운 일이며 결코 쉬운 일이 아니게 생겼다.

"첩보작전을 방불케 하는 일단의 조처가 있어야겠네요?"

너는 장난스럽게 이 분위기를 바꿔보려 한다.

"야, 지금 소설 쓰냐?"

영국은 실없는 소리하지 말라했고 최 목사는 첩보작전보다 더 치밀한 계획을 짜야 한다고 한다. 이왕 할 것 같으면 한국으로의 망명길을 열어야 한다했다. 그렇잖으면 목숨 부지하기 힘들다. 너는 거창양민학살사건의 주범자로 그 행동을 책임 맡았던 당시 국군 제11사단 9연대 3대대를 이끌었던 모 인사를 취재하기 위해 몇 번의 약속 끝에 약속장소에 나갔지만 그는 나타나지 않았음을 다시 상기한다. 취재에도 이러한 어려움이 있었거늘 그러한 인물을 한국으로 데려가려한다면 얼마나 지난한 일들이 있을 것인가? 여기서 우리는 잠시 숙연해질 수밖에 없다. 단순히 영국의 피붙이를 데려가려는 게 아니라 세기의 학살극에 가담했던 인물을 데려가려 한다면 문제가 달라질 수밖에 없는 일이 아닌가. 단순한 라이따이한 찾기가 아니라 역사적 인물을 빼돌리는 국제적 사건이 될 수도 있다. 그렇다면 이게 소설이어야 한다. 이게 만약 픽션이 아닌 넌-픽션이라면 영국은 전 세계 역사상 있어서는 안 될 희대의 악마를 탄생시킨 악마의 생부가 된다. 그렇다면 이 일련의 사실들은 소설이 아니면 안 된다. 영국이나 너나 이게 소설인지 아닌지에 대해선 아는 바가 없다. 다소나마 사실에 근접한 정보를 쥐고 있는 사람은 최 목사뿐이다. 아니면 영국의 출생에서 지금까지 그 일생을 손에 쥐고 있는 콴이라야 되는데 콴은 일체 입을 다물고 있는 상태다. 콴은 사실 영국이라는 이름의 자기 자식이, 밖에 나가서 한 사회적 일에 대해선 모르고 있을 수도 있다. 그럴 수밖에 더 있을 것인가. 자식이 밖에 나가서 하는 일은 낱낱이 그 어미에게 고할 것인가? 그것도 군에서 일어난 일을.

"목사님 생각에는 어떻습니까?"

"뭐가요?"

"영국이 쌀 로트 밑에 있으면서 무슨 일을 저지른 인물 같습니까?"

"그건 무슨 말씀인지?"

"영국이 폴 포트 군에 있지 않았었나, 이 말입니다."

"그랬었다고 들었습니다."

"그랬다면 얘가 그 학살에도 가담했을 거 아닙니까?"

그동안 영국을 맹그로브 숲으로 피신시켜 준 걸 보면, 최 목사는 그러한 사실들을 알고 있었을 것이고, 그런 죄과를 숨겨주기 위한 것이 아니었을까? 너는 단도직입적으로 물었다.

"그간 영국으로부터 들은 이야기가 있을 것 아닙니까?"

최 목사는 그동안 아무한테도 말할 수 없었던 이야기라며 그간의 사정을 털어놓는다. 한 편의 소설이 되고도 남는 긴 분량의 스토리다. 먼저 최 목사 자신의 이야기부터 정리한다. 두 번의 보트피플이 그 인생의 전부이며 핵심과정이다. 그는 흥남철수 때 일곱 살 나이로 보트피플이 되었다. 그가 뛰놀며 자란 곳은 자갈치시장으로 온 가족이 합심해 일했지만 바람 찬 시장 바닥이 눌 자리였었다. 그 이후 밥이나 제대로 먹어보자고 군에 자원입대했고 돈이나 벌 수 있을까 월남 파병을 자원했지만 여기서도 보트피플이 돼 호주로 건너가는 신세가 되었다. 이게 그의 인생전반에 대한 이야기다. 세 번째 인생역전은 호주에서 일어난다. 그 백호주의가 만연한 호주사회에서도 나쁜 사람보다는 좋은 사람이 더 많아 그는 신학공부를 해 목사안수를 받았다. 그리고는 선교사 되기를 원했다.

그가 선교의 첫발을 내딛은 곳은 베트남이었다. 월남전 당시 그는 거기서 수많은 죽음들을 보았고 또 실제 죽이기까지 했다. 아무리 전쟁 중이고 군인의 신분이긴 했지만 그 일련의 일들은 참회로서만 얻어낼 수 있는 평화라 생각했다. 변해도 너무 많이 변한 세월이 그사이 있었지만 세월이 변해도 변하지 않는 양심의 가책은 그를 월남에서 정착 못하게 만드는 우울증으로 엄습해 왔다. 그는 처음 자신이 전투를 했던 꾸멍고개 아래에다 교회를 하나 세웠지만 정신착란을 일으킬 정도로 강력한 사탄의 공격을 받았다. 사탄은 악령두목이다. 악령에는 사탄이 있고 마귀가 있으며 귀신이 있다. 이들은 서로 다른 모습을 한 타락천사로 언제나 인간의 본성인 신성을 깨부수려한다. 이들의 공격을 받으면 기도도 소용없는 핵폭탄 같은 폭격과 상처를 입게 된다. 구정공세를 받은 꾸멍고개에서 수많은 전우들이 희생되었고 그는 거기서 처음으로 사람을 죽였다. 그중에서는 마을 전체를 불태운 사건도 있었다. 그중 한 사람, 두 눈을 번히 뜨고 죽어간 사람이 자꾸 나타나 왜 그랬느냐고 묻는다는 것이었다. 본시 악령은 죽은 자의 영혼에 붙어 기생하다가 복수하러 나오는 존재가 아닌 줄 알면서도 최 목사는 그곳을 떠나 올 수밖에 없었다. 악령은 신과 인간의 사이를 떠돌며 신성을 파괴하고 두 관계를 이간질 시킨다. 하여 선성을 잃게 한다. 그 선성이 양심의 소리이며, 그 양심의 소리에 귀 기울이기 위해 항상 깨어 있음이 바로 구도의 자세 '직지'라 말하려는데 영국이 먼저 말을 섞는다.

"나도 작대기 군번인데……."

영국이 갑자기 군번을 비교해 본다.

"난 작대기 칠칠인데?"

"난 작대기 팔공인데."

너는 11로 시작되는 논산훈련소 군번으로 선후배를 가리는 사이, 51로 나가는 창원군번을 맞춰보고 있다. 논산군번 1177…… 이나 80은 창원군번 5104…… 보단 먼저다. 얼추 비슷한 군번이긴 하지만 오뉴월 하루 빛이 무서운 군번줄서기라 계산을 그만둔다. 남자들이란 군대 이야기만 나오면 밤새는 줄 모르고 군번이 하나라도 뒤로 처지면 그만 졸병취급을 하려든다. 하여 군번은 한 단계씩 앞으로 당겨대는 게 보통이다. 그런데 영국은 꾸멍고개에서 구정공세를 받은 전투를 치렀다면 자기보다는 몇 개월 앞선 군번이란다. 영국이 꾸멍고개가 있는 빈탄 중대로 전입 갔을 때는 구정공세가 막 끝난 다음이다. 수없이 들은 무용담이다. 두 사람은 같은 부대 같은 지역에서 근무를 했다. 그러나 오뉴월 하루 빛이 무섭다고 군번 하나 차이로 둘은 같은 공간에서 군 생활을 했지만 시간적으로는 앞서거니 뒤서거니 해, 그 했던 일들이 달라진다. 어쨌거나 최 목사는 현장에서 속죄생활을 하려던 계획을 바꿀 수밖에 없었다. 신앙으로서도 기도로서도 당해낼 수 없는 무서운 압박감이 그로 하여 그곳을 탈출하지 않으면 안 되게 만들었다. 악령들이 밤낮을 가리지 않고 들쑤셔대는데 감당이 불감당이었다.

"거의 미칠 지경이 돼 캄보디아로 왔지요. 그런데 여기서 그 살아 있는 악령 하나를 만난 겁니다."

최 목사는 이미 콴을 알고 지냈다.

"그 당시 빈탄에서 군 생활을 한 군인치고 콴을 모르는 사람 어디 있었겠어요?"

콴은 한국군인들에게 가장 인기 있는 '아리랑'이었다. 예쁘고 똑똑하고 영민해 가끔씩 기숙학교를 떠나 집으로 돌아오는 방학이나 주말을 장병들과 함께 지내기를 좋아했다. 영국에게 수류탄을 달라던 그날도 모처럼 집으로 돌아온 날이었다. 집으로 돌아와 보니 이미 산골짜기에 있던 외가마을은 불 타 없어지고 학살이 자행된 뒤였다. 누구에 의해 어떻게 생긴 사건이었든 간에 콴에게 있어선 일생일대의 충격이 아닐 수 없었던 사건이었고 수류탄이라도 빼자폭하고 싶었던 날이었다. 이 앞뒤 역사적 일련의 사건들을 공통분모로 하고 있는 세 사람의 이야기다. 억지로 꿰맞춰본다면 최 목사는 학살현장에 투입된 용사였고 영국은 그 이후 뒷처리를 했던 군번이고 콴은 피해 당사자다.

"이제 알겠네."

영국이 갑자기 뭔가 떠오른 모양이다.

"최 목사 이름이……. 강, 강봉달 하사 아니요?"

기억이 옳다면 최가가 아니라 강봉달 하사여야 옳다는 영국이다. 마이가리 빙상 날고 하사라 빼기던 보안대 강봉달이, 그가 바로 최 목사여야 한다는 이야기다. 이미 파월장병들 사이에 소문이

난 선교사 최 목사는 그 실명이 강봉달이다. 온라인 상으로 유명해진 최 목사를 여기서 이렇게 만날 줄은 몰랐다는 영국이 새삼스럽게 인사를 청한다.

"정말 고마워요. 내 최 목사 이야긴 진즉 들어 알고 있었는데……."

이렇게 만난 건 이게 다 우연이 아니라는 영국이다. 우연은 없다 필연을 가장한 우연이 있을 뿐이다.

"그때 쾰른에서 하 병장하고 한 잔 했었잖아요?"

"아, 네, 기억나요. 하 병장 그때 교통사고 당했었지요."

"교통사고가 아니라 매복에 당했다 하지 않았었나요?"

"보고서야 그리 올렸지요. 음주운전으로 올릴 수야 없잖아요?"

그 덕분에 아직도 연금 타는 유족들이 있다. 두 사람 이야기 속에 수많은 소설들이 숨어 있다. 군대 이야기 꺼내놓으면 밤을 새워도 모자란다. 지금 중요한 건 과거지사가 아니라, 서로의 관계가 아니라, 어떻게 해서 영국에게 친부가 왔다는 소식을 전하고 그의 의사결정에 따라 그를 도울 것인가 하는 현실적인 문제다. 그사이 우여곡절은 언제 적당한 때를 맞춰 소설을 한 권 만들자. 최 목사만 해도 충분한 대하소설 감이다. 흥남철수에서부터 자갈치 피난민생활에 또다시 파월-보트피플로 이어지는 인생역정은 소설 그자체가 아닌가. 한국 근·현대사에 이만한 주인공이 없다할 정도다. 이제 인생사 모든 그릇을 비우고 오로지 선교를 위한 구호활동을 펼치는 그에게 너는 모든 찬사를 보내야 할 일이지만, 찬사 이전에 질문이 먼저 쏟아진다. 질문이기보다는 자연스럽게 군대이야기를 끝내고 현실적 사안으로 돌아오기 위한 수순이다.

"이렇게 해서 한국으로 간 라이따이한들이 있어요?"

너는 뜬금없는 질문을 던진다. TV에 나오는 수많은 탈북자들이 나 또 다른 이민자들이 이런 경로를 타고 한국으로 들어갈 수 있었다면, 그러한 경험이 있다면, 영국의 탈출도 성공할 수 있을 것이기 때문이다.

"그런데 최 목사, 한 가지 궁금한 게 있어요."

"말씀해보세요."

"단도직입적으로 말할 테니 용서 하세요."

영국은 무엇 때문에 이런 일을 하느냐고 묻는다. 돈 때문이냐, 아니면 다른 목적이 있느냐, 돈 때문이라면 얼마나 보상을 해야 하느냐, 뭐 이런 현실적인 질문이었다. 영국으로선 당연히 물어볼 수 있는 성질의 질문이다. 그런데 최 목사의 대답이 걸작이다. 그런 현실적인 문제는 거론할 필요 없다, 내가 이런 일을 하는 건 잃어버린 영혼을 구하기 위한 일이다, 라는 종교적인 대답이었다. 여기와서 일 하는 그 자체가 하나에서 열까지 잃어버린 한 마리의 양을 찾는 일이라는 최 목사다. 비단 라이따이한이 아니더라도 고통과 절망 속에 허덕이는 이들의 영혼을 구제하고 고통에 시달리는 저들에게 위안이 돼주는 것이 사명이라는 것이다. 지금까지는 이런 사연도 모르고 도왔는데 이제 사건의 전말을 알았으니 더욱 적극적으로 도울 것이라는 대답이며,

"전혀 불가능한 일은 아니니……."

앞일도 걱정하지 말라는 최 목사다. 잃어버린 한 마리 양을 찾기 위해서? 영혼의 구제를 위해서 땅끝까지 가라는 그 명령 때문에?

너는 갑자기 알 수 없는 전율을 느낀다. 이 소설에서 비교해야할 인물은 영국이와 경한이 아니라 경한과 최 목사라는 생각이 들었기 때문이다. 이 소설의 또 하나의 주인공 경한이 역시 대중구제를 위해 경전을 전파해야 할 막중한 소임을 띤 인물로 전개시키고 있다. 이 두 상대역의 성격을 어떻게 설정해야 할 것인가? 작가로서의 네 고민이 또 하나 더 생긴다.

"내가 가서 배를 알아보고 올 테니……."

그동안 맘 놓고 쉬고 있으란다. 최 목사는 국영을 데리고 밖으로 나간다. 간간히 기침을 쿨룩쿨룩 하던 콴은 잠이 들었는지 두 눈을 감고 있다.

"최 목사 사람은 시원하네."

"그렇다고 공짜로 일 시킬 생각은 마라. 저런 사람일수록 돈이 필요하지."

"그야 두말 하면 잔소리지."

이제 둘만의 시간이 왔다.

"그래, 왔던 일은 잘 돼가고 있니?"

"일이 어디 한두 가지야지."

너는 한글학교 만드는 일은 포기해야 할 것 같다는 이야기부터 먼저 한다. 지원을 하겠다던 대학에서 지원금을 끊었다는 이야기며 현지사정이 좋지 않다는 이야기다. 돈이 문제라면 돈은 자기가 댈 테니 그게 정말 하고 싶었던 일이라면 계속해보라는 영국이다. 너는 한글학교를 만들어 선교활동을 위해 뒤에 올 선교사들에게 살 길을 터주고 싶은 일이었지만 흥미를 잃었다한다. 그 대신 소설 직지에 대한 보다 구체적인 자료들을 많이 발굴해 베트남-중국을 관통하는 취재여행을 계속하고 싶다한다. 그 역시 현실적 도움을 줄 테니 하고 싶은 대로 해보라한다.

"그런데 뭐가 그리 자신만만하게 만드는데?"

영국이 소설 직지에 대한 진척사항을 묻는다. 너는 지금까지 만든 로드맵을 설명한다. 앙코르 톰의 벽화 조각에서 고려인의 모습을 발견했고 그 고려인이 직지를 얻어 중국을 통해 귀환하는 장면을 이미 그려놓았다 한다.

"내가 지금 하고 있는 일련의 작업들은 소설을 쓰기 위한 밑그림이야."

소설을 쓰기 위해서는 일단 밑그림이 되는 구성이 필요하다. 역사소설에 있어선 그 사료가 밑받침이 되어야 한다. 사료가 남아 있지 않은 사건이나 인물에 대해선 상상력이 우선인데, 너는 다행히 타의 추종을 불허하는 상상을 가지고 있다. 그 상상은 그저 오는 것이 아니다. 경험과 여행에서 얻은 현장학습의 여러 지식의 축적이 그 바탕이 된다. 너는 하루아침에 얻는 영감 대신 일생을 통한 축적된 경험적 상상을 지니고 있다. 마침 이 상상력이 차고 넘치는 여행길을 통해 그걸 주워 담고 있는 중이다.

"그래, 진척사항은 있고?"

"있지. 그게 다 네 덕이다 아이가?"

"덕은 무슨 덕?"

엉국은 애들을 찾는 일이 이렇듯 기적처럼 일어난 데 대한 치사를 한다.

"다 네 덕이지."

"네 덕 내 덕 다 합해서 기적이 일어나기를 빌어야지."

이건 정말 기적이다. 세 가지 하고 싶었던 일 중, 하나 빼놓고는 전부 기적에 가까운 성공이다. 캄보디아에 온 목적을 다 달성한 셈이다. 그러나 일은 정작 이제부터다. 지금까지의 일은 시작에 불과하다. 영국이 자기 자신을 향한 양심의 소리에 귀 기울여 피붙이를 찾아 챙기려는 일, 그게 직지의 숨은 주제가 될 것이라는 소설설정의 깊은 뜻이나, 이에 대한 상대적 역할로 경한이 인간의 기본도리인 직지를 얻어 고려로 가져가 보급한다는 설정을 두 개의 축으로 하여 소설로 완성시키는 본격적인 작업이 이제부터 남은 과제인 것이다. 이제 겨우 얻은 밑그림의 얼개로는 감동적 결말에 도달할 수 없다. 작품의 요체는 감동에 있다. 감동은 느낌이다. 그게 흐느낌이든 분노든, 희극이든 비극이든 이 느낌을 주기 위해선 보다 세심한 선율의 연마가 필요하다. 잘 다듬어진 결말이 있어야 한다. 영국이 무사히 아버지의 땅을 밟아야 하듯, 직지 역시 경한의 땅 고려로 무사히 운반돼 대중에게 전달 보급되어야 한다. 이 두 선이 기찻길의 두 선로이거나 전깃줄의 +-가 돼 하나의 빛이 되어야 한다. 그런데 너는 자꾸 최 목사에게로 눈길이 간다. 그가 가진, 그 인물이 가진 인생도 직지의 한 가닥일 것이기 때문이다.

직지란 한 마디로 '네 자신을 똑바로 알라'이다. 그런데 자신을 똑바로 바라보기는 쉽지 않다. 직시하기가 싫은 것이다. 자신의 과거를, 과거의 추악함을 들여다보고 싶지 않은 것이다. 과거청산이 이루어지기 전에는 정진이 있을 수 없다. 밑바닥에 낀 때를 벗기지 않고서는 맑은 거울을 만들 수 없다. 거듭남이다. 이 명경을 들여다봐야 참 자기가 드러나는데 명경을 닦을 수 없다. 직지란 자기 양심을 똑바로 볼 수 있는 거울을 닦는 일이다. 헌데 이 일은 진흙소를 타고 강을 건너는 일처럼 어렵다. 진흙이란 게 본시 강바닥의 앙금 같은 것이어서 물속에 들어가면 녹아버린다. 물 흐르듯 흐르는 핏속의 죄가 이 앙금을 동질화시켜버리는 것이다. 물은 흙을 이기고 흙은 물을 이긴다. 마찬가지로 흙은 물을 만들고 물은 흙을 만든다. 상생상극이다.

"네 여행기는 읽었어."

영국은 신문에 연재 되고 있는 여행기를 안 빠뜨리고 다 읽었다며 네 주장이 한결같이 '다산'에 초점이 맞추어져 있음을 지적한다.

"왜 힌두교의 핵심이 다산에 있다고 생각한 거야?"

"힌두교의 핵심이 다산이 아니라 앙코르 유적지에 나타난 시바 신상의 상징이 다산을 기원하는 남성의 심벌인 링가라 주장했지."

"아이를 많이 낳아야 된다는 주장은 어디서 온 거야?"

"어디서 오긴? 요즘처럼 애 안 낳아선 머잖아 인구멸절사태가 온다잖아."

너는 아이가 미래라는 말을 한다. 후손이 끊기는 것도 문제이지만 아이가 없는 가정의 삭막함도 생각해봐야 한다. 솔직히 말해 영국이 지금 여기 와 있는 것도 그 후손을 찾기 위함이 아닌가? 아무리 시대가 변해도 변하지 않는 것이 있다면 후손을 두고 보는 일의 즐거움이다. 너는 다시 소설 속의 네 주인공 경한의 이 문제에 대해 생각해 본다. 경한은 원했건 원하지 않았건 아이를 낳아 그 후손을 두었다. 그가 승려라는 신분이었지만 여자를 보아 자식을 가졌다. 그게 승려로서 할 짓이냐 아니냐를 따지기 이전에 그렇게 되었다. 그 잘못 실수로 인하여 이역만리 타향살이를 하며 온갖 곤욕을 치렀다. 이제 겨우 자유의 몸이 되어 돌아갈 날을 기다릴 수 있는 희망을 얻었다. 경한이 고국으로 돌아가야 할 이유가 있다면 단한 가지, 가족이 있다는, 그 품속으로 돌아가야 한다는 그것밖에 없다. 가서 자식을 기르는 일이다. 어디서 어떻게 사는지도 모를 모자를 만나 저들의 생활을 책임질 일이다. 애비 없는 후래 자식으로 천시는 받지 않았을까, 배는 곯지 않았을까, 걸리는 것이 한두 가지가 아니다. 산에 사는 산새도 자기가 낳은 알을 품어 새끼를 까고 부화한 새끼를 길러 나르는 법을 가르치는 것이 인지상정일진대 하물며 자기가 낳은 자식을 나 몰라라 던져두어서야 될 일인가. 지금 경한의 고민은 거기 있다. 소설 속의 경한의 고민이 가상의 로드맵이라면, 현실 속의 영국이 자식을 찾아 이역만리를 날아온 이 일련의 행위들은 실제상황이다. 이 실제상황과 허구의 상황이 하나가 되어 이야기를 엮어 나가고 그 스토리를 통해 주제를 설파하는 것이 이 소설의 기본 콘셉트이다. 이 두 개의 복선이 만나하나의 주제를 이루도록 구성된 소설이 이 소설이다. 지금 너는 영국과 이야기를 하면서도 머릿속으로는 소설을 쓰고 있다. 지금까지 많은 작가들이 직지에 대해 썼다. 허지만 세계문화유산이 된 직지에 초점을 맞추었지, 막상 그 전래과정과 주제에 대해 언급한 작품이 없다. 너는 그 주제와 제작과정 두 마리의 토끼를 한꺼번에

잡을 작품을 구상하고 있는 것이다. 인간의 도리를 찾는 것이 그 주제가 되어야 한다. 도리란 무엇인가? 인간의 도리는 인륜을 저버리지 않는 데에서 온다. 인륜을 저버리는 환경은 전쟁에서 극명히 드러난다. 상황설정이 필요하다는 이야기다. 영국이나 경한이나, 현대인이나 천 년 전의 사람이나 전쟁을 통해 인륜을 저버릴 수밖에 없는 환경에 처하게 된다. 그렇다고, 환경이 그렇게 만들어졌다고 거기 굴복해 버릴 것인가. 환경의 요인에 따라 인륜을 팽개치는 인간이 돼버릴 것인가. 결코 그래서는 안 된다는 것이 이 소설의 주제다. 인간은 환경에 따라 변하는 동물이다. 허지만 그 환경을 이기고 개선하고자 하는 노력이 있어야 한다. 그게 바로 나 자신의 가슴 속을 들여다보는 똑 바른 눈, 직지가 되는 것이다. 천 년 전 인물은 그 대가로, 자식을 팽개치고 헛되이 떠돈 세월에 대한 보상으로 불법을 전수할 직지심체요절을 책으로 만들어 후세에 남기지만, 현대인은 무엇으로 그 보상을 할 수 있을 것인가? 무엇으로 보상할 것인가, 그게 숙제로 남는 대목이다. 이왕 쌍벽이 되는 두 인물을 설정했다면 영국은 무엇으로 자신의 자취를 남길 것인가. 비교될 상황설정이 필요하게 된다. 그게 작품이다. 소설이 그저 스토리로만 엮어지는 게 아니라면, 소설적 미학이 있어야 작품으로서의 가치가 인정된다면, 두 인물이 이제부터 해야 할 일이 중요하게 된다. 결말 부분이 다가오기 때문이다. 거기엔 구성 상 위기와 반전이 따라야 극적 재미도 있게 마련이다. 작가의 머릿속은 항상 이렇듯 뒤죽박죽이다. 젓가락을 들고 밥을 찍으면서도 천정에 뱅뱅 도는 골프공을 친다던가? 작가는 이야길 나누면서도 작중인물을 그린다.

"일가족을 다 데려갈 수는 없을 것 같지?"

영국이 물었다. 욕심 같아선 한꺼번에 다 데려갔으면 좋겠는데 어찌될지 모르겠다는 이야기다.

"나와서 보니 대한민국 참 좋은 나라지?"

"그래, 그런 것 같아."

우리나라 같으면 여권만 있으면 어디로든지 자유롭게 여행할 수 있지 않은가. 그런데 그런 자유가 제한된 나라들도 있다. 지구상 유일한 분단국가, 너는 해외여행 자율화 이전의 대한민국을 떠올려 본다. 그리고 그 이전의 시점으로 돌아가 기자라는 신분으로 방문이 가능했던 캄보디아를 다시 그려본다. 당시 전 세계의 이목을 집중시켰던 쪽 기사 하나, 만약 미군이나 월남군 혹은 캄보디아 정부군이 캄푸치아 잔당인 크메르루주를 습격한다면 세계적 문화유산인 앙코르 유적을 폭파할 거라면서 유적지에 폭탄을 설치했던 뉴스가 있었다. 너는 그 뉴스를 따라 심층취재를 신청했었다. 그리고 남보다 먼저 앙코르 유적지를 친견할 수 있는 행운을 얻었었다. 그때는 무심코 보았던 앙코르 톰이었다. 이 후 몇 차례 드나들면서 보아두었던 저 '고려인'의 조각상이 오늘날 너의 소설 '직지'의 소재가 되기까지 참 오랜 세월을 묵혀두었다. 불교용어를 빌리자면 돈오점수다. 천천히 형성되고 천천히 이루어진 깨달음이다. 이 깨달음은 영원히 얻지 못할 수도 있다. 세월로 삼십 년이 지난 이제야 필이 꽂혀 초점을 맞추게 된 것이다. 사진은 어떤 피사체를 보고 필이 꽂혀 렌즈의 촛점을 맞추어 셔터를 누를 때 비로소 영상물이 된다. 작품도 마찬가지다. 따라서 관심이 문제다. 어떤 일이건 관심을 가져야 가능하다. 관심은 호기심에서부터 생기고 호기심은 눈에서부터 시작된다. 호기심과 관심은 하나다. 네게 관심을 부추겨 세운 것은 영국이다. 영국은 라이따이한인 아들을 찾아 길 떠날 것을 재촉하였고, 너의 호기심이 그걸 받아들인 결과로 오늘이 만들어졌다. 오늘 이 시간은 결코 우연히 생긴 것이 아니다.

"고마워. 덕분에 소설 한 편은 잘 쓰게 생겼어."

"고맙긴? 내가 고맙지. 덕분에 아들 손자 다 찾았잖아?"

"애인도 찾고?"

"애인은 무슨 애인?"

콴은, 아리랑이로 불렸던 베트남처녀는 수없이 많은 상징성을 띠고 있다. 수없이 많은 주둔지에서 수없이 많은 신화를 낳았던 상징적 인물로서의 아리랑이는, 마치 위안부할머니와도 같은 대명사로서의 콴이며 아리랑인 것이다. 지금 월남인들은 이러한 대명사의 아리랑이의 보상을 위해 한국군 증오비를 세우고 있는 현실이다. 아직 안개 속에 가려진 움직임이라 나타나지 않았을 뿐, 언젠가는 떠오를 문제다.

"그래도 한때 사랑했던 여인이잖아."

"참 오래 잊고 지냈지. 그동안 너무 무관심했어. 그게 죄스러워."

영국은 새로운 가족을 만난 느낌이란다. 그렇지만 무슨 영화의 한 장면 같을 뿐 실감은 나지 않는다한다. 굳이 관계를 따지자면 가족 같은 존재이기는 하나 가족이라 하기에는 너무나 먼 당신이란다.

"너무나 먼 당신이야."

"그래 어떡할 거야?"

영국은 가진 걸 다 주고 싶다는 이야길 했었다. 마땅히 재산을 양도할 친인척도 없고 사회 환원하기에는 멋쩍다했다. 아직 기부 문화가 덜 성숙된 분위기 탓이긴 하겠지만 영국은 유독 피붙이를 찾아 그들에게 남은 재산을 주고 싶어했었다. 너는 지금도 그 생각에 변함이 없는가를 묻고 있는 것이다. 준다면 어떤 방법으로 줄 것인가? 여기 있는 상태 그대로 줄 것인지, 한국으로 데려가 살 게 할 것인지 그 구체적인 방법을 묻고 있는 것이다.

"나도 잘 모르겠어. 일단 영국을 보고 난 뒤 결정하자."

"영국이 그런 악행에 가담했다면, 그래도 상속해 줄 거야?"

너는 만에 하나 영국이 폴 포트의 수하로 학살의 꼭두각시 노릇을 했다면 그래도 그에게 재산을 상속해 줄 것이냔 물음을 던진다. 마지막 질문이다.

"나도 그런 짓은 했어야."

영국의 대답은 의외로 간단하다. 저도 그런 학살을 감행했다는 것이다. 전장에서는 어쩔 수 없는 상황이란 게 있다. 아군이 패퇴하고 전우가 죽어나자빠지는 격전지에서 적진에 든 현지인들은 전략상 어쩔 수 없이 학살의 대상이 된다. 그렇지만 부역에 끌고 간 부역자를 학살하는 것은 있을 수 없는 일이다. 비록 사상이 다르고 노역에 익숙하지 못하다할지라도 처형을 해서는 안 될 일이다. 그럼에도 불구하고 역사는 기록하고 있다. 폴 포트 정권 하의 소년병들은 참혹한 학살의 총잡이 노릇을 해왔고 저들이 죽인 양민이 백

칠십만 명에 육박한다고 했다. 영국이 만약 그러한 폴 포트 치하의 소년병이었었다면 그 일을 감행하지 않을 수 없었을 것이다. 책임을 져야 할 높은 신분의 사람들은 다 죽고 없지만, 그래도 만에 하나 영국이 그런 일에 연유된 수배자라면 어떻게 될 것인가?

"설사 영국이 도망자라도 나는 도와주고 싶어."

그게 아비 된 자의 도리인가? 설사 그렇다하더라도 그를 구해 나가지 않으면 안 될 일이라 생각하니 갑자기 머릿속이 새하얘지는 느낌이다.

"인간은 인간에게 돌을 던질 수 없어. 심판은 어디까지나 신의 영역일 테니까."

영국은 아까 최 목사가 한 말을 되풀이한다. 죗값은 하나님이나 물을 일이지 인간의 몫이 아니라 했다. 이쯤에서 최 목사는 용서와 대속의 은혜에 대해 이야기했던 것 같다. 최 목사 자신도 학살에 가담했던 장본인이라 했고 그 보상으로 저들을 돕는 일에 나섰다는 말을 했었다. 영국은 지금 그 말을 되뇌고 있는 것이다. 금시 전도가 된 것일까? 영국은 자식으로서의 용서가 아니라 신의 사랑으로서의 용서를 이야기한다.

"무언가 섭리가 있는 거야."

"너 요즘 교회 나가니?"

너는 그렇게 물으려다가,

"그건 최악의 경우일 테고, 전혀 아닐 수도 있으니까……."

하고, 내 성성력이 틀렸기를 바라는 쪽으로 생각을 돌리고 싶다는 이야기로 말머리를 돌린다. 미리 괜한 걱정으로 괴로워할 필요는 없을 일일 테니까. 너는 다시 경한이, 아니 백운이 귀환 해 묘덕을 만나는 장면을 구상해 본다. 이게 소설의 압권이 될 것이다. 지금까지는 집 떠난 경한의 노정만 그렸지 경한이 떠날 수밖에 없었던 운명적 사건은 아직 모르고 있기 때문이다. 운명의 수레바퀴는 어찌하여 경한을 사지로 내몰았으며 그게 단순한 공녀가 아니라 불법을 전수 받아 돌아오게끔 지어져 있는 운명이란 걸 알 수 있게 해야 하기 때문이다. 삼장법사가 머나먼 순례길을 떠나 불법을 구해 오듯, 혜초가 타클라마칸 사막을 건너 불법을 얻어오며 왕오천축국을 남겼듯, 문익점이 참파국을 다녀와 운남풍토기를 남겼듯, 경한이 역시 이 운명의 북소리를 따라 머나먼 크메르 제국에 가서 직지를 얻어와 책을 편수해내야 한다. 그러자면 운명적으로 그를 기다리는 묘덕이 있어야 한다.

동행 · 구도 · 적멸

묘덕은 그날도 감나무 위에서 까작까작 울고 있는 까치의 꽁지를 바라보며 이상한 설렘 같은 것을 느꼈다. 속담에 까치가 울면 반가운 손님이 온다 했지만 묘덕에게는 반가운 손님은커녕 동냥거지도 찾아 올 처지가 되지 못했다. 우선 집안 형편이 그렇지 못했다. 사는 꼴이라곤 형편무인지경이라, 다 쓰러져가는 사립문이 그나마 바람이 불지 않아 탱자나무 울타리 중간에 박아놓은 문설주를 붙잡고 간신히 매달려 지탱해 있을 뿐인데다 마당 한 귀퉁이에 지붕을 만들어 이엉을 얹어놓기는 했지만 그조차 빗물이 그대로 샐 정도로 듬성듬성 구멍이 뚫어진 디딜방아의 돌확에도 빗물이 고여 모기가 알을 슬 정도로 곡식 찧은 흔적이 없으니 언제 이 집에 사람이 거처했었는지조차 가늠할 수 없다. 되놈들이 한번 휩쓸어 갔다하면 남아나는 게 없는 세상이라 모두들 떠나버린 빈 동네다. 되놈들은 바다 건너 왜를 쳐들어간답시고 그 난리를 부리며 야

단법석을 부렸지만 신풍을 맞아 고스란히 배를 갈앉히고, 끌고 간 군사들만 수장시키는 액운을 당해 혼겁을 먹고 물러갔다. 나라 안 온 강토를 짓밟고 삐대는 말발굽소리 때문에 너나없이 저들의 그림자가 보이지 않는 곳으로 피난을 떠나버렸다. 묘덕이 그래도 이 집을 지키고 사는 데에는 그만한 까닭이 있어서다. 혹시라도 그가 찾아오는 날이 있어, 집이 비어 있다면 어디에서 어떻게 다시 만날 수 있을 것인가? 하는 막연한 기대감 때문이었다. 들리는 풍문에 의하면 그렇게 끌려간 남정네들은 죄다 군수물자를 나르는 노역의 품을 치르고 있다했다. 그런데 한 무더기는 참파 전쟁에, 또 한 무더기는 다시 고려를 통해 왜를 치는데 동원되었다 했으니 혹시라도 그가 왜구와 치르는 전쟁 물자를 나르는 부역꾼으로 이 길을 지나가지 않을까하는 기대감이 있었던 것이다. 그러니 까치울음 하나에도 특별한 기대감과 의미를 갖는 게 당연했다. 묘덕은 이날 아침에도 정화수를 떠놓고 빌고 또 빌었다. 제발 그가 돌아올 수 있게 도와 달라고.

묘덕은 그날 일을 잊지 못한다. 잊을 수가 없다. 죽어도 잊혀질 수가 없는 일이다. 그는 삽짝 문밖에서 목탁을 두드리고 있었다. 마치 세워놓은 장승같았다. 목탁만 두들겼지 염불은 하지 않았다. 방아를 찧고 있던 묘덕의 가슴은 두방망이질 쳤다. 마음 같아서는 냉큼 찧던 보리알을 한 바가지 퍼 담아 그의 바랑에 넣어주고 싶었다. 허나 이모님의 눈치가 보였다. 이날따라 이모님이 와 계셨던 것이다. 어머니가 몸져누워 이제 겨우 청보리를 베어 풀 때 죽이라도 끓여드리려고 하는 마당에 시주공양부터 먼저 하게 된다면 그게 무슨 꼴이 될까 싶어서였다. 그것도 그냥 스님이 아니라 지난번 관등회 때 절에서 만난 일이 있는 바로 그 스님이었다.

"그냥 계세요. 등은 제가 달아드리겠습니다."

그는 까치발을 하고서도 키가 자라지 않아 등을 달 수 없는 묘덕의 불구를 보고 아무런 내색 없이 등을 대신 달아주었다. 이날처럼 대우를 받아본 적이 없는 묘덕이었다. 한평생 짓눌려있던 곱사등이의 서러움이 한꺼번에 가시는 듯 뿌듯한 느낌이었다.

"고맙습니다. 스님."

"고맙긴요?"

묘덕은 등이 문제가 아니란 생각을 한다. 등이야 달아도 그만 안 달아도 그만이겠지만 등을 달고 거기 빌 소원은 이것 한 가지였다.

"절 구원해 주실 순 없으시나요?"

묘덕의 애원이다.

"절 이대로 던져둔다면 공녀로 공출 될 수밖에 없어요."

그러나 그 말이 실제로 입 밖으로 나오진 않았다. 그런데도 경한은 '공출'이라는 말을 들었고 정신이 번쩍 들었다. 처녀공출이 시작된 지도 벌써 오래다. 전쟁은 계속되었고 거기 필요한 노무자들은 노예처럼 끌려가 죽어나가기 예사인 시절이었다. 묘덕의 몸이 비록 불구라고는 했지만 사지가 멀쩡하고 얼굴이 반반한데 처녀의 몸으로서는 처녀공출을 피할 길이 없다. 결혼도감에서는 아무리 헐벗고 가난한 집안이라도 결혼을 한 여자를 공녀로 뽑진 않는다는 원칙을 세웠다. 여인네는 아이를 낳아야 할 의무가 있다. 아이를 낳아 일손을 충당해야 한다. 때문에 결혼을 한 남자들보다는 아직 미혼인 총각을 차출해갔고 남자가 없는 집안에서는 부득이 여자라도 차출해 갔지만 그 신체조건은 따지지 않았다. 신체조건이란 일일이 벗겨보지 않고서야 어찌 구별해낼 것인가. 하여 결혼도감에서는 혼인신고를 강조하게 되었고 그를 토대로 세금도 매겼고, 노역차출의 여부도 결정하게 하였다. 그러니 일단 명부에 등재되지 않은 여자라면 잘생겼건 못생겼건 빠져나갈 수 없게 되었다. 때문에 결혼연령이 낮아졌고 끌려가느니 아무하고나 결혼을 시켜버리는 풍속이 생겨 이제 눈을 닦고 봐도 미혼의 처녀총각이 남아있질 않는 상태가 되었다. 허나 그렇다하더라도 실제로 곱사등이 묘덕을 취해갈 총각은 없었다. 돈이나 넉넉한 집안의 여식이라면 그 집안에 데릴사위로라도 들어가 옷밥 들어 없을 요량을 댈 수 있었겠지만 묘덕의 집안은 그럴 형편도 못되었다. 째지게 가난했던데다가 그 아비마저도 버들고리나 만들어 파는 고리백정의 신분으로 천민이었던 것이다.

"제 처지와 입장을 아시겠어요?"

묘덕은 제 스스로 해결책을 만드는 수밖에 방도가 없다 생각하고 경한에 매달렸다. 몇 차례 시주공양을 해준 일이 그와의 인연의 전부라면 전부이겠지만 어쩌면 그 소원을 들어줄 것만 같은 경한이었던 것이다.

"아이만 가지면 저는 살 수가 있어요."

목적은 아이를 갖는 것이었다. 아이의 어미만 되면 그 아비가 누구였든지 간에 처녀공출의 손아귀에서 벗어날 수 있다는 이야기였다. 여기엔 사랑도 가정에 대한 욕심도 개입될 여지가 없었다. 단지 노예로 끌려가고 싶지 않다는 맹목적인 삶의 의지뿐이었다. 그러니 경한으로서도 굳이 이 일을 피할 도리가 없었다. 이것도 보시가 아닐까? 보시 중에서는 육보시가 제일이라는 세간의 농담 말이 절로 생긴 것이 아닐진대 보시를 결심할 수밖에 없었다.

"두 사람 만남의 시작이 이렇단 말이지?"
"한 여인을 구원해주려고 한 짓이니 선덕을 쌓은 거잖아. 색욕에 빠져 저지른 일보단 낫지 않아?"
"당위성은 있네."
영국은 그다음이 궁금하다.

묘덕이 낳은 아이는 무럭무럭 잘도 자랐다. 최 첨지는 그 아이가 무척 탐이 났다. 최 첨지는 돈은 많았지만 후손이 없어 걱정인 부자였으므로 당연히 오갈 데 없는 묘덕을 첩실로 삼고 싶어했다. 묘덕 역시 아이를 굶기는 것보다야 그편이 훨씬 낫다 생각하여 최 첨지의 청을 받아들였다. 그 대신 한 가지 조건이 있었다. 절에 나가 불공을 드리는 일은 막지 말아달라는 부탁이었다. 아이를 가지게 된 것이 하나에서 열까지 부처님 공덕이니 그 덕을 잊지 않고 감사하겠다는 말에 최 첨지는 오히려 고마움을 느꼈다. 그 몸으로 옆에 붙어사는 것보다야 어디로든 눈에 앞에 안 보이는 게 본마누라 보기에도 덜 성가실 것이기 때문이었다. 아무리 여색을 좋아하는 최 첨시래도 묘덕은 감당이 불감당일 수밖에 없었다. 이런 전차로 묘덕은 밥만 먹으면 절간에 가 살게 되었고 끝내는 절집에 의탁하게 된다.

　그래서 위로금조로 받은 돈이 나중에 출판비용으로 들어갔다? 이건 너무 작의적인 진행이지 않을까? 소설이 저급해지는 이유 중 하나가 작의성이다. 일부러 꿰맞추는 구성에는 작가의 의도가 너무 빤히 드러나게 된다, 이를 눈치 빠른 독자가 못 알아챌 리 없다. 독자가 작가를 앞질러 눈치 챌 복선은 재미없다. 이런 설정은 독자가 재미 없어할 요소 중 하나가 될 것이 뻔하다. 나중에 나올 직지 인쇄 과정에서 제정문제를 담당할 인물이 묘덕이라니까 벌써부터 그 복선을 깔고 있다면 소설 구성상으로는 맞지만 소설 재미상으로는 별로다. 재미가 없는 소설은 소설이 아니다. 그렇다면 어떻게 다시 구성해야 할까? 묘덕이 돈 많은 집 첩실로 들기 전에 혼자 고생고생하며 아이를 키우는 다부진 여인으로 그려야 할까? 그렇다면 묘덕이 순정적인 여인상이 될 것이다. 동정도 받을 것이고 찬사도 받을 것이다. 그럴 수록 생활고에 시달리게 그려야 할 것이고 역경을 딛고 일어서는 걸음걸음 눈물을 뿌리게 해야 할 것이다. 그러다보면 보통 독자들이 가장 좋아하는 낙루문학이 될 것이고 대중소설이 될 것이다. 작가는 안다. 그 지향하는 방향에 따라 그 소설이 어디로 갈 것인지를. 여기가, 이쯤이, 작품의 값이 매겨지는 곳이다. 대중소설은 읽히는 면에서 유리하다. 대중가요가 어필하는 것처럼 낙루문학은 돈이 된다. 독자가 붙기 때문이다. 허나 지금은 대중문학이건 순수문학이건 독자가 떨어져 나간 비상사태다. 그렇다면 굳이 작품의 질을 떨어뜨려가면서까지 가독률을 높일 필요가 있을까? 첫 의도대로 난해하면 난해한 대로 고통스런 독서를 하게 만드는 편이 낫지 않을까? 분노케 하거나 고통스럽지 않은 독서는 독서가 아니라는 말을 누가 했던가?

아이를 받아 안은 묘덕은 이를 악물고 울음을 참았다.

맨몸으로 받아 안은 아기는 아직도 덜 닦인 양수가 묻어 있다.

천도복숭아 같은 얼굴에 붙은 솜털이 봉창을 향해 비치는 은은한 햇살에 드러난다.

산파가 말했다.

"그놈 떡 뚜꺼비를 두 개나 달고 나왔네."

산파는 사타구니 밑에 달린 두 개의 감자를 두고 '떡뚜꺼비' 같은 놈이라 했다. 허나 이내 입을 다물었다. 사방을 둘러봐도 강보로 쓸 만한 베 조각 하나 없는 집안이다. 산파는 하는 수 없이 산모에게서 벗겨놓았던 속 중의를 접어 아기를 덮을 강보로 사용했다. 묘덕은 아이가 사내이건 여아이건 상관없었다. 성별이 무엇이건 간에 아이는 제 손으로 제가 키울 결심을 한 지 오래였다. 아비 없는 후레자식을 키우는 것보다는 자기 집으로 들어와 아이를 낳으면 먹고사는 모든 일을 자기가 해결해 줄 것이란 최 첨지의 청을 전한 산파의 말이 솔깃하기는 했지만 아예 귓전으로 듣고 넘긴 묘덕이다. 만약에 사내아이를 낳아 자기에게 안겨준다면 아이 엄마는 물론 병든 그의 어머니조차도 거둬 줄 것이라는 달콤한 유혹의 말이 있었디. 그렇다면, 그런 인심 좋은 남자라면 아직 대답이 떨어지지는 않은 상태이지만 아기를 쌀 강보 정도는 미리 준비해 보내주는 아량을 베풀 수 있지 않았을까. 꼭 그 확답을 얻고서야 도와주겠다는 심보는 무엇인가. 그의 인색함을 대변하는 처사일 것이다. 그런 자린고비라면 뭘 바라고 기대할 것인가. 지금 묘덕의 귀에는 떡뚜꺼비라는 말 외엔 아무것도 들리지 않았다. 그런데 이상한 일이었다.

"괜찮아?"

어디선지 들려오는 경한의 목소리가 꿈결엔 듯 들려왔던 것이다. 첫 경험을 치르고 난 후 그 첫 경험의 흔적, 그 새빨간 초혼을 닦으며 울고 있던 그녀에게 던졌던 경한의 위로의 말이었다. 그녀의 손에 그때와 같은 혈흔이 만져지는 느낌이 전해졌다. 양수와 뒤섞인 미끈미끈한 피의 흔적에서 묘덕은 첫날밤을 떠올린다. 그리고는 그의 체온을 느낀다. 따스함 그 자체다. 아직 그 어디에서도 느껴보지 못했던 인간의 체온이었다. 남자의 온기였다. 그 심장의 박동이었다.

"난 돌아갈 거야."

경한은 반드시 살아 돌아갈 것이라는 말을 남기고는 사라졌는데 그게 꿈인지 생시인지는 분간할 수가 없었다. 퍼뜩 정신을 차리고 보니 모두가 허상이다. 비록 정상적인 혼인은 아니었지만 그래도 찬물 떠놓고 천지신명님께 맹서하고 만난 합궁이었다.

이렇게 두 사람 체면을 세워줘야 장차 자랄 아이의 신분에도 하자가 없을 일이다. 소설이란 이렇듯 문장 하나, 장면 하나로 백팔십도로 국면이 전환될 수 있다. 치밀한 계산이다. 독자는 이 계산된 보물지도를 찾아다니는 재미로 글을 읽고 작가는 이 보물을 숨기는 재미를 위해 글을 쓴다. 소설은 보물찾기다. 따라서 제멋대로 정답을 바꿀 수는 없다. 정해진 규칙을 따라야 한다. 함부로 국면 전환을 할 수 없다. 그 규정 중에 필연성이란 게 있다. 필연성이란 앞뒤가 맞아야 한다는 이야기다. 그게 당위성이다. 소설의 특성 중 가장 중시해야할 것이 이 당위성이다. 현실에서는 우연성이 있지만 소설에선 당위성이 있을 뿐이다. TV프로가 하나에서 열까지 PD의 손에 의해 움직이는 것처럼, 영화가 영화감독 손에 만들어지는 것처럼, 소설 역시 작가가 만들어내는 필연적 당위성에 있다. 그렇다면 묘덕과 경한의 만남이 가져올 결과적 당위성은 무엇인가? 과연 무엇을 위해 어떻게 귀결돼야 할 것인가? 물론 그동안 돈을 모아 나중에 낼 책의 인쇄비를 댈 만큼 부자가 되는 방향으로 가야 할 것임에는 이론의 여지가 없다. 그 길이, 그 인생행로가 묘덕의 분깃이 될 것이다. 이 여자주인공이 출연료를 많이 받게 하려면 등장 횟수를 늘려줘야 할 것이고 아니면 약방의 감초처럼 단역으로 내세워야 할 인물이 묘덕이다. 이 소설은 목적소설임으로 그 분깃들에 대한 출연횟수까지 계산되어야 한다. 나아가서는 그 주인공 선정에 대한 상상도 해 볼 필요가 있다. 소설가의 임무이며 권한이다. 혼자 즐기는 상상놀이겠지만 여배우들의 성격까지를 파악해 둘 필요가 있다. 그런데 이 작품엔 여주인공의 등장이 거의 없다. 연속극이 아닌 것이다. 작품은 대하소설인데 극적요소를 배재해? 그렇다면 여주인공들도 등상시켜야 한다. 단역이 아닌 고정 출연자들을 만들어내야 한다. 그렇다면 왜 이제야 그 생각에 미쳤

을꼬? 아니다, 생각은 했었다. 직지 같은 무거운 주제에 여인을 등장시켜 멜로로 흐르게 하지 않겠다고. 뭐, 어때, 이제 이야기 시작인데……. 더러는 시행착오도 있다. 너는 소설을 쓰면서 소설을 즐긴다. 즐겁지 않으면 글쓰기가 힘들어진다. 어떤 작가들은 피를 말리는 작업이라 한다. 너도 한때는 그랬다. 지금도 손가락 마디마다 관절염이 차올라 한 자 한 자 두들길 때마다 타이핑 하는 고통을 주지만 이젠 슬슬 놀아가며 쓸 작정이다. 즐기는 소설을 쓸 것인 것이다. 왜냐면 어차피 돈과 맞바꿀 일이 아니기 때문이다.

"난 이제 돌아가야 하오."
"안 가면 안 되나요?"
묘덕은 차마 이 말이 입에 떨어지지 않는다. 그는 승려였고 이렇게 된 것 역시 순전히 편의를 봐 준 것에 불과했기 때문인 것을 잘 알고 있었기 때문이다.
"절에는 아무 말도 안 하고 나와서……."
큰스님에게 실망을 드릴 수 없다는 경한이었다. 그 실은 이제 그절을 떠날 결심을 하고 나온 경한이었다. 저질러놓은 일이 너무나도 커 그로서는 감당할 수 없는 눈덩이가 돼버린 뒤다. 멀리 아무도 모르는 곳으로 떠날 결심이다. 이미 소문은 쉬쉬거리면서 여기저기서 샘솟듯 솟아나기 시작했고 비밀의 둑은 터져 물이 새기 시작했다. 경한이 사하촌에 내려가 남모르는 여색을 탐한다느니, 아이까지 가졌는데 그 상대가 고리백정의 딸 곱추 묘덕이라느니, 밤마다 절집을 빠져나가 히히거리는 소리가 골목 밖까지 들린다느니, 발만 안 달렸지 달리는 말처럼 빠른 소문들이 순식간에 퍼져나가 큰스님의 귀에까지 들어갔다. 들통이 난 김에 그만 승복을 벗어버리고 묘덕과 멀리 달아나 농사나 짓고 살 생각도 들었지만 경한은 또 다른 무엇에 쫓기듯 청주 목을 떠난다.

"인연이 닿는다면……."

언젠가는 돌아올 것이라는 경한의 이 한 마디에 묘덕은 오장육부가 내려앉고 뼈마디가 다 바스러지는 것 같았다. 비록 아무런 애정 없는 씨받이가 된 만남이긴 했지만 그래도 첫정을 준 남자다. 여자에게 있어 첫정을 준 남자는 하늘이요 땅이다. 하늘에는 해와 달이 있어 밤낮을 주관하고 땅은 물과 흙으로 모든 생물의 뿌리를 내리게 한다. 묘덕 역시 이 하늘과 땅이 일생을 좌우할 것으로 믿는다. 그리고 인연이 있다면 다시 만날 것임을 다짐해본다. 지금으로선 아무것도 확실한 게 없다. 지금은 그 누구도 안전할 수가 없는 세상이다. 죄짓지 않은 사람도 살기 힘든 세상인데 승려의 신분으로 여자를 임신시킨 경한을 온전히 가질 수 없으리라는 것은 묘덕이 더 잘 알고 있었다. 그러니 무엇이 상책인지도 알고 있다. 이제 승적을 박탈당하면 잡혀가는 건 시간문제다. 그러니 피신이 상책이다. 우선은 살고 봐야 한다.

"이거라도 입고 가져요."

묘덕은 옆트임이 있는 답호였지만 승복 위에 걸쳐 입으라며 그에게 옷을 하나 내밀었다. 어렵게 구한 누비천인 데다가 등판 안에다가 토끼털을 덧낸 방한복이다.

"이건 아버님 것이 아니요?"

"……."

묘덕은 제 아버지를 아버님이라 불러주는 경한에게 한없는 신뢰감을 가지고 이제 이 사람은 내 가족이구나 하는 생각을 한다. 비록 지금은 떠나 보내야 할 입장과 처지이지만 언젠가는 다시 돌아올 수도 있겠구나 하는 생각을 하게 된다.

"이별의 장면치고는 너무 무덤덤하다."

영국은 여기저기 듬성듬성 원고를 보고 한 마디씩 한다. 서당개 삼 년이면 풍월을 왼다고 소설가 친구를 둔 덕에 소설비평가 노릇도 단단히 한다.

아무리 승려의 신분이라고 하지만, 승과에 급제해 나라가 주는 밥을 먹고사는 사람이라고는 하지만, 그에게도 인간적인 면은 있지 않을까? 인간이 어찌 집 떠나며 저 정도밖에 못 한단 말인가? 눈물을 쏙 빼내지는 못할망정 그래도 기억에 남을 명장면 명대사 하나는 만들어 줘야할 것인 아닌가.

그러나 너는 별 무반응이다.

묘덕이 말한다.

"하늘을 나는 새를 보세요."

"……."

경한은 눈을 들어 하늘을 올려다본다.

하늘을 나는 새 같은 건 없다. 하물며 구름 한 조각도 없는 맑은 날씨다. 그렇다면 무언가 비유적으로 말을 한 것임이 틀림없다. 경한은 다시 생각한다. 지난 법회 때 큰스님은 이렇게 설법했다. 하늘을 나는 새는 영원히 하늘을 날고 있을 수 없다. 날개를 가지고 나는 것은 언젠가는 날개를 쉬기 위해 땅으로 내려와야 한다. 이 말을 다시 더 들여다보면 숲속에 있는 둥지를 떠난 새들은 해가 지면 다시 둥지를 찾아든다는 말이 되겠고, 확대해석한다면 집 떠난 자는 언젠가는 고향을 찾아 돌아오게 돼 있다는 수구초심의 이야기가 된다. 이를 더 넓혀 해석하면 한번 태어난 자는 반드시 죽을 수밖에 없다는 생사의 풀이까지 그 확대가 가능하게 된다. 이게 인연의 끈이며 윤회다. 보통 사람으로서는 이 윤회의 고리를 벗어날 수 없다. 이 윤회의 고리를 끊어 업장을 무너뜨리고 해탈에 이르기 위해서는 뼈를 깎는 수행이 필요하다.

"아무리 높이 날던 새도 언젠간 땅에 내려와 쉰다지요."

묘덕에게 저런 신심이 있었던가? 경한은 새삼 놀랍다. 사람을 겉보기로만 판단할 일은 아닌 것이다.

"나는 날자는 게 아니라 출두하는 게요."

경한은 차마 그렇게 말할 수는 없다. 절집에서는 이미 이번 차출 대상 명부에 경한의 이름을 적어 올렸고 한 번 적어올린 명단의 이름은 지울 수가 없다. 드디어 올 것이 오고야 만 것이다. 사찰에도 함부로 승려의 인원을 늘릴 수 없다는 머릿수 제한까지 내려졌고 승과시험까지 폐지되었다. 그러니 사소한 잘못이라도 잘못을 저지른 승려는 스스로 절을 떠나야 함이 불문율처럼 되어버렸다.

고려도 말기에 들어서면 정치가 썩어들 듯 설산도 부지불식간에 곰팡이가 슬었다. 당연한 결과로 승려증이 있어야 산문을 출입하는 승려증이 생기게 되었고 함부로 나서서 시주공양을 하는 외출도 사라졌다. 따라서 걸승도 사라졌다. 이에 반항하거나 피신하면 평생 죄인이 돼 국법에 쫓기는 신세가 된다. 절에서 계율을 어긴 자는 자진출두 해 노역에 가담하거나 산에 들어가 산적이 되는 방법 이외에는 별 수가 없다. 일반 백성들 중에 더 이상은 차출할 대상이 없으니 각 절집마다 그 인원을 선정하여 출두시키지 않으면 절집에 내려진 전답을 거두어 갈 수밖에 없다는 전통까지 내려온 시점이다. 절에 내려진 토지는 나라에서 베풀어줄 수 있는 최대의 호의이니만큼 나라에서 필요로 하는 사람 한두 명씩을 차출해서 보내라는 명을 굳이 어겨가면서 절집식구를 보호할 명분은 없었던 것이다. 당연히 미운털 박힌 승려가 이에 차출될 것은 당연한 이치, 색을 밝혔다는 소문이 자자한 경한이 그 첫 물망에 올랐다는 것은 자타가 공인할 수밖에 없는 운명적 일이었다. 절에서 차출대상자로 지목되고 큰스님의 입을 통해 그 말이 전달되었을 때만 해도 경한은 그저 담담한 심정이었다. 어딜 가나 옷밥이야 주겠거니, 그 생각뿐이었다. 그러나 큰스님이 '경한은 이 일을 큰 수행으로 삼고 견뎌내면 앞으로 큰일을 할 것'이라는 말에서 이상한 예감을 느꼈다. 그런데다가 그 큰스님이 설파한 공중에 나는 새에 대한 이야기를 묘덕의 입을 통해 다시 듣자 알 수 없는 전율을 느끼기까지 하는 것이었다. 높이 나는 새가 더 먼 곳을 본다. 더 먼 곳을 본 자와 안 본 자의 눈은 다르다. 덕망 있는 큰스님들은 보다 높이 보다 멀리 날아 새로운 시각으로 세상을 두루 체험하고 수행을 한 덕분에 후세를 위해 도법을 전한다.

경한은 갑자기 당나라 유학길에 올랐다가 공부를 중도폐하고 돌아오며 돈오돈수의 깨달음을 얻은 원효대사를 떠올리며 혼자 빙긋 웃음을 지었다. 이야말로 크나큰 공부의 길을 떠나는 것이다. 이제부터의 길은 노예의 길이 아니라 공부의 길인 것이다. 어떤 어려움이 닥쳐도 그걸 수행의 과정으로 생각하리라. 그리하여 한 마리 새가 되어 다시 이 땅으로 돌아올 때는 봉황이 알을 품듯 세상의 큰 알음알이를 품은 알이 되리라. 이 무슨 번개 같은 생각인지 알 수 없는 희열을 느끼는 경한이다.

묘덕이 다시 말한다.

진정으로 참된 법을 깨닫게 된다면
가고 머무는 일이 없으리라

이는 묘덕의 말이 아니라 협 존자가 남긴 게송이다. 그 앞부분에 '참의 바탕은 저절로 참되니, 참됨으로 인하여 이치가 있다고 한다네'라는 구절이 전재돼 있다. 며칠 전에 함께 들었던 큰스님의 법문이었다. 협 존자는 인도 선불교의 28조사 중 한 분으로 3년간 옆구리를 자리에 대지 않고 수도하여 삼명육통(三明六通)의 지혜를 얻은 선종전법 제 10조라 했다. 그는 또 복타밀다로부터 불교의 심오한 뜻을 익혀 아라한과를 얻었다 했다. 삼명육통은 부처님과 아라한이 첫 깨달음에 도달했을 때 얻은 세 가지 초능력이고 아라한과(阿羅漢果)는 수행을 완수하여 모든 번뇌를 끊음으로써 세상에 다시 태어나지 않는 아라한의 자리를 말한다.

이 게송은 협 존자가 화씨국에서 설법을 하다가 어떤 나무 아래 쉬고 있을 때 이 지역 장자의 아들인 부나부야사가 합장을 하고 인사를 하기에,

"그대는 어디서 오는가?"

하고 물은 데서부터 시작된다. 이 물음에 부야부사는 '저의 마음은 가는 일이 없답니다'라고 대답했고 연이어 묻는 '그대는 어디서 머무는가?'라는 질문에는 '저의 마음에는 머무는 일이 없습지요'라고 대답했다.

"그대는 어찌 정착하지 않는가?"

"여러 부처님께서도 그러하셨지요."

이에 협 존자는 부야부사의 생각의 깊음을 높이 사 그를 출가시켜 구족계를 주며 이 게송을 읊는 것으로 여래의 큰 법을 그에게 맡겼다는 이야기다. 그렇다면 지금 경한이 떠나가는 이 마당에, 함께 들었던 게송을 읊어줌으로써, 이 모든 별리의 슬픔을 이 게송에 의탁하려는 것이 아니던가. 묘덕의 신심이 여기에 이르렀던가? 경한은 새삼 탄복하지 않을 수 없었다. 만남도 헤어짐도 오고감도 없는 흐르는 물의 경지를 떠나는 자의 발치에 펼쳐 보이는 이 알 수 없는 여인의 도량에 경한은 다시 한 번 감탄하지 않을 수 없었다. 사람은 그 생김이 전부가 아니다. 그 가슴속에 들어 있는 마음이 중요한 것이다. 마음속의 생각, 묘덕의 생각은 이미 연약한 여인을 넘어서 불성을 가득 담고 있는 보살이다.

그러나 이 여인, 묘덕은 남정네를 보내놓고 혼자 대성통곡 울었다. 때문에 까치가 우는 날 아침이면 이 여인네 역시 따라서 우는

것이다. 이때의 울음은 속울음이다. 너는 이렇듯 묘덕을 신심이 돈 독한 보살로 그려놓고 혼자 자족하고 있다. 첫줄에서 시작한 까치 울음을 마지막 줄에서도 다시 상관지어 수미상관의 묘를 살려냈다 고 생각하기 때문이다. 이게 글쓰기의 매력이다. 그런데 문제가 있 다. 이 소설의 시공분할이다. 이 협 존자의 게송은 저 고려의 큰스 님에게서 들은 게 아니라 하무산 석옥청공화상에게서 들은 법문이 다. 이제 시간분할이 헷갈리고 있는 것이다.

영국이 이 부분을 날카롭게 지적한다.
"이 소설 이거 뭔가 막 헷갈리게 만든다?"
"그러면 뭐 어때? 독자가 그걸 알아챌 수 있을까?"
"독자를 기만하려들지 마라. 나 같은 문외한도 느끼겠는데……."
"이건 아직 묘덕을 등장시키기 위한 메모에 불과한 거니까. 듬성 듬성한 삽화를 읽으니까 그렇지. 이 삽화들을 일목요연하게 정리 해서 넣으면 돼."
너는 너답지 않은 변명을 한다. 묘덕을 등장시키는 데에는 굳이 시·공을 따질 필요가 없을 것이다. 이쯤 이 부분도 좋다. 그렇다 면 이제 다음 장은 어디서부터 시작할 것인가. 홀짝수의 장별로 스 토리와 주제를 달리 연작을 해왔는데 이번 장에서는 이 두 장을 한 꺼번에 다루어볼까? 그래야만 할 것 같다. 독자를 더욱 더 분노케 하거나 고통스럽게 만든다.

맹그로브 숲속의 오두막

오두막이 아니라 원두막이라 해야 맞다. 기둥으로 세운 다릿발 위 한 중간에 칸을 질러 맹그로브 나뭇가지를 얼기설기 얽어 평상을 놓았다. 살림도구라곤 냄비 두 개가 고작이다. 이 집은 겉보기는 2층 같지만 1층이다. 이들은 벽이 없는 아래층은 층수로 치지 않는다. 바람의 길이라 생각하기 때문이다. 바람의 길은 귀신이나 영적인 존재가 들락거리는 통로다. 사람은 사람 사는 층수인 홀수 층에 기거해야 한다. 2층을 굳이 1층이라 우기는 까닭도 여기 있다. 지상부분에 물 든 흔적이 있는 것을 보면 우기 때에는 여기까지 물이 차오르는 것임을 알 수 있다. 전형적인 수상가옥이다.

"여기 영국이 산단 말예요?"

말만 들었지 설마 이런 곳에 사람이 살리라곤 미처 상상도 못했다며 영국이 놀라움을 금치 못한다. 자신의 아들 영국이 이런 열악한 환경 속에 기거하리라곤 꿈에도 몰랐던 것이다. 너 역시 상상만

하던 생활환경을 실제로 보고는 놀라움을 금치 못한다.

"최 목사님 말이 전부 사실이네요?"

"그럼 내가 일부러 지어낸 말을 한다고 믿었어요?"

"전부 그런 건 아니지만 이렇게 열악할 줄은 상상도 못해봤거든요."

"그래도 이건 집이잖아요."

이렇게라도 머리 뉠 곳이 있다는 것은 그래도 괜찮다. 정처 없이 떠도는 노숙자에 비하면 비 피할 곳이 있다는 것만으로도 다행이라는 최 목사다. 이런 지붕도 없는 떠돌이 노숙자들이 수없이 많은 나라다. 그러다가 비명횡사하면 그것으로 인생 끝이다. 인생이란 어차피 시간 줄 위에 매달린 빗방울 같은 유한존재다. 마치 빨랫줄에 맺힌 물방울 같은 게 인생의 목숨이다. 그게 초침이 되었건 분침 혹은 시침이라 하더라도 상관없다. 어차피 태어난 것은 죽는다는 가설 위에서는 그 길고 짧음이 의미가 없어진다. 애써 이 질곡의 세상에서 벗어나고 싶은 의지와 노력이 없는 것을 보면 천성적으로 태어날 때부터 가진 무욕의 성품이 남아 있는 것이다. 그렇지 않고서야 이러한 환경에서 벗어나고 싶은 발버둥을 치지 않을 수 없을 일이다. 다행히 비교할 만한 상대가 눈에 띄질 않는다. 날 때부터 이런 환경에서 태어나 이렇게 살고 있으면 불만이 있을 수가 없을 일이긴 하다. 그러나 영국의 경우는 다르다. 여러 곳을 다녀봤을 것이고 문명된 사회를 거쳐 이곳으로 들어왔다. 남의 눈을 피하기 위해 피신생활을 하는 입장이라면 그 불만이 오죽하겠는가? 한번 물들여진 문명세계의 환상이 남아 있을 것이다. 비록 어디로

든 헤쳐갈 수 있는 물 가운데 살고 있어 언제라도 어디로든지 떠나
갈 수 있는 자유가 있다하나 갇힌 몸이다. 물에도 길이 있고 물에
도 울타리가 있는 세상이다. 너는 탱자나무 가시울타리 속에 위리
안치 돼 영어의 생활을 했다는 추사 김정희를 떠올린다. 왜 갑자기
맹그로브 숲속의 수상가옥에서 추사의 귀양살이를 떠올렸을까?
선생은 꼼짝달싹 할 수 없는 그 배소에서 세한도를 그렸다. 서포
김만중 역시 남해 적거에서 시를 써 남겼다. 이육사도 옥중시를 남
겼으며 윤동주도 어려운 현실 속에서 주옥같은 시를 써 남겼다. 옥
살이는 힘든 생활이지만 그 속에서 정신은 더욱 살아난다. 그런데
저들 선인들은 음해를 입었거나 시류에 영합하지 못한 죄목을 뒤
집어쓰고 있었다지만 영국은 무엇 때문에 이런 곳에 스스로를 위
리안치 시켰을 것인가. 그런데 정말 영국이 우리가 상상했던 그런
죄를 지어 이런 곳에 들어와 숨어있을까? 아직 한 번 만나본 적도,
이야길 들어본 적도 없는 사람인데 왜 살인마적인 죄인취급을 하
는 것인가. 이 선입관은 대체 어디서 온 것일까? 너 혼자만의 망상
이거나 편견일 수 있다. 이 선입견부터 떨쳐야 한다. 이럴 때를 두
고 식자우환이란 말을 쓸 수 있을지 모르겠다. 혼자 사건 만들고
혼자 죄인 만들어 현상수배하고 혼자 사형 집행하는 소설을 쓰고
있지는 않는지 모르겠다. 차라리 그랬다면 다행이다. 영국이 폴 포
트의 수하가 돼 학살의 하수인이 되었을 것이라는 상상이 소설이
라면 얼마나 좋을 것인가. 그게 너 혼자 한 망상이었다면, 사실과
는 먼 너만의 허상이었다면……. 너는 한 겹 한 겹 양파껍질처럼
둘러싸인 망상의 껍데기를 본다. 도대체 이 망상의 출발은 어디부

터인가. 네 소설에서부터다. 아무도 영국의 존재에 대해 말한 이 없고 그가 학살을 집행한 집행자라 말한 사람 없다. 너 혼자 그렇게 생각하고 그 생각을 구체화시켜 소설에 등장시켰다. 이게 정말 양파처럼 겹겹이 쌓인 네 소설 속 허구의 세계였다면, 이 허상의 껍데기를 벗겨내는 데에는 별 어려움이 없을 일이다. 그 누구도 영국이 그런 인물이라 말하거나 그런 언질을 준 적이 없는데 왜 너 혼자만 그런 망상에 사로잡혀 있었을 것인가? 드디어 소설 속의 가상현실과 현실 속의 진짜현실을 구분해 가려낼 때다. 이 혼란의 사고체계를 바로잡을 때가 왔다.

"얘는 어디 갔지요? 우리가 온다는 소릴 안 했어요?"

"했어요. 아마 곧 나타날 것입니다."

겁이 나서 어딘가 숨어 엿보고 있을 것이란 최 목사의 말이다.

"숨어 엿볼 필요가 뭐 있어요?"

"그래도 낯선 사람들이잖아요?"

믿을 수 없는 세상, 믿을 수 없는 사람들, 영국이 최 목사의 말조차도 못 믿어 어딘가 숨어 탐색전을 펼치고 있다면 그 인간도 정상적인 인격체는 아닐 것이다. 깨어져 부서지고 상처 나고 질고에 시달린 결과 불신과 경계가 생겨난 인간이라면 과연 영국이 바라는 후견인으로서의 역할을 할 수 있을 것인가. 너는 만남 이후의 문제에 대해서도 생각하지 않을 수 없다. 영국은 지금 약간은 제정신이 아닌 상태라, 만남 이후의 주니어 영국에 대한 사후처리는 네가 도맡아 결정해야 한다. 그가 만약 문제가 있는 인물이라면 그런 문제아를 구제해 갈 필요가 있을까? 정상적인 인물이라도 데려가기 어려운 상황인데 모자라는 놈을 데려갈 필요는 없을 일이 아닐까. 속단, 또 속단, 속단은 금물, 아직 대면도 하기 전에 판단부터 먼저 하다니, 그게 탈이야, 너는 네 자신의 성급함을 달래느라 가슴을 쓸어내린다.

"아, 저기 오네."

한참을 이러고 있는데 영국이 드디어 모습을 드러낸다. 그대로 길러 내린 머리를 묶어 올려 상투를 좇은 건장한 체구다. 아랫도리만 겨우 가린 천 조각만 아니었다면 보디빌더를 연상시킬 만한 근육질의 사내였다. 한눈에 영국의 젊은 한때를 보는 느낌이다. 진흙 투성이의 손에 물고기가 몇 마리 들려 있는 것으로 보아 고기를 잡아오는 모양이었다. 아마 손님 오신단 소릴 듣고 대접할 걸 찾아오는지 모를 일이다. 너는 지금까지의 네 모든 상상이 기우에 지나지 않았음을 본다. 눈앞에 다가선 남자는 영락없는 영국의 분신 그 자체다. 어쩌면 이토록 빼닮을 수 있을까. 누가 뭐라지 않아도 한판임을 알 수 있는 모습이다.

"영국이 인사 드려라. 이분이 네 아버님이시다."

최 목사가 먼저 영국을 불러 인사를 시킨다.

"안뇬하세요."

비록 발음이 좀 서툰 말이었지만 영국은 한국말로 인사를 했다.

"네가 영국이가?"

"……"

서로 끌어안고 감격을 나타내는 반응은 보이지 않았지만 서로 간의 핏줄이 당기는 바라봄이 가슴을 찡하게 하는 대면이었다. 두 사람 닮은꼴은 서로를 바라보며 거울에 비친 모습을 확인하듯 찬찬히 그 얼굴에 나타난 표정을 읽어나갔다. 그리고는 놀라운 느낌을 갖는다. 더 이상 누구의 설명이 필요 없는 한판 조각상이다. 그 색깔의 농도가 서로 달랐을 뿐 약간 구부러져 올라간 매부리코의 코끝까지 닮아 있었다.

"한판이네. 확인 해 볼 필요도 없겠어."

침묵을 깨고 네가 말했다. 잠시 정지했던 활동사진의 영상이 다시 돌아가듯 이야기가 다시 시작되었다.

"궁금한 게 있으면 직접 물어보세요. 의사소통이 될 정도로 한국말은 하니까요."

깊은 이야기는 못해도 제 어머니에게 배운 한국말을 아직 잊지 않고 있다는 최 목사의 말이다. 말을 배우고, 그 말을 잊지 않고 있다는 것은 그 말을 쓸 날을 기대하고 있었다는 의미가 담겨 있다할 것인데 영국은 아직도 찾아온 사람들에 대한 두려움과 불신으로 안절부절 못하고 있다. 한군데 가만 있질 못하고 이리저리 몸을 옮겨 다니는 것이 최 목사에게 미리 이야기를 듣기야 했겠지만 설마 그런 일이 자기한테 일어나리라 믿기지 않는 모양이다.

"지내기가 불편할 것 같은데……."

왜 여기 숨어 사느냐, 무슨 죄를 지어 이렇게 은신해야 하느냐, 네가 정말 폴 포트의 수하로 학살에 가담했느냐, 직설적으로 이렇게 묻고 싶었지만 차마 입이 떨어지지 않아, 머뭇거리고 있는데 영국이 그다음 말을 잇는다.

"……뭐 필요한 건 없나?"

필요한 게 있으면 뭐든지 갖다 주겠노라는 현실적 이야기다. 영국이 역시 너와 같은 질문이 하고 싶었겠지만 그 역시 정곡을 찌르는 말은 하지 못하고 있는 것이 아닌지 모르겠다.

"이분들이 여기까지 온 건 자네를 추궁하기 위해서가 아니라 자네를 구해가기 위해서야. 그러니 솔직하게 대답해."

"……."

"난 네 아버지다. 네가 어떤 상태인지를 알아야 너를 여기서 데리고 나가지."

영국이 드디어 전후사정을 이야기하라고 한다. 복중 태아를 던져두고 떠났던 사람치고는 너무 당돌하고 무책임한 질문이다. 생전 처음으로 만나는 부자상봉에 있어서 할 말은 아니질 않는가. 허지만 뜸들일 시간이 없다. 그간의 사정을 알아야 사후조치를 취할 수 있다. 만약에 영국이 상상했던 대로의 인물이라면 첩보작전을 방불케 하는 일단의 조처가 있어야할 것이다.

"돈이 아무리 들더라도 너를 빼갈 테니……."

"……."

"아마 그 말뜻이 무엇인지 잘 못 알아듣나 봅니다."

최 목사는 그간에 들은 이야기를 종합해 결론적으로 말한다며, 영국이 폴 포트 일원으로 활동했던 것은 맞고 일부 학살사건에도 가담했지만 주역이 될 만큼 높은 지위에 있지는 않았다 한다.

"그저 시키는 대로 할 수밖에 없는 총잡이였다는 이야기입니다."

"그러니까 캄푸차 시대의 크메르루주였던 건 확실하네요?"

너는 다시 지리산 빨치산 정순덕을 떠올린다. 정순덕은 공산주의가 뭔지도 모르고 빨치산이 되었고 마지막 전사가 되어 역사의 한 페이지를 장식한 인물로 남았다. 알고 했건 모르고 했건 한 건 사실이다. 역사는 말한다. 아무리 살아남기 위해 한 짓이라지만 한 짓은 한 짓이다.

"결론적으로는 그렇습니다."

너는 네 상상이 사실이 되었다는 점에서 그 상상력은 높이 살 수 있게 되었지만 일처리 문제는 어렵게 되었다는 것을 직감하지 않을 수 없다. 미리 예견을 못했던 건 아니지만 막상 사실이 확인 된 시점에서 다시 생각하지 않으면 안 될 문제가 생겼다. 그런데 그보다는 영국이 언제 어디서 무슨 일을 저질렀는지 그 사실이 궁금해 견딜 수 없다. 막연하게 상상하던 사건들의 구체적인 실체를 알고 싶은 것이다. 들리는 바에 의하면 캄보디아의 모든 지식인들을 다 죽였다는 이야기인데, 지식인을 색출하는 기준으로 안경을 쓴 자는 독서를 했다는 증거로, 손이 부드럽고 장지에 굳은살이 박힌 자는 펜대 굴리며 책상 앞에 앉은 사무원으로, 색출의 근거로 삼았다 할 정도로 캄푸차 정권에 비협조적인 인사들을 잡아 죽였다는데, 정말 그런 일을 영국이 했을 것인가. 했다면 어떤 식으로 했을 것인가.

"네가 정말 사람 죽이는 일을 했나?"

영국이 제 자식 영국에게 묻는다.

"그래서 이렇게 숨어 사나?"

"……."

"그렇게 다그치면 안 되지."

너는 영국의 격해지려는 말을 막는다. 설사 이 모든 일이 사실이라 하더라도 그렇게 다그쳐서는 안 된다.

"그래, 언제까지 그 일을 한 거야?"

너는 질문의 방향을 돌려 묻는다. 그 기간에 따라 그가 어느 정도 핵심인물이었는지 어느 정도 그 일에 가담했는지를 가늠해볼 수 있을 것이기 때문이다. 민주 캄푸치아를 세운 폴 포트 정권은 1975년에 시작해 1998년에 두목 쌀 로트가 죽음으로써 완전히 막을 내렸다. 공식적으로는 베트남 군의 지원을 받은 헨 삼린이 프놈펜을 장악하여 국명을 캄푸치아 인민 공화국으로 바꾼 1978년에 이미 막을 내렸지만 그 두목격인 쌀 로트가 숨을 거둔 1998년도까진 밀림 속에서의 게릴라활동이 있었던 것으로 파악되고 있다. 여기저기 아지트를 옮겨 다니며 이 비밀스런 게릴라활동을 했던 시기까지 그와 함께였다면 핵심 인물에 해당하는, 악질분자임에 틀림없다. 게릴라 활동이 있던 중에도 얼마든지 옷을 벗어던질 수도 있는 기회는 있었을 것이다. 실제로 이 기간 동안 조직을 이탈해 베트남 라오스 타이 미얀마 등 이웃나라로 도주한 이탈자가 수없이 많다. 이들은 다 살아남았다. 이후에도 수많은 이탈자가 생겨났고 그들에 대해 끝까지 추적하는 현상수배 같은 건 없었다. 그만한 인력도 없었지만 저들에 대한 죗값을 가벼이 생각해 풀어주는 아량을 베푼 것이다. 그렇다고 저들의 사회활동을 용납한다는 뜻은 아닐 터, 영국의 경우 어느 정도의 선에 걸려 있는 인물인지를 알 수가 없는 것이다. 지금도 수사선상에 놓여 찾고 있는 인물인지, 이미 잊혀진 인물인지에 따라 대응책이 달라질 것이기 때문이다.

"그래, 지금도 너를 찾고 있는 기관이 있나?"

"……."

"그런 건 아닐 겁니다. 여긴 아직 그런 조직력과 재정능력이 없으니까요."

전산화가 돼 있거나 체계적인 수사조직이 없는 현실에서 그런 국가조직이 있을 리 없다는 최 목사다.

"이미 그런 거물은 다 축출했다고 생각하는 나라니 여죄를 묻는 수배범은 없을 겁니다. 그런데 이 나라는 이상하게도 복수심이 아주 강해요."

개인적으로 원한을 산 사람은 반드시 복수를 당하고 만다. 영국은 그 활동상이 눈에 두드러졌던 인물로, 직접 그 가족들이 보는 앞에서 죽인 사람들이 있음으로, 숨어 살지 않으면 언제 어느 누구한테 당할지 모르는 위험성이 있다한다.

"그래서 은신생활을 한단 말인가요?"

"그럴 수밖에요."

영국은 트레퐁 터머호수를 만드는 현장에 투입된 크메르루주였다. 여기서 학살이 일어났다. 공사 진척이 부진하다는 이유로 노동자들을 죽여 다릿발 밑에 묻는 사건이 벌어졌다. 주변 인물들이 그 사건을 직접 목격했다. 이 생존자들의 눈에는 가해자들의 얼굴이 똑똑히 각인돼 있을 수밖에 없다. 이미 20년이 지난 세월인데도 그 얼굴을 기억해 복수를 시도했더란다. 최 목사가 처음 트레퐁 터머 지역에 교회를 짓기 위해 갔을 때 들었던 소문이었다. 영국을 만나기 이전에 콴을 먼저 만났다.

"한국말을 아는 사람이 있다기에 그를 찾아갔지요."

그의 도움으로 교회를 지었고 손자를 돌보기로 했다. 그 자세한 사연은 다 듣지 못했지만 라이따이한의 아들을 갖고 있다는 이야 긴 들었다. 그리고 그 어머니를 찾아왔다가 죽을 뻔하고는 도망간 아들에 대한 이야기도 들었다.

"그렇다면 쌀 로트가 마지막까지 은신했던 안롱 웽까지 같이 가 있었다는 이야기 아닙니까?"

쌀 로트는 그의 고향 안롱 웽에 숨어 지내던 중 부하인 따목에게 붙들려 감금되었다가 98년 4월 15일 잠자던 중 돌연사 했다. 트레 퐁 터머는 안롱 웽에서 그리 멀지않은 국경지역이다. 그렇다면 영 국이 안롱 웽까지 쌀 로트와 동행했을 가능성이 크다. 그러한 그가 어머니를 찾아 트레퐁 터머에 들렸다가 신분이 노출되었다면 그는 처음부터 끝까지 폴 포트 정권의 만행에 가담했다는 증거이기도 하다. 그의 계급이 무엇이었든지 직책이 무엇이었든지 따질 것 없 이 만행의 주범이었거나 핵심적 하수인이었을 것임은 부인할 수 없게 되는 것이다.

"네가 그 사건에 가담됐단 말이지?"

"예."

영국은 예라고 대답하는 작은 영국에게 꺼져가는 소리로 혼잣말 을 내뱉는다.

"어찌 이런 일이."

영국은 제 자식이 했을 일을 상상하며 탄식한다. 아니라고 고개 를 흔들며 부정해온 그 모든 사실들이 현실화 된 것이다.

"대체 이 일을 어찌하면 좋지?"

이제 진상이 드러났다. 영국이라는 한 인간의 실체가 밝혀졌다. 그토록 궁금하게 여겼던 아들 영국의 행적이 드러났다. 영국은 마치 이 모든 잘못이 자기 탓인 것처럼 중얼거렸다. 너는 '사랑의 원자탄'을 쓴 손양원 목사를 떠올린다. 손 목사는 여순반란사건 때 제 자식을 죽인 원수 같은 청년을 양자로 삼아 거둠으로써 용서의 본을 보인 장본인이다. 죄라는 것은 무엇이며 죗값이라는 것은 무엇인가? 누가 있어 이 죗값을 물을 것인가. 죗값을 물을 수 있는 건 오로지 하나님의 일이라 하였다. 인간은 인간을 징치할 수 없다. 질서를 위해 규칙을 정하고 법을 만들어 다스리려 하지만 그역시 어느 게 올바른 길인지는 알 수 없다. 절대적 기준이란 없는 것이다. 선과 악은 동전의 양면 같아서 보기 나름이다.

"어찌하긴 뭘 어찌해? 그렇다고 변하는 게 있나?"

너는, 네가 낳은 자식은 네가 거두어야지, 라고 말하려다가 입을 다물었다. 영국이 냉큼 받아,

"변할 거야 없지."

라고 단호하게 말했기 때문이다. 누가 뭐래도 제 자식은 제 자식인 게 틀림없고 그 자식을 찾아 여기까지 왔으니 데려가겠다는 의지는 변함이 없다. 그렇다면 방법이 문제다. 미리 예상은 했던 일이라 생각을 달리할 까닭이야 없었지만 그래도 걱정했던 일이 현실로 나타나니까 해결책이 선 듯 생각나지 않는다.

"엄니는 왜 안 왔어요?"

잠자코 있던 영국이 묻는다.

"몸이 좋지 않아서."

최 목사가 그의 말을 끊었다.

"국영이는요?"

"어머니를 돌보느라⋯⋯."

최 목사의 단답형 대답에 아들 영국은 고개를 숙이고 입을 다물었다. 어쩌다가 마주친 그 실망스런 눈빛을 보지 않기 위해 너는 하늘을 올려다보았다. 그 눈에 눈물이 한 방울 고여 나왔다. 여기까지 와서 무력감을 느낄 수밖에 없는 자신이 몸서리쳐지도록 싫었다.

"자, 우리 이렇게 합시다. 일단은⋯⋯."

이 맹그로브 숲을 나가 프놈펜으로 간다. 거기서 여권을 만들 궁리를 대본다. 생각했던 수순이다. 때문에 여길 들어올 때도 현지인의 배를 빌리는 대신 먼 데 사람을 데리고 왔다. 행여 날지 모르는 입소문을 막기 위해서였다. 아무리 두 눈을 부릅뜨고 살피는 수상경찰들이라 할지라도 서로 관할이 다르면 남의 일이다. 전산망이 있어 정보를 공유하는 현실도 아니고 당장 주머니 채워질 사안이 아니라면 관심 밖인 치안상태다. 그럼에도 불구하고 일부러 먼 데 뱃사공을 불러 온 것은 이 일이 너무 위험하고 엄청난 계획이 될 수도 있기 때문이다. 비록 현상수배자는 아니라 할지라도 캄보디아 사람이라면 누구라 할 것 없이 크메르루주의 잔재를 그냥 둘 리가 없을 것이다. 너는 다시 한번 마지막 빨치산이 돼버린 정순덕에 대해 생각해 본다. 학교를 파하고 돌아오던 길에서 그 지프차를 봤는데 거기 정순덕이 오라에 묶여 이송되고 있었다. 1963년도였다.

그러니까 전쟁이 나고 십삼 년이 지난 세월이 흐른 뒤였다. 그렇다면 크메르루주의 괴수 쌀 로트가 98년에 죽었으니 이 역시 십삼년 만이다. 13이라는 숫자의 불길함이다. 이 무슨 망상인가. 망상은 망상일 뿐 그 이상도 그 이하도 아니다. 너는 애써 이 저주스런 숫자를 지워버리려 애쓴다.

"준비는 되었지?"

최 목사가 묻는다.

"예."

미리 이야기가 된 모양으로 아들 영국은 순순히 이곳을 떠날 의향을 내비쳤다. 그런데 그는 지붕으로 인 야자나무 잎 이엉 속에서 부스럭부스럭 무언가를 꺼내더니 그걸 챙기려든다.

"그건 이제 버리고 가자."

최 목사가 만류를 한다. 마른 잎 사이로 삐주름히 드러나는 총구가 보인다. 총이었다. 야무지게도 간직한 물건인 것 같은데 최 목사는 그걸 그냥 버리고 가자한다.

"이제 그런 건 필요 없어요."

"......."

영국은 얼른 수긍을 하지 못한다. 이게 없으면 무엇으로 자기를 지켜낼 것인가. 두려운 표정이다. 오로지 무기에 의해 자신을 보호할 수 있다고 생각하는 모양이다. 너는 퍼뜩 오노다 히로라는 인물을 떠올린다. 오노다 히로는 일본인 병사로서 태평양 전쟁 때 괌에서 전쟁을 치른 인물인데 패진 후 수십 닌 동안을 내나무동굴 속에서 숨어 지내다가 마을에 음식이 자주 도둑맞는 것을 이상히 여긴 주민들의 수색에 의해 잡힌 인물이다. 그는 군국주의 사상에 물이 깊이 들어 '나는 황군으로서 천황폐하의 명령 없이는 죽어도 항복할 수 없다' 하여 항복하지 않겠다고 버티다가, 그 당시 소대장이 와, '이제 전쟁이 끝났으니 항복하라'는 명령을 받고서야 항복을 한 인물로 전 세계 매스컴을 탔다. 지금 이 영국이 그 짝이 아닌가.

"이제 전쟁은 끝났어. 총은 필요 없어."

그래도 그는 수긍을 하지 않는다. 총 없이 어떻게 자신을 지킬 수 있을 것인가. 그런데 총을 빼앗고 보니 총알도 하나 없는 빈총이다.

너는 총을 집어 물에다가 던졌다. 총신이 갈앉으면서 거품이 몇 방울 일었다. 이제 총도 전쟁도 거품이 돼 진흙 속에 갈앉을 것이다. 이게 너의 진흙소다. 이것으로 네 전쟁은 끝이다. 만약 네가 이 쇳덩이를 다시 건져 남의 가슴에 총구를 겨누려한다면 더 이상 구원 받을 길은 없을 것이다.

"그게 있어야 일을 하는데."

영국은 총이 있어야 일을 한다했다. 전쟁 중에 태어나 난민생활을 하다가 다시 총잡이로 살았으니 그 일밖에 다른 일이 생각나지 않을 수도 있겠다. 하지만 총이 있어야 일을 한다는 저 말을 어떻게 받아들여야 좋을 것인가? 사람은 보고 들은 대로 흉내내기 마련이다. 짐승들 속에서 자라난 타잔은 짐승의 울음소리를 내며 짐승처럼 뛰어다녔다. 그런가 하면 궁중에서 태어난 공주는 공주처럼 자란다. 꽃은 꽃밭에서 잡초는 잡초 밭에서 자라기 마련인 것이다. 이치대로라면 영국은 총을 버리고는 살 수 없을지 모른다. 그런데도 자기 밥줄 같은 총을 버리는 대도 반항하거나 저항하지 않는 것을 보면 외골수으로 중독돼 있는 상태는 아닌 듯해 다행스럽게 보였다.

　너는 영국이 가족의 상봉장면을 보며 남북이산가족 찾기의 한 가족을 떠올린다. 그들은 남도 아닌 이종사촌들의 이야기다. 사촌 여동생은 복중 유복자로 아버지의 얼굴을 본 적이 없다. 기실은 너도 그 이모부의 얼굴을 잘 기억하지 못한다. 그런대도 '나는 니 아버지 얼굴을 기억해' 하며, 여동생을 위로하려고 이모부의 얼굴을 설명하곤 했지만, 사실은 환술일 뿐, 기억이 되는 것 같지만 어슴푸레하니 그 윤곽이 그려질 정도의 희미한 기억으로 재생될 뿐인, 가공인지 사실인지 확실치 않은, 흑백의 인물이다. 이모부는 한국 전쟁 당시 실종되었고 그 후 반세기 넘는 동안 제사를 지내왔다. 죽은 줄로만 알았던 것이다. 그런데 어느 날 적십자사에서 연락이 왔다. 북에 계신 아버지가 남에 있는 가족들을 찾기 위해 이산가족 찾기 신청을 했다는 것이다. 정말 꿈에도 생각지 못했던 일이라 모두들 흥분에 들떴다. 그러나 가장 기뻐해야 할 이모는 치매기가 있어 거동이 자유롭지 못했고 사촌형과 여동생이 금강산 상봉장을 갔다 오기로 했다. 이모부는 일본유학파라 그 당시로서는 지식인이었던 모양으로 북에서도 대접받는 당 간부로 살았다 했다. 그런데 이쪽 집안의 형편을 묻는 중에 손자들이 피아노를 전공해 음악가가 되었다니까 전공은 뭐며 피아노가 뭔지 묻더라는 것이다. 남부럽잖은 급식을 받는 당 간부가 피아노를 본 적이 없었나는 이야기에 너는 아연실색할 수밖에 없었던 일이 있었다.

지금 이 영국이 그렇다. 영국은 총 외엔 자기 소유물을 가진 적이 없다. 어쩌다가 임시방편으로 어딘가 의지하고 살았겠지만 안정된 삶을 유지했다고 보기에는 어려울 것이다. 게릴라 생활이 포근한 이불 속이었을 턱이 없었을 것이고 먹는 것 역시 맛있을 수 없었을 것이다. 어쩌다가 이러한 특이한 인물을 만나게 되었을 것인가? 우연히 지나다가 만난 인물도 아니고 작정을 하고 찾아 나선 라이따이한 찾기에서 건져낸 인물이 바로 이런 별종이다. 영국을 두고 별종이란 말 외에 표현할 말이 없다. 그런데 그럴수록 네가 할 일은 많아진다. 작가로서 이런 인물을 만났다는 것은 그야말로 천우신조의 기회가 아닐 것인가? 남들에게 불행이 내겐 절호의 찬스가 되는 사람들이 있다. 사진기자가 그렇고 작가가 또한 그렇다. 포탄이 터져 비명이 낭자한 곳에서 특종이 생기고 퓨리처 상이 탄생한다. 어떻게 보면 이들은 잔인한 존재다. 이들 보도자들이 잔인한 게 아니라 이들이 건져 올린 보도 자료를 보고 흥분하는 일반 대중들이 더 잔인하다고 보아야 할 것이다. 보도자는 보도 자료를 공유하며 광분하는 자들보다 더 잔인해야 한다. 그래야 객관적인 취재를 할 수 있다. 따라서 작가 역시 잔인해지지 않으면 안 된다. 객관적이고도 리얼한 취재가 곧바로 생생한 작품이 되기 때문이다. 의사가 환자의 다리를 끊어내는 일과 작가가 취재대상의 아픈 과거를 들추어 묻는 것과 비교할 수 있을까? 의사는 환부를 도려내 아픈 상처를 낫게 하기 위해 전기톱을 들어 뼈를 자른다하지만 작가의 질문에는 무슨 효과가 나타날 것인가? 이를 읽고 광분할 독자의 흥분을 위해? 너는 결심을 하지 않으면 안 된다. 지금까지의 진행과정에서 가장 힘든 부분이다. 잘 갈앉은 부스럼딱지를 떼어내는 일과 같은 이 일을 끈질기게 계속 물고 늘어질 것인지? 생피를 보겠다는 작심이 아니고서는 할 수 없는 일이다.

"영국아, 네 아버지는 널 한국으로 데려가려고 여기까지 먼 길 왔다."

너는 기어코 말을 꺼내고 만다.

"그런데 네가 여기서 무슨 일을 했는지를 알아야 데려갈 수 있다."

이실직고 바른 말을 요구하는 질문이었다.

"네가 폴 포트의 하수인이었다면 데려가는 데 어려움이 따를 수도 있다."

그 활동범위를 말 하라는 것이었다.

"쌀 로트는 캄푸차의 아버지였습니다."

영국의 대답은 또렷했다. 네 귀를 의심할 정도로 선명하고 간단명료한 대답이었다. 상상했던 대로의 바보영국이 아니다. '영국은 사리분별이 분명하고 이성을 갖춘 사람이다' 라는 메모를 하게 만들었다. 그저 어수룩한 바보로서의 하수인이 아니라 자기주장을 가진 주체자로서의 크메르루주였던 것임을 확실하게 하는 다음 말을 빠뜨려서는 안 된다.

"그는 생산적인 농민을 원했고, 이에 반대하는 놀량패들은 죽었습니다."

쌀 로트의 주장이 자급사족의 생산력임을 감안한다면 이 말은 틀리지 않다.

"그러면 죽은 자들은 죽어도 좋았다는 건가?"

"잉여인간들이었으니까요."

할 일 없이 남아도는 인간을 처분했다는 쌀 로트의 말 그대로다. 그렇다면 이 세상엔 일하는 사람만 남고 나머지는 필요 없을 것인가? 생명에 대한 존엄도 있다. 갑자기 똑똑한 사상가가 된 영국을 앞에 두고 너는 맹그로브 숲을 바라볼 수밖에 없다. 여기 이 순간에 이념논쟁을 벌일 수도 벌일 일도 아니질 않는가? 그러면서 이 모부가 했던 말을 떠올리지 않을 수 없다.

— 우리는 잘 먹고 잘 산다. 충분한 배급도 받고, 올 수령님 생일에는 양말도 두 켤레나 받았다. 텃밭을 하사해 옥수수도 심어 먹는다.

이게 대체 할말인가? 이 말을 하며 이종사촌 동생은 눈물을 펑펑 흘렸다. 양말 두 켤레, 그게 자랑인가, 그렇다면 이전에는 한 켤레를 받았었다는 이야기 아닌가?

"잉여인간도 사람은 사람이지……."

하려다가 너는 입을 다물었다. 이 시점에서 영국을 추궁하거나 머릿속에 든 생각을 바꾸려한들 그게 무슨 소용인가. 이쯤에서 영국의 과거지사를 짐작으로 간파할 수밖에 없을 일이다. 한마디로 영국은 골수분자였을 것이라는 결론밖에 내릴 결론이 없다. 그렇다고 앞으로 할 일이 달라질 건 없다. 그의 사상이 어떻든 영국은 영국이 버린 영국의 아들임에는 틀림없고 영국은 제가 낳은 제 자식을 거두어 보다 편한 아버지의 나라로 데려간다. 그뿐이다. 그 일에는 변함이 없다. 이 엄연한 사실 앞에 소설은 한 발 뒤로 물러서야 한다. 사실과 진실은 다르다. 진실과 진리 또한 같지 않다. 진실이라고 해서 진리인 건 아니다. 진리는 오로지 신의 잣대로 볼 때만 가능하다. 섣불리 인간의 잣대로 인간을 젤 수는 없을 것이다.

"출발할까요?"

배가 맹그로브 숲을 떠나 물살을 가르며 앞으로 나아간다. 동서남북을 분간 할 수 없는 망망대해 같은 호수다. 이 호수를 가로질러 다니던 배들 중, 어느 한때는 침략전쟁을 가장한 선단들이 이 물길을 몰래 달려 앙코르 톰을 공격했다. 적어도 천 년 전 이야기로 거슬러 올라가 크메르 제국을 쓰러트린 참족과의 해전 역사가 있다. 그런가하면 그 참족의 후예들이 전란을 피해 보트피플이 되어 이 물길을 다시 거슬러 올라와 숨은 역사도 있다. 톤레 샵호의 물길 속에는 온갖 영욕의 세월들이 잠겨 있다. 너는 잠시 스쳐가는 바람을 맞듯 역사의 바람으로 머리칼을 날리며 입을 굳게 다문 큰 영국에게 묻는다.

"이 물이 어디서부터 연원하는지 알아?"

"어디 설산이라 들었는데?"

"설산의 물이 왜 이리 혼탁하게 되었을까?"

"흐름 아니겠어? 흐르다 보면 온갖 흙탕물이 뒤섞이게 되는 것처럼."

"철학자 다 됐네?"

분위기를 살리려 끄집이냈던 이야기치곤 너무 황당한가.

너는 화제를 돌린다.

"목사님, 갈릴리 호수를 건너던 예수님 일행이 이랬을까요?"

예수님 일행이 뭐 어쨌다고? 이건 더 황당한 질문이다. 그런데 최 목사는 명답을 내놓는다. 역시 들을 귀 있는 자 들을 지어다, 이다.

"예수님은 갈릴리 호수에서 제자들을 건지셨고 제자들을 떠나보내기 위해서 마지막으로 건너셨지요."

"떠나보내기 위해서요?"

"십자가를 지실 준비를 하신 거요."

차원 높은 이야기다.

"예수님은 여러 차례 갈릴리 호수 이곳저곳을 건너다니며 전도 여행을 한 후 베다니의 나귀를 타고 베들레헴으로 들어가지요. 자기에게 주어진 길을 가기 위해서."

"그러면 지금 우리는 어디로 가는 걸까요?"

"비교 자체가 성립되질 않죠. 그 상황과는……."

잠자코 있던 영국이 대화에 끼어든다.

"지금 심기 복잡한데, 나 모르는 이야긴 하지 마라."

"하, 무슨 대단한 암호 같은 이야기도 아닌데?"

"아무튼 저들끼리만 아는 이야긴 듣기 싫으니까."

"그러면 듣기 좋은 이야기 하나 하지. 부처님이 바다를 건너 와 이 호수를 통해 단 세 발짝에 저벅저벅 걸어서 쿨렌산으로 들어가셨단 거야. 그래서 쿨렌산이 크메르족속들의 성산이 된 거지. 그 첫 번째 발자국이 찍힌 곳이 프놈 끄데이, 두 번째 발자국이 찍힌 곳이 프놈 바켕, 세 번째가 프놈 쿨렌의 앙툼이라는데, 부처님은 뭣 때문에 이 호수를 건넜을까?"

"부처님 고향인 인도에 환멸을 느끼고?"

"그런 넌센스 퀴즈가 아니야."

"부처님을 서로 가지고 싶은 거겠지."

"딩동댕, 목사님 말이 맞아요. 부처님 사후에 서로 사리를 갖겠다고 전쟁까지 벌였다하니, 부처가 제 발로 걸어 들어온 여기가 성지가 아니겠어?"

너는 쿨렌산의 앙톰에 자리한 부처님 족적의 깊이와 그 속에 한가득 든 시줏돈을 찍은 스마트폰의 사진을 보여주며 분위기를 환기시킨다.

"그런데 오늘 내 이야기 핵심은 그게 아녜요."

"그럼 뭔데?"

영국이 기분이 좀 풀리는지 스스로 이야기에 빠져든다.

"내 소설 이야기야."

"소설?"

너는 지금까지 구상해 온 직지의 주인공 경한에 대한 이야기를 한다.

"고려의 한 스님이 수계를 받고도 그걸 위배한 불경죄로 원나라 노예로 끌려가 전쟁터에 투입되었어요. 그 끌려온 곳이 이곳, 앙코르전투라는 거예요. 그 전쟁 상황은 앙코르 톰의 벽화 조각에 여실히 그려져 있어요. 역사적 유물에 그려진 사실이니까. 그러다가 전쟁이 끝나고 경한은 자유의 몸이 되었는데 우연히 쿨렌산을 시나게 됩니다. 여기서 인도에서 온 지공화상이라는 큰스님을 한 분 만나요."

"그래서 도를 통한다?"

"빙고!"

"도를 통한 경한이 중국을 통해 고려로 돌아가는 여정이 펼쳐집니다. 아, 그사이 중요한 게 하나 빠졌어요. 앙코르 톰에서 알고 지내던 현지인으로부터 알 수 없는 책을 하나 입수하는데 그게 경전이라는 거예요. 그 경전이 세계 최초로 출간된 활자 인쇄본 책이라는 거예요."

"고려시대 세계최고활자본 책이라면 직지심경?"

"빙고! 역시 목사님이세요. 그런데 그 책을 요즘은 직지심체요절이라 부른다네요?"

"왜요? 우리는 직지심경이라 배웠는데."

"성경 불경, 하는 경전이라는 말은 신이 직접 하신 말씀이지만, 직지의 말씀은 저자 백운화상으로 신격화 된 인물의 글이 아니기 때문이라는 거죠."

"그러면 직지심체요절은 뭐야?"

"요절은 중요한 부분을 간략하게 요약했다는 뜻일 테고 심체란 마음속을 이야기하는 게 아닐까? 그러니까 마음속을 똑바로 들여다보는 책이라 해석하면……."

"마음 수양 책인가 보네?"

"참선지침서."

"그렇게 보면 무난할 것 같아요. 그런데 지금 문제는 그게 아녜요. 지금 경한이 그러한 귀중한 책을 입수해 고려로 돌아갑니다.

그 먼 길을 어떻게 가야겠어요? 그게 문제란 말입니다."

"우여곡절을 겪게 해야지. 그래야 소설이지."

"맞아요. 우여곡절 끝에 중국의 하무산에 도달해 또 한 사람 큰 스님을 만나 진짜 공부를 합니다. 그리고는……."

"도를 통해 화상이 된다?"

"그걸 어찌 알았어?"

"그래야 소설이 되지."

"맞네요, 맞고요. 그래서 도를 통한 경한이 백운화상이 되는 것 까지를 썼지."

"그 백운화상이 고려로 가 그 책, 직지심체요절을 펼쳐 냈다? 그 것도 활자본으로?"

"맞아요, 바로 그겁니다. 그 책이 세계최초의 활자 인쇄본임을 밝혀내고, 세계문화유산으로 등재되기까지 얼마나 많은 우여곡절 이 있었겠어요. 그 과정을 소설화 하는 작업을 제가 지금 하고 있 다 이겁니다. 그게 이번 여행의 수확이라고요. 그런데 그보다 더 큰 일이 지금 우리가 하고 있는 이 일이라는 겁니다."

잠시 갈앉은 분위기가 다시 살아났다. 실없는 이야기 몇 마디가 분위기를 살리고 공통의 관심사가 될 수 있는 화제임을 상기한다 면 이 소설의 가독성은 확실해 진다. 이미 많은 사람들이 알고 있 는 소재라 생경하지가 않다. 원형이 있으면 그 아류는 확실해진다. 소설은 어차피 신화의 아류다. 어떤 이야기든 그 원형이 있기 마련 인 것이다. 직지는 이미 교과서적 소재다. 그 소재의 소설화는 어 렵지 않다. 가설을 세우고 보편타당성 있는 사건을 설정해 그 사실을 입증하면 된다. 배에 탄 두 사람의 청자가 곧바로 호응을 해 이 야기를 이어나간다는 것은 가설과 사건설정의 보편성을 인정받은 결과다. 너는 소설을 이렇게 사전진단을 해가며 쓴다. 다 쓴 작품 은 소설이 뭔지 모르는 사람들에게 먼저 읽혀본다. 저들이 알아먹 었을 때 발표를 한다. 소설은 그런 대중성을 요구한다. 시는 다르 다. 시는 귀 있는 자만 듣는 음악이기 때문이다. 대중가요 같은 시 는 그것대로 따로 분류가 된다. 쉬운 시다. 쉬운 시는 쉬운 시대로 많이 읽힌다는 장점이 있지만 두 번 세 번 평생을 두고 곱씹으며 읽는 재미가 없다는 단점을 가지고 있다.

호송작전을 이야기하다가 왜 갑자기 이야기가 곁길로 새는가? 이 소설의 구성이 본시 그렇다. 이리 갔다 저리 갔다 갈之자를 그 으며 본론과 삽화 사이를 왕래하는 구성법이 아니던가. 본론인 직 지로 되돌아가기 위해 그 마중물을 받았다. 이제 펌프질을 해 본격 적인 물을 퍼 올릴 차례. 그 물은 목마른 자에게는 목을 축이게 하고 굶주린 자에게는 배를 불리는 생명수가 되어야 한다. 영적인 샘물이 되어 갈급한 영혼을 구제하는 생수가 되어야 한다. 작품은 어떤 죽어가는 영혼을 일깨우는 구원에 이르러야 좋은 작품이라 말할 수 있다. 그저 재미만 있어가지고는 안 된다. 더군다나 '직 지' 같은 주제를 다루면서 흥미위주로 나가서는 안 된다. 지금 네가 영국을 찾아 그를 구원하려하는 것이나 소설 속의 주인공 백운을 사지에서 탈출시켜 구하려는 일이 동시에 진행돼 보이도록 기술적 인 배치를 해놓는 재미는 있지만, 그런 잔재주에 빠져 정작으로 강 조해야 할 직지의 주제를 소홀히 해서는 안 될 것이다. 직지의 주제가 무엇일 것인가? 무엇 때문에 그 전쟁통에 책을 입수하게 하였고 사지에서 탈출하면서도 그 책을 꼭 끌어안고 있었을 것인가? 무엇 때문에 그 책의 내용이 그렇게 소중했을 것인가? 그 책을 고려로 가져 가야 할 이유가 있어야 할 것이다. 그래야 당위성을 얻는다. 소설의 생명은 이 당위성에 기인한다.

너는 영국을 데리고 나가면서도 온통 머릿속은 소설로 뒤범벅이라 현실상황과 가상현실을 구분할 수가 없다.

부처 이전의 부처들

탁발공양을 나선 백운은 아이마냥 마음이 들떠 있다. 오랜만에 나온 저자거리이기도 하지만 사람냄새를 맡을 수 있는 좋은 기회다. 탁발공양은 길가에 죽 앉은 공양주 앞을 지나가며 발우를 내밀면 음식을 담아주는 걸식의례인데 부처님 살아생전에도 있었다한다. 출가한 승려는 무소유였기에 먹을 걸 구걸해서 배를 채웠다. 하루아침 한 끼를 시주해, 그 음식을 삼등분으로 나눠 불쌍한 사람한테 먼저 주고 다음으로 이웃한 생명들에게 나눈 다음 마지막 남은 것을 그 스스로의 먹이로 삼는다.

"시주는 시주받는 사람보다 시주하는 사람의 만족감이 더 커요."

하루는 어떤 스님이 작정을 하고 다리 밑에 사는 거지한테 가 목탁을 두드리며 탁발을 강요했는데 먹다 남은 찬밥덩이를 내주는 그 거지의 얼굴에서 더없이 행복한 만족감을 엿보았다는 것이다. 그러니 탁발의식은 주는 이나 받는 이 모두에게 행복을 주는 행위라 부끄러울 게 없다. 시주는 살림 정도에 따라 그 음식이 각기 다르다. 오곡밥 아니면 수수밥이 대부분인데 드물게는 메밥인 경우도 있다.

"저 부인은 해마다 메밥을 해 와요."

"메밥이라니요?"

"쌀밥 말이지요."

동자승이 속삭이듯 말한다. 메밥은 미(米)밥을 뜻한다. 쌀밥이라는 말이다. 산간지역이라 쌀이 귀한데 저 부인은 어디서 구해오는지 이날만큼은 쌀밥을 해 와 시주공양을 한다. 쌀 米자의 十자는 칸막이로 그 속에 열매※가 가득 들었다는 뜻이 되겠다. 그렇게 따지자면 곡식 '미'자가 되어야 하지만 쌀이 곡식의 대표 격이니 쌀 '미'자라 부른다는 글자풀이다. 백운은 요즘 말과 글 그리고 경을 함께 배운다. 모든 게 새롭고 경이롭다. 공부가 이렇게 재미난 줄 알았더라면 진작 공부에 심취해 보다 심오한 학문을 쌓고 큰 깨달음을 얻었으리라. 허나 지나간 일은 지나간 일, 이제부터가 중요한 시간이다. 비록 나이는 어리다하나 동자승에게도 배울 점이 많다.

"저 부인은 부자인가 봐요?"

"아니어요."

결코 부자랄 수 없는 집안형편인데 정성을 다해 발우공양 때마다 아낌없는 시주를 한다. 없는 가운데서 베푸는 정성이다. 백운은 문득 묘덕을 생각한다. 묘덕의 집에 처음으로 시주를 갔던 날을 잊어버릴 수가 없다. 시주를 얻기 위해 목탁을 두드렸는데 아무런 반응이 없었다. 한참 동안 목탁을 두드리다가 문득 바라본 곳에 방아를 찧는 처녀가 눈에 들어왔는데 그 키가 방아고만 했다. 디딜방아의 양 발판이 올라갈 때마다 그 작은 몸체가 들려 올라가고 내려올 때마다 따라 붙어 내려오곤 했는데 마치 어린애가 방아고의 다리를 내딛는 것 같았다. 그런데 자세히 보니 애늙은이 같은 어른이었다. 눈이 마주 치자 그 애늙은이 여자는 방긋 웃으며 두 눈을 찡긋 미안해하는 듯했지만 시주는 하지 않았다. 그도 그럴 것이 방아확에 담긴 것은 퍼 담을 수도 없는 청보리 같은 것이었다. 물이 질겅질겅 묻어나는 청보리를 찧어 풀죽을 쑬 작정이니 그걸 퍼내 시주를 할 수 있는 상황이 아니었다. 그런데 마을을 한 바퀴 돌아 나와 다시 그 집 앞을 지나치려는데 그녀가 그를 불러 세웠다. 어디서 구했는지 바가지에 하얀 쌀이 반나마 담겨져 있었다. 내 먹을 건 없어도 시주공양을 하는 여인, 그가 바로 묘덕이었다. 축복 있어라. 경한은, 아니, 하무산 승려 백운은 두 손을 모아 합장염송을 한다.

"관세음보살나무아미타불."

또그르 똑똑, 목탁소리가 울려나갔다.

"스님, 방금한 그 염불은 무엇이어요?"

"아, 관세음보살나무아미타불? 우리 고려에선 그렇게 염불한답니다."

염불은 부처의 공덕이나 모습을 마음으로 생각하는 것이다. 그 생각을 생각만 할 때는 법신염불, 말로 해 중얼거릴 때를 칭명염불이라 한다. 그러나 그 말이 나라마다 다르기에 칭함도 다를 수밖에 없는 것이다. 지금 동자승은 그 말의 다름을 묻는 것이 아니라 하무산 안개 속에서 결가부좌 틀고 앉아 하던 참선의 시간에서 벗어나 세상에 온 느낌을 묻는 것이다. 선이란 결코 앉아서 면벽 묵상하는 것만으로 이루어지는 것이 아니다. 참선이 진흙이라면, 진흙으로 소를 만들어 타고 강을 건너는 일이 참선이라면, 이를 다져 만들기 위한 물도 필요한 것이다. 물 반죽이 있어야 더욱 단단한 진흙소를 만들거나 벽돌이나 옹기그릇이 만들어지듯 세간의 물이 혼융되어야 흙 반죽이 된다. 따라서 이날만큼은 실컷 놀고먹어도 된다. 어차피 세간에 내려온 이상 여기서까지 욕심을 참을 필요가 없다는 것이다. 깨고 부수고 다시 만드는 게 마음이다. 마음은 순식간에 일으키기도 순식간에 스러지기도 한다. 오늘 쌓았다고 해서 그게 영원한 건 아니다. 오늘 쌓은 벽은 오늘의 벽이요, 내일의 벽은 내일의 것이다. 따라서 순간순간의 오도가 있을 뿐이다. 모든 건 시간 줄에 매달린 물방울 같은 것이다. 가고 다시 오나니 가는 것을 아쉬워말며 오는 것을 두려워 말라. 동자승은 게송을 읊듯 재잘재잘 이야기를 잘도 한다. 마치 그가 큰스님인 것처럼. 그 실인즉슨 그가 큰스님인지도 모르겠다.

"스님은 왜 출가를 했어요?"

그가 물었다.

"배가 고파서요."

그는 일체중생을 구제하기 위해서니, 업장을 깨고 해탈을 해 열반에 들기 위해서라느니, 하는 장엄한 이야기 대신 현실상황을 그대로 고한다. 마치 그가 큰스님인 양……. 그 앞에 고해히는 양……. 그가 다시 묻는다.

"배가 어찌 고프던가요?"

"쓰리고 아팠어요."

"횟배였던가요?"

"송충이가 기어 다니는 것 같았어요."

"송충이는 솔잎을 먹고 인간은 송충이를 먹긴 하죠."

동문서답 같은 화두다. 여기 사람들은 송충이를 볶아 먹는다. 메뚜기나 거미 역시 식용한다. 허나 이 큰스님은 입으로 들어가 오장육부를 채우는 먹거리를 이야기 하는 것은 아니다. 머리로 들어가 가슴을 데우는 마음의 양식을 이야기 한다.

"허기를 채울 수 있는 것은 곡기를 끊는 일뿐입니다."

"숟가락망태를 닫으란 말씀이군요."

"어찌 그리 심한 말씀을……. 숟가락망태를 닫으면 북망산천 떼옷을 입을 수밖에 없는걸요."

"그러면 무슨 좋은 수가 있습니까?"

"여인의 치마폭 밑에 무엇이 있는지 한번 보시렵니까?"

그는 그의 엉뚱한 제안에 의안이 벙벙해져 묻는다.

"어찌 그런 망발을?"

"망발처럼 들리십니까, 백운스님께서는 어디서 왔습니까?"

그곳이 온 곳이고, 고향에 왔으니 고향산천을 한번 돌아보자는 데 뭐가 그리 정색을 하느냐 한다.

"동자스님……."

"하하, 삼천갑자 동방삭이도 동자처럼 보이긴 했다죠?"

그는 그에게 점점 빠져들고 있었다. 이쯤 되면 나이나 겉모습으로 따질 일이 아닌 것이다. 동자승은 비록 겉모습은 동자였지만 그 깊은 속내는 알 수 없는 능구렁이들이 득실거리는 요물임에 틀림없다. 이 요물 같은 동자승이 바로 삼천갑자 동방삭인지도 모른다. 백운은 다시 묘덕을 떠올린다. 두 사람 키가 엇비슷하게 비교가 되기도 하였지만 점점 하는 말과 행동이 닮아가는 것 같았다.

"모두 다 출가를 하면 이 세상 사람은 누가 만들어낸답니까?"

묘덕도 같은 말을 했다. 사람이 사람을 만들어내지 않으면 인구가 멸절되고 만다. 따라서 한번 태어난 사람은 반드시 그 후손을 퍼뜨려야 한다. 한 알의 씨앗이 수백 수천 배의 알곡을 맺듯. 승려라고 이 일을 나 몰라라 한다면, 이 후손 잇기, 도대체 이 중차대한 일은 누가 할 것인가. 나 혼자만 쏙 빠져나와 해탈을 염원하고 일반대중은 그냥 내던져두는 꼴이 돼 버린다. 나 하나만의 열반을 위해서라면 얼마든지 그렇게 하면 된다. 세상의 번영과 균형을 위해서는 누구나 제 몫의 할 일을 해야 한다. 묘덕의 강변이었다. 묘덕의 강변과는 달리 동자스님은 학식적인 이야기를 한다. 물론 그렇지 않은 때도 있었다. 그때 그 시절에는, 계층이라는 계급이 생겨나고 사문이라는 직분이 생겼다. 이 신분사회에서의 사문은 자기 직분만 지키면 되었다. 허나, 그렇다하더라도 근본적 인구문제는 여전히 남는다. 백운이 늘 궁금하던 문제였다.

"사문이란 팔리어 'samana'에서 유래한 말로 '노력하는 사람' 또는 '도인'을 의미해요. 비구와 같은 뜻이지요."

그때 당시는 직분에 따라 먹고 사는 일이 해결됐다.

"비구란 구족계를 받은 남자 승려를 이르는 말이고요?"

"그렇죠."

구족계는 승려가 된 후 지켜야할 250가지나 되는 계율을 말한다. 계율을 크게 나누면 해야 될 일과 하지 말아야 될 일로 나누어진다. 비구의 덕목 다섯 가지는, 사유재산을 모아두지 않고 걸식하며 살아간다. 번뇌·망상을 깨뜨려버린다. 탐욕과 분노와 무지 때문에 불타고 있는 집에서 뛰어나와 해탈의 자리에 머문다. 계율을 청정하게 지킨다. 외도와 악마를 두려워한다. 비구가 해서는 안 될 다섯 가지 삿된 짓은, 세속사람을 속이고 괴상한 형상을 나타내어 이양을 구하는 것. 자기의 공덕을 말하여 이양을 구하는 것. 점술을 배워서 사람의 길흉을 말하여 이양을 구하는 것. 호언장담으로 위세를 하여 이양을 구하는 것. 저곳에서 이익을 얻으면 이곳에서 칭찬하고 이곳에서 이익을 얻으면 저곳에서 칭찬을 하여 다시 이양을 구하는 것…… 등등이 있다. 또 지녀야할 8물과 소유하지 말아야할 8부정물이 있다. 지녀야할 8물은 세 벌의 법의와 바루, 삭도, 바늘, 띠, 물을 거르는 종이 헝겊 등이다. 소유하지 말아야할 8부정물은 집이나 논밭을 갖는 것. 농사를 짓는 것. 곡식을 쌓아두는 것. 종을 부리는 것. 짐승을 기르는 것. 재물을 저축하는 것. 조각품을 모아 두는 것. 가마솥을 만들어 음식을 만들어 두는 것 등이다. 철저한 무소유의 정신이다. 하지만 이런 계율들을 다 지킬 수 있는가. 초창기 인도에서나 요구되던 율법이다. 석가모니 당시의 제자들 중에서도 이를 지키지 못해 떠나간 자들이 있다. 석가모니 자신도 이를 다 지키지 않았다. 석가모니가 고행을 하던 중 우유를 얻어마시자, 이를 못마땅하게 여겨 떠난 제자들이 있는 것으로 보아 이 계율들은 지킬 수 있는 계율이 아니다. 법은 지키라고 있는 것이지 다 지킬 수 있다는 것은 아니다. 어쨌거나 승려가 되기 위해 출가를 한 스무 살이 넘는 남자는 이러한 구족계를 받고 사문이 된다. 아직 스무 살 미만인 경우에는 사미라는 명칭을 얻어 때가 되기를 기다려야 한다.

"원래 사문은 전통적인 정신원리인 베다 성전이나 사제인 바라문의 권위를 인정하지 않고 그곳을 뛰쳐나온 비전통적 사상가를 말한답니다. 고타마 싯다르타 역시 이런 사문 중의 하나였죠."

지킬 수 없는 계율들을 잔뜩 만들어놓고 저들 권위를 지키기 위한 통치의 수단으로 삼았던 바라문의 계층에 정면도전한 자유사상가가 바로 석가모니란 이야기를 하고 있는 이 동자승은 이미 동자승이 아니다.

"불교가 흥기하던 무렵의 인도는 인도를 침입한 아리안 족의 정착이 마무리 되면서 농업 생산이 증대되고 상공업이 발달하여 많은 도시들이 생겨나 도시를 중심으로 한 신흥세력들이 생겨났어요."

그 신흥세력의 한 족장의 아들로 태어난 싯다르타가 고행 끝에 해탈을 한다. 이를 보고 제자들이 모여들어 불교가 형성된다.

"그 이전의 브라만 시대에는 베다종교가 있었다지요."

베다경전에는 베다의 여러 신들이 있다. 신들의 세상에는 신들의 역사가 있다. 세상이 생긴 데서부터 지금까지 일어난 모든 역사를 기록한 전설적 기록이다.

"그게 바로 스님이 가지고 온 그 책의 내용이랍니다."

그 책은 크메르어로 번역돼 있지만 본시는 산스크리스트 언어로 된 힌두 신들에 관한 역사책이라는 동자스님의 말씀이다. 백운은 새삼 놀라움을 금치 못한다. 동자스님은 동자스님이 아닌 것이다. 여태껏 이야기를 나누고 같이 걸었지만 그는 지치지도 힘들어하지도 않았다. 그리고 겉으로 드러난 모습과는 달리 천문에 통달한 이야기들을 하고 있는 것이다.

"그 책의 내용이 궁금하시죠?"

"예."

"본시는 그 책을 리그베다라 했어요."

베다가 만들어진 연대는 정확히 알 수 없으나 부처님 오기 전 천년으로 거슬러 올라간다. 적힌 내용은 대개 그 속에 있는 신들에 대한 찬가 같은 것으로 제사의식에 사용되었다. 불의 신 아그니, 태양의 신 수리아와 사비트리, 여명의 우샤스, 폭풍의 루드라, 전쟁과 비의 인드라, 자비의 미트라, 신의 권위 바루나, 창조의 브라마, 등이 있는데 인드라는 부분적으로 비슈누의 도움을 받는다. 찬가들은 이러한 제신들을 찬양할 때 불렸다. 가장 오래 된 찬가 본집으로 '리그베다'를 들 수 있고 제사장들은 여기에서 찬가를 뽑아 암송했다. 제의에 쓰이는 불을 담당하며 의식을 주관하는 사제는 성스러운 주문, 곧 진언을 암송했다. 이러한 주문과 게송이 모아져 야주르베다라는 상히타가 만들어졌다. 이 상히타는 다시 찬송을 주로 하는 사마베다, 세 방면의 지혜를 담은 트라이비디아로 알려진 리그베다, 아주르베다, 사마베다로 나누어진다. 그리고 네 번째 책 아타르바베다가 만들어진다. 이들 상히타와 더불어 이에 대한 해설서인 브라마나, 아라나캬, 우파니샤드는 천계서로 간주되어 일반이 접할 수 없는 금서 중 금서가 되었다. 이는 일반 대중이 알아서는 안 되는, 사제들만이 알아 사제의 권위를 독점적으로 드높일 수 있는, 천기누설에 해당되는, 비밀스러움이 담겨져 있는 것이다.

"그러면 그 베다라는 말뜻은 무엇인가요?"

"힌두쿠시 산맥을 넘어 인도를 점령한 아리안 족의 말로는 '알다'라는 뜻을 가지고 있어요."

"무엇을 안다는 말씀인가요?"

"무엇을 깨달아 알아야 하느냐? 그게 주제랍니다."

"그 주제가 무엇이냐니까?"

백운은 동자승에게 매달렸다. 갈수록 흥미진진한 이야기들이다. 여태 한 번도 들어보지 못한 말들이다. 아리안 족은 인도를 다스리기 위해 사성제도, 즉 네 가지 계급을 만들었다. 브라만, 크샤트라나, 바이샤, 수드라트 등이 그것인데 이 계층에 따라 각자의 역할을 분담하게 했다. 제일 위가 브라만으로서 일종의 제사장격인 셈으로 종교적 제의를 담당했다. 그 아래로 왕족과 귀족 평민 등을 두고 이 사성 급에도 들지 못하는 불가촉천민을 두어 노예처럼 부려먹기로 했다. 이들 브라만이 내세운 신들로 비슈누와 시바, 브라호마가 있어 이 세 주신을 일체삼신이라 일컬었다. 이들 세 신도 그 역할이 달라 창조와 파괴, 그리고 우주 질서와 운영을 담당하는 분야가 따로 있다. 이들 세 신들 중 가장 세력이 왕성한 비슈누 신은 수천의 아바타로 변신하여 활동한다. 비슈누의 대표적 10화신으로 그 첫 번째 마트스야가 있다. 큰 물고기 신이다. 두 번째는 쿠르마로 거북이다. 세 번째는 바라하로 큰 멧돼지다. 네 번째는 느리싱하로 반은 사람이고 반은 사자다. 다섯 번째는 난장이다. 여섯 번째는 도끼를 가진 파라슈라마로 용사다. 일곱 번째는 라마로 영웅 라마 왕자다. 여덟 번째 크리슈나는 소를 지키는 목동으로 그려진다. 아홉 번째 화신이 바로 붓다이고 열 번째 화신 칼키는 아직 나타나지 않았다. 그는 이 세상 종말이 올 때 백마를 타고 나타나 악을 심판하러 올 것이라 예언돼 있다.

"이들 이야기가 궁금하지 않아요?"

"들려주세요. 재밌어요."

"그게 바로 그 책에 들어 있는 이야기들이어요."

이들은 어느덧 커다란 나무 밑에 앉아 있었다.

"어느 날 마누가 물을 떠왔는데 그 속에 물고기가 있어요. 그 물고기가 말했어요. 앞으로 큰 홍수가 있을 테니 자기를 구해달라는 것이었지요. 어떻게 하면 구할 수 있느냐니까 큰 배를 만들라는 거였어요. 마누는 물고기가 시키는 대로 배를 무었어요."

"그 배를 타고 구원을 얻었다 이 말씀이로군요?"

"그렇죠."

홍수는 온 세상을 집어삼켰고 물이 빠져도 살아남은 이가 없었다. 이후 마누는 물고기가 비슈누의 화신임을 알고 제사를 지내 여자를 구하게 된다. 비슈누는 마누에게 온갖 고행을 시켜 수행을 하게 한다. 마누는 우유와 버터를 공물로 바치고 남은 것을 물속에 던지는데 이것이 하나로 뭉쳐 일 년 후에는 여자로 태어났다. 이 여자가 마누의 딸 일라이다. 이후 마누는 딸과 함께 열심히 공물을 바치고 남은 것을 물에 던져 인류를 창조하기 시작했다. 마누의 아들 가운데 장남은 몸이 양성체로 그가 남성일 때 낳은 자손들은 태양의 종족이 되었고 여성일 때 낳은 후손은 달의 종족이 되었다. 이들이 인류 시초다.

"쿠르마 이야기는 마누 이야기와 연결돼요."

대홍수가 났을 때 신들은 많은 보물을 잃어버렸다. 이때 비슈누는 큰 거북이로 변신해 바다 밑으로 들어갔다. 그의 등에 만다라산을 짊어지고 대지를 지탱한다. 그리고 악마의 신들로 하여금 바다를 휘젓도록 하였다. 이처럼 비슈누는 거북이로 변신하여 신들이 만들어낸 암리타(불사약) 등 여러 귀중한 물건을 찾도록 했다. 이 암리타가 마누의 딸, 생명의 원천임은 물론이다. 이때 미모의 여인이 출현하는데 이 여인이 비슈누의 아내 락쉬미가 된다.

"멧돼지 바라하 역시 홍수와 연관이 되는데……."

악마 히란나(황금의 눈) 약사가 대지를 바다 밑으로 침몰 시켰을 때 천 년 동안 끈질긴 싸움 끝에 대지를 그 이빨로 물고 나온 것이 바라하. 머리가 멧돼지로 왼쪽 겨드랑이에 대지를 나타내는 여성을 끼고 있고 양 발로 거북이와 용을 밟고 있는 그림으로 형상화돼 나타난다.

"그 이야기들을 나는 그림으로 보았어요."

백운은 앙코르 왓의 벽화를 연상하며 그 조각상들의 내용이 무엇이었든지 이제야 새삼 깨닫게 된다. 그때는 몰랐던 이야기들이다. 때문에 공부에는 현장학습과 복습이 필요한 것이다.

"네 번째는 악마 히란나야사의 쌍둥이 동생 히란나야카시푸를 퇴치하는 나라싱하도 비슈누의 화신이죠."

브라흐마의 은총을 입어 신이나 인간 야생동물 그 어떠한 것에도 살해되지 않는 힘을 부여받은 히란나야카시푸가 그의 아들 프라홀리다가 비슈누를 섬긴다는 이유로 죽이려 하자, 반은 사자 반은 인간의 모습으로 변신하여 그를 죽여 없애버리는 이야기다. 브라흐마는 히란나야카시푸에게 그 누구도 그 어느 때도 그 어느 장소에서도 죽일 수 없는 특별한 능력을 주었음으로, 반인반사자로 변신한 비슈누는 낮도 밤도 아닌 해질 무렵, 안도 밖도 아닌 문턱에서 그를 반격해 갈가리 찢어 죽였다. 하여 이 나라싱하를 문지방의 신으로 부르기도 한다. 이들 네 변신의 모습은 소멸기의 우주가 파괴되는 시기에 나타나 다음에 오는 생성기를 맞게 하는 과거불의 모습이다.

이 나라싱하의 이야기는 쿨렌산으로 들어가기 전에 보았던 반테이 쓰레이 사원의 벽화에 부조돼 있었다. 반테이 쓰레이 들어가는 중간 문 고푸라의 린텔에 바로 이 이야기가 부조돼 있는 것인 걸 백운은 두 눈으로 똑똑히 보았던 것이다. 그러니까 백운이 간직해 온 이 책 속에 담겨진 내용을 크메르 제국에선 이미 사원의 벽에 부조로 만들어 영원히 기리게 하였던 것이다. 이 일련의 경험들이 자기를 공부시키기 위한 학습의 장으로 마련되었던 게 아닌가하는 묘한 착각을 일으키게 한다. 우연이란 없다. 우연을 가장한 필연이 있을 뿐이다. 그렇다면 백운의 인생행로는 이미 예정돼 있었던 필연이 아니었을까. 전쟁과 죽을 고비를 넘기면서 여기까지 온 그 모든 게 아무도 모를 그 어떤 일을 예비하기 위한 행로가 아니었을까. 동자승과 이런 이야기를 나누며 그토록 아끼며 간직해 온 책의 내용에 대해서 공부한다는 것은 결코 우연스런 일이 아니란 생각이다. 백운은 가슴이 떨려오는 그 어떤 사명감 같은 것을 느끼기까지 한다. 죽음의 전쟁터에서 책을 얻고 언어의 장벽에 부딪쳐 미처 깨닫지 못했던 그 내용을 여기서 이렇게 쉽게 배울 수 있다는 것은 결코 우연이 아니다. 이 일련의 일들을 자기가 해야 할 사명으로 받아들이는 백운이다.

"다섯 번째 화신은 난쟁이죠."

브라흐만 사제의 난쟁이 아들로 태어난 비슈누가 여러 신들까지 다스리게 된 포악한 왕 발리를 물리친다는 이야기다. 이제부터 나타나는 과거와 현재의 중간불은 선악에 관심을 가지는 신으로 나타난다.

난쟁이 이야기가 시작되자 그는 묘덕에 대한 그리움을 더욱 간절히 느낀다. 그러면서 포악한 왕을 물리친다는 난쟁이의 역할을 들으며 묘덕과 난쟁이를 연관 시켜본다. 혹시라도 묘덕이 지금 포악한 그 어떤 세력과 맞붙어 있지는 않을까 염려도 해보는 것이었다.

"여섯 번째 화신인 파라슈라마는 도끼를 가진 라마라는 뜻이죠."

그는 교만한 왕족을 넘어뜨리고 브라만에게 승리를 안겨준다. 비슈누는 브라만인 자마드아그니의 아들로서 인간의 모습으로 나타난다. 크사트리아의 카르티바르야에게 아버지가 살해당하자 그는 도끼를 휘둘러 복수를 한다. 다섯 번째와 여섯 번째의 이 두 화신에 대한 이야기는 우주의 유지기가 열린 이후 처음 행한 비슈누의 일이다.

"파라슈마라는 과거와 현재를 잇는 중간다리 역할을 하죠. 라마는 2대 서사시인 라마야나의 주인공으로 다시 등장해요. 현세의 이야기가 됩니다."

스리랑카의 왕 라바나를 총애한 브라만이 그에게 갖가지 신통력과 신들도 죽이지 못하는 권능을 준다. 이는 히란냐야카시푸의 환생이기도 한 인물이다. 이자는 한껏 교만해져 신들의 세계까지 넘보는 짓을 서슴지 않았다. 이에 맞서기 위해 인간의 몸을 입고 세상에 내려온 자가 라마다. 라마는 그의 아내 시타와 함께 사냥을 가는데 아내를 납치당하고 만다. 그 까닭인즉슨 라마의 늠름한 모습에 반해버린 슈루파나카란 여인의 애정표현을 거절한데 대한 앙심으로, 오빠인 라바나에게 시타가 이 세상에서 가장 아름다운 여인임을 부각시켜 그녀를 납치하라고 종용한 때문이다. 라바나는 사슴으로 변장해 시타를 납치 스리랑카로 데려가 버린다. 후에 아내의 행방을 알게 된 라마는 하누만의 도움으로 라바나를 물리치고 시타를 구하지만, 시타가 정절을 잃은 것이 아닌가, 의심을 하여 정말 순수하다면 불 속에 뛰어들라한다. 이 위기의 순간에 천신들이 내려와 라마는 비슈누의 화신이고 시타는 락쉬미의 화신임을 알려 무사히 위기를 넘기고 돌아와 행복한 생활을 한다.

"이 락쉬미를 재물의 신으로, 불교에서는 길상천으로 불러요. 여덟 번째 크리슈나는 비슈누가 목동으로 변신한 모습을 보이죠."

어린 시절의 크리슈나는 그저 천진난만한 장난꾸러기로 그려지지만 청년 크리슈나는 목동으로 피리를 불며 동네 처녀들의 인기를 독차지하고, 인드라 신과 싸워 소를 지킨 영웅 크리슈나는 힘의 상징이 된다. 무엇보다도 사랑하는 아내 라다와의 사랑은 많은 사람들의 우상이 된다.

백운은 동자승의 이야기를 들으며 묘덕에 대한 더욱 심한 갈등을 느끼기 시작한다. 만약에 묘덕을 다시 만난다 치자. 그 묘덕이 다른 남자와 있다면 어떻게 할 것인가? 정절을 잃은 시타를 불구덩이 속으로 들어가라 한 라마처럼 여인을 시험할 것인가? 이건 도대체 무슨 헛된 생각인가? 아직까지 이상을 벗어던지지 못한 자신을 발견한다. 그 틈을 낌새 챈 동자승이 여인의 처마 밑 고향…… 운운 한 것으로 보인다는 생각에 미치자, 그는 갑자기 눈이 확 뜨이는 느낌을 받는다.

옴마니반메훔!

동자승은 이렇게 마음속에 갈앉아 있는 참 진의를 깨우치고 있었다.

"그다음이 붓다죠. 우리가 알고 있는 부처님은 저들이 말하는 비슈누의 아홉 번째 화신이랍니다. 여기까지를 현세불이라고 말하지요."

이 다음에 올 열 번째 화신 칼키는 암흑의 시대가 다시 오고 이세상 파괴가 올 때 백마를 타고 온다. 손에는 정의의 검이 들려 있고 사악함을 물리쳐 법에 따른 자들을 구원한다. 칼키는 현 상태의 우주 파괴가 오는 날 선을 거두어들인 후 다음 단계의 우주 생성을 책임진 임무를 맡고 있다.

"이제 알겠어요? 그 책에 적힌 내용들을?"

그렇다면 미래의 구세주가 될 칼키가 바라는 선과 질서란 무엇인가?

"이제 알겠어요. 아홉 번째 화신인 붓다의 가르침이 곧 그 선과 질서라는 것 아니겠어요?"

"맞아요. 역시 스님은 통찰력이 있어요."

둘은 오랜 체증이 내려가는 듯 시원한 소통을 느낀다. 사람과 사람 사이에 이렇듯 말이 잘 통할 수 있다는 것은 행복이다. 이심전심의 화법이라는 것도 있다지만 서로의 대화를 통하여 얻어지는 이 느낌도 보통의 희열은 아니다. 이게 바로 문답을 통한 공부다. 자연스럽게 서로 묻고 답하며 얻어지는 선문이다. 선문을 통하여 역사를 익히고 그 속에서 진리를 찾아낸다.

"부처님의 가르침은 경전에도 있지만 사람의 마음속에도 있어요."

마음속에서 찾아내는 깨달음이 중요하다. 그 마음을 들여다보는 눈이 곧 직지다. 손가락을 곧게 펴 자신의 가슴속을 겨냥하고 볼 일이다. 거기 무엇이 있는가? 그걸 찾아내 버릴 것은 버리고 담아둘 것은 담아둘 일이다. 무엇을 버리고 무엇을 담아둘 것인가. 계율인가? 거기 얽매여 볼 것을 못 본다면 그것처럼 어리석은 일이 없을 것이다. 시대는 변한다. 과거불과 현재불 미래불이 있듯 때에 따라 그 요구되는 계율도 달라지는 것이다.

"변하지 않는 것은 없지요. 베다 경전에 나타난 저 많은 부처들 외에도 수없이 많은 부처들이 있을 테니까요. 저들이 시키는 대로

다 할 수야 있겠어요? 그중에서 가장 핵심적인 요소들을 가리고 또 가려 뽑은 것이 이 책이랍니다."

직지심체요절.

백운은 이제 안개 밖에 나온 느낌이다. 가슴을 짓누르던 커다란 바윗돌을 치우고 두 눈을 가리던 안개를 걷어낸 느낌이다. 지금 동자스님이 말한 그 모든 이야기들을 그는 직접 두 눈으로 보고 온 것이다. 지금까지 들은 베다의 이야기들을 앙코르 왓의 벽화에서 똑똑히 본 것이다. 그 큰 무덤사원의 벽을 장식하고 있던 사방 벽화들이 전부 지금 한 이야기들이 아니던가. 이야기를 그림으로 그려 조각해놓은 책, 그것을 보고 온 백운이다.

"스님, 저는 그 이야기들을 이 두 눈으로 똑똑히 보고 왔단 말입니다."

"무엇을 보았단 말이지요?"

"과거불 현재불 미래불이라고 말씀한 그 부처님들을 전부 보고 왔단 말입니다."

백운은 이제야 그 모든 일들이 선명하게 떠오르기 시작하는 것이 어눌하던 말투도 희미하던 기억도 생생하게 되살아난다.

"그런 것들을 직접 봤다고요?"

이번에는 동자승이 놀란다.

"예. 앙코르 왓 벽화에 그 이야기들이 다 그려져 있더란 말입니다."

"그런 그림들이요?"

백운은 앙코르 왓에서 본 벽화들에 대한 이야기를 한다.

"그 사원은 굉장히 커요. 아마 세상에서 가장 큰 사원일거랍니다. 그 사방 벽에 조각이 돼 있는데 전부 우리가 이야기한 그 부처님들 이야기라니까요?"

"그러니까 그 벽에 있는 그림이 비슈누의 화신에 대한 그림이었단 말이지요?"

동자스님은 그 이야기를 어디선가 들은 것 같다며 자세한 이야기를 더 들려 달라 한다. 백운은 신이 나서 참족과 크메르 군이 싸운 전투 이야기며 거기서 만난 호두가이 이야기를 한다.

"그 호두가이란 녀석이 나를 안내했지요. 그는 석공이었는데 고려인인 내 모습을 거기 조각해주겠다 약속도 했지요."

백운은 앙코르 톰에 대한 이야기를 한다.

"앙코르에는 앙코르 왓이란 옛 절이 있고 앙코르 톰이라는 새 절을 짓기 시작했지요."

옛 절은 비슈누를 봉헌한 사원이었고 새 절은 비로자나불을 봉헌한 절이라는 이야기를 하려는데 동자승이 말을 끊는다.

"그 앙코르 톰의 역사를 시작한 자야바르만 7세 왕이 불도라 지금은 불교가 국교로 정해졌지요?"

그래서 온 나라 백성들에게 불법을 퍼뜨리기 위해 불서제작을 해 보급하고 있다는 이야기를 한다. 백운이 얻어온 책도 그 포교 서적이라는 것이다.

"거기엔 불교의 역사와 불도가 행하여야할 규범이 게송으로 기록돼 있지요."

역사를 게송으로 적은 것은 외우기 쉽고 전하기 쉽게 하려함이다. 동자승은 동자승이 아니라 완전 도사였다.

"이제 그 책의 내력과 내용을 알았으니 잘 간직했다가 고려에 돌아가 널리 알리세요."

동자승은 여기까지가 동행이라며 돌아가시는 길 부디 몸조심하라는 말을 남겼다. 백운은 갑자기 내쳐진 느낌이었다. 산문을 나서면서부터 지금까지의 길이 정말로 있었던 길인지 아닌지조차 분간이 가지 않는 혼란스러움이 온몸을 엄습한다. 이게 정말로 일어난 사실인가?

지금까지 옆에 앉아 이야기를 나누던 동자승은 간 곳없고 홀로 남아 정신을 가다듬는 백운에게 갑자기 한 가닥 바람 같은 소리가 들린다.

"이제 돌아오시와요."

묘덕이었다. 저만큼 선 묘덕은 손을 잡아 일으키며 이제는 돌아올 때라 말하고 있었다. 돌아와 할 일을 하라는 것이었다. 정말 신묘한 일이다. 이 일련의 일들이 정말로 있었던 일들인지 아니면 마음만의 일인지 알 수가 없다. 백운은 문득 비슈누의 다섯 번째 화신 난쟁이를 다시 떠올린다. 그 난쟁이가 왜 묘덕의 모습으로 얼비쳤을까. 비슈누는 마음만 먹으면 그 어떤 형상으로든지 변신할 수 있다. 비슈누는 천의 얼굴로 나타난다. 허나 쓸데없이 변신하지는 않는다. 거기엔 꼭 필요한 목적이 있다. 유지와 재생이다. 베다에서 말한 세 신의 역할이 창조의 신 브라흐마, 파괴의 신 시바, 유지와 재생의 신 비슈누라면, 묘덕은 재생을 위해 나타난 화신임에 틀림없다. 무엇을 재생하는가? 유한한 생명을 영원토록 유지시키기 위한 생명생산이다. 동자승은 어려운 산스크리스트어로 말한 베다 이야기를 하였지만, 보다 쉬운 고려의 이야기도 있다. 이게 바로 고려의 삼신할머니인 것이다. 삼신할머니는 이 모든 요소들을 두루 다 갖춘 신이다. 그 신은 어디 존재하는가? 마음속이다. 누구나의 마음속에 깃들고 있지만 아무나 아무 때나 볼 수 있는 건 아니다. 할머니는 간절하게 소원할 때만 나타나기 때문이다. 따라서 부뚜막에 이 삼신할머니, 즉 조왕신을 모시는 것은 볼 때마다 각오를 다지라는 뜻이다.

백운은 이제 그 모든 안개가 걷히는 깊디깊은 지혜의 세상을 본다. 얼마나 많은 세월을 여기 하무산에서 보냈는지 모르겠다. 그간 무예도 닦고 지혜도 갈았다. 이제는 돌아가리라. 돌아가 그간 보고 듣고 느낀 것들을 전해야 한다. 백운은 꿈에도 그리던 고국산천이 갑자기 눈앞에 나타나는 현상에 온몸을 떤다.

귀국선과 선묘에 대한 이야기

S#78. 폭포 아래

폭포물살을 거슬러 올라가는 용의 승천.
용의 등을 타고 하늘로 비상하는 백운화상의 신묘한 비상 술.
(*이 술법을 촬영하기 위한 밧줄은 폭포를 중심으로 사방팔방으로 엮어놓을
것. 공중촬영을 위해서는 드론을 몇 대 준비할 것.)

석옥청공 : 마음이 닿는 곳이 곧 몸이 가는 곳이다.
경한 : 다시 해보겠습니다.
(몸을 날려보지만 역시 두려움이 앞선다.)
석옥청공 : 두려움을 날려라.
경한 : 이얏!
(기합을 지르며 흠뻑 젖은 몸을 날려보지만……)

석옥청공 : 새처럼 가벼이.

경한 : 뼛속까지 비운다.

(거듭 거듭 비상 술을 써보지만 실패다)

S#79 선방. 밤이다

석옥청공 :

(좌선 중이다. 그런데 몸이 위로 부상을 한다.)

옴마니반메훔. 옴마니반메훔.

S#80 선방. 행자들이 여럿 있다

경한 : 옴마니반메훔 옴마니반메훔.

(좌선의 자세에서 부상을 해본다. 뜬다.)

행자1 : 옴마니반메훔. 옴마니반메훔.

(흉내를 내보지만 행자승은 안 된다)

행자2 : 그런데 왜 폭포를 날아오르는 수중부상은 안 되지?

행자1 : 마음을 비우지 않았으니까.

행자2 : 새처럼 뼛속을 비우지 않아서?

경한 : 두려움 때문이라 하셨어.

두려움, 두려움.

(경한이 갑자기 폭포를 향해 뛰쳐나간다.)

두려움을 없애야 해.

(행자승들 경한의 뒤를 따른다)

S#81. 폭포 수련장

결연한 각오를 다지고 나선 경한.
거듭거듭 물에 빠지는 경한.
드디어 아침햇살이 언덕을 비추는 시각에 수중부상 술의 성공을
이루는 경한.
멀리서 이를 지켜보는 석옥청공(줌 인).

S#82. 승방

여러 스님들 앞에,

석옥청공 : 내 너에게 이름을 하나 하사하니, 백운은 이제 하산하
　　　　　라.
경한 : 저는 아직…….
석옥청공 : 이제 때가 되었느니라. 너는 너의 갈 길이 따로 있거늘.
경한 : 저는 아직 떠날 준비가 아니 되었습니다. 배울 것도 더 많
　　　　고…….
석옥청공 : 배움은 끝이 없느니, 이제 돌아가 배운 것을 써먹도록
　　　　　해라.

석옥청공화상은 먹을 갈아 쓸(用)자를 써 건네준다.

석옥청공 : 용(龍)과 용(用)은 하나니라.
백운 : 명심 또 명심 하겠나이다.

이날 밤 너는 경한이 끊임없는 노력으로 하무무술의 경지를 터
득해 백운이라는 호를 얻는 장면인 영화를 찍다가 잠을 깼다. 어이
없는 카톡 때문이었다.

— 로또에 당첨되면 무엇을 하겠어요?

심심풀이로 시작한 카카오 톡 친구가 이런 맹랑한 질문을 던져
왔다. 무슨 대단한 일이라도 있다는 듯, 카톡 카톡하고 잠을 깨우
는 바람에 일어나 이 맹랑한 질문을 접하니 스스로 생각해도 쓴웃
음이 나온다. 애들처럼 무슨 이런 앱을 깔아가지고……. 멍한 상태
로 깨어 앉아 스마트폰을 들여다보는 너는 어디서 온 괴물이냐. 그
런데 로또당첨으로 그 거액의 돈이 들어온다면, 그런 일이 정말로
현실로 나타난다면, 너는 무엇을 할 것인가?

— 배를 한 척 무어야겠지요.

이건 또 무슨 뜬금없는 답변인가? 배를 만들겠다니, 배를 만든
다는 의미로 '문다'는 용어를 쓴다. 어디서 어원을 찾아야할지 모
를 이 말이 왜 갑자기 떠올랐으며 카친의 실없는 질문에 대한 답이
라 생각했을 것인가.

— 무어가 모예요?

그는 모르는 말이 나오면 꼭 물어오는 습성이 있다.

— 만든다, 건조한다, 재작한다는 뜻의 옛말이랍니다.

너는 또 친절하게 설명한다.

— 배를 뭐 하러 만들어요?

— 남 몰래 귀국시킬 사람들이 있어서요.

— 밀항선 같은 거요?

— 아뇨, 호화요트요.

— 밀월 하게요?

— 아뇨, 보트피플이요.

— 보트피플이 뭐에욤?

보트피플이 뭔지도 모르는 인간과 무슨 이야기? 쓰잘데 없는 말 더 나오기 전에 카톡을 중단한다. 너는 갑자기 선묘를 떠올린다. 선묘는 당나라 유학승 의상을 흠모해 남몰래 용으로 변신해 신라로 따라가다가 태풍을 만나 뒤집히려는 의상이 탄 배를 풍랑에서 구한다. 뿐만 아니라 소백산 중허리에 절을 만들려 하자 이를 훼방하는 산적들이 나타나 의상을 방해함으로 큰 바위를 공중으로 부상시키는 신통력을 보여 도적떼들을 완전 제압했다는 이야기가 있다. 이게 부석사 창건설화다. 이처럼 전설적 이야기를 필요로 하는 것이 직지심체요절의 탄생이다. 그런 이야기를 만들어내기 위해 너는 지금 이 소설을 쓰고 있고 글쓰기가 팍팍할 때 가끔가다 실없는 소리들을 해 기분전환을 한다. 카톡과 페이스북 같은 것이 그것인데 이렇듯 말귀를 못 알아듣는 친구는 또 무에 필요할 것인가? 보트피플도 모르다니? 도대체 너는 몇 살이나 먹은 놈이냐? 어쩌자고 카친은 돼 가지고…….

짜증이 꽉 난다. 그런데 카톡 카톡 하고 카카오톡이 또 울린다. 스마트폰을 집어던지려다가 그래도 호기심이 도져 내용을 살펴본다.

— 소설 쓰는 일은 잘 돼 가요?

뜻밖의 인물이다.

— 그래, 잘 돼간다.

너는 한껏 거드름을 피워본다. 일이 잘 안 될 때 하는 말투다.

— 좋은 자료가 있는데…….

— 자료?

— 보내 줄 테니 잘 활용해 봐.

유용하면 나중에 돌아와 한 턱 쏘라는 첨언이 붙어 있는 기사문이다. 남의 기사를 다 인용할 수 없으니 요약만 해본다.

— 로마 교황 요한 22세가 1333년 고려 제 27대 충숙왕에게 서한을 보냈다. 내용은 '존경하는 고려인들의 국왕에게'로 시작해서, '왕께서 그쪽 그리스도인에게 무척 잘 대해주신다는 소식을 전해 듣고 무척 기뻤다'는 요지의 글이다. 이 서한은 니콜라스 사제에 의해 전달된 필사본으로 바티칸 수장고에 보관 돼 있는 것을, 다큐멘터리 '금속활자의 비밀'을 제작하기 위해 취재를 하던 우광훈 감독 팀이 찾아낸 개가라 한다. 지금까지의 기록에 의하면 1594년 임진왜란 당시 스페인 출신 세스페데스 신부가 한반도 땅에 발을 디딘 최초의 유럽신부로 알려져 있다. 만약 이 기록이 진짜라면 이는 유럽과의 교류사를 261년이나 앞당겨야 할 획기적 사건일 것이라는 연합뉴스 조재형·김기훈 기자의 기사다. 유럽과의 교류사가

어디 고려시대에 국한될 것인가? 저 신라시대에도 있어 왔다. 신라 제38대 원성왕의 능이라 알려진 괘릉을 지키고 서 있는 무인상 역시 유럽인의 모습임을 알 수 있다. 신라와 유럽이 실크로드를 통해 무역을 해왔다는 것은 이미 알려진 이야기다. 그렇다면 그런 경로를 통해 유럽 신부의 출입은 얼마든지 가능했을 것이다. 이 사실을 뒷받침하기 위하여 바티칸 기록물 고문서 담당관 엘리코 폴리아나이 박사를 만나 라틴어 서신을 확인- 촬영하기까지의 취재과정을, 곧 공개할 예정이라는 이야기까지 기사에 덧붙여 놓았다.

그런데 그는 왜 이 기사를 캡처해 보내며 소설 쓰는 데 활용해 보라 했을까? 직지와 연관을 시켜보라는 뜻이었을 텐데? 그렇다면, '직지' 인쇄를 1337년으로 보고 교황 서신이 1333년이라면 4년 전의 일이고, 1445년에 제작된 쿠텐베르그의 금속활자와 비교한다면 112년 전의 일이 된다. 그렇다지만, 이런 시간 비교가 무슨 소용이람? 그의 의도를 모르겠다. 이게 무슨 도움이 될 것인가. 이걸 어떻게 활용을 해야 할지 고민을 좀 해봐야 할 일인 것 같다. 머리를 굴려라, 머리를…… 머리는 모자 쓰라고 달아둔 게 아니다. 머리를 굴려라 머리를 굴려 생각을 해보라. 다른 각도에서 보는 훈련은 어디 갔느냐? 전혀 다른 차원에서 생각해보라. 옳지, 그렇지. 머리를 굴리니까 이제야 생각난다. 시간에 집착하지 말고 큰 틀에서 바라보자.

— 쿠텐베르그가 금속활자를 발명한 다음 뭘 했게?

성경을 인쇄해냈다. 이 인쇄술이 발달하기 전까진 성경 한 권을 손으로 베껴 써 책으로 만드는데 약 3년이 걸렸다. 쿠텐베르그가 인쇄술을 발명한 후에도 3년 동안 인쇄한 성경책이 180권밖에 안 됐다. 당연히 책값이 엄청나게 비싸 대중에게 보급될 수 없었다. 성직자들 중에도 성경을 손에 쥘 수 있는 사람의 수가 몇 되지 않았다. 이후 인쇄술이 더 발달하여 보다 많은 인쇄물을 찍어낼 무렵해선 세상이 완전히 바뀌었다. 인쇄기술의 성공이 정보의 홍수를 일으켰고, 이 새로운 물결이 세상을 바꾼 것이다. 산업화의 물꼬를 틔우고 혁명의 불씨를 일으킨 원동력이 된다. 유사 이래 이보다 더 큰 혁명은 없다할 정도로 큰 혁신을 이룬 쾌거가 인쇄술의 발달이다. 그렇다면 이보다 이전에 금속활자를 만든 고려에는 무슨 변화가 일어났는가? 아무런 변화를 일으키지 못했다. 참으로 안타까운 일이지만 불교융성이 나라만 망해먹게 만들고 새로운 역성혁명의 도화선이 될 뿐이었다. 하여 이씨조선으로 넘어와서는 억불숭유정책을 쓰기에 이른다. 자, 이제 현실로 돌아올 때다. 당시의 세상이 아닌, 지금의 현실에서 무엇을 해야 할 것인가를 생각해야 할 때다. 너의 소설은 어디까지 진행되었나를 생각할 때다. 마지막 정리를 해본다. 경한이 노예로 끌려와 전쟁터에 투입되어 구사일생 살아남아 하무산까지 흘러왔다. 하무산에서 만난 석옥청공화상에게 가르침을 받고 무술과 참선의 도를 깨우친다. 이게 드라마로 재탄생한다면 몇 장면이고 연출될 무술 연마 과정은 생략했지만, 크메르에서 받은 책의 내용을 전교 받는 과정은 잠깐 언급했다. 그리고 이 경전을 널리 전하기 위하여 고려로 돌아갈 차비를 하고 있다는 것까지 이야기를 진척시켰다. 그렇다. 지금 너의 소설은 직지를 전수받은 경한이 고려로 돌아가기 위해 선착장에 나와 배편을 물색

하고 있는 장면에 이르고 있다. 과연 그는 무사히 귀국할 수 있을 것인가? 그 복선으로 미리 의상대사와 선묘이야기를 밑바탕에 깔아놓았다. 상세한 묘사 없이도 무사귀국을 행간 속에 감춰두자는 수작인 것이다. 또한, 너는 지금 영국의 귀국준비와 경한의 귀국 준비를 동시에 하고 있는 중이다. 하나는 현실적 일이고 또 다른 하나는 소설 속 현실이다. 굳이 소설을 두 가닥으로 꼬는 복합구성을 택한 것은 독자들의 가독성을 떨어뜨리는 일이겠지만 어차피 독자가 없는 현실에서는 이런 실험 작품을 낼 필요성도 있을 것이다 싶어서다, 라는 것은 모두에 밝힌 일이다.

각설하고, 이제 하무산을 내려와 석옥청공화상 곁을 떠난 백운을 어떻게 귀국시킬 것인가? 귀국시켜서는 묘덕을 재회하고 '직지'를 발간하게 할 것인가? 이제 직지의 입수경로와 내용을 알았으니 출판 작업이 필요한 클라이맥스로 돌입 중이다. 그 복선으로 당시 상황을 하나 삽화로 넣었다. 소설적 기법으로는 훌륭한 수작이다. 13세기에 이미 교황청과의 서신왕래가 있었을 정도였다면 앞서 발견된 고려활자 인쇄술이 역으로 서역으로 전파될 소지도 있을 수 있을 것이기 때문이다. 교황의 편지가 고려로 전달돼 왔듯이 고려의 책 직지가 교황청으로 갈 수도 있었을 것이라는 가상이다. 이 인쇄본 책 직지를 보고 서양의 인쇄술이 가능했을 수도 있지 않을까. 이게 바로 실크로드의 역할이다. 오늘날의 항공로선이나 그 당시의 사막 길, 혹은 뱃길이 그 역할을 수행했을 것이라는 가설이 충분히 성립된다. 가능성은 항상 열려 있을 수 있고, 소설은 모든 가능성을 열어놓고 시작된다. 소설은 가설의 입증이기 때문이다. 다시 소설로 돌아가 본다.

원효가 해골바가지 물을 마시고 돈오돈수에 들었듯, 의상이 오랜 공부를 해 돈오점수에 들었듯, 그리하여 대사라는 칭호를 얻었듯, 백운 역시 무수한 생사의 갈림길과 체험을 통해 깨달은 자가 되었다. 무엇을 깨달았단 말인가? 대저 깨달음이란 무언가? 불성을 깨달았단 말인가, 내가 누구인지를 깨달았단 말인가. 경한이 깨달아 얻은 것은 의로움이다. 의로움을 이야기할 때는 먼저 의로울 義자의 글자를 풀이하며 설명한다. '의'자의 머리 위에 붙은 글자는 羊이다. 양은 초식동물로 순한 짐승이다. 때문에 약하다. 따라서 약한 자를 대변할 때 순한 양이라 지칭한다. 양 자 밑에 붙은 글자는 나를 지칭하는 나 我자다. 마치 내가 양을 머리 위에 이고 있는 형상의 글자가 바로 옳을 義자가 된다는 글자풀이다. 내가 양을 머리에 이고 있다면, 양을 섬긴다면, 보다 강한 내가 상대적으로 약한 양을 섬기게 된다면 어떻게 될까? 평화와 안녕이 올까 전쟁과 파괴가 올까? 행복이 올까 불행이 올까? 당연히 평화롭고 행복한 사회가 될 것이다. 그게 의로운 세상이다. 글자로 풀어본 옳음에 대한 정의다. 그런데 이 의로움에는 두 가지가 있다. 내 중심에서 보는 나의 의로움과 전체적인 입장에서 보는 우리의 의로움이 그것이다. 거기에 내 눈이 작용한다. 내가 보는 내 기준이 있다는 것이다. 하나는 악이고 하나는 선이라고 할 때 나는 어느 편에 서서 그걸 바라볼 것인가? 누구나 선의 편에 서고 싶어하고 선의 편에 서 있다고 생각하지 악의 편을 들거나 악의 편에 서고 싶은 사람은 없다. 누구나 선악을 구분할 지각은 있기 때문이다. 그런데 막상 이 둘 중에 하나를 택해야 될 입장에 처하면 그 중간에 서는 자들이 있다. 그러면서 자기는 중립이라 말한다. 허나 중립처럼 비겁한 것은 없다. 중립(中立)은 중간에 서 있다는 말이다. 여차하면 어느 한쪽으로 발을 옮겨 딛을 작정인 자세다. 비슷한 말로 중도(中道)라는 말이 있다. 이는 그 중간 길을 걷는다는 뜻을 내포한다. 중간에서 개입한다는 것이다. 팔짱 끼고 서 있는 게 아니라 어느 한쪽의 편을 든다는 말이다. 이왕 어느 한쪽 편을 들 입장이라면 악의 편을 들고 싶은 사람은 없을 것이다. 정신이 있는 사람이라면 그런 어리석은 짓을 할 리 없다. 그런데 그렇지가 않다. 눈에 콩깍지가 끼면 그 눈이 바로 보이지 않기 마련이다. 이 때문에 항상 깨어 있어야 하고 나를 잘 지켜봐야 한다. 나 자신을 비춰볼 수 있는 거울을 닦아야 할 이유가 여기 있는 것이다. 내 탓이 되지 않도록 늘 깨어 있어야 할 까닭이다. 항상 내가 문제이기 때문이다. 나를 지칭하는 나 자신, 자기 자신을 뜻하는 自자에는, 눈 목(目)자 위에 삐침(′)이 하나 붙어 있다. 이 삐침의 획은 코를 뜻한다. 내가 내 눈으로 볼 때는 코끝밖에 보이지 않는다. 그러나 거울에 비친 나를 볼 때는 온전한 내 얼굴 모습 전체를 볼 수 있다. 내 코끝에는 언제나 내 코밖에 보이지 않는다. 편견이다. 편견은 아집을 낳고 아집은 자신을 망치고 남도 망치는 파멸을 가져 온다. 때문에 의를 중시 여기는 의로운 사람은 모름지기 자신을 들여다볼 수 있는 거울을 하나 마련한다. 타산지석으로 삼을 만한 거울이 있어야 이기심을 떨쳐낼 수 있다. 어디에 무엇에 자신을 비추어 볼 것인가?

의(義)를 말 할 때 의자를 홀로 두지 않고 의리(義理)라고 한다. 옳은 이치를 깨달아 행하라는 뜻일 게다. 의리에는 두 가지가 있다. 내가 나를 바라보는, 다시 말해 내 코끝만을 바라본, 나를 위한 자리(自利)가 있고 남을 두루 포함시킨 우리를 위한 이타(利他)가 있다. 나만을 위한 옳음인가 우리를 위한 옳음인가? 여기에서 정의로움이 결정된다. 정의는 옳은 의로움이고 불의는 옳지 않은 의로움이다. 정의로운 세상을 만드는 일이 중도다. 이는 결코 중립과는 다른 행동이다. 중립은 혼자 서 있는 것이지만, 그러면서 기회를 엿보는 행위이지만, 중도는 가운데 서서 옳은 길로 선도하는 선행이다. 바른 길로 물이 흐르도록 물길을 내는 수로작업이다. 경한은 이 중도를 깨달았다. 중생을 위해, 중생의 계도를 위해 헌신해야 할 목표를 세운 것이다. 사람은 목표가 있어야 목적을 달성할 수 있다. 목적을 가진 사람은 잠시도 앉아 머물 수가 없다. 머물 수 없는 사람은 길을 떠나야 한다. 그는 길 위에서 강해져야 하고 길 위에서 만나는 사람들에게 자기가 목적하는 바를 나누기 위해 남모를 수고를 해야 한다. 때문에 경한이 백운이 되어야 하는 것이다. 흰 구름처럼 모양도 거처도 없는 백운화상. 크게 깨우친 백운이라는 것이다. 사람들이 그렇게 불렀다. 스스로가 이름을 개명해 부른 것이 아니라 보는 사람들이 그를 그렇게 칭하기를 스스럼없이 했기 때문에 얻은 이름이다.

항저우로 나와 배를 기다리는데 마침 푸춘강 하류에서 고려로 가는 배가 있다는 소문이 들렸다. 그 배는 도자기를 실은 무역선이라 일단 고려에 들렸다가 왜국까지 간다했다. 저들이 그랬다.

"화상님은 어쩐 일로 그 먼 데를 가신대요?"

화상이란 말은 승려의 높임말로 수행을 많이 한 승려에게나 붙이는 말이다. 행자에 불과했던 그를, 그리고 전쟁물자나 나르던 노무자였던 그를, 누가, 왜, 어떻게 하여 화상으로 부른단 말인가. 어찌하여 그가 화상처럼 보였단 말인가. 전쟁터에서 밥이나 하던 그를 무엇 때문에 화상이라 부를 것인가? 그는 아직 한번도 들여다본 일이 없는 자신의 얼굴을 물속 수경에 비춰보고는 그 연유를 알아냈다.

그는 이미 바람에 날리는 백발의 수염을 달고 있었던 것이다. 거기다가 수계를 받으며 그 증표로 뜸질을 한 장배기의 다섯 화인이 선연한 게, 우선 그 풍채에서 풍겨 나오는 느낌만 보고도 사람들이 그렇게 부를 수밖에 없을 노릇이라는 것을 알았다. 사람은 그 외모만으로도 판가름이 난다. 심중의 깊이가 겉으로도 드러나는 법이다. 나잇살이 먹어갈수록 욕심스런 얼굴이 있고 갈수록 밝아지는 얼굴이 있다. 백운은 어느 편인가, 자신의 변모에 대해 사람들이 후자로 판단해주는 것에 적이 놀랐다. 하지만 그간의 세월이 그렇게 변화시킨 자신에 대해서 만족하고도 있었다. 그러면서 그는 은연중에 그간의 세월에 대한 이야기를 하고 싶어 한다.

"고려가 고향이라오."

"그런데도 어찌 그리 여기 말을 잘 한다요?"

"여기 와 산 지가 오래 돼서 그렇겠지요."

사람들은 스스럼없이 그의 주변에 몰려들었고 그는 자연스레 이야기를 시작한다.

"이런 이야기 들어본 적이 있어요?"

그는 원나라가 대군을 이끌고 참파국을 점령하고 그 여세를 몰아 크메르 제국을 침공해 나라를 넓힌 이야기를 한다.

"나는 그 전쟁에 직접 참여했던 사람이여."

"그런데도 살아 돌아왔어요?"

"전장이라고 다 죽는감?"

한 사람이 어느 적 세상 이야기를 하느냐 반문한다. 이미 원나라는 망하고 명나라가 들어섰다는 것이다.

"무슨 나라면 어쩌리?"

그는 자기는 앞으로 할 일이 많은 사람이라 부처님께서 살려두셨다는 이야기를 천연덕스럽게 꾸며댄다. 살아야 했기 때문이다. 이들과 어울려 살자면 먼저 저들 속에 파고들어가야 한다. 그러면서 그는 호두가이에게서 전해 받은 경전이야기를 한다. 자기는 이제 그 경전을 고려로 가져가 불경을 펴내야 할 사명을 받았다는 이야기까지. 그것도 이들이 들어 이해할 만한 사투리까지 섞어가며.

"삼장법사가 인도에 가 불경을 얻어온 이야기 같구만이라?"

"삼장법사가 뭐여? 손오공이지."

"아따, 이 사람아 아는 척들 좀 하시지들 마소. 손오공은 삼장법사를 지키라고 천상에서 보내준 호위병에 지나지 않는 인물이라네."

그는 자신이 점점 삼장법사나 손오공에 비견되는 인물로 상승해 가는 느낌을 받으며 전쟁에서 살아남은 이야기를 짐짓 지어내 꾸며낸 이야기를 한다.

"참파 군은 톤레사프 호수로 잠입해 해전을 펼쳤능기라. 이때 죽은 시체가 물 반 고기 반 호수를 메웠지라. 호수에는 악어가 있어야. 어른 아이 할 것 없이 한입에 날캉 삼켜버릴 만큼 큰 악어도 있어야."

그는 그 해전의 치열함을 그려 조각상을 만드는 호두가이를 만나 불경을 구했다는 이야기를 한다. 그러면서 이들의 신심을 자극한다. 구법자에게는 인심이 후하게 돌아간다는 것을 이용하자는 속셈인 것이다.

"암, 지성이면 감천이라고……."

제법 호응을 얻기 시작하자 그는 이야기를 더욱 부풀려 전쟁이 끝나고 크메르 제국 쿨렌산으로 들어갔던 이야기며 그곳에서 만난 지공화상과 하무산 석옥청공화상에게서 받은 무술수행의 고생스러움까지도 이야기 한다.

"그분들은 날고 기는 사람들이란 말이지?"

그렇다면 날고 기는 무술도 배웠을 거 아녀? 사람들이 급기야는 무술시범을 보여 달라는 청을 넣는다. 대개 수행하는 고승들은 호신술을 연마한다. 달마대사도 그중 한 분으로 소림무술을 개창했다.

"그런데 하무산 석옥청공은 어느 문파여?"

들어본 적 없는 문파라는 뱃사람의 말에,

"아따 이 사람아 따질 걸 따져라우. 남의 문파를 함부로 따져 뭘 하는감?"

하며, 그 갈래를 따지기 이전에 백운의 시범이나 한번 보여 달라는 요청이다. 백운은 잠시 눈을 감고 하무산에서 연마한 각종 호신술을 떠올려 본다. 그중에 하나, 호범술에 대해 생각을 집중시킨다. 호범술은 산에서 갑자기 범을 만났을 때 자신을 지키는 호신술로 껑충 뛰어 범의 등허리에 올라타는 일종의 기마술 같은 것이다. 말보다 빠른 범의 등에서 떨어지지 않으려면 정신을 바짝 차리고 범의 갈기를 잡아채야 한다. 그러자면 범의 목줄기 털을 움켜잡는 것은 물론이거니와 두 사타구니로 범의 옆구리를 꽉 조여 잡아야 한다. 실제로 그는 호식을 당했으면서도 이 방법으로 구사일생 살아났다. 엉겁결에 취한 조처로 범이 먼저 지쳐 나자빠진 건 기적적인 사건이었지만 사실이었었다. 승려가 범에게 호식을 당해 잡아 먹히고 나면 그 자리에 염주알이 묻혀 나중에 염주로 썼던 보리수나무나 모감주나무 등속이 자라난다. 깊은 산속에 모감주나무가 나는 까닭이다. 염주알이 율무였을 때 이들 알이 떨어져 율무 밭을 이루는 경우도 있다. 허기진 나그네가 이 율무 열매를 따먹고 구휼을 했다는 이야기는 흔히 듣는 구법 사들의 모험담이다. 하여 산속에서 율무 밭이나 모감주나무를 보았을 때 예를 갖추어 절을 하는 연유가 여기 있다. 다 같은 도반의 죽음을 애도하고 지나가자는 것이다.

백운은 순간 정글을 헤치고 나올 때 만났던 거대한 뱀을 떠올린다. 대가리가 삼각형인 독사였다. 이 독사는 길이가 장정 두 사람 팔 길이보다 컸고 머리에 꽃무늬가 그려져 대가리를 쳐들면 더욱 선명하게 보이는 것이 사람으로 하여금 겁에 질리게 만든다. 거기다가 새빨간 혓바닥을 날름거리면 주눅이 든다. 그는 이 독사를 제

압하지 않으면 안 되었다. 살기 위해서는 살생을 저지를 수밖에 없는 절대 절명의 결단이 필요했다. 소백산 아래 절집을 만들려던 의상이 선묘의 덕분에 큰 바윗돌을 들었다 놨다 함으로써 산적을 제압했다는 이야기와는 또 다른 선택의 기로였다. 지금이 그런 결단을 필요로 할 때다. 이들 뱃사람들의 기분 여하에 따라 배를 탈 수 있느냐 없느냐가 결정 된다면 한 수 보여줘도 상관없을 일이 아니겠는가? 오락의 장난이라 생각하고 묘기를 펼쳐 보일 작정이다. 그는 먼저 그의 신통력을 보여주기 이전에 한 가지 묻는다. 이에 올바른 해답을 내면 묘술을 보여주겠다는 것이다.

"내가 한 가지 질문을 할 것이여. 맞추면 하무산 신술을 보여줄 터여."

"그려."

"뭔데요?"

"그 참, 우리도 산전수전 다 겪은 뱃놈들이여."

내볼 테면 내보라는 것이다. 까짓 수수께끼 같은 것으로 뱃사람을 시험하지 말라는 말투다. 그러한 저들에게 백운이 숙제를 낸다.

"맹독의 뱀 코브라가 부처님이 수행하는 데 가서 비 맞지 말라고 몸을 감싸 보호를 했어요. 후에 이 코브라는 무찰린다라는 뱀의 왕이란 칭호를 받았습니다. 이제 그 뱀이 여러분들 앞에 나타났다면 어떻게 해야 할까요?"

어리둥절하다. 대체 이 양반이 무슨 소리를 하고 있는 것인가? 질문의 요지를 알 수 없다. 무찰린다는 뭐고 뱀의 왕은 뭔가? 뱃사람들은 단순무식하다.

"모르겠는디유?"

그런데 그중 나이 든 한 사람이 말했다.

"뱀이 나타났다면 피하거나 잡아야지요."

"맞습니다. 피하거나 잡아 죽여야지요."

백운은 순간 자리를 박차고 일어서며 뱀의 머리처럼 편 손가락을 오므려 쥐고는 허공 중을 날았다. 그러면서 기합 소리와 함께 두 길이나 높이 솟은 나뭇가지를 꺾어 땅 위에 살풋 내려앉았다. 앉아있던 자세로 공중배기로 치솟는 일은 아무나 할 수 있는 동작이 아니다. 또한 뱀의 몸뚱어리만 한 생나무가지를 부러뜨려 손에 쥐고 내려온다는 것은 더더구나 상상할 수 없는 비술이었다.

"이제 봤는가? 그런 독사가 나타났다면 당연히 이렇게 잡아야 사람이 다치지 않을 것 아닌가?"

"와아!"

사람들의 탄성이 흘러나오자 백운은 쥐고 있던 나뭇가지를 뱃사람에게 건네주며 이걸 맨손으로 부러뜨려 보라한다. 뱃사람은 끙끙거리며 나뭇가지와 씨름을 하였지만 좀체로 부러지지 않는다.

"이건 어떤가?"

백운은 뱃사람으로부터 다시 나뭇가지를 건네받아 뱀의 몸통을 주욱 훑어 내려가듯 훑어서는 흔들어 보인다. 그런데 이건 또 어쩐 일인가? 나뭇가지는 순식간에 뱀으로 변하여 징그러운 몸뚱어리를 이리저리 흔들어대는 것이 아닌가.

"너도 살고 싶은 게로구나."

백운은 온몸을 흔들어대는 뱀의 몸을 들어 풀섶에 내려놓으며,

"가라, 가서 잘 살아라."

하는 것이었다. 나뭇가지는 뱀이 되어 사라져갔다. 물론 백운의 이 일련의 행동들은 사람의 눈을 속이는 환술에 불과한 짓이었지만 사람들은 그를 도사로 인정하지 않을 수 없었다.

"도사님, 그 신통력은 어디서 배웠습니까?"

백운은 순식간에 화상에서 도사로 변해버린 자신의 처지를 돌아보며 이렇게 말한다.

"그건 한낱 눈속임에 불과한 장난이라오. 그렇지만 세상이 무너져도 변하지 않는 진리가 또 하나 있지요."

그는 부처님 설법만이 만고불변의 진리라 한다.

"그게 뭔가요?"

"자비심이라오. 세상 모든 목숨을 소중히 여기라는 것이 부처님 말씀입니다."

"그래서 뱀도 죽이지 않았군요?"

"뱀은 애초에 있지도 않은 존재였잖소? 그렇지만 나는 고려로 돌아가 이 귀중한 진리의 말씀을 전해야 하오."

백운은 다시 본론으로 돌아가 배를 태워줄 것을 부탁한다.

"배야 애초부터 태워준다 하지 않았소?"

그러니 염려 말라는 뱃사람이다. 뱃사람들은 지금 바람을 기다리는 중이라 했다. 항해는 바람이 좌우한다. 순풍을 만나면 배가 저절로 미끄러져 나가지만 아직은 계절풍이 올 때가 아니라 기다리는 중이다. 그러니 조금만 더 기다려보자는 희망적인 이야기다.

"그런데 그 보따리 속에는 뭐가 들어 있소?"

"경을 적은 책이요."

백운은 바랑 속에 든 책을 내보인다. 호두가이에게 얻은 부처님들 이야기와 그간 그가 간간히 적어놓은 글귀들이 있다. 호두가이가 준 책의 내용은 과거불 현재불 미래불에 관한 내용이라는 것을 석옥청공에게서 얻어들었고, 백운이 적은 글에는 쿨렌산에서 들은 저 인도의 지공화상의 말씀과 하무산의 석옥청공의 가르침을 간략히 적어두었던 이야기들이었다. 석옥청공화상의 말씀에는 석가모니불 마하가섭 보리달마 같은 1조(祖)와 28존(尊)에 관한 이야기를 비롯해 혜가 승찬 도신 홍인 혜능 같은 인물들이 남긴 게송에 관한 내용이 많았고, 지공화상의 가르침에는 자기 몸을 지키는 호신술과 건강에 관한, 그러니까 의술에 관한 내용이 많았다. 호신술에는 방어와 공격은 물론이고 둔갑술 같은 환술도 있었으며 의술에는 세상 모든 식물을 이용해 치료를 하는 자연요법이 그대로 있었다. 생각해보니 그동안 쿨렌산과 하무산에 머문 지 십수 년이 넘은 것 같은데 그게 하루 이틀 정도로밖에 생각나지 않는 것은 이게 다 그 환술에 의한 것이 아닌지 모르겠다는 생각이다.

"그 책에는 무엇이 적혀 있소?"

"부처님 설법이요."

"부처님은 저희 같은 사람들에게 무얼 가르치오?"

"간단하오. 뱀이 허물을 벗듯 과거의 잘못된 습관을 벗고 새 사람으로 살라하오."

"새 사람이라면? 나쁜 짓 안 하고 도적질 안 하면 되는 거요?"

백운은 잠시 눈을 감고 생각한다. 이게 부처님 가르침이었던가?

부처님 가르침을 이럴 때 한마디로 표현해 설명해 줄 수 있는 말이 무엇인가? 그는 순간 '직지'라는 말을 떠올렸다. '직지'. 네 마음을 보고 마음의 지시를 따르라. 지공화상이나 석옥청공화상이 무시로 하던 말이다.

"마음이 가는 대로 가라. 애초 사람의 마음은 순한 것임으로."

"물처럼 흘러가라. 아직 때 묻지 않았을 때의 마음은 청정한 물과 같으므로."

그는 여기서 처음으로 설법을 하고 있는 자신을 발견한다. 이제 그는 옛날의 그가 아니다. 말도 청산유수처럼 흘러나왔거니와 그 깊이 또한 한량이 없다. 뿐인가? 술법 또한 희한하리만큼 신통스럽다. 십 년 세월을 공들여 쌓은 공적이 그 빛을 발하는 것을 본다. 그 빛은 그 스스로도 놀랄 만큼 놀라운 것이었다.

"하무산에는 고승대덕들이 많다던데 스님도 거기서 수련을 했다면 어느 사부님을 모시고 수련을 했소?"

"석옥청공이오."

"아, 맨손으로 바위를 뚫는다는 그 석옥이오?"

사람들은 법보보다는 무보를 좋아한다. 자신이 할 수 없는 신통력에 의지하여 하늘을 날고 산적을 물리치고 악한 자에게서 착한 선량을 구하는 이야기를 더 좋아하는 것이다. 이제 이들은 그러한 무용담을 듣기를 자청한다. 백운은 크메르의 밀림 속에서 싸우던 전장 이야기며 그 나라를 떠나오며 당했던 호식에 대한 이야기를 한다.

"정말 호랑이 등에 탔단 말이오?"

"정신을 차려보니까 하무산이더란 말이지?"

사람들은 믿기지 않는 이야기를 들으며 그가 혹시 저자거리의 이야기꾼이 아닌가 하는 생각을 품기도 한다. 저자거리를 다니며 이런저런 소문들을 주워 모아 이야기를 꾸며내는 사람들이 있긴 했다. 저들은 세상에 있을 법한 이야기는 죄다 모아 '소설'이라는 것을 만들어 퍼뜨렸는데 그걸로 밥을 벌어먹고 살 만한 '전기수'들도 나타났다. 전기수를 세분하면 이야기를 책으로 묶은, 그 소설책을 읽어주는 강독사, 이야기를 창으로 만들어 노래를 전해주는 강창사, 그냥 흘러 다니는 이야기를 그대로 전해주는 강담사로 나눠볼 수 있는데 이는 모두 일반 서민들이 즐기는 일종의 놀이문화다. 이는 '대설'이라 부를 수 있는, 양반들이 즐기는 정신문화에 상대되는 개념으로 즉 정통한 문장을 일컫는 '사서삼경'이나 역서, 의서들을 제외한 책의 내용을 말한다. 갖가지 괴담이나 전기가 이에 해당된다. 때문에 이러한 이야기를 쓰는 소설가나 이를 들려주는 이야기꾼 전기수는 그저 시정잡배 취급을 받았다. 허나, 이러한 재간꾼들은 아까울 정도로 입담이 좋은 사람들도 있어 사람들을 모아 약을 팔기 위해 구경꾼을 모을 때 이 이야기꾼을 불러 먼저 군중을 모으는 모집책으로 써먹기도 하였다. 일종의 재담가이기도 한 이들은 때에 따라선 노래도 불러 흥미를 유발시키는 역할을 맡아 밥을 벌어먹고 살았다. 그런가하면 예인 집단을 만들어 가극을 꾸며 노는 패들은 악기도 훌륭히 잘 다룰 줄 알아 여자들의 애간장을 녹이는 난봉꾼들로 전락했지만 항간에서는 인기가 있었다.

"스님은 노래도 할 줄 아오?"

뱃사람이 물었다. 그는 백운이 저자거리의 전기수라 생각했던 모양으로 일종의 시험을 해보기로 한다.

"노래는 잘못해도 노래를 할 줄은 아오."

"그럼 한번 해보시오."

백운은 참으로 난감한 제의를 받고 한참을 망설였지만 지금까지 수없이 많은 난관을 거쳐 오면서 한 가지 깨달은 바가 있어 저들의 청을 들어주기로 한다. 그 깨달음이란 자기를 내세우지 않고 물 흐르듯 살란 것이었다. 맹자는 이를 일컬어 관수법이라 했다. 물은 낮은 곳으로 흐르되 한곳도 비워두지 않고 채워나간다. 드디어 팽팽하게 다 채운 뒤 수평이 되었을 때 평정을 이룬다. 물은 높낮이를 두지 않는다. 일단 그릇을 다 채워 수평을 이룬다. 수평은 어느 한곳으로 기울지 않은 공정함이다. 공정을 원한다면 때에 맞춰 행동하면 된다. 높은 사람을 만나면 높게 낮은 사람을 만나면 낮게 저들에 맞춰 행동할 일이다. 그게 어울려 사는 상생의 길이다. 살생이 아닌 바에야 어울려 살 필요가 있는 것이다. 백운이 화상의 소리를 듣는 까닭이 여기 있는 것이다. 원효가 저자거리를 쏘다니며 시정잡배 행세를 한 것도 그러한 연유에서다. 그는 문득 길거리의 깨달음에 대해 희열을 느낀다. 도처에 오도의 길이 열려 있다.

"그러면 내 고려 노래를 한 곡 불러 보겠소."

백운은 주변에 있는 풀잎을 하나 뜯어내 입술에 붙여 풀피리를 분 다음 고려의 저자거리에 한창 유행하던 노래를 불렀다. 그도 절에 들어가기 전에는 이 노래를 즐겨 불렀던 곡이었다. 주로 여인네들이 불렀던 노래이니만큼 그 곡이 한스러웠다.

가시리 가시리잇고 나는
버리고 가시리잇고
날러는 엇디 살라하고
버리고 가시리잇고
잡사와 두어리만은
선하면 아니올세라
설운 님 보내옵나니 나는
가시는 듯 도셔 오소서

사람들이 박수를 치며 좋아하는 모습을 보며 백운은 사람들 속
에서 묘덕을 찾아낸다. 언젠가 묘덕이 부른 노래가 아니던가? 이
제 그녀를 찾아 돌아가는 길이다. 머잖아 바닷길이 열리고 바람이
순풍을 만나면 꿈에도 그리던 그곳으로 돌아갈 것이다. 헌데 묘덕
은 살아 있을 것인가. 살아 있다면 그를 기다리고 있을 것인가. 설
운 님 보내옵나니 가시는 듯 다시 돌아오라던 그때 그 마음을 간직
하고 있을 것인가. 시간은 흐르고 어제의 물은 오늘의 물이 아닐
진데 어떻게 흘러간 시간 뒤의 일을 기약할 수 있을 것인가. 설사
기약할 수 없을 일이 기다리고 있다할지라도 돌아가야 한다. 가서
이 이야기를 전해야 한다. 부처님 이전에 또 다른 부처님들이 전한
말씀과 현겁의 부처님이 말씀한 그것들을 전해야 한다. 또한 미래
불을 기다리는 기다림에 대해서도 설파해야 한다. 그는 이제 평범
한 한 인간이 아닌, 심법을 전해야 할 법사가 된 것이다.
　법사가 갈 길은 사람들이 있는 곳이어야 한다. 그들이 누구이든

지 간에 부자이건 가난한 자이건 농부이건 어부이건, 대장장이든 뱃사람이든 사람들이 있는 곳이면 어디든 가서 저들 대중들 앞에 설법을 해야 한다. 저 신라의 큰스님 원효가 저자거리에서 사람들을 모아놓고 미친 듯이 설법을 펼쳤듯, 자신을 농락하며 웃고 떠드는 이 뱃사람들을 위해서 부처님의 법을 전해주는 것이 옳은 일이라고 생각하는 백운은 현겁의 네 번째 부처님인 석가모니부처님이 게송으로 읊은 노래를 전한다.

인성견오(因星見悟)
오파비성(悟罷非星)
불축어물(不逐於物)
불시무정(不是無情)

"그건 또 무슨 말이오? 어렵소."
한 사람이 일어나 아까 부른 노래와는 달리 그 뜻이 어렵다 한다.
"어려울 수밖에는? 이는 현겁불인 부처님 게송이오."
"현겁불은 또 뭐요?"
"비바시불, 시기불, 비사부불은 과거 부처님이요. 그리고 구류손불, 구나함모니불, 가섭불, 석가모니불은 현겁의 부처님이요."
백운은 부처님은 하나가 아니라 일곱으로 먼 과거에 있었던 네 분의 과거불과 세 분의 현겁불이 있다고 설명한다. 그리고 장차 나타날 미래불이 있다는 것도 설명한다. 그러면서 게송의 뜻도 함께 이야기 한다. 이것이 곧 설법이기에.

"별을 보고 깨닫게 되었지만 깨달은 뒤에는 별이 아니네. 이게 무슨 뜻이겠습니까? 사물의 이치를 깨닫기 전에는 모든 것을 육신의 눈으로 보게 되었다는 말이지요. 육신의 눈으로 보면 만사가 육안으로밖에 보이지 않지요. 그러나 깨달은 후에는 마음으로 보인다는 말입니다. 모든 것을 마음으로 보면 사물을 뒤쫓지 않지만 무정은 아니네, 이렇게 되는 겁니다. 사물을 뒤쫓는다는 건 무얼 의미합니까? 물질에 집착하지 않는다는 말입니다. 물질에 집착하지 않으니 본래의 마음으로 돌아간다는 뜻입니다. 본래의 마음이 무엇인가요? 그게 바로 부처님의 마음인 것입니다."

백운은 대중들 앞에 부처의 마음, 곧 불성을 이야기 하고 있었다. 부처님이 곧 열반인 것이다. 삶의 고통은 욕심에서 온다. 욕심을 버리면 본래 마음을 찾게 된다. 이 본래 마음이 모든 인연의 사슬을 끊어 준다. 이게 바로 해탈이다. 백운은 그 자신이 생각해도 신통한 이야기들을 하고 있는 것이다. 대체 이런 변화는 언제 어디서 온 것일까? 그는 이미 설법사로 변신해 있음을 발견한다.

"법사님 말씀은, 그러니까 재물을 탐하지 말라 이 말 아닌교?"

"암, 물론이지. 사람의 욕심은 한이 없으니께."

사람들은 돌아서서 저들끼리 의견이 분분하다. 그 분분한 의견들 사이로 또 다른 한 의견이 나온다.

"사람이 돈이 없으면 어떻게 사는 겨? 뭐니뭐니 해도 돈이여."

"그래, 돈이 없으면 헐벗지."

백운은 현실과 이상의 차이를 여실히 본다. 불국정토를 운운하는 것은 마음속 이상국을 만드는 일이다. 저들에게는 지금 당장 먹고살 일이 걱정인 노무자들이다. 목숨을 건 항해를 담보로 몇 푼 품삯을 미리 받아 식솔들 먹여 살릴 궁리를 대고 있는 자들이다. 이러한 뱃사람들을 상대로 이야기할 때는 저들의 형편에 맞는 이야기를 해야 한다. 지금 당장 먹고살 양식을 살 돈을 구하는 자들에게 재물을 탐하지 말라는 소리가 합당할 것인가. 백운은 말도 설법도 가려서 해야 한다는 것을 절실히 깨닫는다. 적재적소에 적합한 말을 찾아 해야 하는 게 설법이다.

"사람이 짐승과 다른 것은 마음이 있기 때문이요. 그 마음속을 잘 들여다보면 그 마음속에 참마음과 거짓마음이 있는 것을 알 수 있소. 마치 하늘에 떠 있는 달을 생각해보세요. 달은 하나인데 세상 모든 강과 호수와 바다에 내려와 수천 수만 개의 달이 있는 것처럼 보이나 달의 실상은 하나요. 물결치는 강물 속의 달과 잔잔한 강물 속의 달은 다르지 않소? 그렇지만 그 실상은 하나요. 마음도 마찬가지요. 성나고 급할 때는 소용돌이 치고 평정을 찾으면 고요해지기 마련, 언제나 고요한 평정을 찾으라는 말입니다. 그 마음이 곧 부처라는 말이요."

사람은 누구나 부처를 안고 산다. 사람이 곧 부처임으로. 그러나 그 부처를 버리고 짐승으로 산다. 부질없는 욕심 때문이다. 이를 깨닫는 것이 도를 통하는 일, 견성이다. 직지란 직지인심견성성불(直指人心見性成佛)에서 나온 말이고 이는 곧 오도(悟道)를 뜻함이다. 이는 자정의 단계로서 자정(自淨)은 자수(自修)와 자행(自行)에서 나온다. 자기 수양과 자기 행함이 없이는 이루어질 수 없다. 불성은 자기 수양과 행함에서 얻어지는 것이다. 이게 곧 불성이고 불심이다. 이 불심을 얻는 것이 선지식(善知識)인 것이다. 이 깨달음을 위하여 늘 깨어 있어야 한다. 그는 어느덧 자신도 모르게 자행을 실천하고 있다. 자신도 이해하기 어려웠던 화두다. 자신만을 위한 무심성에서 벗어나 대중을 위한 교화를 하고 있는 것이다. 무심무념의 선풍에서 도를 깨우쳤다면 그다음 단계는 대중을 위한 교화다. 이 기쁜 소식을 이웃과 나눠야 하는 것이다.

"옴마니반메훔. 나무아미타불…… 부르는 대로 응답을 받을 것이니라."

그래서 염불이 필요하다. 염불은 바라는 바 소망이다.

사람들이 이 위대한 설법자가 어디서 나타났는지 의아해 한다.

뱃사람 중의 우두머리가 말한다.

"저 사람을 우리 배에 태워라. 항해가 안전할 것 같다."

백운은 이제 그냥 떠돌이 걸승이 아니라 중요한 존재가 되어가는 자신을 발견하고는 이 모든 일이 부처님의 뜻임을 깨닫는다. 자신을 들어 소중하게 쓰려고 하는 것이다. 때문에 지금까지 상상도 못해본 수많은 역경을 준 것이다. 생각이 여기까지 미치자 백운은 저절로 머리가 숙여져 절을 올린다. 뱃사람들은 이 절을 자기들한테 올리는 절이라 여기는지 맞절을 한다. 서로가 마주보고 절을 하는 이 세상을 누가 낙원이라 하지 않을 것인가? 그는 차츰 지상의 낙원을 넓혀나갈 꿈을 키운다. 서로 공경하면 그곳이 낙원이며 정토인 것을.

직지를 만들기 위해

백운이 홍덕사를 다시 찾은 날은 서설이 내렸다. 짙은 회색 하늘에서 가끔씩 흩날리는 진눈개비 속에 매화가 벙글고 있었고 매화 나뭇가지 위에서 까치가 꽁지를 깝죽깝죽 울고 있었다. 범종을 만들어 달고 타종식이 있던 날 땀을 흘리며 범종 누각의 상량식 법회를 열었던 것을 생각하면 벌써 반년이 넘도록 걸음을 끊은 것 같다. 그동안 '직지'의 원고내용을 정리하느라 좀 바빴지만 묘덕과 석찬을 만나는 일이 마음에 걸리기까지 했던 것인데, 이러한 생각은 스님이 처자식을 두었다느니, 그 처자식이 보고 싶어 번질나게 절집을 드나든다는 소문이 날까봐 그랬던 것은 아니고, 묘덕이 이 책자를 만들기 위한 일체 경비를 조달해주겠다는 데 대한 미안함 때문이었다. 수도 개경의 호국사찰 홍국사 주석을 지냈던 백운화상이라는 정도의 명성이면 대처 큰절로 나가 부잣집 마나님들 시줏돈으로 출판비를 마련해도 충분히 명분이 설 터수였다. 이미 이름을 팔아 치부를 하는 절간도 생기기 시작하였고 포교를 목적으로 경전을 펴낸다하여 나랏돈을 빼내 쓰는 행태도 얼마든지 일어나고 있는 시국이었던 것이다.

그러나 백운은 고집스럽게 여주 취암사에 머물며 일반 대중들과의 섞임을 멀리했다. 이미 호국불교를 주창하는 개경의 원찰을 떠나 왕실의 비호를 스스로 거절하고 내려온 바에야, 고승대덕의 대접을 받기보다는 산중의 작은 절집에서 무명의 승려로 마음 편히 지내고 싶은 것이다. 보우국사와 나옹화상 같은 이는 그를 붙들어 호국사찰 흥국사 주석으로 아예 눌러 앉히려는 움직임도 보였었다. 그의 그간의 행적과 수행을 높이 산 것이다. 한사코 이런 좋은 자리를 마다하고 다시 운수납자의 길로 들어선 데에는 이미 기본적인 계율을 파괴한 자책도 있었지만, 진정으로 묘덕과 석찬을 지키고 보호하는 일이 무엇인가를 직시한 때문이다. 출가외인으로서 처자식을 둔 승려가 할 수 있는 최선의 처신은 있는 듯 없는 듯 저들의 그림자를 밟지 않는 일이다. 이는 남들 눈을 의식한 요식행위쯤으로 보일 수도 있었겠지만 그는 그 자신을 속이지 않는다는 마음속 큰 기둥을 세운 바 있고 그 기둥뿌리를 뽑아내지 않는 것이 저들 인생에 걸림돌이 되지 않을 것이라는 생각을 계속 하고 있었기 때문이었다. 어차피 저들을 식솔로 거둘 수 없는 출가외인이고 보면 멀찌감치 두고 보는 일 외엔 달리 할 일이 무어 있을 것인가.

그럼에도 불구하고 다시 흥덕사를 찾는 까닭은 직지 출판의 일이 그보다 훨씬 상위의 순위에 있었기 때문이었다. 이제 원고정리는 끝났고 인쇄해낼 일만 남았는데 달잠이 그 실무적인 일을 맡겠다했다. 언젠가 백운이 저 쿨렌산의 앙코리안에서 본 동전주조법을 설명하며 그처럼 글자를 만들어 인쇄를 하면 어떻겠느냔 제의에 달잠이 쾌히 응낙을 했었기 때문이다. 천만다행으로 달잠은 주조술에 일가견을 가진 자로 어릴 때부터 대장간 풀무질로 잔뼈가 굵었다 했다. 이후 쇠를 달구는 일에는 둘째가라면 서러울 정도의 손재주를 가지고 있는 것을 두 눈으로 똑똑히 봤다. 홍덕사 동종의 용유며 발문을 새긴 글자의 주조기술이 아주 탁월했던 것이다. 그런 대형 주물에 비하면 엽전이나 글자 같은 걸 만드는 일은 아주 간단한 일이고 글자를 만들어 종이에 인쇄해내는 일은 얼마든지 가능하다 했다. 주조법의 근간은 밀랍을 이용해 떠내는 방법으로 주로 불교용 기물을 만들 때 사용한다. 그 기법을 활용하면 글자도 충분히 만들 수 있고 그 글자로 인쇄도 할 수 있다는 달잠의 이야기였다. 여러 개의 글자를 나뭇잎처럼 이어 붙인 주물 틀을 만들면 하나의 거푸집에서 다량의 글자를 만들어낼 수도 있다는 것이다.

"문제는 돈이지요."

이 모든 일은 돈만 있으면 가능한 일이라 했고, 그 돈은 묘덕이 마련한다 했다. 그러한 달잠이, 그간 몇 차례 실험 끝에 주물글자를 만들었으니 한번 다녀가라는 기별이 온 지 벌써 며칠이나 지났는데도 백운은 그동안 건강을 핑계로 차일피일 날짜를 미루었다. 차마 멀쩡한 정신으로 묘덕의 신세를 지고 싶진 않았기 때문이기도 했지만 석찬에 대한 애정을 숨길 수가 없었기 때문이다. 묘덕은 석찬에게 백운이 자신의 아버지인 것을 말하지 않았다 했다. 생사여부도 알 수 없는 아비에 대한 이야기를 할 수 없었을 것임은 당연한 일로, 석찬은 이미 아비의 존재에 대해선 잊고 살았을 것인데, 이제 와서 불쑥 '저 사람이 네 아버지'라는 말은 차마 입 밖에 내어 할 수 없는 일이었다. 그렇다고 백운이 스스로 '내가 네 아버지'라 말할 수 있는 입장도 아니었으니 이 문제는 복잡 미묘한 심경의 얽힘을 만들 뿐이었다. 허나 영원한 비밀이란 있을 수 없는 일로, 서로 닮은 얼굴을 보면 누구나 두 사람 사이가 의심스럽지 않을 수 없을 정도로 한판이어서, 세상 물정에 밝은 달잠이 벌써 눈치를 챘는지 '두 사람이 왜 이렇게 닮았어요?' 했던 적이 있었다. 뿐만 아니라 석찬은 일부러 부르지 않았는데도 백운의 일이라면 일거수일투족 시중을 들었던 것인데 세숫물을 떠다주고 수건을 챙겨주는 모습은 꼭 아들이 아버지에게 하는 것처럼 보였다. 핏줄이 당겨서일까? 하는 일마다 주변 사람들 시선을 의식하게 만드는 이러한 일련의 행동들을 보면서, 아직 세속에 물들지 않은 석찬만큼은 두 사람의 관계를 몰라주었으면 하는 마음은 묘덕이나 백운이 공히 마찬가지 심정이었다. 백운이 홍덕사를 자유롭게 드나들 수 없는 가장 큰 이유이기도 했다. 허지만 이 모든 까발려짐보다 중요한 건 직지를 출간해내는 일이다.

백운은 다시 한 번 눈 속에 피어나는 매화에 눈을 맞추며 세운지 얼마 되지 않은 석탑 앞에 발길을 멈추고 합장해 절을 올린다.

"관세음보살나무아미타불"

딱따그르, 그는 목탁을 두드렸다. 마치 딱따구리가 나무 등걸을 쪼는 소리 같은 둔탁한 목탁소리다. 딱따구리를 탁목조라 부르는 이유가 여기 있다. 딱따구리는 나무껍질을 쪼아 그 속에 들어 있는 애벌레를 잡아먹는다. 목탁을 치는 까닭은 새가 벌레를 잡아먹듯 마음을 파먹는 벌레를 잡아내는 데에 있다. 심신을 수련함에 있어 가장 훼방이 되는 것은 마음속의 번뇌다. 이 번뇌를 잡아내는 데에는 탁목조의 나무 쪼는 소리를 내는 목탁소리가 제격이다. 사람의 신경은 소리에 민감하다. 염불이 소리 내어 소망을 비는 염원인 만큼 목탁소리 또한 이 염원을 간구하는 보조수단으로는 으뜸도구인 것이다. 찬 겨울 눈 속에서도 수액을 뽑아 올려 꽃망울을 터뜨려 올리는 매화등걸을 바라보면 알 수 없는 힘이 느껴진다. 이 힘이 중요한 것이다. 목탁의 소리는 이 힘을 북돋우는 소리다. 그는 다시 한 번 딱따그르…… 목탁을 치며 삼라만상 우주의 기운을 받아들이고 있다.

홍덕사에는 달잠과 석찬이 이미 모든 준비를 마치고 그를 기다리는 중이었다. 오늘은 직접 '개미자'를 만드는 설명을 해 볼 요량인 것이다. 개미자를 만들기 위해서는 먼저 밀랍을 녹여 일정한 틀 속에 부어놓고 그 위에 붓으로 쓴 글씨를 붙인다. 마르면 이를 한 글자씩 파낸 다음 때낸다. 그 글자를 하나씩 나무줄기처럼 한곳으로 연결시킨다. 이때의 모양이 개미집처럼 된다하여 개미자라 이름한다. 이 개미집처럼 연결된 밀랍 주위로 흙을 감싼 다음 밀랍을 녹이면 글자가 새겨진 흙 틀이 만들어진다. 이 흙 틀 속에 녹인 금속의 물을 부으면 글자가 완성된다. 이때의 쇳물에는 철과 주석을 적당량 섞어야 한다. 이를 식혀 흙 틀을 때내면 주조된 글자가 나타나는 것이다. 이 글자들을 일정한 책 크기의 틀 속에 배열해 인쇄를 하면 이게 바로 금속활자 본 책이 된다. 이는 필사본은 물론이고 목판본 인쇄보다 훨씬 효과적인 인쇄술이었던 것이다. 이미 몇 번이나 실험에 실험을 거듭해 본 결과라 오늘은 자신 있게 이 방법을 시범해 볼 요량인 달잠이다.

"여주 취암사 큰스님 당도하셨습니다."

"아, 그러신가? 내 나가 맞이하겠네."

기별을 전해들은 달잠이 승방을 나와 신발을 신는 듯 마는 듯 잰 걸음을 걷는다. 그 걸음이 하도 빨라 묘덕은 한껏 보폭을 넓혀 걸어보지만 한 걸음씩 뒤로 처졌다. 그 사이에 뒤따라 달려온 석찬이 끼어들며 '어머니 빨리 오세요.' 해보지만, 그렇다고 묘덕의 다리 치수가 늘어나는 것은 아니었다. '어여 가, 먼저 가.' 하는 수 없이 남자 두 사람을 먼저 앞 세워 보내고 묘덕은 뒤로 처진 채 천천히 걷기로 하지만 마음이 다급하기는 마찬가지라 미투리가 벗겨질 지경이다.

묘덕이 백운을 다시 해후한 건 실로 우연이며 하늘의 뜻이었다. 전장에 나가 죽은 줄 알았던 사람이 구사일생 살아 돌아온 것만도 다행인데 그동안 사람이 완전히 변해 큰 인물이 되어 돌아온 것이 아니던가. 하여 나라 안에서도 큰 인물로 쓰임을 받게 되었고 이제 하려는 일도 엄청나게 큰일이었다. 그동안 고려대장경이 만들어져 국력을 모으고 불법을 전파는 데 일조를 하기는 했지만 실제로 그것들이 책으로 만들어져 일반에 알려지는 데 도움이 되지는 않았다. 백운은 이를 안타깝게 여겨 불서보급에 앞장서겠다는 것이었는데, 말로만 전해 듣는 설법에는 시간과 공간적으로 제한 받는다는 한계가 있다. 그러니 서책을 만들어 일반에 보급하자는 계획은 누가 들어도 불법을 전하는 가장 좋은 방법이었다. 책을 만들자면 인쇄를 해야 한다. 그렇지만 목판을 만들어 인쇄를 하는 데에는 많은 시간을 요한다. 일단 나무를 베어 소금물에 담가 건조시켜야 하고 나무를 다듬고 글자를 판각하는데 오랜 시간이 걸린다. 또한 이를 찍어내는 데에도 너무나 많은 시간이 든다. 거기 비하면 금속으로 활자를 만들어 인쇄를 해내는 편이 훨씬 적은 시간과 경비가 소요된다. 백운이 이미 그러한 기술을 보고 왔다했다. 백운의 이야기를 들은 달잠은 그 이야기를 듣자마자 그 일을 수행할 적임자는 자기라고 못박았다. 쇳물을 부어 글자를 만드는 일은 이미 해본 일이고 돈을새김도 용유를 만들 때처럼 해내면 문제없을 것이라는 달잠이었다. 그런데 문제는 그런 것들을 제작하자면 많은 돈이 필요하다.

"돈 문제라면 걱정하실 필요 없어요."

묘덕은 그동안 모아놓은 재물이 있음을 내비쳤다. 최 첨지는 많은 재물을 남기고 죽었다. 우연이었든지 이런 일을 예비한 은덕이었던지 후처로 맞아들인 묘덕이 딸을 하나 낳았고 본처 역시 최 첨지를 따라 세상을 떴으니 그 재산은 고스란히 묘덕의 것이 되었다. 자연스럽게 최 첨지가 긁어모은 그 많은 재산은 묘덕의 것이 되었으며, 묘덕의 것은 곧 석찬의 것이 될 것인 만큼, 석찬이 아버지가 돌아온 이 마당에 있어 돈의 용처를 따져 무얼 할 것인가, 하고 싶은 일에 쓰면 그만일 터였다. 묘덕은 오늘 그동안 숨겨왔던 모든 사실들을 공표할 작정이다. 오늘 그 구체적인 이야기를 하기 위해 모이는 회동이었으니, 오는 사람이나 마중 나가는 사람이나 마음이 들뜨고 조급하기는 마찬가지다.

"먼 길 무사히 잘 오셨습니다."

달잠과 석찬이 백운을 모시고 들어오는 모습을 먼발치로 바라보고 선 묘덕은 그야말로 만감이 교차하는 느낌을 받는다. 한때 하나였던 내 남자였지만 그는 엄연한 출가외인으로 수행자였고 그간 떨어져 살았다. 마음으로는 늘 함께 있었고 그를 내 남편이라 말할 수 있겠지만, 그렇다고 그를 독차지해 꿰차고 살 수는 없다. 그는 이미 세상에 알려진 공인이다. 게다가 그녀 자신은 이미 다른 남자에게 시집을 가 버린 몸이고 그 집 남자의 잿밥을 올리는 처지다. 또한 그녀가 기다리던 남자는 예전의 그 남자가 아니다. 위로는 왕실로부터 아래로는 일반 신도에게 이르기까지 큰스님으로 일컬어지는 공인이 되어버린 이상 그에게 있어 취해서 가질 거라고는 하나도 없는 묘덕인 것이다. 애초부터 그런 남편으로서의 경한을 취한 것도 아닌 데다가 지금 그런 주장을 한다는 것 역시 언감생심 터무니없는 욕심에 지나지 않다는 것을 잘 아는 묘덕으로서는 그저 바라만 볼 수밖에 없는 존재가 경한이 아닌 큰스님 백운화상이다. 이러한 묘덕의 마음을 아는지 모르는지 백운은 사람들에에워 쌓여 묘덕의 옆을 그냥 지나친다. 남자란 정녕 이런 것일까, 이래야만 하는 존재일 것인가. 그토록 마음에 담아 그리워하던 묘덕이 아니었던가. 이러한 묘덕을 모르는 척 지나치는 남자, 경한의 심중은 어떠한가? 경한이, 백운화상이 아닌 그저 떠도는 한낱 행자로서의 경한이었다면 이럴 수 있을 것인가? 아직도 묘덕을 자기 여인으로, 석찬을 자기 아들로 말할 수 없는 위선의 탈을 벗을 수 없는가? 이는 과연 묘덕을 위한 것인가 자기 자신의 체면을 위한 것인가? 안에 담긴 것과 겉으로 드러나는 것이 다른 이 행보에 대해서 어떻게 말해야 할까. 백운은 문득 저 신라 고승 원효를 떠올린다. 그는 저자거리를 다니며 '도끼자루가 썩는다'며 요석공주와의 공개적 구혼을 청한다. 하여 설총을 낳았다. 설총은 이 땅의 역사를 새로 쓰게 만든 이두문자를 만든 천재다. 그렇다면 석찬을 드높일 만한 일을 만들 수는 없을 것인가? 아비는 그 자식을 위해 그 어떠한 희생의 거름이 되어도 좋다. 백운은 이제 한 가닥 새로운 눈이 뜨이는 개안을 느낀다. 지금 하려고 하는 이 일은, 불경 보급을 위한 인쇄 작업은, 이 역시 이두문자를 만든 설총에 버금가는 대역사가 될 것이라는 생각이다. 퍼뜩 스치고 지나가는 이 생각에 정신이 집중되자, 그는 한 마리 고기를 떠올린다. 가시고기였다. 부화한 새끼고기를 위해 자신의 몸을 내던져 먹이로 삼게 하는 고기가 가시고기다. 그는 이제 석찬의 이름이 후세 역사에 기록되는 유일한 방법을 생각해 낸다. 아비가 자식을 위해 할 수 있는 최고의 선물, 서책의 영원성을 깨달은 것이다.

벽란도에는 이미 수많은 나라의 무역선들이 정박해 있다. 고려는 동방의 등불로서 황금과 비단, 신약이 나는 나라로 알려져 있다. 이들 특산물들을 사기 위해 서역 나라 아라비아에서 온 상선까지 정박등을 켜놓고 계류해 있을 정도이니 그 활기가 이만저만이 아니다. 아라비아 상인들은 터번이라는 모자를 쓰고 있어 눈에 띈다. 굳이 모자를 쓰지 않았다할 지라도 키가 크고 눈이 파란데다가 금발머리를 가졌다. 혹여 검은 피부색을 가진 사람들도 섞였지만 저들 역시 고수머리에 큰 눈을 가졌다. 이들 서역 사람의 모습은 크메르 제국의 옛 수도 삼보 프레아 쿡이란 곳의 조각에서도 본 적이 있고 저 신라 원성왕 무덤인 괘릉 앞 석상에서도 본 적이 있는 백운이다. 떠돌이 행자생활을 오래하고 원나라까지 끌려가 군대생활을 한 그로서는 보고 들은 것이 남다르게 많다. 세상에는 여러 종류의 인간이 산다. 저들은 각기 제 생활방식대로 살아가지만 교류를 통해 서로에게 필요한 것들을 나누어 가진다. 그러한 행위가 상거래요 무역이라는 것을 백운은 경험을 통해 안다. 아라비아 사람들은 유리그릇을 크메르 제국 사람들은 흑단목을 중국 사람들은 도자기와 비단을 생산해 팔았다. 이들 대상들을 위하여 실크로드가 생겼다. 무역의 통로다. 하나는 사막을 가로질러 또 하나는 바닷길을 이용해 상거래가 이루어지고 인구유동이 이루어진다. 경한은 그동안 노예생활을 통해 이러한 것들을 직접 보고 듣고 느낀 바 있다. 저절로 견문이 넓어진 셈이다. 보다 넓어진 눈으로 보고 들은 세상은 삶의 지혜로 남는다. 이래서 경험의 축적이 필요한 것이다. 통일신라에서는 비단이 고려의 특산물로서는 인삼이 단연 우수 품목이었고 인삼은 무게가 많이 나가는 수삼보다는 말린 건삼이 인기가 있었다. 건삼 중에서는 육년 근을 말린 홍삼이 그중 으뜸 상품이다. 벽란도에서 거래되는 주된 상품은 이 고려인삼이다. 고려인삼은 죽어가는 사람도 살릴 수 있다는 신약 '꼬레진생'으로 알려져, 진시황제가 그토록 애타게 구하고자 약초꾼을 보내 찾게 했다는 바로 그 불로초다. 하여 고려를 거쳐 가는 상선들의 선장이라면 누구나 이 꼬레진생을 구해 싣기를 원한다.

"우리 물건을 덜 실었어, 해."

고려에 줄 물건을 하역하고 나니, 왜에 가져갈 도자기 뿐, 빈 화물칸이 생긴다는 선장의 말이다. 그러니 빈 화물칸을 채울 인삼 사는 일을 좀 도와달라는 것이다.

"꼬레진생 좀 헐케 사 달라, 해."

"그러죠. 얼마든지."

그동안 진 신세도 갚을 겸 선장이 부탁한 물건을 알아보기 위해 저자거리를 이리저리 다니며 보다 좋은 물건을 둘러보는 백운의 앞에 뜻밖의 인물이 나타났다.

"아니, 이게 누구여?"

"아니, 이거 영삼이 아닌가?"

영삼은 경한이 해주 안국사에 있을 때, 불목하니로 함께 일했었던 승려였다.

"그래, 여긴 어쩐 일인가?"

"자넬 찾아오질 않았겠는가?"

"나를? 내가 여기 있는 걸 어떻게 알고!"

"우리 나옹화상께서 모르시는 일이 있던가?"

앉아 천리 서서 구만리를 내다보는 나옹화상이 시켜, 마중을 내보내서 기다리고 있었다는 영삼은 아직 옛날 그대로 바보스럽고 얼띤 채로였는데, 나옹이 누구냐고 묻는 백운의 말에 '원나라로 건너가 인도의 지공선사에게 가르침을 받고 돌아와 국사가 된 인물'이라며 속성은 아씨, 초명은 원혜(元惠)라 한다.

"그때 우리가 혜근이라고도 불렀는데 기억 안 나?"

"혜근 스님이라면 나도 알지."

비슷한 나이 또래로 셋이서 어울려 다니기도 했던 학승시절이 있었다. 그가 이제 나라의 부름을 받아 국정을 관여하는 국사로서의 큰스님이 되었다는 것이었는데, 그러한 인물이 자기를 마중하여 데리고 오라 한 데에는 의구심이 가시는 부분이 있긴 하다. 쿨렌산의 지공선사와 하무산의 석옥청공에게서 그와 비슷한 인물의 고려승려에 대해서 들은 바가 있었기 때문이다. 그가 바로 그 인물이라면 그럴 수도 있겠다. 지공선사나 석옥청공에게 고려인 경한이나 백운의 이야길 되돌려들었을 수도 있었을 것이다. 그런데 그러한 인물에 대한 소식을 들었다할지라도, 원나라 유학을 다녀온 학승이 어디 한둘인가? 왜 하필이면 자기를 마중해 데려오라 했을 것인가?

"그래, 뭣 때문에 나를 데려오라 하시든가?"

이미 도통한 사람들이니 자신이 온다는 것을 미리 내다볼 수 있는 혜안을 가질 수는 있었을 수 있겠지만, 그 목적에 대해선 알 수가 없다.

"설마하니 죄진 사람도 아닌데 해코지 하려고 데려오라 했겠는가?"

"죄를 짓다니? 그럼 원나라로 가 죄를 진 사람이 있다는 이야기 아닌가?"

"암, 있고말고. 많이 있지."

원나라를 들락거리는 사람들 중에는 나라에서 체포 구금할 만한 죄인들이 많다. 그중에서 가장 주의할 인물은 나라에 대역죄를 짓는 사람들이다. 나라 안 사정이 급박하게 돌아가 원나라를 따르는 친원파가 있고 새로 생성하기 시작하는 명나라를 따르자는 친명파가 있다. 백운으로서는 전혀 알 수 없는 정치이야기다. 그 와중에서도 기 황후를 믿고 그 힘을 빌려 기철을 옹립해 고려왕으로 세우려는 일대 반역행위가 일어나 나라 안이 온통 뒤집힌 때가 있었다 한다. 아직도 그 잔당이 남아 있으니 배를 타고 몰래 들어오는 고려인에 대한 감시가 철저하다는 영삼이다.

"염려 말아요. 나옹화상이 자네를 모시고 오란 것은 전혀 다른 뜻에서니까."

"전혀 다른 뜻이라면?"

"허어, 참. 자네는 하무산에서 큰 공부를 하고 돌아오는 화상이란 말씀이여."

하무산 석옥청공으로부터 이미 전갈을 받고 기다린 지 벌써 오래전 일이라는 영삼의 이야기로 미루어 보건데, 석옥청공과 나옹화상은 무시로 소식을 주고받는 사이로 '여기서 수행을 닦은 백운이 갈 것인즉 그를 잘 보살펴 크게 쓰라' 했을 수도 있다는 것이다. 그러잖아도 나라에 인재가 필요한 지금 그런 덕행과 무공을 수도한 스님이 온다니까 희망을 걸고 기다리는 중일 것이라는 영삼이다.

"무공이 필요한 일이라면?"

해치울 대상이 있다는 이야기다. 절에서 해치울 일이 무에 있을 것인가? 그게 절이 아니라 나라를 위한 일이라면? 백운은 뜬금없는 영삼의 마중을 받아 그간의 나라 사정을 대충 듣는다.

"그나저나 저 사람들 인삼이나 사서 빨리 보내고 이야기 함세."

백운은 영삼의 도움으로 우수한 품질의 인삼을 사서 상인들에게 이득을 챙겨줌으로 그간의 온정에 대한 사례를 한 뒤, 따로 홍삼 두 근을 더 사서 석옥청공에게 전해 달라 부탁을 한다.

"이거 우리가 다 먹어버리면 어쩔라구?"

"난 당신들을 믿어요."

백운은 저들 뱃사람들을 믿음으로 대했다. 세상에는 웃는 낯에 침 뱉는 자 없고 믿는 자 신의를 저버리지 않는다. 백운은 그동안 뱃사람들의 수고 덕분에 무사히 바다를 건너온 감사의 표시로 국밥도 한 그릇씩 사주었다. 뱃사람들은 항해 중 풍파를 물리쳐준 것만으로도 고맙고 감사한 일이라며 감사는 오히려 자기들이 할 일이라며 머리를 조아린다.

"나옹화상이 여기서 자네를 기다리라고 한 까닭을 알 것 같군."

사람이 사람을 믿는 것만큼 큰 힘은 없다. 자신을 믿기 때문에 남을 믿는 것이다. 세상에 믿을 사람 하나 없는 때에 언제 볼지도 모르는 뱃사람들을 믿고 그 비싼 홍삼을 사서 맡기는 백운을 보고 영삼은 이 인물이 옛날의 그 속인이 아님을 깨닫는다. 유유상종이라고, 나옹화상 같은 큰스님이 언제 올지도 모르는 백운을, 굳이 가서 기다렸다 모셔오라 한 데에는 그만한 까닭이 있을 것이라 생각했는데 지금 막상 그를 대면하고 보니 그 그릇을 단박에 알 수 있을 것 같은 영삼이다.

"자넨 큰 인물이여."

무엇이 이렇게 대하는 사람의 태도를 달리하게 만들었을까? 사람의 인격은 그 기품에서 나타나는 것이다. 속에 든 성품이 따뜻하면 풍겨져 나오는 기품에 온기가 있기 마련이다. 이 온기가 싸늘함을 녹인다. 사람의 심정을 녹이는 이 녹여듦이 곧 인품이며 자비심이다. 자비는 모든 걸 녹여낸다. 촛불이 스스로를 태워 촛농으로 녹아내리며 불을 밝히듯.

누군가 말했다. 사람은 정·기·신으로 이루어졌다고. 정(精)이란 촛불의 몸통 즉 촛농과 같고 기(氣)는 촛불의 심지에서 나는 불이며 신(神)은 불꽃이 내는 빛이라 했다. 그러면 촛불이라 했을 때 어느 것을 두고 촛불이라 해야 하는가? 이 셋은 하나로 따로 떼어 생각할 수 없다. 서로 유기적 관계를 유지하며 삼위일체를 이루고 있는 것이다. 사람 역시 마찬가지다. 정은 사람의 몸이니 맑은(靑) 쌀(米)을 먹고 산다. 정신에 해당될 기(氣)운 역시 쌀(米)을 먹고 산다. 쌀은 가장 신성한 곡식이기에 곡식의 대표 격으로 쌀을 꼽는다. 따라서 쌀은 몸과 마음이 먹고 사는 기운과 정기가 된다. 글자로 보는 한문자의 뜻풀이다. 그러면 귀신 신(神)자의 이 신은 무엇인가? 볼 시(示)자에 아홉 번째 지지 신(申)자를 합성한 글자가 된다. 아홉수는 숫자의 끝수다. 그다음은 다시 시작하는 0이 된다. 영원히 끝나지 않는 원(圓)이 되는 것이다. 이 세상에 끝나는 것은 없다. 한번 태어난 것은 다시 태어나고 한번 지나간 역사는 되풀이된다. 정기신으로 이루어진 사람 역시 한번 태어난 이상 소멸하지 않는다. 윤회설이 성립되는 까닭이기도 하다. 사람은 누구나 이 운명과도 같은 수레바퀴를 굴리며 산다. 그러나 그 가운데 바퀴살 하나하나를 조정하며 사는 사람이 있고 굴러가는 대로 막사는 사람이 있다. 막살이다. 바퀴살을 조정하며 사는 사람이라는 것은 그 가운데 공부를 한다는 뜻이다. 공부를 하여 자기운명을 개척한다는 뜻이기도 하다. 마치 고장 난 수레바퀴를 새롭게 손질해 수리해서 사용함으로 마멸을 막듯. 자신의 수레바퀴를 자기에게 맞게 조정한다는 것은 어느 정도 방향을 조절할 수 있는 여유를 갖게 한다. 자기 방향을 조절해 자기 길을 열고 자기 길을 간다는 뜻이기도 하다. 스스로 자기 길을 열고 가는 사람을 보면 보통사람으로서는 존경의 마음이 생기게 마련이다. 백운을 바라보는 영삼의 심정이 지금 그러하다.

"이제 당신을 내 동무가 아닌 스승으로 모셔야 할 판입니다."

"무슨 그런 말씀을?"

영삼은 정은 같은데 그 가운데서 나오는 기와 신이 다르다는 이야기를 한다. 이런 오묘한 법륜을 이야기 하는 걸 보면 영삼이도 옛날의 영삼이 아니다.

"허어 참, 무슨 말씀을 하시는지?"

백운은 겸손해했지만 그 겸손에서도 서광이 뿜어져 나왔다. 영삼의 이러한 느낌은 안국사 온 절집에 퍼졌고 나옹화상 역시 나라를 위한 큰 인물이 왔다고 기뻐하였다.

"이제 흥국사 주석을 찾은 게야."

개경의 흥국사는 나라를 위한 호국 사찰로 궁중을 드나드는 수많은 중신들이 불공을 드리는 도량이었고 고려왕실을 위한 기도처이니만큼 큰 동량이 필요했다. 지금까지는 보우국사와 나옹화상이

번갈아 주석을 하였지만 신돈의 출현으로 이제 거처를 다른 곳으로 옮기고 싶어 하던 차였으므로, 이들은 이 새로운 인물 백운을 화상으로 그대로 떠받들어 홍국사 주석으로 천거하려는 것이다.

"석옥청공의 추천이 있었다네."

나옹화상은 하무산 석옥청공으로부터 백운의 도량에 대한 이야기를 들었다며 홍국사를 지켜줄 것을 청한다.

"지금 고려는 누란의 위기에 처했습니다. 이 나라를 구하는 일은 오로지 불법밖에 없습니다. 고려 불교는 썩었고 그 기풍을 쇄신할 만한 새 인물이 필요합니다."

그러니 부디 홍국사를 맡아달라는 청이다. 처음 만나는 사람에게 이리 부탁하기가 그리 쉬운 일인가? 고려의 승통을 쥐어주는 일이나 매한가지 결정이다.

"아국에는 수많은 고승대덕들이 있을 텐데 하필이면 저 같은 운수납자에게 그런 청을 하십니까?"

백운은 아직 나라 안팎의 정세를 알지 못함을 핑계로 이 청을 뿌리치려 한다.

나옹화상이 말한다.

"잡혀서 노예로 끌려가던 때를 생각하면 그럴 만도 하겠지요. 하지만 지금은 그런 알음알이를 둘 때가 아닙니다."

나라가 내게 베푼 것을 생각지 말고 내가 나라를 위해 할 일이 무엇인지를 생각해 보자는 나옹화상이다. 나옹은 이미 백운에 대해 모르는 것이 없었다. 백운이 저지른 파행과 원나라 부역꾼인 노예로 끌려간 이야기를 죄다 알고 있었다. 그리고 묘덕과 그의 피붙이가 청주 흥덕사에 있음도 알려주었다.

"모든 알음알이를 내려놓으세요."

이런 도통한 혜안을 가진 이가 권하는 일이라면 굳이 피할 일이 뭐 있겠는가. 피하려 해도 피할 수 없는 일일 수밖에 없을 일이었다.

"이것도 다 삼세 전의 인연입니다."

이렇게 해서 백운은 흥국사에 잠시 자리를 잡았다. 흥국사는 이름 그대로 나라를 중흥시키기 위한 호국의 기도도량으로 연일 법회가 열렸고 누란의 위기에 몰린 나라를 구하기 위해 불도들을 총규합시키는 사령탑으로서의 구실을 해야 했다. 그중에서도 원나라 부역꾼으로 끌려가 억울하게 죽은 노예들의 원혼을 달래기 위해 올리는 수륙재는 큰 반향을 일으켰다. 곧 전국사찰에서 올리는 행사로 번져나갔고 이 예식을 잘 아는 백운화상은 전국사찰을 돌며 이를 집전하는 일로 바빴다. 그런데 문제는 신돈이란 자였다. 신돈은 불법을 빙자해 권력을 탐하는 자로 왕권을 행하는 자리에 있어 국정농단을 하는 자였다. 노국공주를 잃은 왕은 일체 정사를 신돈에게 맡겨 국정이 농단당하고 있는 것도 아랑곳없이 어린 내시들과 놀아나기에 바빴다. 일반 불교도들은 이를 물리치기 위한 힘을 모았지만 역부족이었다. 신돈, 그는 이미 하늘 아래 첫 인물임을 자처하기에 이른 것이다. 그에게는 그 누구도 범접할 수 없는 도술이 있어 대항할 자가 없었다. 나옹화상이 백운을 영접해 맞은 것은 이 때문이었다. 요승 신돈에 대응할 만한 인물을 물색하던 중 마침 하무산 석옥청공으로부터 새로운 인재가 하나 갈 것이라는, 갈 것이 아니라 '보내 줄 것임'을 전하는 전갈을 받은 것이다. 이심전심의 화법이라 할까? 고수들의 비술이 여기 있었던 것이다.

"그렇다면 제가 할 일은 무엇입니까?"

"나라를 위해서는 쥐도 새도 모르게 신돈을 없애야 합니다."

"저더러 살생을 하라고요?"

"허어, 그런 게 아닙니다."

그런 물리적인 힘을 사용하라는 것이 아니라 공력에 의한 기를 꺾어달란 것이다. 신돈이 환술을 사용해 국정을 농단하는 이상 환술로써 그에 맞대응할 필요성이 있다는 요지의 이야기다.

"내게 그런 힘이 있다고 생각하십니까?"

"있고말고요."

"어찌 그리 자신하시는지요?'

"석옥청공이 그리 말씀 하셨습니다. 신돈은 사계 팔 장까지를 연마했고 백운께서는 사계 십 장까지를 다 떼었다고요."

"그렇다면 신돈이란 자도 하무산 도반이란 말씀인가요?"

"그렇소. 애석하게도 그 역시 우리 도반이라 하오."

백운은 이제야 하무산에서 수행했던 무술, 사계 십 장이 무엇인지 생각났다. '한동안 잊을 것이니라.' 석옥청공은 그간 수련했던 모든 무술에 대해 한동안은 잊어버리게 될 것이라고 미리 말씀하셨다. 때문에 그때 뱃사람들이 당신이 하는 무술이 도대체 무슨 파요? 라고 물었을 때 아무런 대답을 하지 못했던 것이다. 하나에서 열까지 깡그리 기억에서 사라진 무술관련 일이었기 때문이다. '사계는 사방팔방 사계절, 모든 시간과 공간을 일컫는 뜻으로 우주를 함의한다. 이 우주 삼라만상을 주도하는 기운을 생사로 나누었을 때, 생을 위해 자기 방어를 하는 수단으로 팔 장까지의 수행법이 있다. 이게 팔괘다. 나머지 두 장은 나를 살리기 위한 수단이 아니라 남을 죽이기 위한 파괴의 장이다. 이때의 '죽이기'는 재생을 위한 '창조'라는 단서가 붙는다. 재창조를 위한 파괴인 셈이다. 집을 새로 짓기 위해서는 헌집을 먼저 허물어야 한다. 시바 신의 역할이 이에 속한다 했다. 시바 신은 새로운 창조를 위해 파괴를 한다. 새 집을 짓기 위해 헌집을 허무는 이치다. 석옥청공은 동자승이 되었다가 큰스님이 되었다가 하는 환술의 능력을 가진 이로 백운에게 마지막 두 장을 가르쳐 용이 되어 폭포수를 거슬러 올라가게 하는 기예를 연마시킨 뒤 '가라, 이를 필요로 하는 때가 있을 것이다'라고 말하였다. 이는 필시 돌아가 할 일이 생길 것이라는 뜻임이 분명했다. 그때는 미처 몰랐지만 지금 와 돌이켜 생각하니 미래를 내다보는 선견지명을 타고 난 예언자가 아니신가? 신돈에게 사계 팔 장인 팔괘를 가르치고 백운에게 그에 맞대응해 이길 수 있는 나머지 두 파괴의 장을 가르쳤다면 거기엔 반드시 무슨 곡절이 있었을 것이다.

"사계 십 장은 시바 신에게서 나온 힘이다."

시바는 네 개의 얼굴과 세 개의 눈을 가지고 있으며 열 개의 팔을 가지고 있다. 용의 독을 마셔 목이 검푸른 색으로 변해 있으며 갠지스 강이 그의 엉겨 있는 머리카락으로부터 흘러나온다고 했다. 또한 생식과 뱀을 관장하는 신이기도 하다. 나중에 힌두교가 불교와 융합되면서 시바는 대자재천이라는 이름으로도 불리게 되었는데 대자재천은 커다란 역량이 있는 신으로 우주를 생성하고 유지하고 파괴하는 역할을 한다. 때문에 파괴를 새로운 창조를 하기 위한 필요악으로도 보는 것이다. 승천하지 못한 용을 이무기라 한다. 이무기는 파괴의 힘은 가졌지만 새로움을 창조하는 능력은 없다. 사계 십 장의 십 장 중 구 장과 십 장은 이 새로운 창조의 힘에 속한다. 9장은 시바 신의 목에 머금고 있던 독을 이용해 상대를 물리치는 극약처방이고 십 장은 다시 1장으로 돌아가기 위한 재생의 연결고리다. 여의주가 이의 상징이다. 이 극약을 잘못 마시면 스스로가 죽게 되고 연결고리를 잘못 채우면 모든 공력을 잃고 만다. 때문에 깊은 폭포의 소에서부터 승천을 위한 폭포수행을 했던 것이다. 하여 이 마지막 두 장의 수행은 실제로 천 년 묵은 이무기를 상대로 하는 수행법임으로 아무에게나 가르치는 것이 아니다. 죽거나 엉뚱한 세계를 창조해낼 수도 있음으로.

"그게 그래서였을까? 내게 무슨 중차대한 소임을 맡기려 그러신 걸까?"

백운은 이제야 석옥청공의 깊은 뜻을 헤아릴 수 있을 것 같았다. 무엇 때문에 그 어려운 폭포 수련을 시켰을 것인가? 아직도 팔뚝에 남아 있는 용린의 상처를 들여다본다. 용린에 긁힌 상처자국에는 뱀독에 대한 면역력이 있다하였다. 뱀은 용을 대적해 이길 수 없다. 여의주를 물고 있는 용은 감히 대적할 자가 없다. 용이 여의주를 문 이상 쓸데없는 싸움 같은 건 하지 않는다. 그렇다면 싸움을 하고 디니는 용은 사악한 존재에 불과한 것이다. 악한 용, 사룡이다. 잠룡 중에는 사룡이 많다. 용이 되어 여의주를 물고 승천하지 못하면 사룡으로 전락하는 것이다. 결론이 여기에 닿자 백운은 무언가 할 일이 남아 있다는 생각이 든다. 자신의 존재가치를 발견한 것이다. 인간은 누구나 존재이유가 있다. 무언가 이루기 위하여 이 세상에 온다. 그 일을 하지 않고 산다는 것은 무용지물에 지나지 않는다. 더구나 할 일을 알고도 회피한다면 그건 죄업을 쌓는 일이다.

이날 밤 백운은 꿈에서 차마 필설로는 다 표현할 수 없는 처참한 싸움을 보았다. 천길 낭끝으로 쏟아져 내리는 폭포수 한가운데 두 마리 이무기가 서로 승천을 하려고 물고 뜯는 싸움을 벌였는데 싸움은 날이 새도록 그칠 줄을 몰랐다. 이윽고 아침 햇살이 폭포수를 비추고 물빛이 금빛으로 물들 때 그 싸움은 끝이 났다. 그 금빛은 차츰 붉은 핏빛으로 변해갔다. 그 핏빛은 죽은 한 마리 이무기에게서 나오는 선혈이었다. 이 선혈을 휘감아치며 한 마리 푸른 용이 승천하기에 이르렀는데 그게 바로 백운이 자신이었음은 물론이다. 마치 하무산 폭포에서 쏟아져 내리는 물길의 힘을 이기고 솟구쳐 오르던, 사계 십 장의 마지막 장을 떼던 그때 그 수련장을 연상시키는 쾌거였다. 거기 여의주가 있었음은 당연한 귀결이었다. 그런데 이게 꿈인지 생시인지 알 수가 없는 비몽사몽간의 일이 되어버렸다.

"신돈이 죽었답니다."

간밤에 신돈이 죽었다는 소문이 백운의 귀에 들려왔다.

"어떻게?"

"그건 아무도 모른다 합니다."

백운은 어렴풋이 짚이는 게 있었지만, 그게 꿈이 아니라 사실이었다는 점이 믿어지지 않는다. 게다가 팔에 긁힌 새로운 용린 자국이 있는 것으로 보아 그 꿈이, 꿈이 아니라 사실이었다는 사실도 아리송하게 짚혔다. 사계 십 장은 비몽사몽간에 이루어진다하였다. 파괴와 창조는 차마 눈뜨고는 볼 수 없는 처참함이라 하였다. 차라리 그걸 안보고 하는 짓이 아름답다하였다. 꼭 저질러야 할 필요악을 행할 때는 차라리 비몽사몽 중에 하는 편이 좋다하였다. 굳이 말로 표현하자면 취중몽사, 그것이 사계 십 장이라는 것이다.

"스승님 이런 것이옵니까?"

나라를 위하여 전쟁을 하거나 나라를 위하여 역적을 죽이거나 하는 일은 대의를 위하여 할 수 있는 일이라 가르치는 것이 호국불교의 근간이다. 절도 중도 나라를 위해서 존재한다. 그런데도 세간 사람들이 요승이라 칭하기를 서슴없이 할 정도로 국정을 농단한 신돈을 아무도 몰래 물리치고 난 뒤에 느끼는 백운의 감정은 실로 묘한 것이었다. 지금까지 이보다 더한 살생도 수없이 저질러온 전쟁의 세월도 있었다. 그런데도 이렇듯 괴롭진 않았었다. 이 괴로움이란 도대체 어디서 오는 것인가. 이러려고 죽을 고비를 넘겨가며 여기까지 온 것인가. 상급이고 뭐고 그 모든 것이 부질없다는 허무가 밀려온다. 허망함, 일체 허무, 생각이 여기에 미치자 백운은 더 이상 홍국사에 머물 생각이 없어진다.

"내가 할 일은 따로 있지 않습니까?"

이 모든 과정은 자신에게 주어진 일을 원만히 수행하는데 박차를 가하기 위한 수단이었다는 것을 생각하니 이대로 여기 안주해서는 안 되겠다는 자각이 드는 백운이다. 여기까지 존재해 온 이유는 하늘의 뜻이 있었기 때문이다. 하늘의 뜻이라 할 정도로 중차대한 이 소임은 무엇인가? 타락한 세상으로부터 대중을 구해야 한다. 그러자면 그 기준이 되는 불법이 필요하다. 불서보급인 것이다. 다 같이 나라를 위한 일이라고는 하지만 하나는 왕실을 위한 일이고 하나는 만민을 위한 일이다. 그는 생각한다. 궁극적으로는 왕을 위한 일이 백성을 위한 일이고 불서보급도 위로는 왕실로부터 아래로는 만백성 대중에 이르기까지 정토를 도모하는데 기여하고자 함에는 틀림없다. 허나 여기 이대로 머물러 안주한다면 그간의 여정은 이대로 끝나버릴 것 같은 불안감이 엄습한다. 백운은 나직이 중얼거린다.

"이제 나라를 위한 일은 여기까지야."

왕실사찰은 너무나 사치스럽고 저들의 발원 역시 정권욕에 사로잡힌 헛된 것들이다. 그러한 저들의 야욕을 채워주기 위하여 밤낮으로 호국발원을 한다는 것은 더 이상 할 짓이 못된다. 그의 인생 전부를 바쳐 헤매며 찾아온 것은 그런 헛된 발원이 아니라 이 한 권의 책이다. 이 책의 발간과 보급을 위하여 지금까지의 길고도 험난한 여정이 있었던 것이 아닌가. 여기서 그는 참으로 신묘하게도 묘덕의 근황에 대해 들었고, 묘덕이 사비를 털어 흥덕사 동종을 만들어 다는데 크게 시주했음을 알았다. 이 무슨 인연인가? 서로 알지도 못하는 상태에서 한 사람은 흥국사 주석이 되어 국정농단의 큰 도적을 물리치는 데 이바지하였고 또 한 사람은 천리나 떨어진 곳에서 비슷한 이름을 가진 흥덕사 종을 만들어 다는 일에 시주를 한 비구니스님이 되었다니…… 이는 필시 우연을 넘어선 필연이다. 소매 끝 하나만 스치는 데에도 억겁의 세월동안 쌓이고 쌓인 인연이 닿아야 한다는데 우연찮게 두 사람 하는 일이 이렇게 맞아떨어지다니 이는 필시 백운이 하려는 일을 하늘이 도우는 격이 아닐는지?

두 사람 인연은 참으로 기박한 것이었다. 백운은 한달음에 홍덕사 범종 타종법회에 참석을 했다. 허나, 두 사람 서로 부여안고 반가움을 나타낼 순 없었다. 밤이 이슥해서야 겨우 서로 만나 그간의 사정을 묻고 답했을 정도의 몰래 만남이 이루어졌을 뿐이었다. 이렇게 해후의 한 장면을 삽입해야 독자에 대한 친절을 베푸는 일이 아닐까? 백운이 황해를 건너와 벽란도에 당도해 나옹화상의 영접을 받는 것과 일시 홍국사에 머물며 국내정세를 바로잡는 데 일조를 하고 묘덕에 대한 행방을 찾는 것은 이 정도로 간략하게 연결지어도 될 것이다. 더 이상 콩 난 데 팥 난 데 설명할 필요는 없을 일이다. 만약 이 부분을 생략해버리면 백운의 귀국이 아리송해질 것이기 때문에 점만 찍어두고 다음으로 넘어가야할 차례다. 그런데 한 가지 걸리는 점은 백운이 환술을 부려 요승 신돈을 처치한다는 대목인데 무협지가 아닌 이상 그런 만화모드의 장면이 필요할 것인가? 설사 이 로드맵이 영화나 드라마를 전재로 하여 그려지는 동선이라 할지라도 판타지 같은 부분을 삽입한다는 데에는 문제가 있을 수 있다. 이 소설의 근간이 되는 직지의 로드맵은 이 정도만 그려놓으면 된다. 나머지 부분, 경한이 어떻게 그 어려운 사계 십

장을 다 수련해냈는지, 어떻게 요승이라 일컬어지는 국정농단자 신돈을 제거했는지에 대한 상세한 스토리는 나중에 본격적인 작품을 만들 때 비밀스런 활극의 한 장을 삽입해 넣으면 된다. 여태까지 한 번도 역사에 등장하지 않은 한판승부가 될 것이다. 그게 드라마나 영화의 시나리오라면 중요한 부분을 차지하게 될 것이므로 아껴서 감추어두어야 한다. 어디까지나 로드맵의 동선을 건설하는 지금 그런 디테일한 것까지를 다 공개할 필요는 없을 것이다. 이 소설의 궁극적 도달점은 드라마나 시나리오 작업에 있기 때문이다. 이 소설의 로드맵은 어디까지나 드라마의 밑그림이다. 이전 같았으면 소설의 독자가 더 많고 진지해 소설 그 자체로서 존재가치가 있겠지만 지금은 워낙 책을 읽는 독자가 없다. 그러니 2차적인 작업을 그쳐 시청자를 통한 전달 작업을 해야 한다. 무엇을 전달하는가? 직지의 탄생과정이다. 지금까지의 연구결과는 어떻게 만들어졌는가에 치중해 있었다. 이제부터는 직지는 어디서 왔으며 무엇 때문에 왜 만들어졌는가?에 집중해야 한다. 이 왜?가 중요하다. 거기엔 반드시 서양의 활판인쇄가 가져온 혁명적 산업발전과의 비교분석도 곁들여져야 한다. 고려금속활자보다도 훨씬 더 늦게 성공한 쿠텐베르그의 성경인쇄 작업은 서방세계의 혁신을 가져오는 원동력이 되었다. 그 인쇄술을 이용해 만들어낸 성경책의 보급을 통해 종교개혁이 일어나고 봉건체제가 무너지며 새로운 문명의 장이 열렸기 때문이다. 그런데 쿠텐베르그 금속활자보다 반세기나 앞선 직지의 금속활자 인쇄가 끼친 영향은 무엇이었던가. 이 점을 짚어내야 한다. 그리하여 이 소설은 세계적 문화유산 직지의 그 모든 것을 밝힐 소재가 되어야 한다. 또한 캄보디아와 중국을 아우르는 문화교류의 장도 열어야 한다. 지금 네가 하고 있는 이 일련의 작업은 이러한 원대한 계획을 위한 취재과정이다. 한류의 한 획을 그을 대작업의 밑그림그리기인 것이다.

이제 이쯤에서 구성의 합일점을 찾아야 한다. 백운화상의 귀국과 영국의 귀국을 병치시켜 놓아야할 이 복합적 소설의 소설적 구성을 마무리지어야 할 시점에 이르렀기 때문이다. 백운이 일단 구사일생 살아 돌아오는 과정과 그간의 수행 덕분에 큰스님의 대우를 받는 데까지 진행을 시켰다면 이제 이 소설의 또 다른 주인공인 영국의 귀국길도 챙겨보아야 할 때다. 서두에서 예고했듯이 이 소설은 두 가지 사건과 두 인물을 나란히 병치시키는 복합구성으로서, 서로 다른 사건을 통하여 하나의 주제를 만들어내는 작업을 해야 한다. 이제 스토리의 마무리 단계이니까 그 주제를 드러내도 좋을 시점이다. 이 소설의 주제는 양심 찾기이다. 양심만 똑바로 챙겨가지면 그곳이 곧 천당이요 극락이라는 것이다. 사람은 본시 선한 양심을 가지고 태어난다. 그게 신성이다. 하지만 살아가며 신성을 잃어버리고 악행에 물든다. 그게 환경적 요인이건 절대적 운명이건 인간의 양심은 때 묻은 옷이나 걸레처럼 변질된다. 이를 세탁하고 깨끗이 보존하려는 노력이, 그리하여 본래 착했던 선성을 되찾는 것이 평안을 얻는 구도의 길이라는 것을 가르치고 배운다. 이 평정심이 곧 해탈이며 사랑이다. 이 소설의 현대판 주인공 영국은 자신의 과오를 뉘우치며 버려둔 자식을 찾아 마지막 여행길에 오르고 천 년 전 주인공 경한은 직지를 얻어옴으로 이를 상쇄한다.

둘 다 어쩔 수 없는 현실의 질곡에서 헤매다가 제 마음의 진심을 찾아냄으로 운명의 고통을 벗어나려는 인물들이다. 현실의 질곡이란 건 무언가? 이제 영국의 진행상황을 들여다볼 차례다.

최 목사가 만들어온 여권은 아무런 이상이 없는 정상적인 것처럼 보였다. 그 대신 그가 들고 온 소식은 참으로 처참한 이야기였다. 크메르루주에 속해 학살에 가담했던 행동 대원 두 사람이 붙잡혀 무기징역형 판결을 받았다는 기사가 뉴스를 통해 전달됐단다. 언론에는 그렇게 보도되었지만 필시 처형당했을 것이라는 예측이다. 이로써 이제 그 일은 일단락 지어졌다는 보도라 한다. 그런데 그 일단락이란 게 벌써 몇 번이나 되풀이된 만큼 지금도 그 색출작업은 계속되고 있다는 이야기라는 것이었다. 여기는 체포 즉시 처결이다. 재판과정이 오래 걸리지 않는다. 그렇다면 지금도 수색은 계속되고 있다는 이야기가 된다. 문제는 그러한 블랙리스트가 있느냐 없느냐라는 것이었고 영국의 이름이 거기 올라 있는지 아닌지 그 여부를 알 수가 없다는 점이었다.

"그러니 빨리 행동하는 게 좋지 않아요?"

"그렇겠네요."

한시라도 빨리 이 불안한 나라를 떠나는 게 상책이다. 때문에 마음 놓고 다닐 수는 없을 테니 조심에 또 조심을 당부하는 최 목사다. 재수 없어 걸리기라도 하는 날이면 그 날벼락이 자신에게도 떨어질 수 있다는 불안감 때문이었을까, 그는 일단은 자기 차로 국경을 넘자는 제안을 한다. 외국인 승용차에 대해서는 별 신경을 안

쓴다는 게 저들의 관습이니만큼 이편이 더 안전할 것이라는 이야기다.

"일단 베트남까지만 넘어가면 거기서부터는……."

일이 수월해진다.

"오야다우에서 레타인으로 넘어가는 국경에는 출입하는 사람이 거의 없어요."

외국인 관광객이 거의 없는 지역이라 차에 타고 있는 현지인들은 일일이 대조하지 않고 서류조사로 무사통과라는 것이다. 설사 문제가 생긴다 해도 거기선 돈 몇 푼이면 다 해결된다는 이야기였다. 그 길로 몇 번 베트남을 들락거려본 경험이 있다는 최 목사는 일단 캄보디아를 벗어나는 일에 집중하자고 한다.

"오야다우는 몬돌리끼주에 속하죠. 야생코끼리가 있을 정도로 밀림이 무성해요."

밀림을 통과하면 걸어서도 월경을 할 정도란다. 현지인들은 이웃집 마을 가듯 무시로 드나들 수 있는 게 국경이란다. 38선을 대치하고 있는 우리네하고는 국경의 개념이 다르다는 것을 너도 보아 알고 있는 사실이다.

"그러면 내일 아침 당장 떠나죠."

어디로 어떻게 지나쳐가든 일단 캄보디아를 떠날 차비를 서두른다.

"이왕 길 떠나는 바에는 구경도 해가며 여행객들처럼 가면 안 될까?"

"안 될 것도 없지. 관광객이 돼보는 것도 나쁠 건 없지."

영국은 도망자처럼 가는 것보단 관광객처럼 여유롭게 길 떠날 것을 주문한다. 그런 태도는 네가 항상 바라던 바다. 이왕 가는 길이라면 여행을 즐기듯 가는 거다. 어차피 캄보디아 탈출이 목적이라면 그 방법도 달리 해 볼 필요가 있다. 출애굽기가 아니라 출캄보디아 특급열차인 것이다.

"난 베트남을 들려보고 싶어."

맹호부대가 주둔해 있던 빈탄 지역은 그 당시로서는 최전방 DMZ로 베트남 전쟁을 추억하는 관광객들의 특수를 누리고 있는 곳이기도 하다. 당시 전쟁의 흔적을 더듬기 위해 찾아오는 관광객들을 위해 준비된 프로그램 중에는 베트남 전을 재현하는 서바이벌게임 같은 것도 있다. 당시 참전용사였던 어떤 미국 관광객은 그의 손자들을 데리고 와서 서바이벌 게임을 즐기고 있는 것을 본 적이 있었다. 너는 미군의 폭격으로 폭삭 내려앉은 고대 크메르 제국의 왕도 미선(My Son)지구 유적지를 찾아서 그 일대를 취재하고 있었는데 그 미군할아버지의 행동은 온당치 않아보였다. 하여 한마디 한 적이 있었다. "손자도 그런 전쟁을 하기 원해요?" 그 미군 할아버지의 대답이 이랬다. "미군이 졌잖아요?" 그때 졌으니 이젠 이길 거라는 건가? 그 미군은 이기기 위해 손자에게 전쟁놀이를 가르치고 있었는지 모르겠지만 비극의 현장에 서바이벌 게임장까지 차려놓고 돈을 벌겠다는 상술은 옳지 않았다. 그 일대에 '한국군증오비'들이 산재해 있다. 카톡을 통해 영국과 그곳 상황을 주고받은 적이 있었다. 영국이 그곳을 가보고 싶어하는 것은 아마 네가 보냈던 영상들 때문이었는지 모른다. 어쨌거나 영국은 거기서 콴을 만났고 한 가닥 희망인 주니어 영국을 거기서 생산해내는 기적을 이루었다. 인간은 태어나고 살고 죽는다. 이 태어난다는 부분에 사랑이 존재하게 된다. 영원한 소설의 테마다. 때문에 이 소설도 존재하게 되는 것이다. 자칫 대를 끊을 뻔했던 자신의 생의 의미를 다시 되새길 수 있는 그곳을 가보고 싶어하는 영국의 심정을 이해할 수 있다. 뿐만 아니라 영국은 거기 어디쯤 살았던 전생 이야기까지 한 적이 있었다. 그리고 콴과의 만남을 전생에서부터 맺어진 인연의 연속으로서의 해후라는 인연설을 끌어다 붙이기까지 했었던 적이 있었다. 그런데 지금 또 그 이야기를 한다.

"옛 전적지가 보고 싶어. 아니 그 이전에 내가 놀던 곳이 꿈에 보여."

"그래 가 보자. 네가 현세에 태어나 싸우던 곳이든 전생에 놀던 곳이든……"

마지막 가는 한 인생의 실낱 같은 꿈이다. 그 꿈이 살기 위한 발버둥이 아니라 옛날을 돌이켜볼 수 있는 곳을 한번 가보자는 데에야 이론이 있을 수 없다. 돈 드는 일도 아니고 어차피 가는 길을 그곳으로 잡자는 것인 바 굳이 반대할 이유가 없는 것이다. 꿈은 고태(古態)의 잔재라 했다. 꿈은 먼 옛날부터 잔존해 있던 심리적요소라는 해석을 한 심리학자는 칼 융이다. 그는 꿈을 해석하면서 과거의 어느 한때에 머무는 것이 아니라 더 거슬러 올라가 전생까지를 들려다 볼 수 있는 무의식이라는 장치가 있다하였다. 마치 컴퓨터의 프로그램처럼.

"그래도 괜찮겠지?"

"괜찮고말고. 내친김에 베트남에서 중국을 통해 돌아가도 돼."

너는 지난번 취재 때 하노이 교민들이 중국으로 단체여행을 가는 것을 보았다. 저들은 여행사를 통한 단체비자로 무사증 입국이 가능하다며 지상의 샹그릴라로 잘 알려진 운남성의 리장 고성을 주말여행지로 선택했다. 중국은 지금 동남아진출을 목표로 인도차이나반도를 관통해 말레이시아로 이어지는 철로공사를 서두르고 있는 중이다. 아직은 진행 중이지만 한반도를 관통해 일본에서 영국까지 이어지는 유라시아횡단도로처럼 그런 루트를 통한다면 중국까지는 얼마든지 내 차를 가지고 들어갈 수 있다. 지금은 사방팔방으로 길을 내어 소통이 원활하다. 중국에서 한국 들어가는 일은 하나도 어려울 게 없다. 그러면 최 목사의 차를 타고 바로 한국으로 들어갈 수도 있다.

"귀국길은 걱정하지 않아도 됩니다. 길이야 얼마든지 있으니까."

최 목사는 이미 많은 북한동포들을 입국시킨 경험이 있다. 이번에도 마찬가지다. 그의 목적은 길 잃은 양의 구원이다. 제 힘으로는 어찌 할 수 없는 갇힌 자들의 환경에 변화를 주어 영혼을 구제할 수 있다는 믿음이 그의 신앙이다. 이번 이 구출작전은 자기도 똑같이 책임의식을 느껴야하는 라이따이한 구원이기에 더욱 신명이 난다 했다.

"그야말로 '라이언 일병 구하기'이네요."

최 목사는 어느 코스를 택하든지 함께 동참하겠다 한다. 게다가 그는 영국의 마지막 가는 길에서 한 영혼의 구원을 다짐한다. 멀리 갈 필요 없이 가장 가까운 이웃의 구원이 더 시급하다는 것이다.

인생이 여행이듯 여행은 모험이다. 일단 가는 길을 탈출모드가 아닌 여행모드로 전환만 시킨다면 얼마든지 재미있고도 흥미진진한 모험의 길을 밟을 수도 있다. 다 같은 길이라도 늘 다니는 길이 아닌 색다른 길을 택하는 사람이 있고 늘 다니던 익숙한 길을 가는 사람이 있다. 이 두 부류의 차이는 호기심에 있다. 너는 어느 편이냐 하면 호기심이다. 만사를 새롭게 보고 새롭게 해석하는 게 재미있는 것이다. 로버트 프로스트는 그의 시 '가지 않은 길'의 끝 구절에서 이렇게 노래했다. 오랜 세월이 지난 후 어디에선가/ 나는 한숨지으며 이야기할 것입니다/ 숲속에 두 갈래 길이 있었고, 나는/ 사람들이 적게 간 길을 택했다고/ 그리고 그것이 내 모든 길을 바꾸어놓았다고.// 왜 갑자기 그의 시구가 떠올랐을까? 그렇지만 이 절박한 시점에 시가 떠오른다는 건 얼마나 다행한 일인가. 그만한 여유를 찾았다는 이야기일 것이다. 시에게 길을 물어 움직인다는 것은 평정심을 찾은 증거라 할 것이다. 새로운 모험의 길도 가 볼 만하지 않을까.

"직항 편을 이용해도 어려울 건 없어. 하지만 일단은 마지막으로 하는 추억여행 셈치고 콴과 네가 만났던 빈탄을 들러서 중국으로 가는 걸로 하자."

"마지막, 마지막 하지 마라. 듣는 사람 불편하다."

"그래? 그렇담, 너희 둘 신혼여행이라고 할까?"

실없는 농담에 콴이 끼어든다.

"사실은 내가 거길 가 보고 싶다 했어요."

수구초심이라 했든가. 콴도 자신이 태어나 살던 곳, 그곳이 다시 한 번 보고 싶단다.

"일단 퀴논까지 가는 걸로 네비게이션 설정을 하죠. 빈탄 면은 퀴논에서부터 다시 시작하면 되니까."

그리고 가는 길목의 관광도 하자는 최 목사다. 가는 길목에는 천 년고도 후에와 호이안, 나짱 같은 해변휴양지가 있다.

"아웃 오브 캄보디아 대신 웰 컴 베트남으로 하지."

이렇게 하여 새로운 여행팀이 하나 꾸려졌다. 영국이 일가와 작가 가이드, 그리고 목사 운전기사인 셈이다. 너는 메모장에다가 '출애급기가 아니라 출캄보디아기'라고 쓴다. 어차피 인생은 기나긴 여행이니까.

최종회 시나리오 직지

s#100 홍덕사. 밤

법당을 가득 메운 신도들.
백운이 설법을 하고 있다.

백운 : 직지를 한말로 말하면 오도(悟道)입니다. 불도의 묘리를 깨
치는 일입니다. 불도의 묘리는 무엇입니까? 인심견성성불
입니다. 사람의 마음속에서 부처님의 성질을 보고 발견하
는 일입니다. 부처님의 성질은 본시 착한 것입니다. 그러니
그 성품을 본받는 일이 성불하는 지름길입니다.

백운은 이러한 선지식(善知識)은 자기를 정화시키는 자정(自淨)에
서 온다 말하고 있다. 자기수행과 자기행함이 불성이라는 것이다.

백운 : 이러한 불성을 찾기 위해서 무심선이 필요한 것입니다. 무념무상의 간화선(看話禪)이야말로 돈오의 경지로 들어가는 지름길입니다.

백운은 무심무념의 선풍을 일으켜 마음속에 숨어 있는 불성을 깨우치는 길이 불심을 찾는 길이라 설한다. 그러기 위해서는 '너 자신을 똑바로 직시하라'고 말한다. 심인(心印)을 찾을 일이다.

백운 : 마음은 어떻게 찾는가? 화두를 붙잡아야 합니다.

화두란 무엇인가? 어떤 수행자가 조주스님에게 물었다. '무엇이 달마조사가 서쪽 인도에서 동쪽인 중국으로 오게 하신 것입니까?' 하고 물었을 때, 조주스님께서는 '뜰 앞의 잣나무'라고 대답했다. 이게 말이나 되는 소리인가? 달마가 동쪽으로 온 까닭이 어찌 뜰 앞의 잣나무일 것인가? 얼토당토 않는 이야기다. 그런데 어찌 큰 스님으로 존숭 받는 조주스님께서 이런 답변을 내놓았을 것인가? 상식적으로는 도저히 납득되지 않는 이야기다. 이 상식이 통하지 않는 말을 일컬어 화두라 한다. 이 화두를 붙잡고 끝까지 캐들어 가는 과정이 수행이다. 이 말도 안 되는 말꼬리를 붙잡고 물고늘어지다보면 마음 저 밑바닥 심층에 숨어 있는 본성이 보인다는 것이다. 그게 곧 견성이다. 이 수행법이 간화선이다. 백운은 지금 마음 꼬리를 붙잡고 심안을 찾는 법을 설하고 있다.

백운 : 흙탕물이 가라앉기를 기다리느니 차라리 흙탕물 자체를 없애버리는 편이 더 수월하다는 것입니다. 너는 어디서 와 무엇을 하고 어디로 가는가? 먼저 네 존재를 파악하라, 이것이 오늘의 공부입니다. 처음 달마대사가 부처님의 불법을 가지고 중국으로 넘어왔을 때, 대사님께서는 무엇 때문에 그 먼 길을 지나 서녘으로부터 동쪽으로 오셨겠습니까? 그리고 면벽 십년을 하셨겠습니까? 이 마음뿌리 찾는 수행을 본으로 보여주었던 것입니다. 그리하여 그는 다시 사셨던 것입니다.

달마대사의 이야기를 들은 수양제는 그를 높이 받들어 대우를 했지만 그의 명성이 자기보다 높아질 것을 염려해 차츰 그를 미워하게 되어 결국에는 암살하기에 이른다. 그런데 그가 죽어 무덤 속에 들어간 얼마 후에 지팡이에 한쪽 짚신을 걸고 걸어가는 대사를 본 사람이 있다기에 그의 무덤을 파본 결과 정말로 한쪽 짚신만이 남아 있고 시신은 온데간데 없어졌다는 이야기를 하고 있다.

백운 : 죽어도 다시 사는 해탈의 길이 여기 있습니다. 내 이야기는 지금 여기 앉은 여러분들에게만 들리겠지만, 내가 만들 이 책은 언제 어디서나 누구나 볼 수 있는 영원한 길이 될 것입니다.

그는 직지심체인심견성성불에 대한 요체를 이야기하며 그러한

이야기 내용을 적은 책의 출판에 대해 설명한다. 대중들 속에 눈을
반짝이며 듣고 있는 묘덕과 석찬, 눈이 마주치면…….

s#101. 그날 밤. 바깥

백운선사와 묘덕이 종탑 앞에 서 있다.
멀리서 부엉이 우는 소리가 들린다.

백운 : 이제 그대를 만나기도 점점 어려워지오.
묘덕 : 전 괜찮습니다. 이렇게 살아 바라보는 것만으로도 감사할
　　　따름입니다.
백운 : 그래, 석찬에게는 끝까지 비밀로 할 것이오?
묘덕 : 언젠가 때가 되면…….
백운 : 지금이 그때가 아닐는지?
묘덕 : 그렇다면 석찬을 불러 지금 말씀드리는 것이…….
백운 : 이제 그도 다 컸으니 자기 인생은 자기가 알아서 할 나이가
　　　되었소.

s#102. 그날 밤. 승방

백운과 묘덕, 그리고 석찬이 앉아 있다.
그 옆에 달잠도 앉아 있다.

묘덕 : 내 그동안 숨겨왔던 이야기를 하려고 한다.

백운 : 그 이야기는 내가 하겠소.

백운은 그간의 사정을 이야기 한다.

백운 : 우리는 그간 속세의 인연에 따라 부부의 정을 맺어 한 아이를 임신했으나 사정에 따라 아비는 부역자로 끌려가고 석찬은 유복자로 태어나 최 첨지 집에서 자랐느니라. 이것도 다 부처님 뜻이었다, 생각하고 모든 과거사는 가슴속에 묻어두고 사는 수밖에 별 도리가 없을 일이나 진실은 어디까지 진실이니 오늘 이를 밝히느니라.

달잠 : 그렇구만이라요. 제 상상이 맞았네요? 그런 설명하지 않아도 관상만 봐도 한판인 걸 알 수 있었으니까요.

백운 : 이제 근본 까닭을 알았으니 석찬도 과거사에 개의치 말고 어미를 이해하기 바란다.

달잠 : 석찬이 이 사람아, 뭐하고 있나? 어서 아버지라고 불러보지 않고? 이런 큰스님을 아버지로 둔 것이 얼마나 자랑스러운 일인가?

석찬 : (차마 아버지라 부르지 못하고)…….

달잠 : 아, 이 사람아.

백운 : 괜찮다. 그게 뭐 그리 중요한가? 이제부터 할 일은 내 너에게 다 맡기마. 그리고 부탁 한 가지 하마.

백운은 시간이 되면 개경으로 가 목은 이색이라는 사람을 찾아가라 한다. 목은 이색은 젊어 한때 결혼도감에 근무할 당시 원나라로 송출될 부역꾼들 명단관리를 한 적이 있었다. 그 후 원나라로 건너가 한림원이 되었는데, 이때 경한이 속한 부역꾼들과 동행한 적이 있었다. 우연찮게 경한을 두고 이런 말을 했다. '당신은 단순히 노예로 끌려가 복역할 인물이 아니라 거기서 더 큰 일을 할 선택받은 인물이오' 했던 것이다. 쉴 참에 장난삼아 봐준 관상이었지만 이 우연찮은 예언은 들어맞았고 백운이 잠깐 흥국사에 있는 동안 먼빛으로 그를 본 적이 있었다. 그는 비록 성균관에 적을 둔 유학자였지만 유불선에 통달한 대학자로 이름나 있었다.

백운 : 그가 선견지명을 가지고 한 말이야. 그는 사람의 관상을 볼 줄 안 인물인 게야.

그러니 그에게 가 직지의 서문을 받아 책에 싣도록 하라는 이야기다. 석찬은 고개를 주억거리는 걸로 알아들었다는 답을 하였지만 달잠은 그런 일이라면 아무 염려 말라, 말한다.

달잠 : 염려 푹 붙들어 매십시오. 책은 저들이 알아서 잘 만들 터이니 큰스님께서는 건강이나 조심하시어 몸 보중에 신경 쓰십시오.

백운 : (콜록콜록, 마침 참고 있던 기침을 한다) 말이라도 그리하니 고맙네. 이제는 맺혔던 홀 맺힘을 모두 푼 기분이네.

『직지』는 이렇게 하여 탄생한다. 그런데 직지가 인쇄 돼 불서 보급에 큰 도움을 주었으면서도 사회변혁에는 아무런 역할을 하지 못했는가. 이미 불교는 호국의 이념이 되지 못했다. 신돈의 국정농단이 가져온 고려말의 정치현실이 그렇게 만들기도 했겠지만, 쿠텐베르그의 활판 인쇄발명이 서구문명의 새로운 전환점이 되었던데 비하면 너무나 미미한 결론에 도달하는 직지의 활판인쇄술 발명이다. 서양에서는 인쇄술의 발달이 봉건사회 붕괴와 산업혁명을 일으키는 계기가 된다. 또한 민주주의 태동의 기수가 된다. 그런데 그보다 훨씬 앞선 인쇄기술을 선보인 고려에서는 아무런 변화를 가져오지 못했다. 인쇄술 발명 그 자체의 문제 이전 문제를 짚어볼 일이다. 정작으로 이 소설의 핵심은 여기서 부터다. 그런데 소설은 일단 여기까지로, 종지부를 찍는다. 그 우여곡절을 여기서 다 말할 수는 없다. 아직도 이 장은 소설 속이기 때문이다.

"소설이 거기까지 써졌으면 이제 다 된 것 아냐?"

누가 그렇게 묻는다면 너는 이렇게 답한다.

"일단 1부는 끝이지."

"그건 또 무슨 말이야?"

"이후 직지는 그냥 묻혀버리지. 쿠데타로 이룩된 이씨조선은 불교를 말살하려 억불숭유정책을 폈고 5백년이 지난 후 이 책은 감쪽같이 사라져 그대로 사장되었다가 프랑스의 한 도서관에서 발견되기 전까지는. 책의 존재자체가 없이 된 거지. 정작으로 이 과정이 소설 감이야."

네 지금까지의 이야기는 직지가 어떻게 집필되었는지에 대한 수

집과정이다. 집필동기와 그 내용의 일부에 지나지 않는다. 이러한 우여곡절을 거쳐 출판된 책은 세상에 빛을 보자마자 사라져 갔다. 고려는 망하고 억불숭유정책의 이씨왕조 5백년이 시작된 것은 물론이고, 일제에 나라를 빼앗겨 남의 나라 공사관이 판을 치고 다니며 고서를 거둬가는 비극적 현상이 일어났다. 그리고 단 한 권의 책이 남아 세계문화유산으로 지정되기까지, 그 우여곡절이 몇 권 분량의 비밀스런 스토리를 남긴다. 정작으로 이 부분의 퍼즐이 소설 감이며 이 퍼즐 맞추기가 이뤄져야 '직지'는 완성된다.

"그런데 왜 도중하차야?"

"현실적인 문제지."

"애초에 대하소설을 쓴다고 시작하지 않았나?"

"그건 그렇지만, 작가라고 땅 파먹고 살 수는 없는 노릇 아냐?"

"역시 보상의 문제로군? 그렇다면 언젠가는 2부가 빛 볼 날도 있겠지?"

"쓰는 거야 어렵잖아요, 원고료 주는 곳만 생긴다면야."

"또 그 타령이야?"

"전업작가 생활도 이해를 좀 해주면 안 될까?"

너는 이제 야심차게 시작했던 연재를 중단하고 말아야 하는 현실을 이야기하지만 그 누구에게랄 것도 없는 혼자이야기다.

"정말 이게 이야기 끝이에요?"

"끝이 아니면……. 끝도 없는 네버엔딩스토리로 만들어줄까? 천일야화처럼……."

"아니요."

"아니라면? 이야기가 재미없단 뜻 아니겠어?"

"그런 건 아니지만 그 후 영국이 할아버지와 그 아들 영국인 어떻게 됐어요?"

"하하, 그게 궁금했던 모양이군? 지금 저 축사에서 돼지새끼를 받고 있는 아저씨가 바로 그 주니어 영국이 아니냐?"

"그래요? 그렇다면 탈출에 성공한 셈이로군요?"

"당연히 성공했지. 이 할아버지가 어떤 할아버지냐."

너는 영국이 일가가 어떻게 여기까지 와 정착하게 되었는지 그 마지막 부분을 정리해야 한다. 그 이야기 역시 출애굽기 못잖은 '출캄보디아기'로 소설 감이지만 나머지 부분도 빠뜨려서는 안 된다. 이 역시 2부가 있어야 세세하게 그려질 스토리다. 그러나 아쉽게도 2부는 쓰게 될지 아닐지 조차도 불분명하다. 그렇지만 이들 영국이 일가가 탈출에 성공해 돼지를 키우는 농장에 일을 하기까지의 대충 여정은 이어져야 할 것이 아닌가. 그렇다면 이 부분은 어디에서부터 다시 연결지어야 할까? 지금까지의 여정은 영국이 베트남 전에 참전했을 당시의 전적지를 방문한 데까지의 상황설정이었다. 여기까지 오는 데만 해도 워낙 많은 사건들이 있어 다 이야기를 하지는 못하고 어느 한 핵심부분만 하이라이트로 정리를 해야 할 지경이다. 그렇다면 그날 저녁의 한 대목이 좋겠다.

"여기가 어디야?"

"퀴논이야."

퀴논은 눈부신 발전을 이룬 '논호이 경제구역'으로 예전의 그 촌스런 농어촌이 아니었다. 베트남 중남부 해안 도시로 주변에 10개의 현을 거느린 빈딘성의 주도인 만큼 큰 도시로의 변모를 이루었다. 거기 병원이 있었다.

"여기 맹호사단본부가 있었는데……. 지금은 어디쯤인지 잘 모르겠네……."

영국은 중대 문서연락병으로 사단본부에 드나들던 때를 기억해내며 옛날 흔적을 찾아보려 했지만 도시는 변해도 너무 많이 변해 동서남북을 분간할 수 없을 정도로 높은 건물들이 들어섰다.

"하루가 다르게 변하지요. 나도 어디가 어딘지 잘 모르겠어요."

최 목사는 그때 저지른 과오를 이제는 사과할 때도 되었다며 한국이 일본에 위안부 문제를 따지고 대들 듯 베트남이 한국에 그 당시의 만행을 문제삼아 들고 일어서면 어쩔 것이냐는 이야기를 한다. 맹호부대는 1949년 용산에서 수도경비사령부로 창설돼 1965년부터 1972년까지 베트남 퀴논에 주둔했다. 그러면서 전쟁 당시 수많은 학살이 자행된 곳이라 이곳에 한국군증오비가 섰을 정도였었는데, 1992년 베트남과 수교가 이루어진 뒤 용산구와의 자매결연을 통해 여러 가지 관계개선을 이룩했다는 이야기를 한다.

"용산에 가면 퀴논거리가 있어요."

남산 밑 이태원의 로데오거리가 바로 그곳인데 녹사평역-베트남퀴논시명예도로-이태원패션거리-세계음식거리-이슬람서울중앙서원-한남동으로 이어지는 산책로다.

"그 길이 왜 생겼겠어요? 양국의 관계개선을 위해 만들어졌어요. 그 덕분에 한국군증오비가 위령비로 바뀌었다지만 그 앙금은 여전히 남아 한국 사람 보는 눈은 곱지 않아요. 적어도 이 퀴논에서는 한국 사람 티 내서는 안 돼요."

빈딘성은 참족이 세운 나라 참파 왕국이 있던 곳이다. 참파국은 중부 베트남을 다스리던 왕조로 북녘에서 밀고 내려오는 남월 족들에게 밀려나기 전까지는 화려한 문화의 꽃을 피운 민족이다. 그 문화유산이 지금도 남아 세계문화유산으로 지정돼 있는 참족의 옛 수도 미선(My son)지구다. 네게 있어 미선이 중요한 이유는 소설 '목화'에서도 주인공 문익점이 중국사신으로 갔다가 기황후 일당의 미움을 사 참파국으로 유배를 당해 온 곳이 바로 이곳이요 지금 취재하고 있는 이 소설 '직지'의 주인공 경한이 고려에서 노역꾼으로 끌려와 전쟁을 하러 온 곳 역시 바로 이곳이기도 한 때문이다. 우연찮게도 두 소설의 주인공이 같은 시기에 이 땅을 밟았다는 점이다. 천 년 전 고려시대 사람들이 머나먼 이곳까지 온 사연과 오늘날의 고려인인 한국군이 베트남 전쟁을 치르기 위해 이곳까지 왔었다는 사실을 상기해보라. 이게 우연일까? 아무런 개연성 없이 일어나는 개별적 우연이라고 보기에는 무언가 연관을 지어보고 싶은 인과가 있어 보인다. 너의 호기심은 여기 있다. 문익점이나 경한이나 영국이가 여기까지 와 전쟁을 치르거나 목화씨를 구해 간 것에는 그만한 까닭이 있는 것이다. 이는 결코 개별적 우연이 아니다. 무언가 얽히고설켜 있는 운명의 실타래가 있을 수밖에 없다는 것이다. 굳이 어렵고도 신비스런 연기설을 끄집어내려는 것이 아니다. 시간과 공간을 뛰어넘거나 얽어내는, 우리가 알 수 없는 신비스런 우주운행의 질서에 대한 이야기가 있어야 한다는 이야기다. 그게 소설이라는 것이다. 소설은 모름지기 이 이상야릇한 윤회의 바큇살에 의해 굴러가는 스토리 같은 것을 엮어야 한다. 그래야 소설이 소설다워진다. 소설은 허구이기 때문이다. 허구에서 오는 재미를 만들어내야 한다.

너는 여행을 통해 우연스럽게 알게 된 치앙마이의 한 소수민족의 생활 흔적에서 문익점의 후예를 구상하게 되었고, 그 시기적 배경의 하나 됨으로 앙코르 톰 바이욘 사원의 조각그림에서 또한 고려인의 모습을 떠올려 소설 '직지'를 구상하게 되었다. 이것들 하나하나가 다 우연일까? 이것들 우연은 어디까지나 우연을 가장한 필연이다. 소설가에겐 이 필연적 우연이 재산이다. 이 재산은 상상력에서 온다.

그러나 지금 당면한 영국의 문제는 소설이 아니다. 현실은 머릿속으로 마음대로 그려낼 소설적 구성이 아니라는 이야기다. 영국은 지금 추억여행을 하고 있는 게 아니라 생의 마지막 눌 자리를 보고 있는 절박한 상황이다. 입 밖에 내어 말은 하지 않고 있지만 그의 얼굴색이나 말하는 어조로 보아 이제 남은 시간이 머지않았다는 걸 알 수가 있다. 지금 말한 '여기가 어디야?' 하는 그 말 한마디 하는 데에도 어눌함이 젖어 있다. 그리고 방향감각까지를 잃은 게 확실한 게 '여기가 어디야?'라는 말을 벌써 몇 번 되풀이 하지 않았는가? 그런데도 버티고 있다. 영국은 가는 데까지 가다가 길에서 명이 다하면 그걸로 족하다 하였다. 이제 남은 시간이 얼마가 되는지 그 시간이 다 하는 날까지만 새로 구성된 가족과 함께 즐겁게 지내게 해달라는 부탁 아닌 부탁을 한 영국이다. 억지로 호흡기

꽂고 생명연장 시키지 말아달란 부탁은 진즉에 한 말이다.

"내 죽거들랑 화장해 아무데나 바람결에 뿌리면 된다."

굳이 그걸 가지고 돌아갈 생각 할 필요 없다. 돌아가 봤자 막상 그리던 고향은 갈 수도 없는 북녘 땅에 있다. 그러니 어디나 타향이긴 마찬가지니 신경 쓸 필요 없다. 가 봤자 반길 사람도 없고 기릴 사람도 없다. 아직 깊은 정이 든 건 아니지만 여기 있는 사람들이 혈육이니 저들 보는 앞에서 산화하겠다는, 죽음에 대해 담담히 맞선 모습에 달리 할말을 찾지 못한 너다.

"언젠가 내가 우리 조상 화산 이씨 이야기를 했었지?"

자신은 본향이 한국이 아니라 월남이란 이야길 한 적이 있었다. 한국의 화산 이씨의 시조는 월남인이다. 월남 중에서도 바로 이 지역이니, 여기 묻히는 것도 귀환일 수 있다는 이야기다.

"크게 보면 이제 돌아온 탕자가 되는 거라구."

영국은 자신의 죽음이 결코 낯선 곳에서의 비명횡사가 아니라 고향에 돌아와 눕는 자연스런 귀결이라는 이야기를 한다. 그러면서 그는 환생에 대한 이야기를 했다. 몇 겁의 세월을 통해서 환생은 거듭되고 있고 그 기이한 순환이 지금 자기 눈앞에 보인다는 것이었다.

"이곳 산천들이 눈에 익어야."

영국은 후에 Hue 성을 둘러보며 그렇게 말했었다. 그러면서 또 타이호아 궁전을 관람하면서는 선조들의 음성이 들리듯 하다는 환청에 대한 이야기를 했다. 그리고 또 역대 황제들의 무덤을 보면서는 어느 한때의 자기 몸은 저기 묻혀 있었다는 이야기까지 했다.

그저 해보는 소리가 아니라 확신에 찬 목소리였다. 콴 역시 이에 맞장구치듯 같은 말을 했는데 전혀 헛소리는 아닌 것 같았다. 언제 적이라고 정확하게 되짚어 말할 수는 없지만 여기 어디쯤에서 놀았던 기억이 있다는 두 사람이었다. 영적 신비체험에서는 흔히 이런 주제들을 다룬다. 전생의 어느 한순간을 공유하는 현실시간이 있을 수 있다는 이야기다. 영국은 콴을 처음 만났을 때에도 전혀 낯설지 않았었다는 이야기를 한 적이 있었다. 그게 전생의 어느 한때였는지 아니면 현세의 어느 한순간이었는지 모르겠지만, 꼭 그러한 경험을 했었던 것처럼 느껴지는 친숙함이 있었다는 것이었다. 그러니 지금 자기를 이렇게 불러들인 것도 그 어떤 계획에 의한 큰 틀 속에서 돌아가는 수레바퀴살이라는 것이다. 그는 죽음 자체도 그렇게 받아들이고 싶어했다. 영국은 평소 그런 체험이나 신비적 영험 같은 것을 이야기하던 친구가 아니다. 또한 그런 신화나 종교적 임상실험 같은 것을 즐겨 이야기할 만큼 이 방면에 관심 있는 독서가도 아니다. 그런데 그는 이 땅이 낯이 익은 곳이라느니 꼭 어느 한때 살았던 것 같은 낯익은 곳이라는 말을 했다. 사람이 마지막 때가 되면 평소에 나타나지 않던 무의식적인 기억력이 되살아난다는 이야긴 들은 적이 있지만 영국이 이런 터무니없는 신비이야기를 할 줄은 꿈에도 생각지 못했던 일이다. 게다가 그는 생전 가보지도 않은 저 히말라야 카트만두의 살아 있는 신 쿠마리 이야기까지 한다. 쿠마리는 전생의 기억을 다 하고 있는 살아 있는 신인(神人)이다. 물론 TV를 통해서 본 기억력이 되살아나 쿠마리 이야기를 할 수는 있겠으나 지금 이 순간에 그런 이야기를 하는 영국이 아무래도 이상하다. 과거와 현재가 뒤섞인 복잡한 체험을 하고 있는 것만은 틀림없을 일이다. 정신세계의 혼란인지 재정립인지 모르겠다. 아무튼 그는 이치에 맞지 않는 사고체계의 수레바퀴를 돌리고 있는 것만은 틀림없다. 질서가 흐트러져 가고 있는 것이다. 아니면 흐트러져 있던 의식이 깨어나고 재정리되고 있는 것인지도 모른다. 이 점에 있어선 콴도 마찬가지였다. 두 눈이 흐릿해지는 것이 동공의 초점이 점점 사라져간다.

"이것들이 무슨 약을 먹었나?"

네 머리가 계산해 낼 수 있는 말은 이것뿐이었다.

"임종예배를 드려야 해요."

그런데 최 목사는 달랐다. 그는 예수 최후의 날을 들어 십자가에 들린 두 도적 이야기를 한다. 그중 한 도적은 마지막 순간에 구원을 받아 영생을 얻었다는 것이었다. 구원의 새 생명은 신앙생활의 길고 짧음에 있지 않다. 한순간이면 된다. 믿기만 하면 된다. 무얼 믿을 것인가? 예수가 구세주임을 믿기만 하면 된다. 인간은 창조주 하나님이 하지 말라는 에덴동산의 사과를 훔쳐 먹음으로 배신의 원죄를 지었고 예수가 그 죄를 대신하기 위해 십자가를 지었다. 그 대속의 사실을 믿기만 하면 된다. 그러니 '예' 하세요. 죄 사함을 받는 세례만 받으면 된다는 것이었다. 수없이 들었고 모를 바 없는 이야기다. 소위 현대기독교 선교신학에서 말하는 복음주의 전도방법이다. 밑져봐야 본전인 이야기다. 그런데도 영국은 그 '예'라는 대답을 하지 않았다. 무슨 생각이었을까? 아직 시간이 남았다는 판단이었을까? 그 이야기에 믿음이 안 간다는 생각이었을까.

"콴, 사망의 음부를 이길 자신이 있습니까?"

최 목사는 이제 콴을 향해 회개하고 천국갈 것을 종용하고 있었다. 말이 너무 어려웠다 싶었는지 국영을 시켜 통역을 하라 했다. 국영은 이미 기독교식 교육을 받은지라 이러한 순간에 무슨 말을 해야 할지를 알고 있는 듯했다.

"할머니, 예수 믿고 천당 가요."

콴은 그 말을 이해했는지 못했는지 국영의 손을 꽉 잡고 눈물을 흘렸다. 콴의 눈물을 본 영국이 그 눈물을 훔치며 서로의 손을 잡는 것이 눈에 들어왔다.

"믿습니까? 믿습니다, 아멘. 하세요."

최 목사가 이들에게 마지막 임종기도를 했다.

영국의 최후 순간은 이렇게 간단히 마무리된다. 사실대로라면 그는 계획된 죽음을 택했다. 여행 중 객사가 아니다. 의사는 '수면제 과다복용'이라거나 심장마비로 사인을 규명해 사실대로 적거나 임의대로 적을 것이다. 우리가 본대로 더하고 뺄 것도 없다. 그런데 문제는 영국의 퇴장에 있는 것이 아니라 이것이 소설이라는 또다른 시스템 속에 들어있다는 것이다. 소설은 이래서 안 된다. 아무리 현실이 그러한 계획된 죽음을 택해 한 주인공이 제 스스로의 생을 마감시켰다 하더라도 나머지 한 주인공과의 관계와 형평성을 유지해야 할 문제가 남아 있다. 무슨 말인가? 이 소설의 한쪽 축은 불교적 스토리가 아닌가. 거기다가 전혀 이질적인 기독교적 구원

문제로 최종결정을 지우면 그게 합당할 것인가? 대체 이 소설의 주제는 어디로 이합집산시킬 것이란 말인가? 양단간의 결정을 내려야할 때인데 통합적 결정이 아니라 오히려 더 혼란스럽게 만들어놓았다는 비난을 듣지 않을까? 그건 아닐 것이다. 왜냐면 전깃줄에 +와 -가 있듯, 그 두 선이 하나 되어 빛을 내듯, 철로에 이쪽 선과 저쪽 선이 있어 나란히 평행된 두 선이 하나의 기차를 달리게 하듯, 서로 다른 평행선에서 하나로 통합된 그 어떤 새로운 빛이 나타나지 않을까? 그런 의문을 던지는 기대를 해 볼 수도 있지 않을까? 그렇게 무책임하게 독자에게 판단을 유보시킨다고? 그게 현대소설이라고 우겨본다고? 이런 뻔뻔한 작가 봤나! 아무리 소설이 읽는 과정을 즐긴다하지만 결말의 처리가 이래선 안 된다. 두 상극된 선로를 깔아놓고 거기서 색다른 기차놀이를 하려고 든다면 이는 독자기만 죄에 해당될 것이다. 이러지 말고 인물들이 서로 통합되는 선로를 다시 깔아야 할 것이다. 그렇다면 영국을 극락세계로 이끌어가는 새로운 스토리를 만들어내든지 깨달음의 경지로 몰아가야 한다. 그 배경도 화산 이씨의 시조가 되는 이응상이 범선을 타고 탈출을 시도했던 남지나해의 어촌마을이 아니라 경한을 백운선사로 탈바꿈 시킨 수행 장소, 하무산 지경으로 옮겨 잡아야 한다. 그래야 수미상관의 구성법이 이루어진다. 그렇다면 새로운 장면을 더 만들어 나가야 한다. 한 프레임을 더 늘려 하무산으로 여로를 연장해 나가야 한다. 그렇게 된다면 영국을 죽지 않게 만들 수도 있다. 영국의 병이 영 불치의 병이 아니라 '친구처럼 껴안고 사는 암덩어리'로 전환시킬 수도 있는 것이다. 굳이 화산 이씨의 본향 땅에 그 재를 뿌리지 않아도 될 것이고, 괜히 전생의 연을 엮어 콴과의 동반자살을 꾸미지 않아도, 콴에게 새로운 세상을 좀 더 구경시켜줘도 될 것이다. 엿은 엿장수 맘대로이고 소설은 소설가 맘대로일 것이기 때문이다.

너는 영화 '소스코드source code'를 기억해낸다. 이 영화는 죽은 사람의 8분간 단기기억을 통하여 열차 폭파범을 추적하는 일종의 SF영화다. 현실의 세계와 가상의 세계가 뫼비우스의 띠처럼 계속 반복되는 상황의 연속이 지루할 것 같으면서도 관객을 지루하지 않게 그 상황 속으로 빨려들게 만든다. 크리스티나를 죽음에서부터 구하고 싶어하는 콜터 대위의 인간성에 점점 매료당하기 때문이다. 그렇다면 이 소설의 구성에 있어 계속해서 프레임을 바꾸어가며 상황설정을 다시 해보는 시도는 어떤가? 과연 그 영화에서처럼 성공할 것인가? 결국 이 소설의 종착역은 시나리오 작업이다. 지금은 그 배경과 인물의 발자취에 대한 로드맵을 그려내는 정도의 취재과정의 전개이지만 이에 대한 취합이 끝나면 현실과 상상 속의 공간을 넘나드는 또 다른 하나의 작품세계를 만들어내야 할 과제가 남는다. 진짜 작업은 이제부터가 시작인 셈이다. 그런 전제 아래에서의 구성-전개라면 얼마든지 시도의 변환이 가능하다. 소설로서가 아니라 시나리오의 밑그림으로서의 스토리텔링이라면 앞뒤를 알 수 없는 뫼비우스의 띠를 만드는 것도, 애당초 이 소설의 서두에서 밝혔듯이 충분한 하나의 실험작이 될 것이기 때문이다. 시나리오 작업에서는 나레타이즈Naratage라는 한 단어로 처리 가능할 일일 테니까. 그렇다면 그 배경과 시점을 어디로 잡아야 대미를 장식할 포인트가 될 것인가? 역사적 기록으로 본다면 1226년 베트남 이 왕조에는 왕족살해사건이 일어나고 6대 황제인 영종 이천조의 일곱째 아들인 이용상이 난을 피해 바다에 표류하다가 황해도 옹진군 화산면에 도착해 고려로 귀화한 화산 이씨의 중시조가 되는 것으로 돼 있다. 이들은 원나라 군사가 고려를 침입했을 때 몽고군을 물리치는 데 큰 힘을 쏟아 고려 고종으로부터 식읍을 받고 작위도 얻은 것으로 돼 있고, 영국은 이 이씨 후손이다. 그런데 그 본향에 돌아온 이후부터 영국은 이상한 꿈을 꾸기 시작했는데 그 당시, 그는 왕족 중의 한 일원이었고 콴 역시 함께 피살당한 대신 중의 한 사람의 여식이었다는 설정이다. 그런데 공교롭게도 두 사람은 이미 정혼한 상태였다니, 비극 중의 비극을 당한 가상이다. 아무리 꿈이라지만 이럴 수가 있냐는 것인데 콴 역시 같은 꿈을 꾸었다는 점이 이 가상을 현실화시킨다. 이 꿈은, 이러한 환상은 콴을 처음 만났을 때부터도 있었다. 이게 우연일 것이냐, 죽어도 한날한시에 죽기로 맹세한 한 쌍의 이별이 길어도 너무 길었다는 이야기다. 영국이 그랬다.

"이제 그 약속을 지켜 새로운 세상을 여는 거야."

콴을 처음 만났을 때부터도 어렴풋이 이 비슷한 느낌을 받았었다는 이야기를 수없이 되풀이했던 영국의 말로 미루어볼 때 전혀 터무니없는 상상은 아닐 듯싶기도 하다. 그렇다면 이 영화의 마지막 한 장면을 두 사람 다시 만나 이룰 수 없었던 약속을 지키는 판타스틱 시그널로 그려 넣어도 무방할 것이 아닌가. 새라도 좋고 용이라도 좋겠지만 이왕이면 파랑새 정도로 상정해 놓으면 좋지 않

겠는가. 왜 대말미를 이런 신비주의적으로 몰아가는가? 직지의 필
자 경한을 같은 시대 같은 하늘을 이고 살던 사람으로 그려내자니
그렇다. 이들은 모두 각기 다른 역할을 맡았지만 한편의 영화를 만
들기 위해 동원된 주인공들이기 때문이다. 천 년 전의 백운과 현재
의 인물 영국이 서로 조응되는 무대에 등장했다가 함께 퇴장하자
면 과연 어떤 장치를 해야 할 것인가. 한 인물은 낯선 이국땅이면
서도 전생의 고향에서, 또 한 사람은 아무도 모르는 산사에서…….
사라져간다? 과연 소설의 대미를 이렇게 장식해도 될 것인가. 이
제부터 너는 이 문제를 풀어나가야 한다. ✈